李后主

最错生在帝王家

任崇岳 著

岳麓書社 · 长沙

前言

写完这本传记，我不禁掷笔长叹，唏嘘不已。

李后主是历史上知名度颇高的人物。他生于深宫之中，长于妇人之手，天资聪颖，好学不倦，博学洽闻。及长成人，精通诗词，洞晓音律，工于书法，雅好绘画，是个成绩斐然的艺术家。可惜的是，他是艺术上的行家里手，却不是治国平天下的明君。在他即位时，南唐已是江河日下，气数将尽，而他的对手赵匡胤却是一位雄才大略而又宵旰忧勤的天子，这就注定了他国破家亡的悲惨结局。

后主在位十四年，在政治上优柔寡断，治国无方，无论宋朝怎样挟制、压迫，他都忍气吞声，逆来顺受，不敢有半点反抗。只有赵匡胤召他入朝一事，他知道那是陷阱，一入牢笼便会有去无还，因此屡屡抗命不遵，结果招致了宋朝的讨伐。他本应该未雨绸缪，在宋军攻打之前深沟高垒，秣马厉兵，他却按兵不动，未做任何准备，甚至自毁长城，杀了有文韬武略的大将林仁肇及忠肝义胆的潘佑、李平。直至曹彬率领大军浩浩荡荡杀奔江南，他才慌了手脚，一面派潘慎修入贡，一面分派军队婴城固守，但为时已晚。宋军一路斩关夺隘，攻城陷池，如入无人之境。等到宋军与吴越会师金陵，后主才命朱令赟起倾国之兵与宋军交锋。朱令赟孤军作战，殒命沙场，后主无奈中又命张洎作蜡丸书求救于契丹，谁知事不机密，蜡丸书又被宋军截获。四面楚歌，山穷水尽，后主又没有毁家纾难的勇气，只得率领大臣肉袒至曹彬大营乞降。开宝九年（976）春，他被押解至汴京，从此过起了“此中日夕只以泪洗面”的囚徒生活，这年他刚刚40岁。离群索居，百无聊赖，他只能以赋诗填词来打发那漫长岁月。那些哀艳、怀旧之作本已引起了宋太宗的猜忌，他又不合时宜地在会见旧臣徐铉时说出“当时悔杀了潘佑、李平”的话，惹得心胸褊狭的宋太宗顿起杀机，派弟弟赵廷美用牵机药将其毒死，时为太平兴国三年（978）七月七日，正好是后主的42岁生日。一代词人如此命丧泉台，实在使人扼腕不平！

关于李后主的生平已有人写过书，我不想东施效颦，因此采用了这种文学与历史相结合的写作形式。书中的内容基本是根据《宋史》、《续资治通鉴长编》、陆游《南唐书》、马令《南唐书》、吴任臣《十国春秋》、《宋人轶事汇编》以及笔记小说《五国故事》《钓矶立谈》《默记》《东轩笔录》《玉壶清话》等写成，绝非空穴来风，胡诌杜撰。只是为了情节生动，在尊重历史事实的基础上生发合乎语境、情境的联想，敷衍铺陈。书中所涉李后主的诗词，也都引自夏承焘先生的《南唐二主年谱》、詹安泰先生的《李璟李煜词》两本图书。

用这种体裁写李后主生平是个尝试，是否惬当，我不敢自信，伫候方家指教！

作　者
于河南省社会科学院

目录

◎ 从帝王到国主

◎ 温柔乡里治南唐

◎ 与宋朝极限拉扯

◎ 故国不堪回首

从帝王到国主

第一回 中主即位 临深履薄

晚日金陵岸草平，落霞明，水无情。六代繁华，暗逐逝波声。空有姑苏台上月，如西子镜，照江城。

——欧阳炯（约 896—971）

升元七年（943）二月，金陵城内，春雨霏霏，寒意料峭。

升元殿内，五十六岁的南唐先主李昪病体支离，辗转床褥，已非一日了。他原本身体健康，并无疾病，只因听信了方士之言，企图延年益寿，韶华永驻，便大量服用金石，才致中毒。起初还以为是疥癣之疾，不以为意，不料群医束手，回天无力，满朝文武大臣眼看着李昪身体每况愈下，旧疾未瘳，新病又添，不禁忧心忡忡。

李昪自知来日无多，但他不甘心就此撒手西归，自天祚三年（937）十月受禅即位，至今还不到六个年头，偌大一片国土，刚刚治理得有点头绪，还未来得及大展宏图，却病魔缠身，无力处理朝政了。

李昪最关心的是南唐的江山，他从刀丛剑树中化家为国，委实不易。如今天下纷争，干戈俶扰，那些手握节钺的藩王纷纷称王称帝，割据一方，究竟鹿死谁手，尚在未定之天。北方的后晋、成都的后蜀离此悬远，一时还构不成威胁，而吴越（都杭州）、楚（都长沙）、闽（都福州）、南汉（都兴王府，今广州）、荆南（都江陵）诸国都虎视眈眈，稍有不慎，便会成他人俎上的鱼肉。他不由得想起了传位问题。一说起传位，心头便蒙上一层阴影。正是在这个问题上，他优柔寡断、举棋不定，致使满朝文武无所适从。他有五个儿子，长子李璟，以下依次是景迁、景遂、景达、景逷。按照中国固有的传统，长子应该袭位，但是李昪钟爱的却是次子景迁。景迁自幼颖悟，读书过目不忘，风度翩翩却又素尚俭约，不喜奢侈，为人纯谨，加上他又是吴王的乘龙快婿，因而大得其父欢心。吴国的都城是扬州，李昪当大臣时出镇金陵遥控朝政，以长子李璟为司徒平章事居朝辅政，但是朝中大臣宋齐丘猜忌李璟，结交景迁，便荐陈觉为景迁的师傅，盛称景迁之贤，极言李璟之短。李昪远在金陵，不知个中原因，只道是李璟卑劣无能，辅政无方，便将他召到金陵，以景迁为太保平章事，代秉国政，显然有取代之意。李璟看出了父亲的用意，默默退归藩位，并不分辩。

谁知天有不测风云，人有旦夕祸福。天祚二年（936）景迁突然一病不起，病革之际请以兄弟自代，李昪偏偏又看上了三子景遂，授他为门下侍郎参政事，留朝辅政，李璟再次受到了冷落。南唐脱胎于吴，实为一国。天祚三年（937）吴国睿帝杨溥被迫逊位，派次子杨璘为钦差，专程赶到金陵，将天下禅让给齐王徐知诰。徐知诰在金陵诏告天下，改国号为齐，后来又改称唐，史称南唐，以金陵为西都，广陵（今江苏扬州）为东都。徐知诰本姓李，为了与李渊、李世民的大唐拉上关系，他自认是唐朝宗室后裔，经群臣廷议，更名李昪。几个儿子虽然都身封藩王，但并未明确李璟是储君。个中原因很简单，他想传位给景遂，但是长子李璟并无过错，废长立幼，于情于理，均不契合，恐怕朝野不依，这事便搁置了下来。

光阴荏苒，时光不居，转眼到了升元六年（942），李昪春秋五十有五，朝野对未立太子啧有烦言，李昪无奈，在这年四月下诏立李璟为太子。不料李璟却上表推辞，他说：

> 古之立太子，所以崇正嫡，息觊觎。如臣兄弟，禀承圣教，实为敦睦，愿寝此礼。

奏表正中李昪下怀，李璟自己不愿当太子，群臣自然无话可说。然而要立景遂为嗣，时机似乎还不成熟，不能贸然行事。好在自己身体健康，来日方长，可以从容计议。可是，就在南唐国势如日中天之际，李昪却病倒了。

躺在病榻上的李昪，首先考虑的就是传位问题。趁着自己在世，早日了却此事，九泉之下也可瞑目了。他写了一封密信，派人召景遂回朝，当时景遂任东都留守，不在朝中。谁知太医吴庭绍为李昪疗疾时闻知此事，赶紧禀告给李璟。李璟不愿为此事手足相残，犹豫不决之际，大臣周宗等人快刀斩乱麻，派人追回了密信。李昪知道众愿难违，没奈何，只得将文武百官与几个儿子一起召集到升元殿，宣布立李璟为太子，并命人宣读了诏书。

李昪身体虚弱，不时咳嗽，然后便是一口一口地吐痰。待仪式进行完毕，众大臣陆续离去时，李昪示意李璟留下来，有话要说，李璟猜想是父皇要交代后事，便端坐不动。实在说，他是个读书种子，是吟诗作赋的行家里手，对于继承帝位并无多大兴趣。他知道父皇钟爱的是大弟景迁，然后是二弟景遂，如今立他为太子，并非父皇忽然改变了主意，而是满朝文武大臣反对的结果。知子莫若父，父皇以前打算传位给大弟、二弟，自然有他的道理，如今又改弦更张，也无须寻根究底。一句话，他理解父皇。他已经多日未来侍候父皇了，望着父皇那瘦骨嶙峋的身体，两行热泪不禁潸然而下。

“璟儿，你可怨恨朕吗？”李昪说着，喘息不已。

“儿臣怎敢？”李璟往病榻前靠了靠，“天下无不是的父母，父皇为社稷着想，无论怎样安排，儿臣都无异议。”

“璟儿能理解朕的苦衷，朕很高兴。自古创业艰难，守成更难。朕考虑到你淳厚暗弱，这才打算遴选景迁嗣位，景迁殁后，又想到了景遂，纯粹是为国祚长远着想。须知江山稳固，你即使当一名藩王，也富贵无比，倘江山落入他人之手，你当一名太平百姓也不可得了。这个道理你应当清楚。”李昪说着，又剧烈地咳嗽起来，喘成一团。

“儿臣才疏学浅，不宜嗣位，倘江山一朝毁于儿臣之手，不但儿臣自己抱终天之恨，恐怕父皇……”说到这里，李璟忽然发觉自己说漏了嘴，要是自己掌管了江山，父亲自然早就魂归泉台，便没有继续往下说。

李昪也听出了李璟话中的弦外之音，他并不在意，病成这个样子，离泉台也就是几步之遥了。人之将死，其言也善，鸟之将死，其鸣也哀。趁着头脑清醒，必须把一切都解释清楚，免得自己身殁之后，闹出兄弟阋于墙的祸事来。“璟儿，立嫡以长，自古而然，朕无力改变这一传统。即使朕立景遂为嗣，满朝文武不肯辅佐，到头来仍是镜花水月。朕思之再三，决定将社稷托付于你，望你好自为之，勿负朕意！”

这的确是李昪的一片肺腑之言，李璟听了着实感动。他双膝跪在地上，虔诚地说：“儿臣愿对天起誓，从此兢兢业业，临深履薄，定不负父皇之托！”

李昪欣慰地笑了。他想把李璟从地上拉起来，但已力不从心，李璟上前一步，握住了父皇干枯的手。李昪抽出手来，指了指床前的椅子，李璟会意，赶紧坐下。

“璟儿，朕还有几句话，你愿意听吗？”李昪望着儿子的脸。

“父皇只管说，儿臣一定凛遵不误。”

“朕出身寒微，能够登上大宝，实出望外。如今风烛瓦霜，命在须臾，今后江山社稷能否亿万斯年地传下去，就全系于你一身了。你千秋万岁之后，可传位于景遂，景遂传位于景达，兄终弟及，江山庶几可保无虞。璟儿，你办得到吗？”

李璟望着父亲，只见父亲也投来了焦灼而又期待的目光，那清癯的脸颊上分明挂着晶莹的泪花。他又一次跪倒在地，一字一顿地说：“父皇的话，儿臣铭刻五内，一定传位给二弟景遂，永生永世，不渝此盟。皇天后土，可鉴儿臣之心！”

李昪如释重负地长长嘘了一口气，轻轻地说：“你起来吧，父子之间，何须如此起誓赌咒？”

李璟期期艾艾地说：“儿臣急于剖明心迹，一时乱了方寸，还请父皇宽恕！”

李昪了解儿子，友于甚笃，极重感情，刚才所说，决非虚妄之语。传位一事，已毋庸再说，但是有些事情，还须交代一下，毕竟儿子还年轻，骤然君临天下，治国经验不足，倘若措置乖张，仍有可能亡于敌国之手。便告诫他说：“朕服用金石之药，本欲延年益寿，不料却适得其反，汝应引以为戒，勿蹈覆辙！”

“父皇应该安心颐养，吉人自有天相，很快就会康复的。”李璟实在不娴于辞令，只能拿这句话来宽慰父皇。

李昪苦涩地笑了笑：“朕有自知之明，目前已病入膏肓，恐怕是扁鹊、华佗复生，也无能为力了。既已铸成大错，只能自食苦果，怨不得别人。朕只希望你们弟兄以及后辈，不要再服金石之药。”

“儿臣谨遵父皇之命！”

“朕的忧虑倒不在此。汝本无服用金石的嗜好，无须多说。朕担心的是唐室江山如何才能长久。朕承先人余绪，自即位至今，国库所储金帛已逾七百万，汝一生吃着不尽，只需善守成业，便可国祚绵长。如今诸国林立，强敌环伺，稍有不慎，便会招来祸殃。汝即位之后，应善交邻国，勿轻启边衅，成为众矢之的。”

“父皇金玉良言，儿臣永志不忘。”李璟认真地听着，不时地重复这句话。他一向木讷，想不出更多的话。

李昪虽然显得很疲惫，但言犹未尽，骨鲠在喉，不吐不快：“璟儿，有句古训你应当谨记，成由勤俭败由奢，一旦沉湎于声色犬马之中，挥霍无度，我朝的气势也就将尽了。汝逸豫宴安之日，便是社稷倾覆之时，朕唯愿汝非纨绔天子！”

听到这里，李璟不禁诚惶诚恐，汗流浃背了。父皇耳提面命，句句都是为社稷着想，虽然话语中不时透着严厉，那是爱之切才责之严啊！他怔怔地望着父皇，一句话也说不出来了。

“璟儿，你可记得前年你索要杉木作板障之事吗？”

“儿臣当然记得。”

原来李璟当藩王时，嫌居住的地方大而无当，想用木板把房屋隔成几间，他知道国库中储藏有许多杉木，便前去索要，有司将此事奏知了李昪。李昪认为，杉木固然有，但那是造战舰用的，任何人都不得挪用。如作板障之用，可用竹子代替。李璟碰了钉子，再也不敢惹事了。事实上，起自民间的李昪，在多年的戎马生涯中，深深体会到了“民犹水也，水能载舟，亦能覆舟”这句话的分量，在即位之后，牢记着“国以民为本，民以食为天”这一古训，体恤民瘼，从不苛征暴敛。当了天子，仍然衣着朴素，脚上穿的是蒲草编成的鞋，盥洗用的是铁盆，寝殿夏天用的是青葛制成的帷幔，偌大一座宫殿，只有几名衣饰简朴的婢女。群臣均主张大兴土木，修缮皇宫，以显示皇家气派，他笑而不纳，只在几座殿上略加鸱尾，设阑槛而已。邻国使臣来朝聘，讥笑李昪为田舍翁，李昪一笑置之，面无愠色。然而就是这样一个田舍翁治下的南唐，成了南方第一强国。

李昪忽然气喘起来，费了好大的劲，才从牙缝里挤出一句不连贯的话：“璟儿……好……自……为……之，朕……”底下的话已是含糊不清了。李璟叫了几声父皇，李昪闭目不语。李璟赶紧将太医吴庭绍召来，只见李昪面色苍白，气若游丝。到了晚间，便呜呼尚飨，龙驭上宾了。

悲痛之中的李璟，彷徨徙倚，不肯即位，要把帝位让给二弟景遂。景遂知道立兄长为太子的诏书已颁行天下，自然不敢应命。看看过了一旬，皇位虚悬，朝野议论纷纭。侍中徐玠进谏说：“天不可一日无日，民不可一日无君，大行皇帝已崩逝十日，太子不肯即位，岂不冷了天下苍生之心！”

李璟哭着说：“父皇晏驾之前，嘱我兄终弟及，孤自思能力不逮，不如早日禅让给二弟景遂，孤当一名藩王便好。”

徐玠抢白他说：“太子殿下好生糊涂，诏书已经颁行天下，您便是无可争议的天子，谁敢僭越？况且大行皇帝遗嘱兄终弟及，殿下既不登位，景遂王爷继位又从何说起？”

李璟语塞。

节度使周宗手持天子冠冕、衮龙袍，不由分说便披戴在李璟身上，然后奏道：“大行皇帝托付殿下以神器之重，殿下固守小节，非所以遵先旨，崇孝道也，望殿下三思！”

李璟无话可说，被群臣簇拥着登上了帝位，他就是南唐中主，是年 28 岁。当下便改元保大，以示止兵息戈，偃武修文，保持大唐江山之意。尊生母宋氏为皇太后，册钟氏为皇后，以镇南军节度使宋齐丘为太保兼中书令，奉化军节度使周宗为侍中，元帅府掌书记冯延巳为谏议大夫、翰林学士。封景遂为燕王，景达为鄂王，景逷为保宁王；其长子东平郡公弘冀为南昌王。

保大元年（943）七月，中主下诏燕王景遂改封齐王，拜诸道兵马大元帅、太尉、中书令，鄂王景达改封燕王，拜副元帅，宣告中外，以示兄弟相传之意。长子南昌王弘冀改封江都（即江苏扬州）尹、东都留守，李璟命他火速离开金陵，前往扬州。

这突如其来的任命，一下子把弘冀弄蒙了。他不明白父皇手足之情何厚，父子之情何一薄至此！祖父虽有兄终弟及之遗命，但那是弥留之际说的，岂能尊为不刊之典？父子相传，自古而然，但父皇偏偏要超越常规，看来今生今世，自己是无帝王之望了。猛然想起，刑部郎中萧俨年高德劭，在朝中威望甚高，何不问计于他？如果他能犯颜直谏，也许父皇能回心转意，想到这里，便单人独骑，径投萧俨府第而来。

萧俨为官一向清正平恕，朝野口碑甚好，他并不同意帝位兄弟相传，认为有悖古训，因此与弘冀一拍即合。次日，他便上了一道奏疏，略称：

夏商之后，父子相传，不易之典。惟仰循古道，以裕后昆。

这封奏疏言简意赅，入情入理，中主捏在手里，沉吟不决。父子天性，他何尝不想传位于子？只是他一向孝悌，父皇临终之言，犹在耳际回响，如今尸骨未寒，怎能遽然更改遗命？舐犊情深，他有深切体味，但是难言之隐又不能道与外人，无奈何，只得扣了萧俨的奏疏，留中不发。

弘冀望眼欲穿，左等右盼，不见父皇改变主意，知道立储之事已成泡影，只得怏怏登程奔扬州去了。

这年年底，中主突然下令：中外庶政，并委齐王景遂参决，文武百官除枢密副使魏岑、查文徽可以进宫奏事外，其余官员除非召见，不得进宫。

此令一出，举国哗然。萧俨又上疏说：

元帅开府，人犹惊骇，况委之大政，而群臣不得时见，臣恐中外隔绝，奸人得志，非陛下之利也。

奏疏递了上去，如泥牛入海，全无消息。文武百官知道萧俨敢作敢为，他既碰了钉子，众人便三缄其口，不再进谏。不料侍卫军都虞候贾崇却挺身而出，求见中主。中主屏而不纳，贾崇在宫门外长跪不起，一时人言籍籍，围观者甚多。中主无奈，只得在便殿召见贾崇，劈头便质问他说："天下本无事，庸人自扰之。朕命景遂参决大政，干卿何事，却来饶舌？"

贾崇从容答道："国主任命齐王辅国，自然与臣无干，但天下乃先主之天下，非国主一人可私之，臣备位六卿，食君之禄，岂可不忠于君王之事？"

中主脸色铁青，厉声说："卿在宫门外长跪不起，分明是沽名钓誉，让国人指责朕不肯纳谏，诋毁朕的声誉！"

"国主言重了，"贾崇不看中主的脸色，只管申辩下去，"国主要是从谏如流，老臣何至于长跪不起，引来众人围观？"

中主无话可说，悻悻然转过脸去，不再理他。

贾崇上前一步，动情地说："老臣事先帝二十余年，先帝延接群臣，吐哺握发，犹恐下情壅隔。国主即位未久，便与臣下隔绝，深居邃处，欲闻民瘼，岂可得乎？可惜先帝创业未半，便中道崩殂，老臣于今思之，心犹戚戚！"说着，竟呜呜咽咽哭了起来。

中主自知理屈，颜色温和了许多，连忙说："卿有话尽可直说，朕当深长思之。"

贾崇抹了一下眼泪，换了一个角度说："臣已垂垂老矣，留在朝中，适足成为国主之累，愿归隐林泉，与烟波钓徒为伍，乞国主赐骸骨！”

中主知道贾崇是在赌气，并非真的要离开朝纲。倘若准他离朝，朝野便会说天子没有容人之量，非但惹人耻笑，也会贻讥邻邦。想到这里，赶忙拉着贾崇的手说：“朕已经知过了，卿何必挂冠而去，令朕难堪！朕收回成命就是。”

贾崇穷追不舍：“兄终弟及之说实在不妥，国主理应改弦更张，奈何……”

贾崇尚未说完，便被中主打断了：“朕曾答应过父皇，不能食言自肥。”中主说时，一脸无奈。

贾崇知道多说无益，便起身而去。

月圆月缺，花开花落，时间一晃，已是保大五年（947）。这年正月，中主改封齐王景遂为太弟，燕王景达为元帅，改封齐王，长子南昌王弘冀为副元帅，改封燕王，依然是东都留守。既然景遂是太弟，那就是名正言顺的嗣君，弘冀就彻底没有希望了。他一肚子不快，但又无处发泄。他降生时曾有童谣说“有一真人在冀川，开口持弓向外边”，中主为了应这符瑞，便为他取名弘冀。真人不就是真龙天子吗？但他何尝有天子之分？想到这里，他不禁嗒然若丧。

屋漏偏逢连夜雨，船迟又遇顶头风。景遂为彻底杜绝弘冀争位之念，撺掇中主把弘冀调往润州（今江苏镇江），官职是润、宣（今安徽宣城）二州大都督，驻节润州。润州在金陵之东，两地相距不远，比东都离金陵还近。工于心计的景遂之所以要把弘冀安顿在润州，是因为那里离金陵很近，便于控制，一旦有风吹草动，便可立即出兵荡平。

弘冀自然知道叔父的用意，不禁怒火中烧，但是中主说这是正常调动，与景遂无干，弘冀一时无话可说。匆匆辞别了父皇母后，便束装就道。虽然是出镇润州，威风凛凛，独当一面，但弘冀心情无比沉重，脸上没有一丝笑容。他的袍泽故旧没有人为他饯别，也没有人给他送行。为他送行的只有六弟从嘉——也就是后来的李后主。

江南三月，莺飞草长，花木葳蕤，姹紫嫣红。弘冀无心欣赏阳春美景，骑着乌骓马沿着江堤东去，从嘉骑着一匹白马紧随身后。

“大哥，你要多多保重，莫负父皇委托！”10岁的从嘉全然不知弘冀心中的辛酸悲楚，天真无邪地向兄长挥手告别。从嘉兄弟十人，他排行第六,二、三、四、五诸兄早已夭折，他以下的诸弟，有的正牙牙学语，有的还在襁褓之中，能够出来为兄长送行的，只有他一人了。

弘冀缓缓跳下马背，双手将从嘉抱下马来，凄然笑道：“六弟，此地一为别，孤篷万里征，不知何日你我才能重逢，父皇与母后面前，烦你代我尽忠尽孝。”

“大哥何出此言！润州离金陵不过两日之遥，你随时都可回来，怎说不知何日方能重逢？”从嘉一副迷惑不解的神情。

“六弟，你年龄还小，不知朝中奥秘。二叔父既立为太弟，日后便是名正言顺的天子，我是父皇长子，他能不起猜忌之心吗？等他将来登基，我们君臣之间岂能相安无事？”

“叔父淳厚无疵，兄长休要多虑！”

“好个淳厚无疵！”弘冀仰天苦笑。

从嘉怔怔地望着长兄。

“父皇命我出镇润州，显然是出于叔父的撺掇，父皇一旦撒手而去，叔父便会加害于我。”

“父皇让你出镇润州，是因为那里是江南东边的门户，需要重臣驻扎节制，与叔父何干？”从嘉为叔父辩护。

弘冀倒背着双手，在大堤上来回踱步。良久，他才看着从嘉说：“六弟，你年纪虽小，读书很多，为兄我性格粗犷，不喜读书，但我记得有一首古诗，颇可表达为兄今日的心情。”

“但不知兄长说的是哪首？”

弘冀不假思索，轻轻吟道：

近寒食雨草萋萋，著麦苗风柳映堤。
等是有家归未得，杜鹃休向耳边啼。

“写得太孤苦愁悲了。润州距金陵近在咫尺，焉有回不来之理？我倒想起了另外一首。”

“哪一首？”

“是高適的《送李少府贬峡中王少府贬长沙》。”从嘉说着，便摇头晃脑地背诵起来：

青枫江上秋帆远，白帝城边古木疏。

圣代即今多雨露，暂时分手莫踌躇。

弘冀听到题目中有“贬”字，脸上倏地掠过一丝不快，不过想到从嘉还是个孩子，便又恢复了常态。人们常说童言无忌，何况自己去润州并不是贬谪，何必计较这个“贬”字呢?

从嘉见兄长不答话，还以为他是在咀嚼那首诗的意境，便拉着弘冀的衣袖说:“我们弟兄只是暂时分袂，相信过不了多久，父皇就会召你还朝。”

“你在父皇面前比我得宠，一切拜托了。”

从嘉挽着兄长的马辔，招呼随从斟上一杯酒，递给弘冀说:“兄长请满饮此杯，以壮行色。”

“谢谢六弟。”弘冀接过酒杯，一口气喝了下去，然后纵身跳上马背，猛抽一鞭，那匹乌骓马便撒开四蹄，如飞奔去。

第二回 轻开边衅 国势日衰

风乍起，吹皱一池春水。闲引鸳鸯香径里，手挼红杏蕊。斗鸭阑干独倚，碧玉搔头斜坠。终日望君君不至，举头闻鹊喜。

——冯延巳（903—960）

中主不是昏庸之君，但他喜欢的是吟诗作词，书法丹青，没有把精力放在治国上，即使处理重要朝政，他也是心不在焉，敷衍应付。中书令宋齐丘趁机揽权纳贿，结党营私，中主一怒之下将他降为镇海军节度使。宋齐丘愤而挂冠，请归九华山，中主也不挽留，任他去了。

天子不明，奸邪便多。宋齐丘虽去，冯延巳又来弄权，他与胞弟延鲁以及魏岑、查文徽、陈觉等人朋比为奸，人称“五鬼”。翰林学士常梦锡上书抨击“五鬼”，中主不纳，反而将他贬为池州判官。副相周宗、李建勋，中书侍郎孙晟等上疏支持常梦锡，也先后被贬出朝。

冯延巳才华横溢，娴于诗词，他曾有“风乍起，吹皱一池春水”之句，中主戏谑地问：“吹皱一池春水，干卿何事！”延巳答道：“未如陛下‘小楼吹彻玉笙寒’也。”中主大悦。有了这层关系，中主便格外垂青冯延巳。延巳又是好大喜功之徒，先主在世时，他便怂恿先主扩边，先主权衡利弊，不肯结怨于邻，没有采纳他的意见。迨至中主即位，冯延巳又旧事重提，中主未加考虑，便点头答应。

也是事有凑巧，闽国朝政紊乱，给了南唐以可乘之机。闽主王昶滥杀先祖王审知的旧臣，被大将朱文进所弑，拥立王审知之子王延羲即位，更名王曦。哪知王曦是扶不起的阿斗，终日酗酒，不理朝政，皇后李真女也颇爱杯中物，夫妇二人无日不饮，无日不醉。一日，王曦大宴群臣，觥筹交错，杯盘狼藉，他无意中瞧见儿子王继柔不胜酒力，偷偷将酒倒回壶中，不禁勃然大怒，下令斩首。群臣吓得酒都醒了，乘王曦烂醉如泥之际争相逃走。王曦醉意朦胧，见只有一人自斟自酌，其他席位上已是空空荡荡，便含糊不清地问左右：“下面是谁人饮酒？”

“禀告国主，饮酒的是翰林学士维岳。”侍从小心翼翼地回答。

王曦笑道：“维岳五短身材，个子矮小，怎能装得下那么多酒？”

侍从答道：“国主有所不知，善饮酒的人与众不同，酒都流入别肠了，与个子高矮无干。”

王曦略一沉吟，便说：“这倒是新鲜事儿，孤闻所未闻。既然如此，可拉下去剖腹查验，看看他的肠肚是否与众不同。”

维岳见要杀他，直吓得一佛出世，二佛涅槃，三十六颗牙齿捉对儿厮杀，浑身只有筛糠的份儿，一句话也讲不出来了。侍从见他可怜，替他缓颊说：“国主还是饶了学士吧，杀了他，谁来陪国主饮酒呢？”

王曦想了想，觉得侍从的话不无道理，便传旨放了维岳。维岳得旨，一溜烟跑回府中，再也不敢喝酒逞强了。

又一日，王曦喝得酩酊大醉之时，传旨要将宰相李准斩首。左右不敢怠慢，忙将李准绑赴刑场。不料李准也已醉得不省人事，口中不停地呼喊着爱妾的名字。行刑的人未敢下手，将李准羁押别处。翌日早朝，王曦要召李准议事，左右告诉他昨日传旨要斩李准，如今尚在狱中。王曦早已将此事忘得一干二净，忙下令官复原职。

王曦之弟延政任建州（今福建建瓯）节度使，与其兄不协，两人多次举兵相攻。王曦又怀疑宗室与延政勾结，大开杀戒。谏议大夫黄峻抬棺极谏，被贬为漳州司户参军；校书郎陈光逸列举王曦罪恶五十余事，王曦大怒，命人鞭打一百而不死，以绳系颈挂于树上，可怜陈光逸三魂悠悠，七魄渺渺，向泉台报到去了。朱文进、连重遇是拥立王曦即位的功臣，王曦也要置他们于死地，朱、连二人也不示弱，趁王曦出游醉归之机，派壮士杀于马上，朱文进毫不费力地被拥立为闽主，然后在福州大肆屠杀王氏宗族。王延政自然不愿接受异姓管辖，便在建州称帝，建号殷。各州刺史与朱文进本为同殿之臣，骤见文进黄袍加身，心中甚为不平，便联袂抗命，国中大乱。冯延巳、冯延鲁、查文徽等见有隙可乘，便怂恿中主出兵建州。建州朝野怨恨延政暴虐无道，谁也不肯效力，南唐不费多大气力，便攻陷了建州。

建州既下，汀（今福建长汀）、泉、漳三州守将自知不是南唐对手，也献城皈依，南唐兵不血刃又得三城，好不惬意。但南唐士兵所到之处，烧杀抢掠，引起百姓不满，又排挤降将，使这些降将心怀贰志。其时宋齐丘已被召回朝中，志大才疏的枢密使陈觉托宋齐丘上疏中主，愿凭自己三寸不烂之舌，劝说福州守将李仁达来降，以便尽早控制全闽。好大喜功的中主李璟便派陈觉为宣谕使入闽。尽管陈觉舌粲莲花，妙语连珠，李仁达却不予理会。看着两边怒目而视的卫士，陈觉不禁神魂飞越，不敢再说，匆匆辞归。行至建州，自知无颜回朝复命，便由惭生愤，由愤生怨，由怨生怒，擅自调发汀、建、信（今江西上饶）、抚（今江西抚州）士兵，以建州监军使冯延鲁为统帅进攻福州，漳、泉两州安抚使魏岑发兵应援。中主本不欲大动干戈，见陈觉矫诏发兵，盛怒不已，已晋升中书侍郎的冯延巳上奏说，兵已发出，不可半途而废，中主无法，只得再增兵前往。

那李仁达也不是等闲之辈，一面精心防御，一面派人向吴越求援。吴越国主钱弘佐懂得唇亡齿寒、辅车相依之理，当即派兵从陆、海两路支援。福州城下旌旗蔽日，钲鼓相闻，战斗进行得异常激烈。吴越之兵是生力军，愈战愈勇；福州守兵同仇敌忾，众志成城。陈觉、冯延鲁辈不谙韬略，指挥乖方，致使腹背受敌，招架不住，大败输亏，望风溃逃，忙忙如丧家之犬，急急似漏网之鱼，领着残兵败将，逃回南唐去了。

一波未平，一波又起。闽国原漳州守将留从效皈依南唐后，被中主封为清源军节度使，驻扎泉州。留从效表面上恭顺有加，暗地里却以漳、泉二州为根据地，拥兵自重。迨到南唐兵败福州，留从效便乘机发难，将所辖境内南唐戍军一律遣送出境。中主虽然恨得咬牙切齿，却又鞭长莫及，无可奈何，只得封他为晋江王，承认既成事实。

陈觉、冯延鲁兵败回朝，朝野舆论大哗，大臣徐铉、韩熙载等纷纷上疏弹劾，要求严惩。宋齐丘、冯延巳本是这场战争的罪魁祸首，知道众怒难犯，一方面韬光养晦，上疏自责，一方面又极力为陈觉、冯延鲁开脱。中主本不想惩罚陈觉等人，又恐怕朝野不依，只得撤了冯延巳宰相之职，贬魏岑为太子洗马，陈觉、冯延鲁分别贬往蕲州、舒州。南唐攻闽虽得建、汀二州，但损兵折将，元气大伤，朝野多有怨言，中主装聋作哑，一概不理。

正当此时，楚国发生内乱，中主又萌生了灭此朝食之心。原来楚主马希范死后，由其弟马希广嗣位。马希广之兄马希萼，时为朗州（今湖南常德）节度使。他早就觊觎国主之位，今见嗣位无望，不禁怒火中烧，当即率兵攻入长沙，俘虏了马希广并将其处死。马希萼既登王位，放任士兵抢劫三天，士兵们杀人越货，四处放火，可怜好端端的长沙城一时烟焰涨天，到处都是断壁颓垣，许多稀世珍宝顷刻间都化作了烟尘。马希萼自从占领长沙后，自以为大功告成，终日醉生梦死，寻欢作乐，听任部下敲骨吸髓，盘剥百姓，致使民怨沸腾。马希崇趁机弄权，他与马希萼矛盾甚深，大有不共戴天之势。

一日，马希萼派人至南唐朝贡，中主问及楚国情况，来人说马希萼荒淫无道，楚国百姓处于水深火热之中，国主如有意问鼎，定会马到成功。一番话撩拨得中主按捺不住，于保大九年（951）命大将边镐攻长沙，另一大将刘仁赡攻岳阳，楚兵抵挡不住，马希萼、马希崇都成了阶下囚，边镐尽迁马氏之族于金陵。那边镐为人懦弱，御下无方，他在攻打闽国建州时，告诫部下不得妄杀百姓，人称边罗汉；及至占领长沙，开仓济贫，市不易肆，人称边菩萨；后来边镐当了武安节度使，一反常态，纪纲废弛，大作佛事，人称边和尚。朗州刘言趁机攻陷益阳，又贾余勇进攻长沙，边镐抵御不住，便收拾了金银细软，带着妻妾老小，乘月黑风高之夜，撇下士兵不管，一溜烟逃回朝中去了。边镐在长沙时，曾与南汉争夺郴州（今属湖南），他自恃兵强将勇，本以为可马到成功，谁知南汉兵骁勇善战，打得边镐丢盔卸甲，狼狈逃窜。

南唐接二连三用兵，不仅未得到多少好处，反将李昪多年的积蓄消耗殆尽，无力问鼎中原，眼看着北方的辽国坐大。辽国皇帝是辽太宗耶律德光，他于946年牧马南寇，攻陷了后晋京城汴京，颠覆了后晋政权。契丹兵大肆烧杀抢掠，中原赤地千里，黄河两岸百姓纷纷揭竿而起，向南唐求援，一些有识之士也携妇将雏投奔南唐。南唐大臣韩熙载上疏中主，请求迅速派兵北定中原，万勿坐失良机。无奈南唐军事孱弱，财力拮据，不敢与契丹军抗衡，只得趁辽太宗遣使告捷时，请求会盟修好，契丹不允。又请求向契丹贡方物，条件是允许南唐派人到长安洒扫皇陵，也被对方拒绝。中主又气又恨，但又无可奈何。不久，耶律德光因农民起义军此起彼伏，疲于应付，只得仓皇撤离汴京，返旆北归，途中一病不起。中主又萌生了北伐之念，但是时移势易，中原政权多次易手，保大九年（951）掌权的已是后周太祖郭威，那是一个励精图治的君王，中主已无力问鼎中原，只得作罢。

郭威只当了三年皇帝便撒手而去，继位的是他的养子柴荣，也就是历史上的周世宗。柴荣举贤任能，宵旰忧勤，开疆拓土，国力大增。中原底定后，他在谋臣的辅佐下，制定了“先南后北”“先易后难”统一全国的策略。南唐与后周仅隔着淮河，便决定首先拿南唐开刀，为了稳操胜券，柴荣不惮辛劳，亲自率师远征。

正当后周枕戈待旦，秣马厉兵之时，南唐君臣却是文恬武嬉，一派升平景象。大臣冯延巳利用为先主李昪起草遗诏之机，偷偷加上“听民卖男女”一条，为自己纳妾买姬制造借口，中主知而不问。寿春守将刘彦贞以疏浚城濠为名，抽干安丰塘之水注入濠中，导致万顷良田无法灌溉，百姓只得忍痛卖田，刘彦贞以低价买进，再把濠水引入塘中，成为百万巨富。庐州守将张崇恣意朘削百姓，百姓恨之入骨，他奉命到金陵朝觐，百姓额手相庆说：“渠伊必不复来矣！”张崇返任后，下令征收“渠伊钱”。张崇二次入京师朝觐，百姓不敢再饶舌，道路相视以目，并捋须庆贺，张崇得知后，又收“捋须钱”。大理卿李德柔掌管刑狱，审案时不问曲直，命人将打官司的人用芦席裹紧，倒立于地，死人无数。南唐帑藏不足，便滥征赋税，百姓苦不堪言。一日，李璟问侍从：“畿甸下雨，都城无雨，莫非有冤狱未雪吗？”伶人申渐高回答说：“非干冤狱之事，是雨惧抽税，不敢进城。”中主知他趁机进谏，下令蠲免赋税。国力如此，民心如此，自然难以抵挡住后周的进攻了。

保大十三年（955）年底，柴荣决定攻打南唐。为了师出有名，柴荣先找人起草檄文，然后诏告天下，历数南唐之罪：

> 朕自缵承基构，统御寰瀛，方当恭己临朝，诞修文德，岂欲兴兵动众，专耀武功？顾兹昏乱之邦，须举吊伐之义，蠢尔淮甸，敢拒大邦，因唐室之陵迟，接黄寇之纷乱，飞扬跋扈，垂六十年。盗据一方，僭称伪号，幸数朝之多事，与北境以交通，厚启兵端，诱为边患……

事实上，这些指责都不能成立。朝代鼎革之际，谁的人马强壮，就可割据一方，称王称霸，柴荣说南唐僭伪，而他自己也并非李渊、李世民的后裔。要吞并南唐，就得找个借口，仅此而已。柴荣读着檄文，会心地笑了：“我朝是仁义之邦，殄灭凶顽，须得名正言顺，方算得上堂堂正正之师。这篇文诰先述我朝不得已用兵之意，然后列举南唐罪过，使天下人咸知朕伐罪吊民之意。”

柴荣接着读下去，又被檄文恢宏的气势吸引住了：

> 今则推轮命将，鸣鼓出师，征浙右之楼船，下朗陵之戈甲，东西合势，水陆齐攻。吴孙皓之计穷，自当归命；陈叔宝之数尽，何处偷生？应淮南将士、军人、百姓等，久隔朝廷，莫闻声教，虽从伪俗，应乐华风，必须善择安危，早图去就。如能投戈献款，举郡来降，具牛酒以犒师，纳圭符而请命，车服玉帛，岂吝旌酬，土地山河，诚无爱惜。刑赏之令，信若丹青，苟或执迷，宁免后悔。王师所至，军政甚明，不犯秋毫，有如时雨。百姓父老，各务安居，剽掳焚烧，必令禁止。

柴荣读着，连连击节赞赏，同时下令以宰相李谷为淮南道前军行营都部署，知庐、寿等州行府事，以许州节度使王彦超为行营副部署，命侍卫军马都指挥使韩令坤等一十二将各带征行之号，率师十万，浩浩荡荡，直奔淮南而来。

水来土掩，兵来将挡，南唐自然不甘坐以待毙，马上出师迎敌。中主以大将刘彦贞为北面行营都部署，率师三万赴寿州，奉化节度使皇甫晖为北面行营应援使，常州团练使姚凤为应援都监，率师三万屯定远（今属安徽），18 岁的从嘉被任命为沿江巡抚使。那刘彦贞率军迤逦来至距寿州二百里的来远镇，旗甲鲜明，军容甚盛。李谷闻之大惧，对部下说：“我军皆是步骑，无水战之具，敌兵若断正阳（今属河南）浮桥，我腹背受敌，必败无疑。”乃夜焚粮草，退屯正阳。柴荣见寿州久攻不下，便自汴京前往督师，行至圉镇（今河南杞县西南圉镇），闻知李谷退军，恐唐兵追赶，急派大将李重进率精兵渡淮，在正阳以东阻遏来犯之敌。刘彦贞见周兵撤退，便不问青红皂白，挥师追赶，偏将咸师朗也说，追之可获全胜。大将刘仁赡派人进言说：“尚未交锋，敌军便退，其中有诈，慎勿追赶，免得中计。”前军将领张全约也持此议，刘彦贞一概不纳。其实刘彦贞气壮如牛，却胆小如鼠，当他挥师疾驰至正阳时，李重进已先他而至了。刘彦贞不去进攻，却让士兵施放铁蒺藜、拒马牌，又刻木为兽，恐吓敌军。周兵一见，便知他心中怯懦，一鼓作气冲了过来，刘彦贞猝不及防，被斩于马下，咸师朗逃跑不及，被周军俘获。可怜两万南唐兵悉数化为泥沙，数不清的辎重成了周军的战利品。

正阳战役失败，使中主忧心如焚，寝食俱废，柴荣则踌躇满志，驻跸正阳，指挥军队从容进攻。他一面围攻寿州，一面令大将赵匡胤率军五千进攻滁州（今属安徽）。滁州四面俱是大山，离滁州三十里的清流关则是一马平川，滁州之西的西涧水更是一道天然屏障。中主命大将皇甫晖、监军姚凤率军十万戍守滁州。两军相遇于清流关隘路，一阵厮杀，赵匡胤大败，皇甫晖也不追赶，从容进入滁州安营下寨。

赵匡胤率领几个随从查看地形，探讨攻取滁州之策，来到了一个不大的村子中。这个村子茂林修竹，泉水淙淙，端的是修身养性之处。赵匡胤询问村民，其中一个老者说："我等目不识丁，胸无点墨，无话可说。不过，我们村中倒是有一个无所不知的大儒，将军问他好了。"

赵匡胤眼睛倏地一亮："那人是谁？"

"就是以教童蒙为生的赵学究，单名一个普字，镇州（今河北正定）人。此人足智多谋，村民争讼，都找他评判曲直，他三言两语，便能平息争端。"

赵匡胤回到军营，脱下戎装，换上百姓衣服，只带三两个随从，便径投赵普住处来。赵普所居乃三间茅草房，房后是一条小溪，溪边岸柳成行，绿荫婆娑，十分雅静。那三间茅屋既是住处，也是学堂。赵普虽然满腹经纶，但生当乱世，无处效力，只得靠教童蒙糊口。赵匡胤恐他紧张，指着茅屋说："学究住处如此幽静，可算得上桃花源中人了。"

"我是不知有汉，无论魏晋啊！"赵普无奈地摊开双手，"环堵萧然，不蔽风雨，短褐穿结，箪瓢屡空。没奈何，只得靠训童蒙度日了。"

"山不在高，有仙则名；水不在深，有龙则灵。学究是潜龙在渊，必有飞黄腾达之时。"

"哪里，哪里，如果真有出头之日，就只能仰仗将军提携了。"

赵匡胤见他已入彀中，连忙把话引入正题："实不相瞒，某奉天子之命吊民伐罪，如今受阻清流关下，还望学究指点迷津，助我一臂之力。”

赵普早已知他来意，略为沉吟，便说：“恕我直言，皇甫晖威名冠南北，将军与他相比，如何？”

“某不能与他比肩。”赵匡胤老实承认。

“那么，将军的兵势与他相比，又如何？”

“皇甫晖有兵十万，某才率军五千，强弱之势，泾渭分明，学究何须多说！”

“如果两军交锋，将军能否歼此虎狼之敌？”赵普穷追不舍。

赵匡胤叹口气：“如果能稳操胜券，某又何必来打扰学究！我是彷徨无计，特来向学究讨取计策的。”

赵普双眼盯着赵匡胤，不紧不慢地说：“如果皇甫晖军倾巢而出，断绝将军归路，将军就只有束手就擒一途了。”

赵匡胤吓得出了一身冷汗，喃喃自语：“这如何是好？这如何是好？”

“将军不必惊慌，我有奇计可以反败为胜，转祸为福。”赵普胸有成竹地拍拍胸脯。

赵匡胤满脸阴云一下子云消雾散，忙拱手说：“愿闻其详！”

赵普指着清流关的方向说：“我筹之熟矣，清流关下有一条小路，崎岖难走，无人知晓，虽皇甫晖亦不知情。此路鸟道羊肠，迂回曲折，在山背之上，由此可抵达滁州城下。滁州城西的西涧水正是涨水季节，皇甫晖必然认为将军新败，不敢贸然浮水至此。诚能由山背小路率众浮西涧水至城下，斩关而入，皇甫晖因胜而骄，必不为备，可一鼓而歼，此所谓兵贵神速，出其不意是也。若皇甫晖明日整军出战，鹿死谁手，就未可预卜了。”

赵普的一番话真是醍醐灌顶，使赵匡胤茅塞顿开，忙请赵普带路，赵普也不推辞。趁着当晚月色微明、云翳半开之际，赵匡胤下令誓师，人衔枚，马摘铃，沿着山间小路行走，然后跨马浮水渡过西涧水，直抵滁州城下。皇甫晖果然没有防备，只派了几名疲老之卒戍守，赵匡胤一鼓作气，打开了城门，周兵如潮水般涌进城来。这时皇甫晖如梦方觉，来不及召集大队人马，只带了少数亲兵，与赵匡胤展开了巷战。皇甫晖虽然骁勇，但被迫应战，只能做困兽之斗，战不几合，便被擒下马来。周兵点了火把，簇拥着他来见赵匡胤。皇甫晖恨恨地说：“你朝用兵不光明正大，专用阴谋诡计，我虽被擒，死不瞑目！”赵匡胤笑笑说：“给皇甫将军松绑，让他回去率兵再战。”士兵松开绑，皇甫晖也不道谢，悻悻然起身而去。左右埋怨赵匡胤不该放虎归山，赵匡胤说：“滁州城已在我掌握之中，皇甫晖已成瓮中之鳖，还能逃到何处？诸葛孔明能七擒七纵孟获，我又何惮五擒五纵！”众将这才无话可说。

那皇甫晖顶盔掼甲，率了人马，又来同周兵作战。无奈大势已去，人心涣散，兵无斗志，皇甫晖又被捉去，赵匡胤再次下令释放。当皇甫晖第三次被俘时，已是遍体鳞伤，满身血污，再也站不起来了。赵匡胤问他是否回去再战，皇甫晖闭目不答。赵匡胤命人制作木笼，抬了皇甫晖，送往正阳柴荣处发落。鸟无翅不飞，蛇无头不行，主帅被擒，滁州乱作一团，赵匡胤很快就控制住了局势，遣人向柴荣告捷。

柴荣见赵匡胤旗开得胜，马到成功，甚为高兴。他知道皇甫晖是一员战将，并不想难为他，桀犬吠尧，各为其主，倘能劝他投降，日后定能斩将搴旗，攻城略地，建立功勋，遂下令为皇甫晖治伤。其时皇甫晖伤势严重，他躺在囚笼中有气无力地说："陛下体上天好生之德，某甚为感激。某自贝州（今河北清河）起兵，跟随李嗣源，辅佐唐庄宗成就帝业。后来率众投奔江南，位兼将相，大小数十战，从未败北。今日见擒于赵匡胤，此乃天意，非人力可以挽回。某既效忠江南，不能再作贰臣，玷污名声。"说罢，瞑目而卧，既不进食，也不肯疗疾。看看过了五天，便一命呜呼了。滁州人赞他忠义，若干年之后还一日五次鸣钟，为他荐冥福。

滁州乃淮南屏障，去金陵才一水之隔，滁州既失，寿州便孤立无援，无法抵御周师进攻。淮南尽是平地，无险可守，尽可任周兵驰骋。滁州一战，南唐的精锐部队在顷刻间化为乌有，要抵挡周兵的进攻，已是戛戛其难了。

第三回 国土沦丧 李璟乞和

菡萏香销翠叶残，西风愁起绿波间。还与韶光共憔悴，不堪看。

细雨梦回鸡塞远，小楼吹彻玉笙寒。多少泪珠何限恨，倚阑干。

——李璟（916—961）

滁州之败，使江南门户洞开，中主无计可施，心情抑郁。18岁的从嘉，自然也看出了事态的严重，一连好多天，他都没有见过父皇有一丝笑容。也难怪李璟，自从即位以来，便生活在安静宁谧之中，耳朵里哪曾听到过金戈铁马之声，眼睛里何曾看见过战争厮杀的场面，无怪乎一遇见周军进攻，便茫然不知所措了。从嘉想替父皇排忧解难，但苦于难觅良策。尽管他知道历史上许多有为之君，就是在他这样血气方刚的年龄，干出了一番轰轰烈烈的事业，比如李世民就是在18岁时起兵晋阳，化家为国的。然而自己只有歆羡的份儿，无法望其项背，不禁有些自惭形秽了。

“嘉儿，你可有万全之策，替朕分忧吗？”每当父皇用期待的目光看着他时，他都扯心揪肺一般难受。自己酷肖亲父，只是一个读书种子，哪里有挽狂澜于既倒的雄才大略？他几次请求父皇从润州召回长兄弘冀，但是父皇每次都顾左右而言他，不肯表态。叔父景遂是太弟，父亲千秋万岁后名正言顺的继承人，但文不能安邦、武不能定国，既不能运筹于帷幄之中，也不能决胜于千里之外，若是太平年月，尚能守成，在这兵燹四起之际，叔父怕是没有保住社稷的本事了。眼看着周兵今日蚕食、明天鲸吞江南领土，从嘉除了叹息之外，竟是一筹莫展。

周兵自滁州得手后，咄咄逼人，乘战胜余威，继续挥戈南下。中主无奈，只得召集群臣，商议对策。太傅宋齐丘率先奏道：“周师虽然夺我滁州，局势严重，但并非没有转机。可于淮、泗之间布置精兵，周人未测虚实，必不敢贸然轻进，等明年春天水涨，彼步骑无用武之地，我水师正可大展神威，湔洗滁州失守之耻。再者，周兵远道而来，千里袭人之国，必然粮秣不继。只要我方扼守成功，以逸待劳，彼师老粮匮，自会不战而归，这样，江南之围便可解了。”

中主将目光转向景遂：“太弟之意如何？”

景遂知道宋齐丘不谙韬略，虽然侃侃而谈，其实皆不切实际，无补于国。他不无忧虑地说：“宋太傅之谋固然不错，但自滁州一败，我朝将士已成惊弓之鸟，恐怕无人肯受命于危难之际。臣愚以为屈己讲和，方为上策。”

从嘉这时以沿江巡抚使之职列席会议，他坐在殿角，默默听着众人唇枪舌剑，辩难不已。他觉得宋齐丘与叔父的话都有道理，都是为国家着想，但到底该如何办，想来想去，一时竟理不出头绪来。

“嘉儿，你的看法如何？”父皇终于问到自己了。他见众大臣都把目光投到自己身上来，不禁有些慌乱：“宋太傅与叔父之言，虽然各执一词，其实都是为江南着想，防守也罢，议和也罢，各有利弊，至于采纳何人之策，全凭父皇作主，儿臣没有异议。”

这几句话无异于隔靴搔痒，说了等于没说，众大臣不禁哄笑起来。从嘉不好意思地坐在那里，掏出手绢拭汗。

“父皇，叔父之言是长他人志气，灭自己威风，断断不可依从。宋太傅虽然力主守御，但毕竟示人以弱，亦不可取，乞父皇别图良策。”

中主循声看去，说话的竟是长子弘冀，便诘问道：“你在润州镇守，朕并未召你回朝，缘何擅离职守？”

“父皇，如今周兵肆虐，人神共愤，儿臣有志请缨，前去御敌，故而星夜驰归。”

中主看了景遂一眼，又看看弘冀，便低头不语了。他知道弘冀一向对景遂不满，由不满而转为忌恨，叔侄关系不睦。正是为了减少矛盾，他才命弘冀出镇润州的。虽然从嘉不知个中缘由，几次建议调兄长回朝，他也明明知道弘冀之才十倍于景遂，但是权衡轻重，又不得不舍弃父子之爱，以全手足之情，不肯召回弘冀。如今，弘冀自己回朝来了，要说理由，当然也堂堂正正，既然江南处于危急之中，难道让弘冀袖手旁观吗？

“依你之见，该如何处理目前这种局面？”中主两眼注视着弘冀。

“依儿臣之见，应该修我戈矛，励我将士，同仇敌忾，驱逐周兵。儿臣愿率兵前导，同敌人决一雌雄！”

“弘冀，局势如此严重，切不可意气用事。周师兵强将勇，赵匡胤、李重进等人，文韬武略都在我朝将士之上，以疲羸衰弱之卒，抗锐气方张之师，岂不是以卵击石？”景遂以长辈的身份教训弘冀。他所希冀的是，只要能维持住目前这个局面，将来自己便可顺利登基；如果一味抵抗，周师侵入，颠覆了江南社稷，他那登基称帝的美梦，怕也只能成为泡影了。当然，他这种想法只能藏在心底，不能同任何人说起。

“燕王肝胆照人，臣非常佩服，但是兵凶战危，水火无情，不可不虑。要出兵御敌，未能稳操胜券；屈膝遣使，示人以弱，令人小觑江南，二策均不可取。臣还是坚持己见，深沟高垒，不与交锋，待周师兵疲师老，粮秣匮乏，自然退走。”宋齐丘一向以元老自居，旁若无人，只管滔滔不绝地说下去。

“父皇，是战是和，是守是降，还请父皇一言决之。”从嘉在一旁催促。

中主用不安的目光扫视了一下群臣，殿内顿时肃静起来。他是一国之主，如何对付周师的进攻，须得由他定夺。就目前的情况看，不外乎三种方案：长子弘冀主战，太弟景遂主和，太傅宋齐丘主守。在这三种意见中，他倾向于景遂，这倒不是因为他是太弟，事事得让他三分，而是觉得江南士兵不如周师精锐，大可不必以卵击石，作无谓的牺牲。如果采取守势，势必旷日持久，劳师糜粮，上下不得安宁。想来想去，还是景遂的主意稳妥，江南虽然失了滁州，但还未到大厦将倾的境地，只要言辞谦恭，周朝总不至于逼人太甚，不允求和。想到这里，便以斩钉截铁的口气说："朕思之熟矣，攻、守皆不可取，唯有议和一策。朕不惜一切，愿与周朝化干戈为玉帛，世世盟好，永不刀兵相见。"

宋齐丘与弘冀都大失所望，唯有太弟景遂喜形于色。

"议和之事，还望父皇三思。"弘冀大声抗争，"永不刀兵相见，只是父皇一厢情愿罢了。周师能否接受议和，尚在未定之天；即使允我求和，等他吞掉吴越、后蜀、荆南、北汉之后，还会磨刀霍霍，杀奔江南，那时一切就都无从说起了。"

弘冀的忧虑不是没有道理，只是目前火燎眉毛，无法顾及以后的事，中主息事宁人地对弘冀说："皇儿所虑，不无道理，来日方长，可以从容计议。议和之事，朕志已决，不可更改。润州是我朝东边门户，不可一日无重臣镇守，你速速归藩去吧。"

弘冀狠狠瞪了景遂一眼，愤愤然走出大殿。

从嘉从后边赶上来，拉住弘冀的衣角问候道："兄长一向可好？"

弘冀端详着弟弟，欣喜地说："几年不见，六弟已是一翩翩美少年了。伯劳飞燕，为兄日日思念，形诸梦寐。"

从嘉也真挚地说："我与诸弟随侍父皇左右，每逢重阳，遍插茱萸，唯少兄长一人，甚觉怅然。关山阻隔，无由相见，望兄长多加保重！"

弘冀不无忧虑地说："为兄归朝，席不暇暖，父皇便命我归藩，分明是对我存有芥蒂，这定是叔父进谗的结果，使人愤懑不平。"

"叔父也是忠厚之人，谅来骨肉之间，不会存有歹意，兄长休要猜疑。"

弘冀叹口气说："你未侧身朝政之中，自然不知其中奥妙，个中情由，实在一言难尽，日后你自然明白。为兄身在润州，心悬庭阙，倘朝中有事，望六弟早日告知，若俟父皇相召，恐怕就稽迟时日了。"

"一言为定！"从嘉满口答应。

中主既决定讲和，即遣泗州牙将王知朗奉书于滁州柴荣行在。柴荣展开看时，只见上面写道：

唐皇帝奉书于大周皇帝：愿陈兄事，永奉邻欢。设或俯鉴远图，下交小国，悉班卒乘，俾乂苍黔。庆鸡犬之相闻，奉琼瑶以为好，必当岁陈山泽之利，少助军旅之须。虔俟报章，以答高命；道涂朝坦，礼币夕行。

柴荣读完，不屑地笑了笑，把信交给诸将传阅：“李璟竟与朕称兄道弟，诸卿以为如何？”

赵匡胤率先奏道：“江南蕞尔之邦，怎敢与陛下比肩而立？真是不知进退！”

大将张永德也奏道：“臣亦收到了李璟之弟景遂恳请和好的书信，南唐如今兵败如山倒，还想与我朝平分秋色，岂不好笑！这真是痴人说梦！”

众将纷纷摩拳擦掌，表示要给李璟一点颜色，使他知道周兵厉害。王知朗跪在大帐中，止不住心头怦怦乱跳。他本想为南唐辩解几句，一看到这阵势，便冷汗直流，发背沾衣，一句话也说不出来了。

柴荣望着王知朗，缓缓地说：“南唐失礼，行人无罪。只是你目前不宜回江南，暂且在这里小憩几日，再做定夺！”

王知朗意识到这是拘押，不禁大惊失色说：“陛下，可怜我家有八旬老母无人赡养，恳请……”他的话还未说完，柴荣不耐烦地挥挥手，帐角两个孔武有力的卫士疾步上前，把王知朗拖了出去。

中主在金陵望穿秋水，派出的使臣却杳如黄鹤，柴荣既没有放回使臣，也没有片纸只字相及，他不禁慌了手脚，只得再派翰林学士钟谟、大理院学士李德明出使周朝。其时柴荣已移驻下蔡（今安徽凤台）。钟、李两人带着金器千两、银器五千两、锦绮纹帛两千匹，另有御衣、犀带、茶、药等贡品，外加牛五百头、酒两千石，作为犒军之用。

柴荣已经知道了江南第二次遣使的消息，想起李璟那封称兄道弟的书信，心中便平添了许多不快。听说钟谟、李德明伶牙俐齿，口才辩给，想凭三寸不烂之舌游说自己退兵，气便不打一处来，索性派兵攻打东都。其实那只是一支偏师，意在恫吓南唐，迫使李璟就范。谁知东都副留守冯延鲁是一无能之辈，听说周军来攻，早已魂不附体，丢下三军不管，削发为僧，遁逃而去，周军兵不血刃，得了扬州。那冯延鲁正逃之际，被周军捉获，柴荣也不难为他，派人将他送往京师汴京。后来又封他为刑部侍郎，派他往金陵报聘，遂留金陵不返，中主不念旧恶，仍然录用。金陵人讥诮他说："执节分符，始作大军之帅；被缁削发，潜为行脚之僧。"东都既失，光州守将张承翰以城降周，泰州刺史方纳弃城而遁。中主见势不妙，遣使向契丹求援，谁知使臣行至淮北，被周人捉住，从其身上搜出了蜡丸书，双方的关系愈来愈紧张了。

就在这时，钟谟、李德明来到了下蔡柴荣行在，柴荣已经大陈兵卫戈戟以待了。钟、李二人刚刚呈上贡礼清单，柴荣就疾言厉色地说："你朝国主自称是唐室苗裔、太宗李世民之后，自应熟知礼仪。江南与周仅一水之隔，未曾遣一介之使相通，却遣使航海通好于契丹，舍华夏而结交夷狄，是何道理？朕知你二人想以口舌说我罢兵，朕非愚昧之主，岂能为尔等口舌所动！可速归告知李璟，亲来朝见谢罪，往事便一笔勾销，如若不肯，朕便亲至金陵，借府库以犒军，勿贻后悔！"

钟谟与李德明战战兢兢伏在地上，连大气都不敢出。德明连连叩头说："寡君震畏天威，愿向陛下称臣，乞陛下恩准。"

"朕君临天下，四海之内，皆吾臣民，难道汝主称朕为君，便可使朕收兵回朝吗？明白告尔，休做此白日梦！"柴荣仍不肯假以辞色。

钟谟也叩头说："臣出发之时，王知朗老母嘱臣禀告陛下，乞释放知朗回朝。"

柴荣大怒说："朕留王知朗不遣，是因他礼数不周。你朝国主上次要与朕称兄道弟，这次仅仅是称臣，试问诚意何在？你两人也暂且留此，待朕取了江南，再放尔等不迟。"

钟谟、李德明还想再说，柴荣已抽身而起，被卫士簇拥着离开了大帐。可怜他们两人刚才还是使臣，顷刻间便成了阶下囚。

中主眼巴巴地盼着钟谟、李德明能安然归来，不料又是一去不返，只得第三次派司空孙晟、礼部尚书王崇质为正副使臣至柴荣行在求情。

柴荣知道王知朗只是一赳赳武夫，拘押他没有任何意义，现在手上有钟谟、李德明作为筹码，便将知朗放还。那孙晟是个铁骨铮铮的汉子，见了柴荣，不亢不卑，呈上国书，朗声言道："臣奉国主之命，前来朝见陛下，修两国之好。"

柴荣几天前接见钟谟、李德明时，两人唯唯诺诺，伏地战栗的神态，记忆犹新，实在说，他厌恶这样没有一点骨气的人，而孙晟却与他们形成了鲜明的对照，心中先有了好感。他故意问："你朝两次遣使，均被朕扣留，卿何苦蹈此不测之地，不怕有来无归吗？”

孙晟不假思索地答道：“食君之禄，当忠君之事，国主差遣，不能不来，虽粉身碎骨，亦在所不辞。”

柴荣瞟了一眼大帐中的赵匡胤、李重进、张永德等大将，见他们都留神谛听自己和孙晟的对话，便赞叹说：“孰谓江南无人？倘人人如此，朕岂能久驻于此！汝既为使臣，李璟有何话说？”

“国主表示愿削去帝号，献上濠、寿、泗、楚、光、海六州之地，另输犒军之资百万，乞陛下退师。”

柴荣忽然想起了钟谟、李德明，命人把两人叫出，问他们意下如何。钟谟还未及发言，李德明便抢先答道：“乞陛下怜悯敝国国主一片悃诚，准如所请，则江南百万生灵可免涂炭之苦，谁不颂陛下再造之恩！”

孙晟不满意李德明如此阿谀奉承，掉过头去，目视帐外。

实在说，割地之议，正中柴荣下怀，他兴师动众，冒寒犯暑，不就是为了把江南国土夺到自己手里吗？江南既愿献六州之地，自然是再好不过。然而他此次出兵，本想得到全部淮北之地，如今只献六州，相差太远，倘再恐吓一番，江南使臣当会乖乖就范，献出淮北之地。想到这里，便装出一副不屑的样子说：“朕所统之兵，系天下精锐，东征西讨，从无敌手。尔国所献六州之地，早已在朕包围之中，朕盘马弯弓，指日可取。明知六州不守，才献于我，试问江南诚意何在？”

钟谟、李德明被柴荣的威势震慑住了，钟谟哀求说：“江南知陛下神威，愿献淮北全部十四州之地，与陛下划江为界，世世为陛下附庸。”

柴荣颜色稍霁，追问道：“你所说是实，不打诳语？”

钟谟、李德明一齐说：“臣等斗胆，也不敢欺骗陛下。”

柴荣把目光转向孙晟：“孙卿以为如何？”

“臣只奉命献六州，从未听说要尽献淮北之地。”孙晟说着，不禁怒火中烧，呵斥钟谟、李德明：“尔二人狗胆包天，卖主求荣，实为江南之巨恶大憝，不知人间有羞耻事！”

柴荣大度地挥挥手：“各人见解不同，孙卿何须动怒？这里已用不着你，可先去小憩，容朕处理完政务，再拨冗与卿洗尘。”孙晟知道柴荣表面说得客气，实际上是让他尝铁窗滋味，便不再辩驳，任凭卫士押着，走出了大帐。

钟、李两人吓得心胆俱碎，李德明叩头如捣蒜说：“乞陛下留钟谟为质，微臣归国取图表来献，以表忠荩之心。”

柴荣说：“钟谟、孙晟可暂留于此，王崇质、李德明即刻返回江南。朕当修书一封，烦托交你朝国主。”说罢，便唤翰林学士陶穀起草书信。陶穀本是宿儒，染翰操觚，文不加点，一挥而就。柴荣接过看时，只见上面写道：

自有唐失御，天步方艰，六纪于兹。瓜分鼎峙，自为声教；各擅蒸黎，交结四夷。凭陵上国，华风不竞，否运所钟，凡百有心，孰不兴愤？朕擅一百州之富庶，握三十万之甲兵，农战交修，士卒乐用。苟不能恢复内地，申画边疆，便议班旋，直同戏剧。至于削去尊称，愿输臣节，孙权事魏，萧詧奉周，古也虽然，今则不取。但存帝号，何爽岁寒？倘坚事大之心，必不迫人于险。

李德明回到金陵，呈上柴荣的书信，中主细阅一遍，见满篇尽是盛气凌人、诮让谴责之辞，心中十分不快。德明不识进退，大声奏道："臣此次出使，得见后周天子，端的是英武盖世，才干绝伦，天下罕有其匹。请国主速速割让淮北之地，免得大军来讨，玉石俱焚，后悔就来不及了。"

中主悻悻然望着他，一言不发。

宋齐丘见李德明手舞足蹈，唾沫四溅，便叱责他说："李大人，国主只许献六州之地与柴荣，你却尽献淮北之地，未奉朝命，怎敢自专？"

李德明反唇相讥道："有道是识时务者为俊杰，将在外君命有所不受，割淮北之地，换来江南安宁，有何不可？太傅何必胶柱鼓瑟？"

宋齐丘大怒说："你今日敢献淮北之地，明日便敢献出江南社稷，实在是出卖江南的罪魁祸首！"

李德明却不愠不怒，慢条斯理地说："这真是欲加之罪，何患无辞！想不到我忠心耿耿，对社稷一片赤诚，太傅却这样看我。"

枢密副使陈觉上奏说："李德明出使周朝，擅割淮北之地，卖国以悦敌，罪不可赦，乞国主明正典刑，以儆效尤。”

中主实不曾授权李德明尽割淮北之地，他知道其父创业艰难，一寸土地都来之不易，割弃六州，实属无奈，怎能尽割淮北之地拱手送人？如果一介使臣都敢越俎代庖，擅作主张，江南还有何纪纲可言？想到这里，不禁拍案而起，指着李德明说：“李德明，尔也忒大胆，柴荣要淮北，尔便慷慨奉赠，倘要孤的首级，尔也答应吗？”

德明见中主变卦，攘臂高呼：“国主不要逞强，倘不割淮北之地，周师扫穴犁庭，国主成了人家俎上的鱼肉，哪里还能南面称孤，召见群臣？”

李德明越说越不像话，中主大怒，下令将其推出斩首。李德明这时才知事态严重，一改骄矜之态，跪下求饶说：“微臣自知罪在不赦，乞国主念在用人之际，贷臣一死，臣当衔环结草，报效国家。”

李德明真是个无赖，顷刻之间便由口出狂言到摇尾乞怜了。中主本不想杀人立威，一见李德明跪地哀求，便想收回成命，他瞟了一眼宋齐丘、陈觉，轻声问：“宋、陈二卿意下如何？”

宋齐丘奏道：“当断不断，反受其乱，国主且不可受他蛊惑。”

兵部尚书陈乔也奏道：“养痈贻患，后患无穷。不斩李德明，将来便会有王德明、张德明！”

中主不再犹豫，喝令刽子手行刑，不多时，李德明便身首异处了。

德明既死，割地之议自然也不再提起。柴荣本欲返旆北归，见江南爽约，便挥军进攻。舒州（今安徽潜山）刺史周弘祚抵挡不住周军的兵锋，眼看城池将破，赴水而死；蕲州（今湖北蕲春县蕲州镇西北）守将李福杀死知州王承俊，开门降周；和州（今安徽和县）陷落。柴荣一面派人处理所占州县，一面用槛车载着孙晟，直奔寿州城下。戍守寿州的是江南大将刘仁赡，他抚慰将士，悉心防御，周兵屡次进攻，均以兵败而告终，柴荣无奈，只得强迫孙晟招降。刘仁赡在城上望见孙晟，纳头便拜。孙晟遥望城上，大声道："君受国恩，不可开门纳寇，坚守则名垂青史，投降则遗臭万年，将军慎之！"刘仁赡在城上哭泣说："敢不从命！"柴荣大怒说："朕命你劝降，你却让他坚守，是何道理？"孙晟正色答道："臣为大唐之臣，岂能教唆节度使外叛？陛下麾下文武大臣不少，倘对陛下不忠，陛下要他何用？"柴荣无话可说，只得作罢。

后周兵频频出击，吴越王钱俶（原名钱弘俶，因避赵匡胤之父赵弘殷之讳，史书上记为钱俶）也火上浇油，趁江南危急之际，出兵进攻常州。江南自然经不起两面夹击，中主没奈何，只得再次遣使赴周谢罪。柴荣本想拒江南使臣于门外，但是看到中主的表文写得哀婉凄切，文采斐然，便不由得读了下去：

圣人有作，曾无先见之明；王祭弗供，果致后时之责。六龙电迈、万骑云屯，举国震惊，群臣惴悚。遂驰下使，径诣行宫，乞停薄伐之师，请预外臣之籍。天听悬邈，圣问未回，通宵九惊，一食三叹。由是继飞密表，再遣行人，叙江河羡海之心，指葵藿向阳之意。

柴荣读罢，将表文掷于案上，揶揄使臣说："这通表文写得委实不错，如果参加科举考试，定能蟾宫折桂。但是朕已受过江南的欺骗，事可一而不可再，朕不能任人玩弄于股掌之上。烦尔转告李璟，不取江南，朕必不撤兵，其他毋庸再议。"

"乞陛下暂息雷霆之怒，容微臣一申悃诚。"使臣几乎是嗫嚅着哀求了。

"饶尔有苏秦、张仪之舌，朕亦不会相信了。"柴荣显得不耐烦了。

使臣方欲再次哀求，柴荣已作色拂袖而起。可叹使臣一无所获，只得惴惴回朝复命去了。

第四回 忠良尽节 铁骨铮铮

玉砌花光锦绣明，朱扉长日镇长扃。夜寒不去寝难成，炉香烟冷自亭亭。

残月秣陵砧，不传消息但传情。黄金窗下忽然惊，征人归日二毛生。

——李璟（916—961）

中主得知柴荣拒和的消息，不禁嗒然若丧，整日长吁短叹。枢密副使陈觉见中主悒郁不安，便乘机进言说："如今国事蜩螗，周兵得寸进尺，大有灭此朝食之势。朝中人心惶惶，一夕数惊，已有人收拾金银细软，准备逃离金陵了，不知国主何以处之？"

中主料不到朝中竟如此混乱，讷讷地说："卿莫不是危言耸听？周兵尚远，京城怎会风声鹤唳，草木皆兵？"

陈觉的确是有意夸大局势的严重性，以售其奸计，见中主有些信了，便故意说："国主足不出宫闱，自然难知其详，臣所言皆系耳闻目睹，岂能有假？国主应仔细斟酌，火速定夺。”

中主摇摇头说：“兵凶战危，寇深祸急，孤方寸已乱，计无所出，卿可有策退敌？”

“臣虽备位枢密副使，但江南之兵不如周兵强悍，抵抗恐也无益，何况臣等才能驽钝，不足与赵匡胤等人抗衡。”

“照你说来，我朝只有束手待毙一途了？”中主睁大了眼睛。

“当然也有解救之法，只是事关重大，臣不敢出口。”陈觉欲擒故纵，试探中主的反应。

“只要有解救之法，卿何不早说？”

陈觉这才转入正题说：“近日司天言天文变异，人主应该避位祈禳，不知国主是否闻知？”

中主这才明白，陈觉拐弯抹角，把局势说得一塌糊涂，竟是为了逼他禅位。他并不贪恋帝位，但是就目前的局势看，交出帝位未必就能阻挡周军南下，灭唐是柴荣的既定方略，不会轻易罢手。当然，万一退位能够弭兵，那也不妨一试。于是，他轻声问陈觉：“孤非恋栈不去之人，然而急切之间，谁可托付大事？”

陈觉见中主有意禅位，便密奏道：“天意示警，不可不信。臣窃以为国主宜禅位太弟，而以国事委托太傅宋齐丘，陛下深居宫禁，与臣从容谈论释老，俟国事定后，再归政未晚。”

中主迟疑片刻，对陈觉说：“你可通知太弟，让他准备即位，再去召兵部尚书陈乔，让他为孤草诏。”

陈觉不由心中一阵狂喜。他之所以劝中主禅位，并非为社稷着想，而是因为景遂才干平庸，便于控制。他原本只是想试探一下中主的态度，不料中主答应得竟是如此爽快。他去找太弟景遂，谁知景遂却反应冷淡。那景遂本非治国之才，一听说其兄要在这兵戈攘扰之中禅位于己，不禁手忙脚乱起来。不错，他是想过登基，想过君临天下，享受一下百官朝觐的威风，但他从未想过在一片战鼓声中取代兄长，他想象的是在海晏河清、方隅无事时当太平天子。他虽然读书不多，但是陈叔宝被隋兵俘虏、晋朝石重贵成为契丹人阶下囚那一幕幕牵羊系颈的悲剧，还是知道的。如今天下多难，其兄正值壮年，却突然提出禅位，这不分明是把他往火坑里推吗？他愤愤然去找兄长说理。

“太弟，如今天意示警，人主应该避位，孤想禅位于你，未知你意下如何？”中主把心事和盘托出，看他有何反应。

“国主诚意，臣铭感肺腑，然而臣才疏学浅，恐不足以任大政。倘辜负了国主托付之重，怎对得起先皇在天之灵？”

中主不由一怔。眼前的景遂与以前简直是判若两人，使他大惑不解。景遂为了嗣位，一直与弘冀隔阂甚深，从未说过不肯嗣位的话，今天忽然改口，中主还以为他是谦让，便真诚地说：“目前局势如此，孤并非不想力挽狂澜，奈天意示警，正应在孤身上，不能不预作安排。太弟之才十倍于孤，当此危难之际，倘能击退敌军，化险为夷，使江南长治久安，孤愿作臣子，稽首称藩。”

“以国主之才，尚不能弭周军兵锋，臣有何德能可退敌兵？乞国主准臣归藩，朝廷大政，另付他人。”

“当年父皇晏驾时，曾嘱咐你我兄终弟及，如今用人之际，太弟岂能撒手不管？”中主不觉动了感情，几乎是恳求了。

景遂执拗地说：“父皇当时并未预料到局势会发展到今天，臣拒不受诏，是因为才能不济。国主不应强人所难，于此时禅位。”

中主这才恍然大悟，景遂不愿在这风雨飘摇、社稷危殆之时继位，是想在海晏河清、风霁月朗之时当太平天子。人之常情，在所难免。但是眼下朝中无人，还须景遂维持局面，只得尽力劝说。任中主说得口干舌燥，景遂执意不允。中主无计可施，只得改授他为天策上将军、江南西道兵马大元帅、洪州大都督，赐爵晋王。景遂连忙辞谢出朝，带领随从赴洪州去了。

中主送走了景遂，正懊恼间，兵部尚书陈乔忽然求见。此人素来耿直敢谏，中主颇为倚重。他见中主闷闷不乐，便问道：“国主因何事闷闷不乐？莫非为了周兵进攻一事吗？”

中主并不答话，只是自言自语地说：“迟了，迟了，太弟已经去洪州了。”

陈乔听他的话，好生不解，小心问道：“国主刚才说些什么？微臣全然不懂，乞国主明示。”

中主不无伤感地说：“近来天文示警，人主宜避位祈禳，孤令陈觉召你写禅位诏书，即日传位给太弟，不想他拒不受命，如今已出朝去洪州了。”

陈乔大吃一惊，值此国难当头之际，国主正应奋发淬厉，怎会有传位之事？如果真的天文示警，自己身为大臣，为何一点不知，难道天文示警只给国主一人？便说："昨日国主还在殿上议政，为何今日就有禅位之事？谁建此议，蛊惑人心，应当斩首。"

中主道："此事虽出自枢密副使陈觉之口，然亦是朕本意，与他无涉。"

陈乔泣奏道："陈觉乃奸邪小人，蒙蔽圣聪，售其奸计，国主奈何听之信之？"

中主道："孤与诸弟有约，一旦不讳，兄终弟及。如今江南多难，孤自愿禅位于太弟，不干陈觉之事。"

"国主好生糊涂，天意示警，怎么只有陈觉一人知道，难道满朝文武都是酒囊饭袋不成？何况天意幽渺难凭，国主岂能相信？先皇虽有兄终弟及之遗诏，但国主正值壮年，怎可萌生退志？陈觉居心叵测，建言国主禅位太弟是假，想让宋齐丘摄政是真。一旦国主交出权柄，百官自然都去朝拜宋齐丘，尺土寸地，便皆非国主所有了。陈觉明知宋齐丘跋扈，太弟暗弱，故建此议，分明是想攘窃权柄，置太弟于傀儡之位。国主今日去位，明日便会令不出宫禁，生杀予夺，皆由宋齐丘作主，到那时，国主垂涕求为田舍翁，恐怕也不可得了。"

中主如梦初醒，拉着陈乔的手说："不是卿有明见，孤便落入贼臣彀中了，卿之忠诚，孤当永志不忘。"当下便把陈乔引入后宫拜见后妃及从嘉兄弟。中主又指着陈乔对钟皇后说："此人为江南第一忠臣，他日国家如有急难，汝母子可以托之，孤便死也无恨了。"

从嘉也感激地说："时穷才显气节，板荡方识纯臣，江南有了陈尚书，定会国祚绵长。"

陈乔俯身答道："谬承殿下夸奖，令人感惭交并，敢不竭诚以事国主！"

君臣正说话间，只见内侍捧进两本奏章来。中主接过看时，一是吴越王钱俶围攻常州，守将飞章求救的告急文书，另一本是周兵包围寿州，守将刘仁赡请求派兵增援。中主只觉得天旋地转，急切间从哪里派出那么多兵马？陈乔奏道："事已至此，忧愁于事无补。国主可发倾朝之兵应战，倘皇天眷佑江南，说不定可克日殄平贼寇，廓清寰宇。"

中主暗暗思忖，常州在润州东南，如果吴越陷了常州，定会乘胜进攻润州，弘冀年少，不谙军旅之事，未可独当一面，刀兵无情，万一战殁，就只能抱无涯之戚了。于是，他下了一道诏书，命弘冀火速回朝，至于戍守事宜，他另派别人前去。他又想，周师比起吴越之兵，自然又强悍许多，如能遏制住周师进攻，其功勋不啻为再造江南。他原想让景遂前去，但景遂是扶不起的阿斗，一听说兴兵打仗，便吓破了胆，连太弟也不肯当了，一溜烟躲到了洪州。那里远离尘嚣，没有鼓角之声的纷扰，然而从此丢了储君之位，未免可惜。他又想起了三弟景达，父皇兄终弟及那句话，始终在他耳际回响。只要景达能建功立业，日后继位为君，群臣便不会有异议了。于是又下了一道诏书，命诸道兵马大元帅、齐王景达率师拒周。还恐他不能稳操胜券，又派枢密副使陈觉为监军使，协助景达破敌。中主虽然明知陈觉心术不正，但又舍不得他才华出众，富于韬略，在耳提面命教训一番之后，才让他和景达一起赶赴寿州。

就在弘冀接到父皇召他回朝命令的同时，周师又攻陷了广陵（今江苏扬州）。叔父景遂抛弃太弟之位，遁迹洪州，曾使他狂喜不已。他未费一刀一枪，就搬掉了自己通往帝王宝座的障碍，父皇万岁千秋之后，帝位自然是非他莫属了，怎不令人惬意！一连好几天，他置酒高会，大宴部属，表示只要自己被立为太子，在润州相随的文武官员，皆可得到升迁。然而当他得到父皇已派三叔父景达驰援寿州，并宣召自己回朝时，不禁又万念俱灰了。父亲召他回朝，是出于父子天性，恐怕万一战争失利，他成为刀下游魂，这一点他自然清楚。可是，派三叔父景达驰援寿州，不也分明是让其建立功勋，好为日后禅位铺平道路吗？一边是手足，一边是父子，他不明白父皇为什么要厚彼而薄此。一想到这些，就引起他无限怅惘。

“殿下，听说国主已召你回朝，不知何日启程？”弘冀循声看时，见是部下大将赵铎。

“此事来得太突然，我还未思虑成熟。”

“依末将之见，殿下不宜于此时回朝。”

“此话何意？”弘冀茫然不解。

“其中的奥妙，殿下自能体味。润州乃江南东边门户，殿下一日不回，国主必倚为长城，朝野自然也刮目相看。何况殿下手握重兵，即使与吴越交锋，未见得就一败涂地，一旦战胜，殿下就可身价百倍。倘若回朝，殿下不过一寻常藩王，难与齐王较量短长。更为可虑的是，殿下苦心孤诣训练出来的军队，必将为他人所有，殿下多年的心血，便只能付诸东流了。”

弘冀拍着他的肩膀，欣喜地说：“我正为去就两难，听子之言，吾志决矣。不扫平吴越之师，我决不离开润州。”当下便挥笔给中主上了一个极短的奏折：

多垒之秋，义无就逸，乞效用以死报国。不胜屏营待命之至！

中主自然不知道弘冀的心思，只道他忧国忧民，勤于王事，便不再催他回朝，派大将柴克宏、陆孟俊归弘冀节制，让弘冀分兵救援常州，命柴克宏即日启程。

负责发放铠甲粮草的是枢密副使李征古，他与景达私交甚笃，却与弘冀不谐。他知道柴克宏是一员战将，如今拨归弘冀节制，如果立了战功，景达嗣位的希望便成泡影了，于是拨给克宏的尽是生锈的铠甲，缺了刃的刀剑。克宏愤愤然质问他说：“我所统率的军队并非训练有素之军，乃是出于卫国热情，临时拼凑起来的队伍，枢密使理应发给精良武器才是，如今只发些锈甲钝刀，叫士兵怎去杀敌？”

李征古谩骂说：“府库中只有这些盔甲刀枪，我去哪里造新的给你？如果不要，赤手空拳走路好了，就凭你这胸无点墨之人，还能建功立业，名标青史？”

柴克宏的两个随从受了侮辱，怒目圆睁，呼啦一声，拔刀在手，指着李征古说：“尚未出师，你先扫兴，不如在这里结果了你，然后再上阵杀敌！”

李征古大惊，色厉内荏地大呼：“以下犯上，你们竟然藐视国法，谁敢动手？”

两个随从上前一步，冷笑着说：“有什么不敢？我们眼里认得你是枢密使，这把刀却不认得你。”说着就要动手。

李征古吓得魂飞天外，连声叫：“柴将军，柴将军，快快救救老夫！”

柴克宏示意随从不可莽撞，然后徐徐将他们的刀纳入鞘中，讥讽李征古说：“枢密使原来也是银样镴枪头，我的随从只是吓吓你而已，哪里敢杀朝廷命官，衮衮大员？”

李征古惊魂甫定，怔怔地立在那里，一句话也说不出来了。

“枢密使大人，我们后会有期，你看我柴某定会旗开得胜，马到成功！”柴克宏这段话一字一顿，掷地有声，说完便掉头而去。

谁知柴克宏刚刚行至润州，中主又变了卦，改派大将朱匡业取代柴克宏。原来李征古受了奚落后，咽不下这口恶气，撺掇中主临阵易将，釜底抽薪，使柴克宏不能立功。中主蒙在鼓里，没有觉察，糊里糊涂答应了李征古的请求。李征古好不得意，便派人催促柴克宏返旆南撤。柴克宏不予理会，依然挥军北上。使者愠怒说：“我奉枢密使之命催你回军，为何不听调遣？”柴克宏也大怒说：

“我计日破贼，不可耽误一天行程，你来阻我前进，必是钱俶所遣奸人。”喝叫左右推出斩首。使者叫屈说：“我受李枢密使派遣，并非一己私事，将军奈何杀我？”柴克宏说：“休说你是受李枢密使差遣，就是李征古自己来，我也一样斩他。”说着便将使臣推了出去，不一会儿，左右便盛上一颗血淋淋的人头来。

杀了李征古的使者，柴克宏自知不妥，便找弘冀诉说道：“末将自束发从戎，无一日不思报效国家，如今常州危在旦夕，国主却临阵易将，末将空有一腔报国之志，却没有用武之地，乞殿下奏明国主，末将愿以身家性命担保，不破吴越之兵，即斩末将之头以谢天下！”

弘冀被他这一片赤诚之心感动了，拍着柴克宏的肩膀说：“将军豪言壮语，令人神往！古语云，将在外，君命有所不受，将军只管放心杀敌，父皇面前自有我担待，料也无妨。”当下弘冀便给中主上了一个奏折：

> 右卫将军柴克宏肝胆照人，卓有才略，儿臣察之，可以破贼。常州危在旦暮，临阵易将，兵家所忌，臣请以身保其成功。

克宏感激地说：“但使龙城飞将在，不教胡马度阴山。殿下只管听好消息吧。”

弘冀当即部署军队，昼夜兼程赶往常州，向吴越军队发起进攻。柴克宏亲冒矢石，率先破阵，麾下士卒无不以一当十，奋勇杀敌。吴越之兵只道江南尽是羸弱之卒，乌合之众，谁知江南之兵竟是如此训练有素，不由得乱了阵脚。江南之兵愈杀愈勇，吴越之兵招架不住，大败输亏，狼狈逃窜，逃得慢的，不是做了刀下之鬼，便是成了阶下之囚。这一仗共斩首一万余级，俘虏吴越士兵数千人，柴克宏也身负重伤。

弘冀听说打了胜仗，亲至润州城外迎接。当他看到那些被俘的吴越士兵，一个个鸠形鹄面，狼狈万状地从自己身旁走过时，脸上浮起了满意的微笑。他急切地寻找柴克宏，却不见其踪影。此时凯旋，该是柴克宏春风得意的时候，为什么不肯露面呢？他心中已经有了不祥的预感，莫非柴克宏已殒命疆场？或者是身负重伤？一直到队伍快要过完时，他才看到满身创伤的柴克宏。原来柴克宏不想败弘冀的兴，命令部下不要把自己受伤的事禀报弘冀。

弘冀的眼睛湿润了，他俯下身查看柴克宏的伤势，只见他平躺在车厢里，浑身上下有十几处刀伤、箭伤。弘冀低声说："柴将军，你为江南社稷立了大功，令人敬佩，我将奏知父皇为你庆功！"

"末将理应为国效力，瓦罐不离井上破，将军难免阵上亡，作战受伤亦是平常之事，不须旌表。"柴克宏因伤势过重，说话时有气无力。

弘冀忽然一阵冲动，大喊道："给我将俘虏统统砍了，以报柴将军之仇！"

柴克宏听说要杀俘虏，忙劝阻道："殿下，杀俘不祥，自古仁义之师皆不杀俘，望殿下三思，勿轻开杀戒。”

弘冀不听柴克宏的劝告，一方面将数千名俘虏悉数屠戮，一方面遣人向中主告捷。可叹那些手无寸铁的俘虏，一个个成了刀下冤魂。“可怜无定河边骨，犹是春闺梦里人。”那些被杀士兵的妻孥，只有在梦中同亲人团聚了。

江南自显德二年兴兵以来，屡屡败于柴荣之手，不曾有过一次胜利，这次虽然打败的是吴越，但吴越是应柴荣之约而来，打败了吴越也就等于打败了柴荣，朝野之间一时交口称誉弘冀，弘冀如沐春风，好不得意。中主传旨嘉奖弘冀，晋升柴克宏为奉化军节度使，但对弘冀没有奏请便杀掉全部俘虏，心里十分不快。但是鉴于弘冀为国立了大功，不忍苛责，便未再提起。那柴克宏伤势稍瘥，便上疏请缨，要求援救寿州，中主不忍拂他之意，当即批准。谁知柴克宏行至泰兴（今属江苏），箭伤复发，卒于军中。弘冀亲往送葬，扶柩入土，中主也颇为惋惜，谥为威烈，江南之人无不痛惜国家失了一员战将。

再说景达受命驰援寿州。他自受命之日起，便知道其兄把自己放在了一个特殊位置上。他本排行第四，从未有过非分之想，但是二兄景迁早逝，三兄景遂遁迹洪州，剩下可以继位的，就只有他了。虽然中主还没有明确表示封他为太弟，但种种迹象表明，不会再有其他变卦。他感激兄长手足情深，但对这突如其来的任命，没有思想准备。此时此刻，他是忧虑多于喜悦。不消说，如果这是一次风平浪静的权力转移，三哥景遂决不会舍之而去，天底下谁跟当帝王有仇？可是在通往帝王的道路上，要是到处都是荆棘与陷阱，稍一不慎，便有跌入深渊、粉身碎骨之虞，也许更多的人会望而却步，不去羡慕这帝王之位了。景达何尝不想为国分忧？即使不当太弟，将来永远是一名藩王，或者更退一步，当一名百姓，在江南多事之秋，也该挺身而出，毁家纾难才是。但是，他同景遂一样，也是一个志大才疏的平庸之辈，光靠他自己，无法担负起援救寿州的重任。其兄自然也清楚这一点，因此在他出发之前，特地派枢密副使陈觉监军，而陈觉却趁机攫取了全部军政大权，景达所能做的，不过是署牍尾、主画诺而已。

中主既然希望景达能在寿州立下不次之功，以便日后禅位时，群臣不至于提出异议，便将朝中的优秀将领悉数派往了景达军中。其中一位叫朱元的大将，骁勇果敢，善驭士卒，自出师之日起，便慷慨激昂，发誓与江南共存亡。他一路奋战，夺回了舒州、蕲州、泰州，一时军威大振。因立了战功，中主提升他为淮南西北面行营应援都监，与大将边镐、许文缜成犄角之势。但是监军使张宣嫉贤妒能，平日与朱元不和，怕朱元立了大功，显得自己无能，便屡屡上书进谗，说朱元蓄有异志，不可授以兵柄，景达也多次无故呵责，说他违犯节度。中主不知详情，派大将杨守忠取代朱元。守忠星夜驰往前线，景达檄朱元办理交割事宜。朱元正欲领兵杀敌，得知自己被贬谪，悲愤欲绝，打算举刀自刎，部下小校宋均夺过刀说："良禽择木而栖，贤臣择主而事，如今天下纷乱，大丈夫何往不可，岂能如此轻生？还望将军深长思之。"朱元说："我已被贬谪，还能投往何处？”宋均道：“柴荣礼贤下士，何不投他？”朱元点头称是，当即点齐万余人马，举寨降周。

柴荣骤然添了一支生力军，士气旺盛百倍，乘机反攻。朱元既降，江南士兵无心恋战，大将边镐、许文缜、杨守忠等均被周师擒获。江南以五万人出师，被俘、死亡、投敌、丧师四万，景达收拾残兵败将，不足一万人，悄悄溜回金陵。中主怕他无功自愧，拜为天策上将军、浙西节度使。景达不敢当此重任，又改为抚州大都督、临川牧，景达这才走马上任，一直到建隆年间死在那里，未再离开过临川。

张宣是陷害朱元的主谋，理应受到惩处，但他并未受到贬谪，照旧官居原职。朝野议论纷纷，但中主充耳不闻，却把一腔怨气都撒在了朱元身上。朱元降周，奈何他不得，便下诏把朱元妻子抓来，不由分说，要推出斩首。那朱元之妻查氏，乃当朝大臣查文徽之女。查文徽因平闽有功，时任宣徽使之职。他得知中主要杀自己女儿，不觉五内俱焚，慌忙上表恳求说：“朱元叛国，人神共愤，然其妻孥并不知情，乞国主看在老臣薄面，收回成命，贷其一死。”中主摇摇头说：“卿有功社稷，孤已封你为宣徽使，至于诛叛一事，理应如此，所请不准。”查文徽大恸说：“老臣已是耄耋之年，膝下无儿，只此一女，乞国主网开一面，成全老臣。”中主嫌他啰唆，大声说：“孤只斩朱元妻，不杀查家女，卿下殿去吧。”查文徽无话可答，哭泣着下殿去了。及至女儿被杀，他用名贵的珍珠串成灯笼之状，覆在女儿身上，老泪纵横，抚尸大哭。金陵城中万人空巷，都来观看，见查文徽悲痛欲绝，也都洒下了一掬同情之泪。

柴荣虽在寿州城下得手，但是其他战场并不顺利。在周师攻占之地，百姓纷纷揭竿起义，以农具为兵器，以硬纸作盔甲，处处保聚，号白甲军，周军攻时，四散而走，周军退却，又卷土重来，使周军疲于应付。加上盛夏多雨，刚才还风和日丽，突然间便大雨倾盆，周师在扬、滁、和诸州，都纷纷退却。柴荣知道战线过长，难以坚守，便将兵力集中在寿州城下。柴荣驻跸涡口城（今安徽怀远），打算幸扬州，宰相范质以兵疲师老进谏，请求班师。柴荣自知灭江南的时机还不成熟，便返旆北归，结果扬、光、滁、和诸州又被江南夺回。

柴荣回到汴京，突然想到了孙晟。此人被俘，仍然坚贞不屈，命他劝降，他却让刘仁赡坚守，气节可风。倘若能使他回心转意，以事江南之心事周，倒是一位难得的人才。于是将他安排在都亭驿居住，派人专门侍候，食则有鱼，出则有车。柴荣政事之暇，多次召见孙晟，以醇酒佳肴款待。孙晟自然知道柴荣的用意，酒馔照吃，却不肯失节事周。柴荣每次问及江南虚实，孙晟只说："寡君事陛下绝无二心，其他军旅之事，微臣一无所知，无可奉告。"柴荣几次欲待发作，均恐惹怒了孙晟，皈依之事告吹，只得隐忍不发。

也是事有凑巧，周朝大将张永德、李重进两人失和，双方剑拔弩张，水火不容。江南得知消息，乘机挑拨离间，以张永德的名义散布流言，说李重进对柴荣不忠，要起兵夺周朝江山，一时闹得沸沸扬扬，朝野皆知，柴荣也半信半疑，派人暗中监视李重进。中主知道反间计已经生效，好不得意，便写了一封信，用蜡丸封好，派人捎给李重进，引诱他投奔南唐。谁知事不机密，蜡丸书还未到李重进手里，便被周朝截获。柴荣气得七窍生烟，召来孙晟厉声责问："朕每次问你江南之事，你都说李璟事朕一腔忠诚，绝无二心，为何行此反间计，招诱我朝将领？我朝君臣同心同德，岂能受你朝引诱？你明知尔朝国主对朕不忠，却花言巧语欺骗朕，该当何罪？"

孙晟并不惊慌，侃侃而谈："微臣被拘已有半载，蜡丸书刚刚发现，怎能让微臣担此责任？何况我朝国主一向忠于陛下，今出此下策，必是朝中奸邪作祟，蒙蔽国主之聪，国主未必知情，等陛下查个水落石出，再向微臣问罪不迟。"

柴荣拍案大怒说："你朝诱我大将，书信俱在，证据确凿，却要朕派人调查，岂不是欺人太甚！"

孙晟据理反驳："陛下说我朝欺人太甚，微臣奉国主之命前来议和，陛下为什么扣留不返？自古道两国交战，不斩来使，陛下以微臣为人质，信义何在？"

柴荣掀髯微笑："朕只是扣留，并未杀死使臣，卿休得言过其实。朕为免两国生灵涂炭，下令班师，不想你朝又夺我扬、光、滁、和诸州，这哪里是诚意求和？"

"陛下所说诸州，原本是江南领土，如今不过是物归原主而已，怎能说是夺？"

柴荣一时语塞，指着孙晟说："其他事无须多说，朕只问你，愿学苏武，还是愿学李陵？"

孙晟答道："微臣冰清玉洁，义不受辱。想那苏武因不肯受匈奴胁迫投降，被徙至北海牧羊，啮雪食草籽，持汉节牧羊十九年，节旄尽落，终于返回汉朝，享誉今古，俎豆千秋。微臣自然以他为榜样，怎能学兵败投降的李陵？"

"苏武有返汉之时，你却无回江南之日了。"柴荣即刻命令都承旨曹翰押孙晟至右军巡院斩首。

孙晟面无惧色，缓缓说道："微臣自扣押之时起，已置生死于度外，何惧一死？"

曹翰敬重孙晟是条汉子，行刑前特地安排了一顿酒宴，曹翰举杯相劝说："适才陛下盛怒，赐大夫一死。倘若大夫回心转意，某还可禀明陛下，追回成命。大夫羁押有日，妻孥可能天天倚闾而望，希望大夫平安归去，遗下孀妻弱子，岂不抱终天之恨？人生苦短，大夫何必执迷不悟，为毫无用处的忠义二字送了性命？"

孙晟从容地斟一杯酒，一口气喝完说："孔子说'三军可夺帅也，匹夫不可夺志也'，某只求一死报国，不虑其他。"说着便整理衣冠，索取朝笏，望南面跪拜说："微臣受国深恩，谨以死谢社稷！"随后义无反顾，慷慨就刑。随行被羁押的一百多名官员，也无一人降周，一并遭到杀害。

孙晟之死传到江南，中主不禁潸然泪下，赠孙晟为太傅，封鲁国公，谥文忠，派人厚恤其家，升擢其子为祠部郎中。其他死难人员，也一一抚恤。

柴荣送走了孙晟，顿生懊悔，连忙传旨停刑，但是已经晚了。他对臣僚说：“孙晟实为奇男子，可惜不为我用！有臣如此，方可称忠。孔子云‘躬自厚而薄责于人，则远怨矣’；朕如多加笼络，少加责备，他也许会心悦诚服皈依，是朕操之过急，误杀了。”

第五回 江南大败 柴荣亲征

江雨霏霏江草齐，六朝如梦鸟空啼。

无情最是台城柳，依旧烟笼十里堤。

——韦庄（约 836—910）

保大十五年（957）二月，冰雪未融，乍暖还寒，柴荣便在汴京校场誓师，御驾亲征，再攻江南了。周师三十万，旗甲耀日，钲鼓喧天，迤逦来至寿州城下。柴荣亲自率师攻城，屯于城西北淝水之阳，征调宋（今河南商丘市）、亳（今安徽亳州市）、陈（今河南周口市淮阳区）、颍（今安徽阜阳市）、许（今河南许昌市）、徐（今江苏徐州市）、宿（今安徽宿州市）等地民夫数十万人，准备了攻城的云梯、穴地而进的洞车，分为数路，同时攻城，昼夜不休。城中守将刘仁赡悉力防御，丝毫不敢懈怠。他命人将树枝扎成束，凡遇云梯、洞车攻城，便用火将树枝点燃，向周军掷去。如此坚守数月，周师终不能得手。一日，刘仁赡在城墙上巡视，只见柴荣在城下据胡床督战，仁赡素来善射，当下便弯弓搭箭，觑得亲切，尽力射去。那箭可真作怪，距胡床数步便坠落地下，仁赡连连发射，均坠于柴荣左右，柴荣神色自如，挥军攻城不止。仁赡掷弓箭于地下，叹息说："莫非天意如此？若上苍果不佑唐，我只有一死报国，决不失节！"

柴荣并不在意刘仁赡的抵抗，他很欣赏刘仁赡以疲羸之卒抗精锐之师的苦战精神，他敬重的就是这种人。杀掉孙晟至今后悔不已，倘能招降刘仁赡，在荡平群雄、统一天下时，肯定是一员攻城夺寨、斩将搴旗的骁将。他随即派了一名使臣，到城中劝降，刘仁赡自然不允，不过并未难为使臣，又把使臣送到了城下。柴荣仍不死心，亲冒矢石到城下晓谕说："卿对江南一腔忠诚，至死不渝，殊堪嘉尚。不过如今时移势易，朕提百万貔貅，无坚不摧，卿何苦作徒劳无益之抵抗，牺牲一城人性命？倘能幡然来降，朕当不吝封侯之赏。卿可深思之。"仁赡在城上答道："桀犬吠尧，各为其主。我虽明知你朝国运正隆，我朝气数已尽，也要尽臣子之节。劝降之事，休再提起！"柴荣欲待再劝，仁赡已喝令城上放箭了，柴荣无奈，只得退去。

仁赡苦战数月，已是粮尽援绝，自景达败回金陵，中主未再派过一兵一卒，而周师围城之兵却愈来愈多。仁赡昼夜辛劳，加上心中不快，终至悒郁成疾，辗转床第。仁赡的幼子崇谏知道孤城难保，若等到城陷之时成为楚囚，何若趁父亲病重之际献城投降？便挑了一个月黑风高之夜，乘着一叶小舟，偷偷渡过淮河北上。不料小船驶至河心，便被巡逻的小校捉住。众人点亮火把看时，认得是元帅之子崇谏，一条绳子绑了，送往元帅府。

仁赡斜倚在床上，面容憔悴，灯光下见众人拥着儿子进来，不解地问："你等黄夜至此，到底发生了什么事？"

小校施礼说："禀告元帅，末将巡逻，见公子独自一人驾着小舟，意欲渡过淮河北上，末将不敢自专，特请元帅发落。"

仁赡怒视崇谏，崇谏俯首无语。

仁赡刹那间什么都明白了，儿子是要渡河投敌。他愤怒地拍着床边的茶几，只听"咣当"一声，一只茶杯应声落地，摔得粉碎。

崇谏惊恐地瞪大了眼睛。

"叛君不忠，背父不孝，我一生英名，都被你葬送殆尽，要你这不忠不孝之人何用？来人，推出斩首！"

崇谏料到要受一顿责罚，但未想到父亲竟如此严厉，要将自己斩首，不禁吓得魂飞天外，连忙跪下说："孩儿知罪了，望父亲刀下留情，孩儿愿戴罪立功！"他本想说降敌也是为全家、全城的生灵着想，但看着父亲因愤怒而抽搐的脸，始终也没敢出口。

"并非为父不念父子之情，实在是你罪过太大，无法饶恕，你休要怨我！"仁赡挥了挥手，几名士兵将崇谏拖了出去。

监军使周廷构得知消息，连忙求情说："崇谏年幼无知，一时思虑不周，望元帅恕他初犯，薄施责罚，以儆将来！"

仁赡一口拒绝说："叛国投敌，实属乱臣贼子，人人皆可得而诛之，监军使还来为他求情吗？"

“崇谏是元帅幼子，不看僧面看佛面，窃以为免除死罪，除名革职，加以禁锢可也。”

“监军使好生糊涂，老夫乃三军司令，如若枉法徇情，赦免自己儿子，还怎能号令三军？三军将士谁还肯为朝廷效力？”

任凭周廷构说得唇焦舌燥，仁赡只是闭目不答。廷构无奈，又求救于仁赡之妻薛氏。那薛氏也是个深明大义的女中豪杰，她已知道了崇谏因投敌将被处死的消息，虽然难过得以泪洗面，但没有出面营救，只是在家为儿子准备后事。当周廷构说明来意时，薛氏擦着红肿的眼睛说：“崇谏是妾之幼子，如今命在须臾，妾岂能无动于衷！母子之情，使妾痛断肝肠，哪里忍心看着他命丧黄泉！只是如果饶恕了他，刘氏一门便成了江南不忠不孝的罪人，还有何面目苟活人世？元帅既不肯枉法，妾亦不便求情，已为儿子准备好了棺木，一旦行刑完毕，妾便命人敛尸。”说到这里，薛氏已泣不成声了。

周廷构泪如泉涌，元帅夫妇如此公忠体国，他还能说什么呢？守城士兵得知元帅大义灭亲，挥泪斩子，莫不深深感佩，誓死抗敌，要与寿州共存亡。

周军猛攻不止，北城眼看将要陷落，刘仁赡已经病入膏肓，不省人事，无法指挥军队。营田副使孙羽、左骑都指挥使张全约与周廷构商议，前后左右皆是周兵，抵抗料是无益，撤退又插翅难飞，除了投降，竟是无路可走。众将只得以刘仁赡的名义草具降表，差人送往柴荣军中。柴荣挥军至城北受降，江南士兵抬着处于昏迷状态的刘仁赡至柴荣帐前，那薛氏因不愿投降，已投缳自缢。柴荣看着骨瘦如柴的刘仁赡，心中陡然增添了几分敬畏，好言抚慰了几句，便封他为天平军节度使兼中书令，还城养疾。刘仁赡稍稍清醒，知为部下所卖，怨恨不已，第二天便吐血数升而亡，享年 58 岁。部下偏裨将佐、士兵忠贞不屈，自刎毙命者四十余人。那日朗朗晴空突然风沙大作，暴雨倾盆，城中百姓无不失声恸哭。柴荣也为之怆然，派人吊祭，追封仁赡为彭城郡王，录用其子崇赞为怀州刺史，赐宅第一区。中主闻讯，痛哭良久，赠太师、中书令，谥忠肃，拊膺叹道："仁赡有知，岂肯舍我而受周命耶？"

柴荣自寿州得手，改名为寿春县，挥军继进，驻跸下蔡。不料夏季未到，却连降暴雨，淮、淝二河水位陡涨，溢堤之水似脱缰野马般横冲直撞，柴荣军中也成了水乡泽国，粮秣辎重皆浸泡水中。好不容易盼到天晴，偏偏又流行起瘟疫来，不少周兵染疾而亡，柴荣只得于四月间撤兵北归。中主这才喘了一口气，忙着修缮城池，调兵遣将，布置防守。

但是灭掉江南是柴荣的既定国策，他念兹在兹，当然不肯就此罢休。到了冬季，河水浅涸，柴荣便重整军旅，第三次亲征江南了。前两次没有战舰，只能眼睁睁看着江南的战舰劈波斩浪而去，江南亦屡屡扬言，周朝步骑厉害，水军却柔弱不武，其能奈我何！柴荣返回汴京后，鸠工庀材，修造战舰，半年之内造成数百艘。又令所俘来的江南水军教周兵练习水战，没有多久，便操练出了一支精锐的水军。柴荣率军逢山开路，遇水搭桥，迤逦来至濠州（今安徽凤阳东北）城下。濠州东北淮水之中有一寨，名叫十八里滩，四面环水，水面上一字儿停放着几十艘战舰，守军自恃有淮水作天然屏障，又有战舰可随时浮水而去，因此防御松懈。柴荣挑选了数百名壮士，乘黑夜跨骆驼浮水从西北角佯攻，自率骑兵泅水猛攻东南。江南兵腹背受敌，黑夜中又不知敌军多少，先自乱了阵脚，十八里滩很快便被周军攻陷，那几十艘战舰成了柴荣的战利品，士兵则被遣散，各自逃生去了。

柴荣初战告捷，好不高兴，马不停蹄进攻濠州。周军士兵人人奋勇，个个争先，夺关城，破水寨，江南大败，战舰被焚毁七十余艘，士兵损失两千余人，濠州团练使郭廷谓知道自己无力退敌，便不再作徒劳无益的抵抗，举城投降。他给柴荣写了一封短信，说家属妻小还在江南，求柴荣关照一下中主李璟，保证自己妻孥安全，柴荣自然答应。略事休息，柴荣便率水陆大军循淮河而下，攻破涡口（今安徽怀远），斩首五千级，收降卒两千人，夺战船三百艘，鼓行而东，沿淮河所有城栅，莫不望风迎降。来至泗州（今江苏宿迁东南），守将范再遇只是略作抵抗，便输诚纳款。柴荣自此东下，命大将赵匡胤领兵行于南岸，自己则从北岸进军，两军夹淮河而前，兵锋直指扬州，同时分兵攻陷了泰州。

中主闻知濠、泗两州陷落，东都扬州已失去了藩屏，料是守御不住，便命令守将驱赶百姓，一律徙往江南，并焚毁城内的官邸民舍。一时烟焰涨天，可怜这座始建于春秋吴国，继修于汉代的历史名城，霎时间变成了一片瓦砾，到处都是断壁颓垣，满目疮痍。那些生于斯、长于斯的百姓，不愿离乡背井的便跳水投缳，一死百了；被逼上路的，辗转沟壑，狼狈万状，惨不忍睹。

柴荣统率的周军兵不血刃得了扬州，又杀奔海州（今属江苏连云港）、楚州（今江苏淮安），陷重镇静海军（今江苏南通）。海州乃弹丸之地，防御薄弱，周军没费多大气力便将该城占领。柴荣亲至楚州城下，一阵猛攻，便占领了城外所有庐舍，顷刻间只剩一座孤城，城上江南旗帜犹猎猎飘扬。柴荣发丁壮凿通了城外的老鹳河，调集战舰数百艘，浩浩荡荡自淮河驶入了长江，水陆夹击楚州，炮声隆隆，鼓角震天。防御使张彦卿、兵马都监郑昭业毫不畏惧，与周兵展开了激烈厮杀。周兵人多势众，一方面扎缚云梯强攻，一方面从地下凿开一条通道直抵城下，装上柴薪点燃，城池一角坍陷，周兵便从坍陷处潮水般涌进城来。张彦卿等见城已陷，便率兵巷战，从早晨战至日暮，浑身伤痕累累，刀折枪钝，无法抵御，便自尽身亡，郑昭业也被周兵杀死。柴荣点检人马，损失了数千人，自出师以来，伤亡无如此之惨者，一怒之下，下令屠城，楚州被杀军民一万余人，城内庐舍被焚殆尽，柴荣这才算出了一口恶气。

柴荣占领楚州后，直奔迎銮镇（今江苏仪征），耀兵江口，又派偏师攻陷了舒州。至此，南唐江北的半壁河山，都为周朝所有了。

再说弘冀自常州大捷后，心情就一直忐忑不安，他的内心世界甚为矛盾复杂。作为南唐皇帝的长子，他自然希望三叔父景达能御敌于国门之外，但是，如果景达得志，嗣位之事便轮不到自己，因此，他又眼巴巴望着叔父铩羽而归。现在，三叔父果然失利还朝，同二叔父景遂一样，到偏僻的地方去当牧守，嗣位之事，自然也一笔勾销，接下来，该是父皇召自己回朝立为太子了。然而，诏谕却没有来。其间周师又攻陷了寿州、泗州、楚州、海州、扬州、舒州，父皇也许是忙于寻找救国之策，无暇顾及立太子之事，这件事便拖了下来。

柴荣虽然耀兵江口，但长途跋涉，连续作战，鞍马劳顿，需要休整，便止戈不攻，中主这才得以抽出手来处理传位问题。既然景遂、景达均不中用，在抵抗周军进攻中没有上乘表现，兄终弟及之事便无须再提。他不想把江山丢在自己手里，免得将来无颜见列祖列宗于九泉之下，剩下要考虑的，当然是长子弘冀了。他征询大臣们的意见，但朝臣中不少人对弘冀的刚愎自用表示不满，认为如果他继位，必将是暴虐之君。而六子从嘉温柔敦厚，广额丰颊，生有奇相，应该立他为嗣，也许江南能够逢凶化吉，国祚绵长。从嘉得知这种议论，吓得出了一身冷汗，连忙向父皇表示，自己无意觊觎帝位，无论是立嫡立长，均应归长兄弘冀，何况他在常州立有战功，素孚众望。中主权衡利弊，这才决定立弘冀为太子，召他回朝辅政。

弘冀兴冲冲地从润州回到金陵，终于当上了多少年来一直梦寐以求的太子。然而奇怪的是，他与从嘉之间的感情却疏远了。从嘉赶来祝贺他被立为嗣君，而弘冀却判若两人，失去了往日的热情，说话冷冰冰的，全无一丝手足之情。后来从嘉才总算搞清楚，只因自己生有异相，几乎被立为太子，竟遭长兄之忌，以为他请人游说中主，想登上九五之位。尽管从嘉一再表白，自己的兴趣仅在于诗词绘画，大臣们的议论并非有人授意，完全是兴之所至，信口开河。然而越是解释，弘冀越是怀疑从嘉做贼心虚：既然没有此事，为什么要喋喋不休地为自己辩解，这岂不是欲盖弥彰！至于从嘉在父皇面前力陈兄长应该嗣位那段话，弘冀又误认为是弟弟知道大势已去，才故意做的人情。弘冀既不肯原谅从嘉，从嘉也从此不再登太子之门，二人裂痕越来越深，终致不相往来了。从嘉自与其兄失和后，深怕惹出祸来，即杜门不出，埋首经籍，人们也几乎把他遗忘了。

他们兄弟之间终于有了接触的机会。从嘉主动找兄长和好，不料又遭到了冷遇。原来柴荣在迎銮镇操练兵马，炫耀武力，中主恐怕他猝然渡江，大举进攻，便派枢密副使陈觉带着罗縠、绸绢三千匹，乳茶三千斤及香药、犀象等，至江北周师犒军。陈觉来到柴荣行在，只见楼船战棹已停泊在江岸，整装待发，不觉愕然大骇。他小心谨慎地谒见柴荣，献上方物礼品，表示奉中主之命，江南愿为周朝附庸，并请求传位太子弘冀。

柴荣与江南打交道数年，知道李璟不是励精图治之主，传位之说看来并非虚妄。不过柴荣此刻想得到的是江南土地，至于何人当国，他没有多大兴趣。反正要不了多久，江南便是周朝的郡县，传位不传位，都无关大局了。柴宗对陈觉说：“你朝君臣如果愿为附庸，何必急于传位？如今江北尚有庐、舒、蕲、黄四州及鄂州汉阳、汉川两地，未入朕之版图。倘以上州县如数献纳，朕必不大动刀兵。”

陈觉答道：“臣出发之时，国主只交代愿为陛下附庸，未言割地，事关重大，臣不敢自专，待臣禀过国主，再差人交割。至于传位一事，陛下准与不准，都乞赐片纸只字，臣好回去复命。”

柴荣爽快地说：“陶穀学士现在军中，他是斫轮老手，已替朕起草给你朝的书信。你少安毋躁，等候片刻。”

柴荣说得不错，陶穀的确是才干不凡，顷刻工夫，便替柴荣拟好了回信：

皇帝致书，敬问江南国主：

兹睹来章，备形缛旨，叙此日传让之意，述向来高尚之怀。仍以数岁已还，交兵不息，备论追悔之事，无非克责之辞，虽古人有引咎责躬，因灾致惧，亦无以过此也。况君血气方刚，春秋甚富，为一方之英主，得百姓之欢心。即今南北才通，疆埸甫定，是玉帛交驰之始，乃干戈载戢之初，岂可高谢君临，轻辞世务，与其慕希夷之道，曷若行康济之心。重念天灾流行，分野常事，前代贤哲，所不能逃。苟盛德之日新，则景福之弥远，勉修政理，勿倦经纶，保高义于初终，垂远图于家国，流芳贻庆，不亦美乎！

柴荣匆匆浏览一过，没有提出异议，教人盖上玉玺，然后交由陈觉带回。中主见书信词语温和，没有苛责之意，这才稍稍放心。唯割地一事，不敢延缓，马上派阁门承旨刘承遇再到迎銮镇，献上庐、舒、蕲、黄四州及鄂州所属的汉阳、汉川两县，岁输土贡数十万。至此，柴荣已获得南唐光、黄、蕲、舒、寿、庐、滁、和、濠、泗、楚、海、扬、泰等十四州六十县，共有二十二万六千五百七十四户百姓成为后周的黎民。柴荣好不高兴，又命陶榖给李璟（此时李璟已改名李景，以避后周高祖郭威庙讳）写了一封回信：

> 皇帝恭问江南国主。使人至，省奏请分割舒、庐、蕲、黄等州，画江为界者。顷逢多事，莫通玉帛之欢，适自近年，遂构干戈之役，两地之交兵未息，蒸民之受弊斯多。一昨再辱使人，重寻前意，将敦久要，须尽缕陈。今者承遇爰来，封函复至，请割州郡，仍定封疆，猥形信誓之辞，备认始终之意，既能如是，又复何求。边陲顿静于烟尘，师旅便还于京阙，永言欣慰，深切诚怀。其常、润一路及沿江兵棹，今已指挥抽退；兼两浙、荆南、湖南水陆兵士，各令罢兵；其庐、黄、蕲三路将士，亦遣抽拔近内，候彼中起揭逐处将员及军都家口丁毕，只请差人勾唤在彼将校，交割州城。

中主不安地阅读柴荣的回信，深恐他节外生枝，中途变卦，及至读到“边陲顿静于烟尘，师旅便还于京阙，永言欣慰，深切诚怀”这几句时，一颗心才算平静下来。

隔了几日，柴荣从迎銮镇返回扬州，中主又派宰相冯延巳献犒军银十万两、绢十万匹、钱十万贯、茶叶五十万斛、米麦二十万石。同时中主又忙去除帝号，改称国主，改交泰年号为显德，以示奉周正朔；贬损帝王仪制，除掉宫阙中的兽头、鱼尾、鸱吻。同时在后周京城汴京设置进奏院，派人进驻，传递消息，以便随时听候柴荣召见。作为回报，柴荣陆续将钟谟、冯延鲁等江南使臣放还。钟谟上书中主，说宋齐丘穷兵黩武，力主用兵，致使损师割地，罪在不赦；冯延巳、陈觉、李征古等推波助澜，助纣为虐，亦应严惩。中主痛定思痛，放逐宋齐丘于九华山（今安徽青阳县西南），不久宋齐丘在幽禁中死去。陈觉被贬往饶州（今江西鄱阳），李征古削官爵，流放洪州（今江西南昌），后皆赐死。冯延巳罢相，未几殂逝。魏岑、查文徽早已亡故，只有冯延鲁没有贬谪，但已不受重用了。

不久，柴荣命人专程赴江南，赏赐弘冀银器御马，以示优渥。弘冀得到了周朝天子的器重与父皇的信任，自然异常高兴。文武百官都想结交异日的新国主，纷纷赶来道贺。从嘉也侧身于道贺的队伍中，然而得到的却是弘冀下属冷漠的回答：“太子身体不适，不能接见殿下，请殿下自便！”

从嘉吃了闭门羹，拖着沉重的步伐，离开了太子府第。他无论如何也想不到，兄长的性格竟是如此褊狭、固执，城府竟是如此之深，自己连解释的机会都没有。他无端地想起了玄武门之变，李世民与建成、元吉亲兄弟之间，为了争夺帝位而骨肉相残的那惊心动魄的一幕。使他迷惑不解的是，建成、元吉都是手握重兵的藩王，可以和世民一较高低，而自己只是一名手无寸铁的书生，并不构成对兄长的威胁，为什么兄长竟如此对待自己呢？等兄长即位后，会不会也使出撒手锏来？他有点不寒而栗了。

第六回 众望所归 南唐立嗣

红日已高三丈透，金炉次第添香兽，红锦地衣随步皱。

佳人舞点金钗溜，酒恶时拈花蕊嗅，别殿遥闻箫鼓奏。

——李煜（937—978）

弘冀自掌权柄之后，鉴于中主软弱，纲纪不振，便一反中主所为，大刀阔斧、雷厉风行地整饬朝纲，那些不法官吏纷纷落马，一时奸邪去朝，贤能升迁，百姓赞扬不已。弘冀陶醉在一时取得的成就中，开始由自信变得刚愎自用，又由刚愎自用转为专权跋扈，于是又引起了朝中大臣的不满。那些被贬谪的官员，多是先主李昪的老臣，李昪在世时还礼让他们三分，他们自恃对社稷有功，倚老卖老，不肯遵守法度。弘冀也寸步不让，不论何人，凡触犯法纪者，轻则呵斥，重则鞭笞，那些被责罚的老臣，便纷纷跑到中主处告状。

一日早晨，中主尚未起床，便被宫门外一阵嘈杂的声音惊醒，忙差人打探，回报说宫门口跪了许多老臣，声称要觐见国主。中主吃了一惊，忙披衣而起，来不及梳洗，便跑到宫门口，只见大臣们一个个衣冠不整，老泪纵横，哭诉弘冀如何强横，如何不念先主之面，要求中主替他们做主。

中主赶紧抚慰一番，将老臣们打发走，顾不得用早膳，便将弘冀召来训斥道："你刚执政柄，就先得罪老臣，岂不是自毁基业？须知我朝江山固然是列祖列宗肇造，但众大臣也有鼎力相助之功，你怎能如此行事？"

"启禀父皇，"弘冀不慌不忙地说，"正是为了江南社稷长治久安，儿臣才如此整饬朝纲。老臣们有功于国，父皇已给他们高官厚禄，待遇不可谓不厚。他们本应鞠躬尽瘁，丹心报国，可是……"

中主不等弘冀说完，便打断他说："江南一向优容老臣，如果不是投敌叛国，可尽量置之不问，免得人家说我朝刻薄寡恩。"

弘冀大声抗争说："父皇所言欠妥，儿臣期期以为不可。千里之堤，溃于蚁穴，今日容忍老臣胡作非为，明日将断送江南社稷，父皇不可不虑！"

中主不耐烦地说："你这是危言耸听，几个老臣就能造成偌大祸患？江南社稷又不是纸扎泥糊，说垮就垮了？"

这真是话不投机半句多！中主与弘冀虽是父子，但性格迥然不同，中主一向宽厚，其实宽厚乃是懦弱的别名，在他当国期间，南唐朝政混乱不堪，割土失地，武力不竞。弘冀秉政，力图扭转这一局面，一反中主所为，父子之间自然产生了矛盾。弘冀动情地说：

“如今周兵肆虐，欺凌江南，今日割城，明日失地，社稷岌岌可危。治乱世当用重典，一味因循苟且，等于将江山拱手送人，儿臣不能从命！”

弘冀的话斩钉截铁，中主不由大怒，顺手操起球杖掷去，大骂说：“汝忤逆不孝，孤不能将社稷托付与你，当召太弟景遂回朝，你还去做藩王吧！”

弘冀侧身躲过球杖，见父亲正在盛怒之下，知道此时辩论无益，便夺门而出，回自己府第去了。中主在殿上仍詈骂不已，被内侍劝住。

中主说要废弘冀，改立景遂的话，不过是逼儿子就范，促他改弦更张，并非真的要废黜他。但是言者无心，听者有意，弘冀却认为父皇有废己而另立二叔父景遂之意，心里惴惴不安。他现在是名副其实的太子，如果仅因与父皇一番口角之争而功败垂成，丢了储君之位，未免可惜。思前想后，他把一腔怨气都迁怒在叔父景遂身上。要是没有景遂，父皇便不会说出废黜自己的话，叔父虽然远在洪州，看来仍是潜在的威胁。但是如何除掉这个对手，急切间却想不出妥善之策，便把心腹余泰找来商议。

那余泰绰号智多星，鬼点子甚多，听了弘冀的叙述，问弘冀：“太子可知道无毒不丈夫这句话？”

弘冀直视着他说：“你不要闪烁其词，有话尽管直说，不必绕圈子。”

余泰眨着狡黠的眼睛，讨好地说：“太子与晋王是嫡亲叔侄，但在嗣位问题上又是不共戴天的仇敌，虽然他已遁迹洪州，难免有一天会东山再起。太子一天不嗣位，晋王便是心腹之患。”

“这还用说！”

“臣以为一不做，二不休，找人结果了他，才是正理。”余泰观察着弘冀的神色。

弘冀稍作犹豫，便采纳了余泰的意见：“看来也只有如此了，一切都由你办理。不过要做得干脆利落，天衣无缝，要是父皇发觉其中隐秘，你我就都罪在不赦了。”

“太子尽管放心，眼望捷旌旗，耳听好消息。等臣办妥此事，再来复命！”

余泰从弘冀那里出来，便派人到洪州打探景遂的消息。景遂当初放弃太弟之位而奔赴洪州，是慑于周军的强大，害怕成为衔璧出降的秦朝末帝子婴，谁知雨过天晴，自己一念之差，竟白白地将嗣君之位送给了侄子弘冀，眼巴巴看着人家入朝秉政，自己落得形单影只，心里便有说不出的凄凉。一不小心，铸成大错，如今后悔已经晚了。失意、怨恨包围着他，使他的情绪越来越消沉。洪州去金陵悬远，暂时看不到金戈铁马的厮杀场面，听不见鼓鼙频敲的征战之声，他便沉溺于声色犬马之中了。一日，他因一件小事囚禁了都押衙袁从范之子，袁从范得知，忙来帅府求情。谁知景遂暴戾恣睢，从范不来求情尚可，越是求情，景遂越要严惩，下令将其子处死。从此袁从范对景遂恨之入骨，景遂则若无其事，照旧玩乐不辍。这一切都被余泰打听得清清楚楚，便径投袁从范住处，表示慰问哀悼。

从范泫然，拉着余泰的手诉说："丧子之痛，痛彻肝髓，太子如此关切，使人铭感五内！"

余泰说："太子英武盖世，晋王残暴至极，孰优孰劣，你自会分辨。我来问你，可想报仇雪恨？"

"我是枯杨生稊，老来得子，不料遭此毒手，复仇之心，形诸梦寐。只是晋王权势赫赫，我职微位卑，怎能报仇？"

余泰诡秘地望着窗外说："你先把门窗关上，谨防墙外有耳。"

从范掩上门窗说："我这里极为僻静，寻常无人来往，大人但讲无妨。"

余泰附在从范耳朵上说："报仇雪恨，莫要性急，有道是小不忍则乱大谋。晋王杀了你的儿子，且不可让他知道你的心思，从今后你对他要倍加顺从，不可有一句怨言，待取得他的好感后，再见机行事，可做得到吗？"

"这有何难，我一定做到。"

余泰从身上掏出一个瓶子来，在从范眼前晃了晃说："这是一瓶鸩酒，剧毒无比，却又甘香扑鼻，用它结果景遂性命是再好不过了。我已经观察过，晋王景遂喜欢击鞠，待你取得他的好感后，等他击鞠口渴索浆汁时，从容进上，他必定不疑，那时就可成功了。一俟太子即位，定会重重赏你，加官晋爵，就是意料中的事了。"

从范依计而行，侍候景遂越发勤谨，从未表现出怨怼之色。倒是景遂有点过意不去，不无歉疚地对从范说："我一时莽撞，杀了你的儿子，如今嗟悔无及，你可怨恨我吗？”

“大王说哪里话来？”从范尽量控制住情绪，以免露出破绽，“自古君叫臣死，臣不得不死；父叫子亡，子不得不亡。逆子得罪大王，大王依法而诛，那是他咎由自取，微臣何敢怨恨大王？”

从范回答得巧妙得体，景遂坦然不疑，对他更加倚重，甚至连府库钥匙都交他掌管了。

从范天天与景遂周旋，暗中却在寻找复仇的机会。苍天不负有心人，机会终于来了。

这天景遂外出击鞠，骄阳似火，热浪灼人，景遂击鞠顺手，一时兴起，不肯休息，一直打到中午才罢。他大汗淋漓，口渴得很，连声向随从索要酒浆解渴。从范见时机已到，连忙取出早已准备好的鸩酒递上说：“早晨出发时，微臣已料到大王击鞠口渴，特意将酒浆带在身边，请大王饮用。”

景遂嗓子眼里直冒烟，接过酒瓶，也不暇细看，打开瓶盖便咕咚咕咚倒了下去。那酒是弘冀专门为对付叔父特制的，初入口时一股芳香，沁人心脾，不由你不多喝，只消片刻，毒性发作，任你是铁肝铜肠，也要销蚀透了。景遂口渴之际一阵狂饮，那瓶鸩酒早喝得涓滴不剩，顷刻之间便觉得腹疼如绞，这时才发觉上了袁从范的当，他一只手捂着肚子，一只手愤怒地指着袁从范，还未来得及说话，便口吐白沫，倒地而亡，终年39岁。

从范装着吃惊的样子，高声招呼随从：“大王中暑，快快抬回府中抢救！”众人七手八脚把景遂抬回府中，他早已呜呼哀哉，尸体僵硬了。

弘冀不显山不露水地除掉了叔父，余泰和袁从范都受到了奖赏，并允诺将来登基之后再加封官职。由于他干得机密，朝野无人知道他是害死景遂的主谋。倒是中主因手足之情悲伤不已，命人去洪都查询景遂死因。弘冀得知，给那人送去了一笔银子，那人心领神会，只在外地逛了十余日，便谎称已在洪都查询明白，景遂旧有疾病，因饮食不节，致使突然暴病身亡，死前曾对人说："我已得上帝之命，让我代替许旌阳之职。"中主信以为真，宣布辍朝七日，谥太弟为文。景遂既死，改立太弟为嗣之事自然无须再提，弘冀的太子之位可说是固若金汤了。

正所谓天有不测风云，人有旦夕祸福。正当弘冀踌躇满志之时，忽然患了疾病，并来势迅猛，只半月工夫，他便憔悴不堪，消瘦了许多。中主颇为着急，召来御医诊治，谁知百药罔效，群医束手，弘冀渐渐茶饭不进，身体愈来愈羸弱了。病中无法上朝，弘冀躺在床上，前尘往事，一一奔上心头，想得最多的，还是谋杀二叔父景遂一事，虽然他做得很隐秘，除了自己的心腹，没有人知道其中的内幕，但是良心上的谴责，使他如芒在背，惴惴不安。只要一闭上眼睛，便看见叔父景遂满身血污站在面前，大声叫着："还我命来！"每次他都惊惧而醒，面无人色。

一天中午，弘冀正躺在床上呻吟，忽听室外有呢喃祈祷之声，他艰难地爬起来，透过窗棂看时，原来是六弟从嘉。只见他跪在院子里，双手合十，低声祷告说："敬告各方神明，早早保佑长兄疾病痊愈，如有灾难，请降从嘉一人之身！”

弘冀不禁为弟弟的至诚所感动，一腔怨恨、误会，此刻都消失得无影无踪了。他趺趺撞撞，步履艰难地挪到门口，倚着门框立定，颤声叫道：“六弟，为兄错怪你了。”

从嘉看着兄长一副虔诚的样子，忙飞快上前，握住弘冀那瘦骨嶙峋的手，眼里噙着泪花说：“皇兄，你肯原谅小弟了吗？”

“为兄今日才如梦初醒，已是悔恨莫及，请六弟无论如何也要宽容！”弘冀一脸羞愧。

“自家兄弟，一母同胞，我从来就没有怨恨过皇兄，只是没有机会澄清误会。这次小弟问疾来迟，还望皇兄恕罪！”

弘冀无限感喟：“都怪为兄鲁莽，听信了谗言，几乎断送了手足之情。往日已逝，不可挽回，今后当与兄弟和睦如初。”

“但愿能够如此！”从嘉破涕为笑了。

“六弟，为兄有句话要说，不知是否妥当。”

“兄长有话，但请直说！”

“为兄之疾，一日比一日沉重，谅来不久于人世。我想禀明父皇，将来传位于你，延续南唐国祚。”

从嘉不由得一怔，马上回绝了：“皇兄说哪里话来？皇兄的疾病不过是疥癣之疾，并非不治之症，奈何出此不祥之语！小弟并非治国之才，也从未奢望过嗣位之事，皇兄请勿再说。”

弘冀喘息着说：“为兄的话出自肺腑，并非一时心血来潮，戏弄于你。为兄虽然备位太子，但是还未登基，岂有不想备位国主之理？只是人生一世，草木一秋，自有定数，非人力所能挽回。我自知大限已到，才对兄弟说这番话。如果你同意，为兄即刻就上奏父皇。”

从嘉看他如此认真，不忍拂他之意，便应付说：“传位之事，干系重大，非你我兄弟所能决定，还须父皇定夺。兄长身体不适，养疴要紧，何必今日抱病上奏父皇呢？”

弘冀赞成地点点头。说了这么多话，他显然是累了，坐下来一口一口地喘气。

从嘉默默坐了一会儿，正要起身告辞，又被弘冀拉住了：“六弟且慢走，为兄还有话说。”

从嘉顺从地坐下来，见弘冀欲说还休，半天不曾开口，便诧异地问：“皇兄还有什么要交代，小弟无不从命。”

“六弟，不瞒你说，为兄还有一件隐私，藏于胸中，一直未对别人说起，如今连忏悔也来不及了。”

从嘉诧异地望着他。

弘冀脸上流露出无限痛苦的表情说：“二叔父景遂，是我派人鸩死的，清夜扪心，悔恨交加，这场疾病便是上天对我的惩罚。我死之后，请兄弟找僧人超度他的亡灵，免得九泉之下，我与叔父不好相见。”

从嘉当然不相信兄长会干出这种伤天害理的荒唐事来，淡淡一笑说：“兄长累了，多多歇息吧，不要讲这些不着边际的话了。”

弘冀固执地说：“这些都是真的，并非为兄信口开河，无论如何要替我……”刚说到这里，忽然一晃，坐不稳，竟重重地摔在了地上。孱弱之人，哪里经得起这一摔，当下便头晕目眩，不能言语了。等从嘉叫来宫人，七手八脚把他安顿好，已是气若游丝，奄奄一息了。

从嘉得知兄长果然是谋害叔父的凶手，心情变得像铅一样沉重。帝王之家有这么多龌龊事，实在出乎他的意料。诗书传家，礼仪之邦原本应该温良恭俭谦让，谁知兄长竟是道貌岸然的杀人凶手，而杀死的又是自己的嫡亲叔父，寡情薄义到这种地步，使他百思不得其解！叔父已经撒手而去，人死不可复生，不必说他了。兄长既已忏悔，就表示有意悔改，如今已病入膏肓，再追究他毒死叔父一案已无任何意义了。他也未将此事告诉包括中主在内的任何人，宫闱的风波已经够多了，若再将此事张扬出去，闹得满城风雨，李氏家族的威信岂不扫地以尽，荡然无存？看来只有永远埋藏在心底了。

弘冀病情加重，从嘉日夜守候在兄长身边，衣不解带，侍奉汤药。可怜弘冀神志一会儿糊涂，一会儿清醒，清醒时吃力地握着从嘉的手摇着，泪水如断了线的珍珠，洒落在从嘉的手上。从嘉除了安慰其兄以外，也只有陨涕的份儿了。弘冀自显德六年七月得病，谁料到了九月，旧疾未痊，又添了新病，大口大口咯起血来。他自知不起，便拒绝服药，弥留之际，拿出他平日所写秘不示人的诗词，递给从嘉，嘴里似乎有话要说，但嘴角只翕动了一下，已发不出声音了。从嘉理会兄长的意思，紧紧将手稿握牢，俯在兄长耳边说：“兄长但请放心，这本诗稿我一定妥为保藏，俾他日传于后世。”

弘冀满意地点了点头，又是一阵扯肝揪肺般的咳嗽。他痛苦地抽搐着，脸上布满了豆粒大小的汗珠。从嘉看着弘冀苦苦挣扎，却是爱莫能助，心里一阵酸楚。约莫过了两个时辰，弘冀渐渐安静下来，从嘉还以为有了转机，轻轻唤他，不见答应，仔细看时，兄长早已魂归泉台了。他捧起兄长的遗稿，痴呆呆地读着，但心思却在手稿以外，翻了半天，竟一个字也没有记住。

中主处理完弘冀的丧事，马上想到了立嗣一事。国无储君，人心不稳，弘冀既逝，立嫡立长，自然都该轮着六子从嘉了。他询问群臣，多数没有异议，只有大臣钟谟奏道：“立嫡立长，都应是从嘉，但如今强敌环伺，边疆不靖，须才能卓异者方可继位。从嘉轻佻，非天子之器，乞国主另择他人。”

中主主意已定，征询一下群臣的意见，不过是要显示一下自己的开明，见钟谟持有异议，满肚子不快，但又不便发作，不高兴地问：“依卿之见，该立谁为嗣？”

钟谟以为中主真的要采纳他的建议，兴奋地说：“纪国公从善英勇果断，堪立为嗣，他日必能使江南发扬光大。”

从善是中主的第七子，与从嘉一母同胞，俱是钟皇后所生，并没有特别的治国才能。钟谟之所以推荐从善，是因为他原来与景遂私交甚笃，景遂与弘冀有隙，从嘉与弘冀交往甚密，钟谟心存忌恨，因而不想让从嘉嗣位。至于他要鼎力推荐从善，也不过是顺口说说而已，从善年纪尚小，他们之间没有往来。

中主望着满朝文武：“众卿之意如何？”

大臣严续奏道：“钟谟之言，纯系无知妄说，老臣不敢苟同。从嘉一向孝悌，友于兄弟，并无失德之处，何来轻佻之说？从善年幼，怎可僭居兄长之上？”

枢密使陈乔也奏道：“严续所言极是，我朝一向讲究礼仪，舍长立次，岂不贻讥邻邦？何况从嘉礼遇臣下，甚孚众望，不立他为嗣，还有何人可立？”

其余的大臣也都附和严续、陈乔，钟谟尴尬地站立在殿角，再也想不出辩驳的话了。

中主大声宣布：“孤意已决，无容再议。六子从嘉即日起由郑王徙封吴王，立为太子，居东宫，以尚书令知政事。钟谟由礼部侍郎改为国子司业，以为无知妄言者戒。”

中主本想重责钟谟，只因周世宗柴荣颇为赏识他，投鼠忌器，便略降官职。钟谟满面羞惭，下殿去了，他身后是一片讪笑声。

“嘉儿，你意下如何？”中主见从嘉并未显出高兴的样子，这样问他。

实在说，从嘉从未萌生过嗣位的念头，骤然听到这个消息，不禁有些不知所措了。如果是赋诗作词，他是行家里手，绝不含糊，可是在这兵凶战危之际，要他独当一面，管理偌大一个国家，他却挑不起这千斤重担。没奈何，只得推辞道：“儿臣非嗣君之器，不敢受此重任。七弟从善气度非凡，尤喜武略，请父皇立他为太子，江南庶几可以中兴！”

中主见从嘉不肯应命，只道是故意推诿，不禁怫然作色说：“孤立景遂为太弟，已是一大失策，岂容一误再误！前日钟谟从周朝回国，力荐从善可嗣，孤已斥他轻狂，今日故技重演，孤贬官以示薄惩。尔弟兄十人，已亡其五，如今唯尔最长，舍长立次，于情于理，均不契合。你既不肯为国分忧，还教孤依赖何人？”中主说着，声音已有些哽咽了。

从嘉偷偷瞥了父皇一眼，发现他两鬓添霜，形容枯槁，明显地苍老了，虽然他才 46 岁。这几年家国多难，疆圉孔棘，父皇从未过过一天舒心日子，怎不心力交瘁？如今父皇把希望全部寄托在自己身上，无论如何也不能让他觖望。倘退避三舍而不肯应命，岂是人子所当为？想到这里，便鼓起勇气说：“既然父皇已经决定，儿臣遵旨就是。”

中主见他答应，便回嗔作喜说：“临危受命，方显出男儿本色。孤已为你筹划多时，让你治国，无非是锻炼你的才干，增长你治国的本领，孤并非撒手不管，你尽管放手去做。”

“儿臣遵命！”

中主这才高兴地退朝而去。

第七回 后主登基 狼环虎伺

手卷真珠上玉钩，依前春恨锁重楼。风里落花谁是主？思悠悠。

青鸟不传云外信，丁香空结雨中愁。回首绿波三楚暮，接天流。

——李璟（916—961）

中主立从嘉为太子后，虽了却了一桩心事，但后周的进攻，仍使他心头蒙上了一层抹不掉的阴影。柴荣尽管已返回汴京，但周兵仅与江南隔着一条大江，南唐社稷时时处于周兵的威胁之下，一直使中主踧踖不安。以前江南还有水军优势，只消把战舰摆在江面，周兵便插翅难渡，只有望洋兴叹的份儿，但是如今后周已有了许多战舰，浩渺的大江变成了一苇可航的小河，江南的水上优势已化为乌有了，说不定哪一天敌军便会从天而降，自己一夜之间便会成为阶下囚。如何摆脱这种困境，是中主日夜思虑的问题。

他首先想到的是迁都，而新迁的都城他选择了洪州（今江西南昌）!

中主又一次召集群臣，商议迁都之事。表面上看，他是集思广益，听取群臣意见，实际上，他是通告群臣，迁都之事已定，不再更改。由于迁都一事是突然提出，满朝文武没有思想准备，皆面面相觑，一言不发。

“孤迁都是为江南百万生灵着想。”中主见无人发言，只得自己剖析形势，“金陵与敌境只一江之隔，又处在下游，周军船坚兵精，我军非其对手，倘若敌军蔽江而下，将金陵团团围住，吾君臣便顿成他人俎上之鱼肉了。孤思前想后，只有迁都一途。”

“老臣的见解与国主不同，不知国主肯否容纳逆耳之言？”

中主循声看时，见是大臣严续，便温和地说：“孤是为迁都征询意见，岂能无容人之量！卿有何话，尽管直说。孤非昏庸之君，决不因人废言，治你之罪！”

“国主胸怀坦荡，令老臣气旺。依老臣看来，国主寄望于迁都，似非上策。江北有敌军是实，江南岸我军亦枕戈待旦，并力死守，只要指挥得当，胜负尚在未定之数，国主何至于弃城而走，惹人耻笑？”

中主摇摇头说：“卿是文臣，不谙军旅之事，因此不知周兵厉害。我朝自与柴荣交手，败多胜少，以至于江北国土，无不尽沦于敌手。孤未雨绸缪，才提出此策，卿应体谅孤之用心。”

严续说：“胜败乃兵家常事，国主无须过分夸大周军威风。与其迁都避敌，何不同仇敌忾，万众一心，抗击入侵之师？”

“倘敌军来侵，孤自然不会束手就擒，但迁都并不妨碍御侮，两者可以并行不悖。”中主实际上是在诡辩。

“国主之言高屋建瓴，深得兵家三昧。”站出来附和中主的是枢密使唐镐，“如国都不迁，敌军必然并力死攻，交战既久，伤亡便多。如迁都而去，金陵只是一座无足紧要的空城，敌军自然会不以为意，舍弃一座都城，换来江南安宁，何乐而不为？”

严续瞪着他说：“枢密使不是神仙，岂能未卜先知，以为我朝只要迁都，敌人便止戈不攻？”

唐镐无理狡辩：“我虽非神仙，但也还有一般的兵家常识，敌人不会兴师动众去攻击一座无用的空城。”

这分明是诡辩，朝堂上发出了一片嗤笑声。

大臣韩熙载提问说：“国主打算将国都迁往何处？”

“洪州。”中主不假思索地脱口而出。

“国主何以选择了洪州？”

“洪州在大江上游，可制根本，更重要的是，洪州远离险境，即使敌兵占领金陵，亦无碍大局。”

韩熙载反驳说：“国主未免一厢情愿，似乎只要迁都，就能逢凶化吉，化险为夷。谚云：‘我能往，寇亦能往。’倘若敌兵追踪而至洪州，国主又如何对付？如不迁都，调举国之兵守卫金陵，金陵未必不守。汉高祖刘邦多次败于项羽，但是垓下一役，项羽一败涂地，退至乌江自刎。古往今来，此类事例甚多，国主何必畏敌如虎？”

中主说：“卿说话不伦不类，汉高祖刘邦是何等样人，孤怎敢与他比肩？与其束手待毙，何不远走高飞？”

兵部尚书陈乔也出班反对说：“国主只要坚守金陵，除了本国之兵，邻国也会念唇亡齿寒之谊，发兵相救，何必定要迁都？”

中主叹口气说：“漫说无邻邦肯发兵相救，即使邻邦能击退周兵，恐怕早就做了刘裕、陈霸先，孤到时只有拱手让出江山了。万一不胜，又该如何？孤不能拿性命作赌注，卿等虽言之凿凿，皆不可行。”

陈乔一急，便有些口吃：“国主还……还须三思……而行。金陵是……国之根本，牵……一发……而动……全局，国都……一迁，必将造成……人心……涣散，局势就不可收拾了。”

中主显得胸有成竹：“卿过虑了，孤早有考虑。孤率一部分人马前往洪州，太子从嘉留下监国，这样，周军无论从何方进攻，我朝都可应付自如。”

话说到这份儿上，众大臣知道再说无益，都三缄其口，不再饶舌了。中主对从嘉说：“你在金陵监国，尽管放手理政。大臣中严续纯正无私，殷崇义博学多识，可留作你的辅弼，张洎娴于文牍，可掌管笺奏。至于军国大事，孤自会在洪州处理，你只守好宫阙便是。”

从嘉唯唯应命。

中主又下令改洪州为南都，设置南昌府，命唐镐先行营建南都宫阙。

就在中主紧锣密鼓准备迁都之际，北方传来了周世宗柴荣在汴京殂逝的消息，终年三十九岁。可惜天下尚未一统，他便赍志而殁，由他7岁的儿子柴宗训继承帝位，也就是历史上的后周恭帝。这年是显德六年（959）六月。

中主迁都洪州，本为避周朝兵锋，今见柴荣婴疾而逝，继位的是不谙世事的孩童，心中不由一阵窃喜，下令暂缓迁都，观望形势。

日月嬗递，腊鼓催春，转眼就是显德七年（960）。“新年纳余庆，嘉节号长春。”正月初三，当人们还沉浸在春节的吉庆气氛中时，从汴京又传来了让人惊愕的消息：后周大将、手握禁军的殿前都点检赵匡胤，与其弟赵匡义（后改为赵光义）、麾下谋士赵普，欺负周朝孤儿寡母，合伙导演了一出逼宫的闹剧。赵匡胤谎称契丹勾结北汉大举南下，便受命率师御敌，当行至汴京东北四十里的陈桥驿时，突然发动兵变，黄袍加身，然后策马返回京师，逼迫周恭帝禅位，自己登基当了皇帝，建国号为宋，定都汴京，改显德七年为建隆元年，他就是历史上的宋太祖。中主领教过赵匡胤的厉害，清流关一役，打得江南一败涂地，至今还心有余悸。如今他既然是“点检做天子”，当下便遣使朝贡，送绢两万匹、银一万两作为贽见之礼，接着又贡金器五百两、银器三千两、罗纨一千匹、绢五千匹。第二批贡使尚在返程途中，以礼部侍郎龚慎仪为首的第三批贡使又从金陵启程，这次带去了乘舆、御服，承认南唐是宋朝的属国。卑躬屈膝本是为了求得江南的一时苟安，但是示人以弱却助长了赵匡胤必欲灭江南而后快的贪婪气焰。但赵匡胤刚刚登基，四方不靖，百废待举，政务丛脞，无暇旁骛，暂时不来找江南的麻烦，两下倒也相安无事。

可惜好景不长，赵匡胤才即位十个月，扬州刺史李重进便发动了叛乱。他二人原本同殿为臣，重进又是柴荣外甥。如今匡胤身登宝位，重进见他须得执君臣之礼，必侧目而视，三呼万岁，未免心中不平，便举兵叛乱。重进自知势单力孤，派人联络中主，与自己一同举事。中主知他成不了气候，严词拒绝。匡胤先是晓谕，重进却置之不理，匡胤便御驾亲征，十一月到达广陵（今江苏扬州）城下，率军猛攻，重进兵败自焚，一场叛乱烟消云散。中主为讨好赵匡胤，忙派右仆射严续犒军，蒋国公从镒（中主第八子）、户部侍郎冯延鲁朝贡，贡上金玉、鞍勒、兵器等，赵匡胤一一笑纳。

中主虽给赵匡胤送去了厚礼，心中仍然忐忑不安，恐怕赵匡胤一时兴发，攻灭江南。看看到了第二年新正，中主得知宋朝在汴京南池操练水师，制造艨艟战舰，又在江北迎銮镇演习水战，似有饮马长江之势，不觉又慌了手脚。三十六计，走为上计，当即留下太子从嘉监国，自己带着文武官员、卤簿仪仗、三宫六院溯江而上，入鄱阳湖，取道赣水，向洪州进发。

篙劈波浪，橹声欸乃，中主坐在船上，只觉得百无聊赖，无限凄凉。文武百官，六宫粉黛，看起来浩浩荡荡，其实是一支逃难的队伍。这几年战祸连绵，被迫播迁，致使祖宗神灵不宁，真是百死莫赎。蓦然间他想起了韦庄的诗：

江雨霏霏江草齐，六朝如梦鸟空啼。

无情最是台城柳，依旧烟笼十里堤。

以前读这首吟咏金陵的诗，只觉得沉闷、压抑，今日身临其境，才真正体味到了它的意蕴。他站起身来，在船舱中徘徊踱步，也萌生了填词以抒发感慨的念头，于是展笺挥毫，一口气写了首《浣溪沙》：

手卷真珠上玉钩，依前春恨锁重楼。风里落花谁是主？思悠悠！

青鸟不传云外信，丁香空结雨中愁。回首绿波三楚暮，接天流。

掷笔兀坐，宫人报告说船队已经过了九江、庐山，到了落星湾（星子渚），忽然想起此地有个叫陈陶的隐士，忙令停船。那陈陶世居岭表，精通儒业，常存济世之心。升元年间来到南昌，准备前往金陵，听说朝中宋齐丘秉政，凡进擢之人，不问才能，只论亲疏，便不再前往，筑室于南昌西山，日以诗酒为事。宋齐丘被贬南昌，陈陶不来参拜，齐丘也不荐举，陈陶做诗自嘲说：

一顾成周力有余，白云闲钓五溪鱼。

中原莫道无麟凤，自是皇家结网疏。

中主早已知其诗名，而未及召见，这次船泊落星湾，打算召他询以国事，又恐他不肯前来，打听到他喜吃鲊鱼，便派人伪装成卖鲊鱼者至其门叫卖，陈陶果然出门购买。两人交谈良久，甚为投机，卖鲊鱼者才透露其真实身份说："国主亟盼晤面，请即命驾。"

陈陶问："国主现在泊舟何处？"

使者答道："落星湾。"

陈陶闻听是落星湾，沉吟不语，良久才说："星落不还，星落不还！"

使者听不懂"星落不还"四字有何含义，不解地问："先生之言何意？"

陈陶诡秘地说："此乃天机，不可泄漏。烦你替我禀告国主，就说老朽闲云野鹤，不愿受名缰利索羁绊，足不履王侯之门，只想采樵深山，垂钓水滨，请国主好自为之！"

使者扯住他的衣襟说："先生说的偈语，我全然不懂，请你详细给国主诠释。"

陈陶说："不必了，不必了。恕老朽无礼，告辞了。"说着便起身飘然而去。

使者还报中主，中主也无可奈何。原来陈陶说的"星落不还"是说中主命殒南昌，回不到金陵，后来果然应验。这是后话。

正懊恼间，忽报有人求见，中主只说了"命他进来"一句话，早见一人鹤裘藜杖，上得船来，向中主拜揖。中主定睛看时，认得是隐士史虚白，高兴地问："高士家居何处，怎会这样凑巧，在此相遇？”

史虚白说：“老朽就住在落星湾，闻知国主在此路过，特地赶来拜谒。”

那史虚白世代居住齐鲁，他少年时隐居嵩山，著书自娱。中原丧乱，干戈四起，他与北海人韩熙载联袂来到江南，投奔先主李昪，因学富五车，才高八斗，颇受先主敬重。他多次给先主建议，中原多事，民生凋敝，唯江南兵多食足，当长驱北进，问鼎中原，以定大业，可惜先主不纳，虚白便挂冠而去。南游至九江落星湾，爱这里林木蓊郁，山明水秀，遂卜居于此。平日常乘双犊板辕车，车上悬一大酒壶，另有一书童，身背一琴一酒瓢相随，经常在庐山探幽访胜，徜徉于山水之间。韩熙载任史馆修撰，举荐虚白才干出众，可以任用，中主当即召见，垂询国事。谁知虚白狂放不羁，不乐仕进，回答说：“草野之人，渔钓而已，安知国家大计？”中主还想留他在朝任职，特地赐宴款待，不料酒酣耳热之际，虚白要起身小解，只离开宴席数步，便在殿角淅淅沥沥尿了起来。众臣面面相觑，以为中主要治他之罪，中主却表现得雍容大度，叹息说：“看来史虚白真是隐士，就不必难为他站立朝班了，可赐田五顷，放他还山去吧。”史虚白当下便叩头相谢，下殿而去。不想今日在这里邂逅，中主问他：“金陵一别，倏尔经年，卿一向可好？”

虚白回答说：“蒙国主关心，无比感激。臣有茅屋数椽，可避风雨，薄田数顷，可供饮食，除此以外，别无他求。功名富贵，只是过眼烟云，早就不去想它了。扶杖登山，临流观鱼，是臣的两大嗜好，有时也弹弹琴，喝点酒。总之，逍遥自在，无拘无束，很是惬意！”

中主说：“听卿之言，令孤歆羡之至！孤忝为一国之主，天天上朝，日日议事，怎如卿家洒脱？如今宋朝相逼，孤不得不播迁洪州，风刀霜剑，水恶浪急，直令人恓恓惶惶，毫无生趣！”

“国主之话差矣，不管有多少苦楚，国主总是帝王，怎能与草野之民相提并论？”

中主转了话题说：“孤也只是一倾积愫，发发感慨而已，这些就不必说了。孤只问你，近来可有诗篇？”

虚白说：“近来只做了一副对联，叫作‘风雨揭却屋，浑家醉不知’，请国主评判。”

这两句话分明是讥讽江南割土弃城，而中主与满朝文武却醉生梦死，依然故我，只图苟安，不思进取。中主脸上由白变红，愠怒不已。转念一想，虚白所说俱是事实，并无夸大之处，如果加以惩罚，倒显得自己没有容人之量，只成就他忠直敢谏之名罢了，于是缓缓地说：“卿家所言，使孤茅塞顿开，如果早日听到高论，江南也许不至于斯。快人快语，实堪嘉尚。”说着命人赐给粟帛，知他嗜酒，又赐御酒数坛，以旌忠直。

大臣徐铉、高越对史虚白甚为敬佩，试探着问：“先生高蹈不仕，愿与烟波钓徒为伍，志行高洁，令人敬仰。但不知先生爱子愿意出仕，为国主效力否？”

虚白答道：“山野之人，栖迟无定，不能为国效力。膝下有二子，尚未成人，他日长成，贤则建功立业辅佐明主，愚则负薪捕麋以养其母，不敢以此牵累公等。”

中主与徐铉、高越知虚白志不可屈，嗟叹一番，与他依依惜别，然后启碇开船。行行重行行，约莫走了半月光景，方才到达洪州。

中主一路风尘澒洞，颇觉疲惫，将养数日，正准备视朝，忽报一老者叩阍求见，中主忙令宣进宫中。只见一苍髯皓首老人匍匐在丹墀之下，中主端详半天，并不认识，只得问他：“卿是何人，从哪里来？”

那老者说：“臣名沈彬，筠阳高安（今属江西）人，今年八十岁，是国主治下的百姓，今日特来朝见，祝国主万寿无疆！”

刚刚播迁洪州，便有耄耋老者前来祝福，这肯定是吉祥之兆，中主心里甚为高兴，关切地问：“卿以前在哪里为官？”

“臣在唐末离乱时隐居山坳，不闻世事，先主禅代吴国，臣欲出仕而未果，一直蹉跎至今。如今年迈体衰，就是想为国效力也力不从心了，因此臣仍是白丁。”

中主说：“卿有何事，尽管直说，孤当尽力成全。”

沈彬答道：“臣自处山野，耳目闭塞，不知秦汉，无论魏晋。昨日臣妻归告：汝主人郎君今为天子，如能蒙国主接见，不唯蓬荜生辉，即使死，也可光耀泉壤了。”

这恰到好处的吹捧，使中主心花怒放，如坠云里雾中，不但赏赐给沈彬许多粟帛，又署其子为秘书省正字。沈彬寿考甚长，南唐亡于宋后，他又至金陵，诵诗凭吊说：

玉树歌终王气收，雁行高送石城秋。

江山不管兴亡事，一任斜阳伴客愁。

洪州虽然被辟为都城，但其气势远不能与虎踞龙盘的金陵相比。那些安富尊荣惯了的大臣们满以为新建宫苑必然是巍峨壮丽，谁知狭小湫隘，出入不便，未免思念起金陵来，时常有怨怼之言，传入中主耳中。中主也后悔孟浪操切，铸成大错，常常北望金陵黯然神伤。群臣一致抨击唐镐敷衍塞责，未将宫阙修好。其实，金陵乃六朝建都之地，经过历代修葺，才粗具规模，南昌乃新辟草莱修建而成，当然不能与金陵相比。中主见了唐镐，也是怒形于色。唐镐有口难辩，忧郁成疾，疽发于背而卒。群臣又怂恿中主迁回金陵，中主也有意回銮，君臣一拍即合，中主下诏称南昌僻在一隅，治国多有不便，国都仍应迁回金陵，先做好准备，俟夏初搬迁。

搬迁工作还未就绪，中主便因偶罹风寒病倒了，饮食锐减，不能进膳，只靠饮甘蔗浆维持生命，看看到了夏季，中主已是瘦骨嶙峋，形销骨立了。他自知无痊愈之望，预立遗嘱，葬在南都西山，累土数尺为坟，棺椁不必迁回金陵，又说："违吾言者非忠臣孝子。"几天之后，殂逝于长春殿，享年46岁。死前，他写了一首《浣溪沙》词，嗟叹他未能力挽狂澜，致使国是日非的惆怅心情：

转烛飘蓬一梦归，欲寻陈迹怅人非，天教心愿与身违。　待月池台空逝水，荫花楼阁漫斜晖，登临不惜更沾衣。

中主撒手西归，一了百了，留给从嘉的是江南的残山剩水，还有千疮百痍的社稷。从嘉乍闻父皇崩逝，不禁悲痛欲绝，五内皆焚。失去了父皇的怙恃，自己犹如漂流在浩渺无涯的大海中的一叶小舟，空无依傍，吉凶难卜。赵匡胤不但兵强将勇，而且韬略过人，江南哪里是他的对手？倘若江山断送在自己手中，将来有何面目见列祖列宗于九泉之下？四个月前被立为太子一事，至今使他懊悔不已。要是当时据理力争，痛陈利弊，父皇也许会在从善、从镒二人中择一立为太子，自己著书立说，终老于户牖之下，也心甘情愿。然而，这一切都已晚了，自己是朝野咸知、无可争议的新国主，即使现在把帝位白白送给七弟从善，他也不敢接受了。他又想起了父皇，尽管他遗言留葬洪州，但为人子者怎忍心父亲骨殖窀穸留于他乡？于是下令将梓宫迎还金陵，择日安葬。下葬之日，他哭哑了嗓子，几次晕了过去，直到众大臣伏地跪请，要他以社稷为重，他才止住哭泣。

安葬了中主，便得筹备登基之事，刚刚脱去丧服，又要迎接大喜之日，从嘉虽不情愿，但自古以来就是如此，在父皇灵柩前即位者大有人在，他自然不能破例。这年从嘉已 25 岁，大臣们议论，登基大典应该隆重，司天监经过精心占卜，择定七月二十九为黄道吉日。太常博士韩熙载提出一切应依古仪，在宫院门口城楼前竖立“金鸡衔幡”大红旗杆，并诏告天下。原来金鸡具阳刚之气，为勇武之化身，金鸡一啼，丽日东升，红光普照，象征国运昌隆，社稷长久。从嘉生于后晋天福二年（937），干支为丁酉，酉属鸡，“金鸡衔幡”正与其生肖吻合，必能带来吉庆之运。古人以正旦为鸡日，而鸡又有五德：头上有冠为文德，足下有爪为武德，好勇斗狠为勇德，呼同类进食为仁德，每日守夜报晓为信德。鸡身上既有这么多祥瑞，从嘉又属鸡，因此，用“金鸡衔幡”之仪就必不可少了。

建隆二年（961）七月，赵匡胤正忙于处理内部事务，无暇对外用兵，南唐君臣得以从容举行登基大典。七月二十九这天早晨，宫廷门口便竖起了一根高达数丈的长杆，杆顶一只经过精心雕刻，施以彩绘，并用黄金饰首的木鸡，口衔绛幡，下承彩盘，在万里晴空之下，熠熠闪光。金鸡双翅平伸，昂首向天，绛幡凌空飘扬，煞是威风。引得金陵城内万人空巷，争来观看新国主的即位大典。

时近中午，只听一阵悠扬的景阳钟声，升元殿前禁卫森严，一队队执戟荷戈的卫士挺立不动，阶下是身着朝服、手执笏板的满朝文武，他们一个个昂首鹄立，恭候新国主登基。看看到了午时，净鞭连响，礼炮轰鸣，香烟缭绕，丝竹并陈，韶乐迭奏，从嘉头戴通天冠，身披衮龙袍，在众人簇拥之下，登上了国主宝座。他向殿阶下的群臣挥了挥手，群臣便一齐跪拜，三呼万岁。从嘉宣布更名为煜，字重光，以应日月并明、大地重光的吉兆。尊母钟氏为太后，因后父名太章，故改号“圣尊后”。妃周氏娥皇为皇后，徙叔父信王景遏为江王，七弟邓王从善为韩王、南都留守，从谦为宜春王，从度为昭平郡公，从信为文阳郡公，以右仆射严续为司空、平章事，其他官员也一一加官晋爵，同时大赦天下。李煜就是在我国文学史上享有盛名的李后主，在下文里，我们就称他为后主了。

温柔乡里治南唐

第八回 陶穀中计 缱绻羡爱

好因缘，恶因缘，只得邮亭一夜眠！别神仙。

琵琶拨尽相思调，知音少。再把鸾胶续断弦，是何年？

——陶穀（903—970）

后主既登大位，首先想到要办的第一件事，便是遣一介之使向宋朝告哀袭位，争取赵匡胤的承认。然而派谁出使好呢？既要娴于辞令，又要有胆有识，江南大臣中这类人才似乎不多，他不禁想起了中书侍郎冯延鲁。此人在中主时与其兄延巳、陈觉、查文徽、魏岑合称“五鬼”，品行不端，颇受朝臣攻讦。但五鬼中其他四人均已亡故，延鲁受了许多挫折，如今已幡然悔悟，痛改前非，自应另眼看待。去年十一月赵匡胤平定李重进之后，他曾和右仆射严续一起去扬州犒军，严续口讷于言，乖于应对，冯延鲁却随机应变，游刃有余，颇受赵匡胤赏识，现在只得还借重于他了。于是，后主亲自写了一道表文，交给冯延鲁带上，临行，又频频叮咛：“爱卿此行，关乎社稷安危，望卿好言恳求宋王，勿负孤意！”

冯延鲁流涕答道：“微臣此行，愿以身家性命担保，定不辱使命！”

后主说：“有卿这几句话，孤就放心了。此去汴京，路远程赊，前途艰难，望多多珍重！”

赵匡胤和冯延鲁本是老相识，他此刻正秣马厉兵，准备进攻荆南，不想树敌过多，何况冯延鲁此行所带礼物甚厚，计有金器两千两、银器两万两、纱罗缯彩三万匹，心里先有了好感。不过，对付藩属应该恩威并用，如果一味笼络，有求必应，必为江南所轻，他日桀骜不驯，就难说了。他把表文放在一边，厉声问道：“李煜袭位，朕亦赞同。但江南为大宋藩属，未经许可，竟袭用‘金鸡衔幡’的天子礼仪，又大赦天下，你们君臣心目中还有朝廷吗？”

冯延鲁未料到赵匡胤借后主登基一事发难，不禁吓了一跳。细想起来，用金鸡衔幡的礼仪，确有不周之处，怪不得赵匡胤发怒。如今木已成舟，无可更改，只得硬着头皮说：“传闻之言，未必真实，陛下误听了。江南是陛下的藩属，安敢妄自尊大，动用天子礼仪？所谓金鸡衔幡，不过是虚应故事，用纸做了只怪鸟，略加彩绘，模仿金鸡罢了。既然陛下问及，臣不能不如实奏闻。其实，即使陛下不问，臣也要奏明圣上的。”

冯延鲁这一段表白十分得体，看着赵匡胤的脸色由阴转晴，他一颗心才算平静下来。

“金鸡衔幡之事，留待他日再说。朕来问你，客岁李重进叛乱，曾派人与江南联络，幸亏朕快刀斩乱麻，一举将其荡平。江南可曾发兵相助？”赵匡胤咄咄逼人。

李重进叛宋时，考虑到自己势单力薄，难与赵匡胤抗衡，的确曾三次遣使至江南，请求发兵相助。中主与群臣分析形势，知重进无取胜之望，便严词加以拒绝，处理此事的就是冯延鲁。延鲁见问及此事，不觉来了兴致，滔滔不绝地说：“李重进三次派人去江南，都是老臣延接。臣正告来人：江南有兵，但不能援救。大丈夫不得志而反，历朝历代大有人在，如果明知时机不至而硬要揭竿起事，只能是自速其死，韩信、陈豨在天下底定之后举兵反汉，其结局如何，人所共知。当初周世宗初崩，陛下刚刚即位，人心未定，上党李筠叛乱，大兵倾巢北征，李重进于此时造反，成功与否，尚未可预卜。如今四海一统，天下晏然，重进以一城之地，抗万乘之师，无疑飞蛾投火，自取灭亡，江南怎能救此速死之人？臣一番话说得李重进的使臣抱头鼠窜而去，从此就不再遣使了。”

赵匡胤听得意兴盎然，夸奖延鲁说：“卿这一番话，真可谓义正词严，令李重进无言以对。可惜他不识时务，仍要一意孤行，结果落得个兵败身亡，卿的话果然应验了。”

延鲁谦恭地说：“臣生性愚钝，并无先见之明，李重进不自量力，以卵击石，又不恤人言，活该他死无葬身之地！”

赵匡胤又戏谑地问：“如果朕以大军渡江，江南能顶得住朕的进攻吗？”

延鲁徐徐答道：“李重进乃天下之奸雄，兵多将广，陛下一鼓而荡平之，江南蕞尔之地，怎能抗拒天威？但江南士大夫感国主之恩，人人有必死之志，陛下倘不吝惜数万士兵的生命，与江南血战，胜负未可预卜。何况江南在大江设防，风急浪恶，倘陛下进未克城，退又乏粮，进退维谷，臣未见其可也。”

“刚才之言，聊以相戏，卿不必认真。”赵匡胤自我解嘲。

“臣来时，国主有亲笔表文上奏陛下，乞陛下御览。”

赵匡胤这才打开表文，见后主写得剀切诚恳，不禁被吸引住了：

臣本于诸子，实愧非才，自出胶庠，心疏利禄。被父兄之荫育，乐日月以优游，思追巢、许之余尘，远慕夷、齐之高义。既倾悬悃，上告先君，固非虚词，人多知者。徒以伯仲继没，次第推迁，先世谓臣克习义方，既长且嫡，俾司国事，遽易年华。及乎暂赴豫章，留居建业，正储副之位，分监抚之权，惧弗克堪，常深自励。不谓奄丁艰罚，遂玷缵承，因顾肯堂，不敢灭性。然念先世君临江表垂二十年，中间务在倦勤，将思释负。臣亡兄文献太子从冀将从内禅，已决宿心，而世宗敦劝既深，议言因息。及陛下显膺帝箓，弥笃睿情，方誓子孙，仰酬临照。则臣向于脱屣，亦匪邀名，既嗣宗祊，敢忘负荷。惟坚臣节，上奉天朝。若曰稍易初心，辄萌异志，岂独不遵于祖祢，实当受谴于神明，方主一国之生灵，遐赖九天之覆焘。况陛下怀柔义广，煦妪仁深，必假清光，更逾曩日。远凭帝力，下抚旧邦，克获宴安，得从康泰。

然所虑者，吴越国邻于敝土，近似深仇，犹恐辄向封疆，或生纷扰。臣即自严部曲，终不先有侵渔，免结衅嫌，挠干旒扆。仍虑巧肆如簧之舌，仰成投杼之疑，曲构异端，潜行诡道。愿回鉴烛，显谕是非，庶使远臣，得安危恳。

李煜在表文中说自己心疏利禄，只因伯仲继没，次第推迁，不得已才登了大位。接着便表白：自赵匡胤建宋以来，自己坚守臣节，上奉天朝，不敢萌生异志，自取祸殃。但忧虑的是，江南与吴越为邻，双方关系一向紧张，江南自会严格约束士卒，不向吴越寻衅。如吴越进攻江南，又鼓动如簧之舌蒙蔽圣聪，恳请陛下明察秋毫，辨明是非，以安远臣之心。赵匡胤读着，不觉受到了触动，认为江南不只是畏惧大宋朝的军威，也的确想做一恪尽职守的藩属，而李煜妙笔生花的文字，又把江南的愿望表达得淋漓尽致。他推开表文，对冯延鲁说："朕胸无城府，以诚待人，尔国国主何必如此信誓旦旦，表白对朕的忠诚呢？朕早就说过，宋与江南虽义为君臣，实亲如手足，江南恪守藩臣之职，朕亦谨遵君王之诺。烦卿转告国主，朕若食言，皇天可鉴！"

冯延鲁连连叩头说："陛下视江南如赤子，江南感恩戴德，愿世世做大宋藩屏，永无贰志！"

为了安抚江南，赵匡胤先是派鞍辔库使梁义赴江南吊祭中主，接着又派枢密承旨王文来贺李煜袭位。后主见是宋朝天子派的使臣，自然不敢怠慢，虔诚接待，不料一时粗心，出了点纰漏，引起了宋朝使臣的强烈不满。原来后主在平日都穿黄色龙袍，按照成规，只有真龙天子才能着黄色，江南既已成为大宋藩臣，后主当然不能与赵匡胤比肩，因此在接见宋朝使臣时当改穿紫色龙袍，以示退就藩臣之位。王文来贺袭位时，后主那日正穿着黄色龙袍，听说朝廷派人祝贺，不禁受宠若惊，赶忙在大殿迎见，却忘了更换衣服。及至走到殿角，才发现忙中出错，又踅回去换上紫色龙袍，不料已被王文发现。当下王文也未说破，回朝后便一五一十地上奏给了天子。赵匡胤对后主的行为十分恼火，但没有即刻发作。

约莫过了半个月，赵匡胤之母昭宪杜太后薨逝于滋德殿，享年六十岁。后主得知消息，忙派户部侍郎韩熙载、太府卿田霖携带重礼前往汴京吊丧。赵匡胤对后主的恭顺当然没有话说，但对他私自穿黄色龙袍一事却不能释怀，碍于自己是一朝天子，不便与韩熙载发生口舌之争，便命翰林学士陶穀查清此事。

陶穀字秀实，邠州（今陕西彬州市）人，本姓唐，祖父彦谦，在唐朝任过刺史，以善于写诗知名。因后晋皇帝石敬瑭三字中有一瑭字，唐秀实便避讳改姓陶，改名为穀。此人文采斐然，为一时之冠，周世宗柴荣之世掌管文诰，内外制文多出其手。但他为人奸险，喜欢无事生非，赵匡胤甚为厌恶。陈桥兵变，赵匡胤禅代后周，忙乱中忘了起草禅位表文，举行仪式之际才想起这件事，众人面面相觑，不知如何办才好，只见陶穀不慌不忙从袖中取出早已写好的禅位表文说：“臣早已预备好了。”赵匡胤讨厌他见风使舵，逢迎拍马，不肯重用他。只是鉴于他满腹经纶，无人可以取代，仍任他为翰林承旨。陶穀喜欢探听别人隐私，受赵匡胤之命后，便天天到韩熙载住处纠缠，时而甘言引诱，时而威胁恫吓，要韩熙载承认后主黄袍加身，欲图不轨。事关重大，韩熙载矢口否认有这等事，咬定王文是看花了眼睛，错将紫色看成了黄色。因时过境迁，没有物证，宋朝又不能到江南后主宫掖中搜寻，陶穀也无可奈何。口舌之争既没有结果，宋朝对韩熙载等态度冷淡，韩熙载也不想在汴京逗留，办完昭宪太后的丧事，便向赵匡胤辞行，束装南归。

令韩熙载始料不及的是，仅仅过了数日，陶穀也跟踪来到了江南。原来，韩熙载离开汴京的当日，陶穀便向赵匡胤密奏，韩熙载言语支吾，江南居心叵测，应该遣一介之使，到江南探听虚实，察看江南是否真心皈依宋朝。

赵匡胤说：“此议不妥。江南最近已几次遣使来朝贡，梁义、王文先后出使江南，距今不足两月，怎能再遣使臣？”

陶穀说：“梁义、王文俱是粗人，赳赳武夫，难以看出江南破绽，容易受到愚弄，应该遴选有识之士前往。”

“卿以为何人可往？”

“陛下如不嫌臣猥琐鄙陋，臣愿毛遂自荐，为陛下查明此事。”

赵匡胤寻思，不查出真凭实据，江南肯定不会认罪。宋朝刚刚立国，天下割据者甚多，表面上对新天子恭顺有加，实际上割据如故，如能找到江南过失，便可堂而皇之地出兵讨伐了。于是，他对陶穀说："卿去江南一趟也好，但须师出有名，卿打算以何名义前往？"

陶穀不假思索地说："金陵为六朝建都之地，碑碣甚多，不少出自名家手笔。臣自幼喜欢临摹碑碣书法，满朝文武亦知臣有此癖好，此次奉使江南，即以观摩书法为名，岂不就瞒过了江南君臣耳目？然后见机行事，探听江南虚实。"

赵匡胤点点头说："难为卿想得周全，可在近几日启程。一切都可便宜行事，朕等待卿的消息。"

后主知道陶穀来江南看碑碣是托辞，醉翁之意不在酒，他是来探听江南的虚实，更确切地说，与自己不慎穿黄色龙袍一事有关。但是陶穀是天子派来的使臣，他既不能拒而不纳，也不能下逐客令，只能命宫人藏好那件龙袍。韩熙载也接到了宋朝大臣窦仪的密信，说陶穀其人狂妄自大，目中无人，又喜欢奉承，千万小心侍候，不要因小失大。

为了对付陶穀，韩熙载搜集了他的全部轶闻遗事，知道他虽学问高深，但并非端介之士。赵匡胤即位，他自以为炮制受禅表文有功，论功行赏，该封为宰相，谁知赵匡胤鄙薄他的为人，仍命他当翰林学士，没有升迁，陶穀颇有怨言。赵匡胤对群臣说："陶翰林所写之禅位表文皆依前人旧本，仅换数语，不过是俗语所说的依样画葫芦而已，其实出力不多。"陶穀听到这段话，在翰林院墙壁上写了一首诗发泄牢骚：

官职须由生处有，才能不管用时无。

堪笑翰林陶学士，年年依样画葫芦。

赵匡胤知道他心怀怨恨，越发不肯重用他了。升官无望，陶縠便想到了发财。翰林院有个姓权的待诏，有一匹日驰数百里的骏马，陶縠想据为己有，几次给权某提及。权某诚恳地说："既然是学士想要，老朽自当奉献，但老朽年迈有足疾，非此驯良之马不能代步，等一二年老朽告老还乡，定将此马送给学士，决不食言。"陶縠甚为愠怒，便伺机报复。一日，赵匡胤命陶縠起草密诏，陶縠把权某叫来说："你写的字飘洒秀逸，大有王羲之风采，甚为人喜爱。这里有我起草的密诏一道，请你抄写一遍给我。"权某不知是计，飞速抄写一遍递给陶縠，陶縠倏地翻脸说："帝王密诏，关乎国家机密，尚未呈陛下御览，你私自抄写一本，打算何用？泄漏国家机密，罪在不赦，我若向朝廷告发，必判你满门抄斩。"权某吃惊地说："分明是你让我抄写，怎能出尔反尔？"陶縠耍赖说："你说是我让你书写，可有证据？"权某知道中计，自己刚才抄写的密诏就在陶縠手上，人命关天，干系重大，没奈何，只得哀求说："求学士放我一条生路，要我如何，我便如何。"陶縠诡谲地笑了："这事好办，你把那匹马送我，我便撕掉你所抄写的密诏。"权某无奈，只得忍痛割爱，那匹骏马就这样到了陶縠手里。

陶縠奉命出使吴越，吴越王钱俶大摆筵席，仅海产品，从蝤蛑至蟛蜞就有十几种，这些全属蟹类。陶縠生在北方，不曾见过如此丰盛的海味，便一一询问，当他得知这些东西都属蟹类时，一语双关地说："从蝤蛑到螃蜞，真可谓一蟹不如一蟹。"钱俶听出了此话的弦外之音是讥讽他与其祖其父相比，一代不如一代，只当作不知。少顷，他命庖人端上一道菜，陶穀也不曾见过，便问钱俶："大王，这道菜可有什么典故吗？"钱俶装作漫不经心的样子说："这道菜名为葫芦羹，某之先王时即有此品味，至今已五十余年，庖人依样制作，没有丝毫改变。"原来陶穀自己有"堪笑翰林陶学士，年年依样画葫芦"的诗句，故此制作葫芦羹报复他。陶穀听说是葫芦羹，知道钱俶用意所在，尴尬地笑了笑，便不再言语了。第二天，钱俶又摆筵席，为活跃气氛，在席上放了一只金钟作罚酒之用。说是金钟，其实是只酒杯，用黄金铸就，玲珑剔透，价值连城。陶穀爱不释手，想据为己有，但话又不好出口。筵席上美酒佳肴甚多，陶穀饮酒过量，回到馆驿便觉身体不适。钱俶忙派人探望，问他有何要求，他提出想要一只金钟，钱俶马上送去十只，陶穀大喜过望，吟诗感谢说："乞与金钟病眼明。"及至回朝复命，离开钱塘时，又赋诗于邮亭说："井蛙休恃重溟险，泽马曾嘶九曲滨。"并命人到处传诵，表示对吴越鄙夷不屑，有险也不足凭恃，大军一到，便会将吴越荡为平地。钱俶知道陶穀此诗是想掩盖自己索要金钟的丑闻，一笑置之，不再理他。陶穀此类事甚多，简直是书不胜书。

陶穀来到金陵，在馆驿住下之后，后主与韩熙载等多次前往探望，陶穀自恃是上国使臣，态度倨傲，盛气凌人，多次使后主君臣难堪。后主与臣下商量，怎样才能捉住陶穀的把柄，煞煞他的傲气，想来想去，竟是无计可施。

陶穀喜欢游玩，江南风光旖旎，寺庙又多，哪个庙宇中没有碑碣？陶穀就以访查碑碣为名，在江南各地浏览，其实他对江南的民心士气都一一作了记录，以便赵匡胤制订对付江南之策。韩熙载命人暗中观察，见陶穀白天兴致勃勃，马不停蹄，四处游玩，晚上回到馆驿，四壁萧索，孤灯如豆，好不凄凉。韩熙载寻思：陶穀既是贪婪之徒，肯定好色，何不使用美人计，诱他上钩？与其他大臣商量，均拍手称妙，叫他依计而行。

韩熙载回到家里，特地从家妓中挑选了一名面容姣好者，经过刻意打扮，虽算不上天姿国色，却也是妖娆可人，趁着月色朦胧之际，派人送至陶穀处，只说是韩大人知道天子使臣风尘仆仆，访碑辛苦，特送一女子来帮助洒扫浣濯。陶穀在灯光下打量那一女子，只见她含羞面壁，回眸转盼，光彩射人，自然知道韩熙载用意何在，便一改骄矜之态，对来人说："替我回复韩大人，谢谢他好意关照，容老夫他日相报。"来人说："侍候天子使臣，江南责无旁贷，大人与韩侍郎是老相识，还谢什么！夜色已晚，小人告退了。"

谁知第二天晨光熹微之际，那名家妓便被遣送回来了，并带回一封陶穀的感谢信，其中关键的两句是："巫山之丽质初来，霞侵鸟道；洛浦之妖姬自至，月满鸿沟。"巫山神女见于宋玉的《高唐赋》，洛浦妖姬见于张衡的《思玄赋》和曹植的《洛神赋》，妖姬指的是宓妃，这两个典故尽人皆知，那么，"霞侵鸟道""月满鸿沟"

又出自何典呢？一向以博学多才著称的韩熙载，竟也茫然不知了。他翻遍各种典籍，仍是一无所获，只好将家妓召来询问。家妓忸怩地说，昨夜适逢月信来临，无法与陶穀成其好事，今天一大早便被送回来了。经她这一解释，“霞侵鸟道”“月满鸿沟”八字才豁然贯通，韩熙载不禁哑然失笑。

一计不成，只好另生一计。

韩熙载先给陶穀更换了另一座馆驿，这个住处临流而建，房屋宏壮隽伟，庭院深深，宽敞明亮。时值秋季，野花盈径，杂树遮扉，端的是个好去处，陶穀非常满意。庭院内有十数株梧桐，夏天时枝繁叶茂，绿荫婆娑，到了秋季，黄叶飘零，满院都是。每天清早陶穀都碰见一个女子来打扫落叶，从外表上看，只见那女子纤腰一把，好似弱柳迎风，荆钗布裙，装束干脆利落，身段袅袅婷婷，只是青帕覆首，看不清庐山真面目。陶穀越想看个究竟，那女子越是回避不迭，几次想出言询问，都怕唐突佳人，话到唇边，又咽了回去。

一日，陶穀寻访碑碣归来，已是申时，跨进馆驿门槛，突然瞥见那扫落叶的女子坐在一棵梧桐树下做针线，覆头的青帕早已去了，满头乌丝斜披在肩上，又黑又亮，一似倾盆直泻的瀑布。再看脸上，面如芙蓉，眉如柳叶，微波横流，娇媚时生，陶穀不觉看得呆了。夕阳的余晖照在那女子身上，更显得柔花多姿，望若璧人。那女子正专心致志地飞针走线，似乎并未发现有人窥视。陶穀悄悄走近几步，便目不转睛地注视着她，心想：在这馆驿之中，竟有如此绝色的女子，人说江南多美女，信非虚语，能够睹此佳丽，也算不虚此行了。继而又想，这次只身出使江南，馆驿寂寞，挑尽孤灯，记得白居易写有“鸳鸯瓦冷霜华重，翡翠衾寒谁与共”这样的诗句，倘能让这女子伴寝，在温柔乡里缱绻一宵，就是死也无憾了。正胡思乱想间，那女子忽然发觉有人偷偷窥视，飞快地收拾起针线，对着陶穀嫣然一笑，起身离去。

那女子临走一笑，似乎摄去了陶穀的魂魄，他反复吟哦着白居易《长恨歌》中“回眸一笑百媚生，六宫粉黛无颜色”那两句诗，一夜辗转反侧，竟是不成梦寐。朦胧中忽见那女子冉冉向自己走来，樱唇微绽，粉靥生涡，陶穀伸手欲揽那女子的腰肢，那女子却又闪身而去，陶穀差点掉下床来，醒来才知是南柯一梦。第二天一早，便在梧桐树下踟蹰，可惜那女子未来打扫落叶，下午又早早归来，那女子也未再在梧桐树下做针线，一天不见她的踪影，陶穀心中未免空落落的。

一连数日，那打扫落叶的女子都未露面，害得陶穀食不甘味，寝不安席，又不便询问，只能把一腔相思埋在心底。陶穀在江南盘桓了将近两月，已经无事可做，本想回朝复命，又记挂着那扫落叶的女子，不肯动身。江南自然尽心款待，不问他的归期。一天晚上，云淡风轻，月明星稀，陶穀睡眠之中忽被一阵乐器声惊醒，侧耳细听，那声音如怨如诉，如泣如慕，清晰地传入他的耳鼓，仔细分辨，判断出是琵琶声。是何人在这月白风清、万籁俱寂之夜弹奏琵琶，如此凄婉苍凉，扰人清眠？他推开窗户，远处大江东去，涛声依旧，近处新月印溪，树影坠地。他披上衣服，走出屋外，忽然想起了“弦弦掩抑声声思，似诉平生不得志，低眉信手续续弹，说尽心中无限事”这几句诗。琵琶声是从院子的东北角传来的，陶縠循声走去，只见弹琵琶的是一位身穿青衣的女子，定睛看时，竟是打扫落叶之人。那女子也发现了陶縠，忙站起身来，琵琶声也就戛然而止。

“今夜闻君琵琶语，如听仙乐耳暂明。”陶縠为了取悦那女子，极力夸赞。

“呕哑嘲哳难为听。”那女子也用白居易的诗句相答，“扰了大人清梦，请勿见怪！”说着，飘然欲去。

好不容易有了说话搭讪的机会，陶縠岂能轻易放过，伸手拦住了她的去路：“说不上打扰，老夫是被你这音韵悠扬的琵琶声吸引来的。既会弹琵琶，当是名门淑媛了，令人敬慕！”

那女子扑哧一声笑了：“学士真会取笑，小女子要是名门淑媛，也不会天天来打扫落叶了。”

陶縠自知失言，忙改口说：“不是名门淑媛，也一定是小家碧玉了。”

“算不上小家碧玉，我只是出生于驿卒之家的普通女子。”

“管理这座馆驿的人是你的父亲？”陶縠大为惊诧。

“正是家父。”那女子点点头。

“想不到凡尘中竟有如小姐这等绝色的女子，这等娴熟的技艺，可真算得上色艺双绝了。”陶縠不失时机地奉承。

“谬承夸赞，小女子实不敢当，学士休要信口开河。”那女子掩口而笑。

“老夫说的可都是肺腑之言，多年来老夫走南闯北，阅人多矣，不是我恭维你，像你这样色艺俱佳的淑媛，还是第一次遇到。”

“学士若无别事，小女子告辞了。”那女子作势欲走，却又没有挪动脚步。

“且慢，且慢！”陶縠急忙拦阻，“月色恼人眠不得，既然见面，我们何妨再聊几句。说了半天，老夫还不知小姐芳名，能否赐教？”

“小女子秦弱兰。”

“哪三个字？”

“苏秦的秦，弱不胜衣的弱，春兰秋菊的兰。”

“好动听的名字，不是知书达礼之家，怎能起出如此迥别流俗的名来？敢问小姐，你虽非出自书香门第，一定饱读过诗书吧？这名字可是你父母起的？”

“小女子的祖父当过几年县里的主簿，掌管文书簿计，还算是小康之家。到父亲手上时家道中落，渐渐衣食不继，父亲无奈，只得到馆驿当差。小女子幼年读过几天书，因嫌名字俗不可耐，才改成弱兰的。”

“改得好，改得好。”陶縠连连拊掌，“你可有夫家？夫君在哪里？”

这一问触动了秦弱兰的无限心事，她悲悲切切向陶縠叙述了自己的身世。原来弱兰粗识文字，又生得风姿绰约，到了及笄之年，便想找一个称心如意的夫婿。来做媒的人不少，但中弱兰之意者没有一个，不是引车卖浆者流，就是操刀杀猪的屠户。她想找个读书知礼的官宦之家，可人家都嫌她是驿卒之女，深恐玷污了门楣，不肯和她家谈婚论嫁。眼看岁月蹉跎，韶华流逝，没奈何，嫁了个寒酸的读书人。

鱼与熊掌，自古难以兼得，弱兰的夫婿家虽说圭窦荜门，度日维艰，但夫婿却性格温存，待人诚悫，一家几口倒也其乐融融。尤其夫婿穷而志坚，不坠青云之志，囊萤映雪，凿壁偷光，苦读不休。每当夜晚，弱兰便在灯下做针线，陪伴夫婿读书，说不上红袖添香，却也增添了夫婿科场得志、扬眉吐气的勇气。不幸的是夫婿因用功过度，积劳成疾，不到半年，便撒手而去。夫婿家三代单传，公婆因西河之痛，悒郁成疾，相继而殁。弱兰没有子嗣，家里又穷得炊烟不举，守寡自是无从说起，万般无奈，只得搬回娘家。

陶毂心想，怪不得她艳若桃李，冷若冰霜，眉宇间常有幽怨之气，原来是经受过许多坎坷磨难。此时再说其他挑逗的话，多不合时宜，便安慰了她几句，无非是自古红颜多薄命、吉人自有天相的话，弱兰听了，也颇受感动。

一来二去，接触既多，两人便熟了。熟不拘礼，什么话都说，但弱兰非常检点，从不到陶毂的住处去，只在梧桐树下说话。一日，陶毂对弱兰说："你的名字起得真好。弱水三千，我只取一瓢饮；我久欲入芝兰之室，至今仍未遂人愿，使人怅怅！"

弱兰当然知道陶穀的话用意何在，微嗔说：“学士的话欠妥，不该拿小女子的名字取笑。”

陶穀一本正经：“老夫说的都是实情。”

弱兰俯首拈衣，默默无语。

“弱兰，老夫想背诵一首词给你听，你猜猜是谁写的，行吗？”

“学士尽管背来，小女子洗耳恭听。”

“你听着。”陶穀清了清喉咙，小声念道：

惆怅梦余山月斜，孤灯照壁背窗纱。小楼高阁谢娘家。

暗想玉容何所似，一枝春雪冻梅花。满身香雾簇朝霞。

弱兰笑笑说：“这是韦庄的《浣溪沙》，小女子读过。只是小女子不是谢秋娘，哪来的满身香雾？又哪里是春雪中的冻梅花？学士是将天比地了。”

“谢秋娘怎比得你珠圆玉润，才气纵横？”

“小女子也背一首词给学士听，好吗？”不等陶穀表态，弱兰便洒珠泻玉般脱口而出：

斗转星移玉漏频，已三更，对栖莺。历历花间，似有马蹄声。含笑整衣开绣户，斜敛手，下阶迎。

陶穀惬意地笑了："这是和凝的《江城子》，老夫与他在后周时同殿为臣，私交甚笃，想不到你能背他的词。"和凝此时已经过世，但这首描写女子盼望情人早来，听见马蹄声便开门下阶相迎的词，分明是一种暗示，弱兰也在热恋着自己，只是表现得含蓄深沉，不曾外露罢了。他上前捉住了弱兰的手，只觉得光滑细腻，柔若无骨，连连说："心有灵犀一点通，心有灵犀一点通！"

弱兰的手任陶穀握着，也不抽回。良久，陶穀才附在她耳上说："今夜你我何处幽会？"

弱兰说："我依父母而居，诸多不便，自然是来你的住处了，这何须多说！"

"老夫当洒扫焚香，恭候玉人。"

这天晚上，月暗星沉，四周悄然，陶穀早就在馆驿等候，只是弱兰却迟迟没有露面。陶穀焦急地在屋内踱步，数着更筹，外边有一点响动，便当作是弱兰的脚步声，及至开门细看，却又一无所有，心里有一种说不出的滋味。直到夜阑更深，弱兰方才推门而入，说是要侍候父母安寝，况且又事关寡妇名声，不能不慎之又慎。名花解语，脉脉含情，使陶穀有遇仙姝之感，陶醉在温柔乡里了。

一宵缱绻，雨散高唐，云归楚岫。第二天弱兰早早便起了床，准备悄然离去。走到门口，忽又踅回来说："陶学士，你是写诗作赋的行家里手，能不能写一首诗给我，等将来我们分手后，我好拿出来看看？"

只在温柔乡中度过了一夜，弱兰就说出了分手的话，陶穀未免有些惆怅。当然，他可以把弱兰带回汴京，金屋藏娇是官宦之家常有的事，但他不敢。他是有妻室的人，害怕河东狮吼。既不能带回去，便希望在金陵多盘桓一些时日，想到这里，便在床头囊中拿出几锭银子来，递给弱兰说："老夫知你不富裕，这些银子可聊助你无米之炊。"

弱兰不肯接银，有些恼怒地说："陶学士，小女子是仰慕你文采风流，才不惜以身相许，并非卖身，你把弱兰看得太低了。你可知道'何必珍珠慰寂寥'这句诗吗？"

陶穀知道"何必珍珠慰寂寥"一句是梅妃写给唐玄宗的诗。玄宗先宠梅妃，后来杨贵妃夺宠，玄宗送一斛珍珠给梅妃，梅妃便写了这句诗。陶穀忙道歉说："弱兰笃于情义，使人惭愧不已，老夫这就写给你。"说着执笔展笺，略一沉思，便写出一首小令《风光好》来：

好因缘，恶因缘，只得邮亭一夜眠！别神仙。　琵琶拨尽相思调，知音少。再把鸾胶续断弦，是何年？

弱兰飞快地阅读一遍，折叠起来，小心翼翼地装在身上，便翩然而逝。

在这以后的日子里，陶穀希冀鸳梦重温，而秦弱兰却杳如黄鹤，从此不再露面。只有一夕姻缘，是好是坏，难以遽断，但是那夜的海誓山盟，犹历历在目。弱兰来也匆匆，去也匆匆，一似仙姝降临，使人难以忘怀。何时能再续断弦，不得而知。想打听一下弱兰的消息，又无法张口，朝廷命官，衮衮大员，去打听扫落叶的女子，岂不既失了身份，又露出了破绽？陶毂从此无心寻访碑碣，只在馆驿里浏览史书。

又过了几天，汴京便差专人来召陶毂回朝了，说是将有重用。后主先命韩熙载去馆驿看望陶毂，韩熙载说了些招待不周，请陶毂回朝后为江南美言几句的客套话，陶毂却一言未发，熙载不得要领，只得离去。

次日，后主置酒高会，为陶毂饯行。江南的文武百官济济一堂，都来为天子使臣送行，显示了藩属之邦的一片忠诚。陶毂因未见秦弱兰的面，心绪不宁，加上他本来就看不起江南君臣，更显得居高临下，睥睨一切，无论江南大臣如何劝酒，他都像一尊雕像兀自不动，涓滴不肯入口。

后主对陶毂的倨傲颇为不满，但不得不强压着怒气，亲自斟了一杯酒送给陶毂："陶学士明日就要回朝，孤备菲酌祖饯，还望学士赏光！"

陶毂冷冰冰地把酒杯挡了回去："老夫早已戒酒，国主休要强人所难！"

"看来是要歌妓侑酒，丝竹毕陈，学士才肯喝了。"后主指一指堂下，"这有何难，教坊已在这里侍候多时了。"

后主脸色变得阴沉起来，江南众大臣一齐注视着陶毂，陶毂依然一脸傲慢的神色。

后主看了韩熙载一眼，韩熙载会意，用手往教坊中一招，早见一名手执檀板的歌妓，袅袅娜娜地走到筵前来。陶穀定睛看时，竟是他朝思暮想的秦弱兰，今日换了装束，彩袂翩翩，靓妆曼立，又别是一种风情。他不由得心中暗暗叫苦，原来秦弱兰并不是驿卒之女，而是乔装改扮的教坊歌妓，他落入了江南布置好的圈套；秦弱兰真不愧是上乘的俳优，她编造的那一套天衣无缝的身世，不由人不信，当时自己还掉了几滴眼泪，谁知这一切竟都是骗局！此时此地相逢，使陶穀尴尬得无地自容，他深怕弱兰说出那晚的事来，倘若传回朝廷，叫他如何做人？所幸的是，秦弱兰只是斜睨了他一眼，便轻拍檀板唱了起来：

> 好因缘，恶因缘，只得邮亭一夜眠！别神仙。　琵琶拨尽相思调，知音少。再把鸾胶续断弦，是何年？

原来秦弱兰唱的是那首小令《风光好》，陶穀本来就未平静的心骤然又紧张了起来，他真后悔当初不该写这首词，如今把柄落在了人家手里。歌声铿金戛玉，余音绕梁，陶穀思绪纷乱，后几句竟未听清楚。

“陶学士，小女子的歌唱完了，这杯酒该喝了吧？”只见弱兰身后站着一个双手捧着酒杯的内侍。偷眼望去，后主与文武大臣都含笑望着自己，这微笑里有些什么含义，那是不言自明的，陶穀再也无法矜持了，只得站起来说：“恭敬不如从命，我干，我干！”接过酒杯，一饮而尽。

韩熙载不失时机地踅过来说：“陶学士，明日就要上路，有道是单丝不成线，独木不成林，饮成双杯，图个吉利！”

陶縠连忙推辞：“老夫量浅，不胜酒力，一杯已足，不能再饮了。”

韩熙载面带笑容，但话语中却透出威厉：“陶学士真的不肯赏脸吃这杯酒吗？”

这分明是欺负人，陶縠勃然大怒，但是想到有把柄落在人家手里，一腔怒气便消失得无影无踪了，赶忙赔笑说：“韩侍郎休怪，我喝，我喝！”

后主也来凑趣：“孤与学士虽然同是大宋臣子，但在江南也是一方诸侯，这杯酒不能再推托了吧？韩卿，你可代孤斟酒！”

这真是龙游浅滩遭虾戏，虎落平阳被犬欺，陶縠心里大骂，但脸上又显得异常顺从，没有推辞，一气喝完。江南的大臣们也趁机轮番劝酒，陶縠又不好拒绝，几十杯酒下肚，肠胃里便觉得翻江倒海般难受，实在憋不住，酒菜一起呕吐了出来，满地狼藉，浊气熏天，把宋朝使臣的礼仪都丢尽了。不一会儿，陶縠便烂醉如泥，不省人事了。

陶縠醒来时，已是薄暮时分，他是如何回到馆驿的，已记不清了。满腔怒气，却又无处发泄，陶縠决定早日离开这个是非之地。次日一早，后主只派了几名小吏在十里长亭饯别，江南的大臣无一人到场，如此简慢，令人心寒。回想他初赴金陵时，江南的文武百官齐集此地相迎，鼓乐竞奏，鞭炮齐鸣，那种场面，何等风光，往事真是不堪回首！

陶縠一路上多次盘算，见了天子，添枝加叶，多说江南几条罪状，让大兵早日讨伐江南，以雪心头之恨。不料，韩熙载早派人把陶縠的《风光好》小令传遍了汴京的大街小巷，并强调作者就是翰林学士陶縠。陶縠回到朝中，赵匡胤只略问了几句江南的情况，便问《风光好》词是不是他所作，陶縠只得老实承认。赵匡胤嗔怪说："此等淫词艳曲出自学士之手，朕都替你羞惭，嫖妓宿娼，原非大事，为何形诸文字，让江南看轻我朝？"陶縠无话可说，只得认罪，状告江南的那些话再也无法出口，赵匡胤从此也不再信任他了。

第九回 吐哺握发 李煜任贤

仆本江北人，今作江南客。

再去江北游，举目无相识。

金风吹我寒，秋月为谁白？

不如归去来，江南有人忆。

——韩熙载（902 或 908—970）

江南九月，丹桂飘香，姹紫嫣红，万木葱郁，苍翠欲滴。

后主起了个早，在宫苑内信步而行。登高远眺，大江、秦淮河尽收眼底。看见了秦淮河，便无端想起了杜牧《泊秦淮》那首诗：

烟笼寒水月笼沙，夜泊秦淮近酒家。

商女不知亡国恨，隔江犹唱后庭花。

陈叔宝纵情声色，导致覆亡的历史教训，他一刻也没有忘记。

即位两个月来，他励精图治，宵旰忧勤，丝毫不敢懈怠，连词赋也已辍而不作了，如今算是体会到了“战战兢兢，如临深渊，如履薄冰”这句话的含义。忽然他想起已经致仕的宰相严续，现在已病入膏肓，将不久于人世了，自己一直未去探视，内心颇觉歉疚。尽管严续寡学少识，才干不足，不克负荷宰相重任，但他毕竟举荐过许多贤臣，在病中又几次上疏，慷慨陈词，没有一句提及私事，高风亮节，的确难得。后主叫了一个内侍，简装轻骑，直趋严续府第而来。

严续虽然身为衮衮大员，却居住湫隘，仅容栖止，门口只有一个跛足老者司阍。老者虽不认得后主，但见他气度雍容，后边又有侍从，知道定是达官显贵，意欲禀报，后主只轻声说了句“不消”，便径直向里走去。接近严续卧室，忽听里边有说话之声，便住了脚步，留神谛听。

“自古多难兴邦，国主勤于政事，可算是有为之君了。”这是中书舍人徐铉的声音。

“此言为时尚早，国主毕竟年轻，又是刚刚即位，怕的是不能持之以恒。”接着是一阵咳嗽，这分明是严续了。

后主还想听下去，转念一想，又觉好笑，堂堂一国之主，竟然偷听别人谈话，岂不有失体统！便推门而入，向严续、徐铉说：“卿二人议论朝政，须防隔墙有耳，孤已闻听多时了。”

严续、徐铉见后主突然降临，不胜惶恐。后主诙谐地说：“孤非拒谏饰非之主，卿等有话，尽可直陈无妨。”

二人看他气色平和，坦荡自若，知道不曾惹祸，这才放心。严续挣扎着要从床上爬起来，后主忙说："孤是为探病而来，卿只管躺着。"

徐铉插话说："臣等议论朝政，幸未訾议国主短处，还乞宽宥妄言之罪。"

"卿说哪里话来？"后主气度宽宏地笑了，"忠言谠论，只嫌其少，不嫌其多，卿等还有何话，尽可直言无忌，孤当择善而从。"

"既然国主从善如流，老朽何惮一倾积愫！"严续喘息着说，"国主还记得卢郢之事吗？"

"当然记得。卿何以提及此事？"后主有些不解。

那是后主刚刚即位时的事了。他曾任命一个叫韩德霸的武将为都城烽火使，负责金陵的治安防卫。谁知此人恃势横暴，动辄殴打百姓，百姓恨之入骨而又无可奈何。一日，韩德霸于城中巡查，遇见了国子监教授卢郢，此人善吹铁笛，见了韩德霸并不躲避，依然调笛如故。韩德霸喝令他让道，而卢郢却毫不理会。韩德霸怒火中烧，叱左右上前抓他，卢郢却不慌不忙，奋臂一挥，将十几名士卒全部打翻在地。韩德霸正欲亲自动手，那卢郢一个箭步奔上前去，将韩德霸拉下马来，一顿好打，直到他嗷嗷讨饶，方才罢手。韩德霸带着满身伤痕，到后主处哭诉，后主却瞋目斥道："国子监乃人才荟萃之地，就是孤见了卢郢，也要谦让三分，尔一介武夫，怎敢污辱斯文，该打，该打！自今日起，你不必任职，回归田里去吧。"那韩德霸原以为后主会为他作主，不想挨了打又丢了乌纱，只得悻悻离朝而去。

后主不明白严续为何旧事重提，说起自己早已淡忘的那件事来。

“岂止是卢郢，孟宾于复官一事，不也显示出国主的磊落胸怀吗？”徐铉也旧事重提。

孟宾于是沅州（治所在今洪江）人，事母至孝，有诗名，进士及第，未及入仕，因唐末战乱还乡，曾被楚国王马殷任命为零陵（在今湖南永州）从事，但未重用。楚国亡于南唐，宾于来归，曾任过主簿、县令，后因涉嫌贪污，被囚于狱中。与他同年进士，现已在赵国胤处任职的大臣李昉，写诗为他惋惜：

幼携书剑别湘潭，金榜标名第十三。
昔日声望喧洛下，近年诗价满江南。

诗句传到了后主手里，他马上下令释放孟宾于，官复原职，此举颇受国人的称赞。

“国主将韩德霸革职，重新起用孟宾于，这两件事都办得干脆利落，誉满江南，如果办其他事也这样雷厉风行，江南何愁不兴旺发达？”严续动情地说。后主留神谛听，频频点头。

“臣如风烛瓦霜，来日无多，即使九泉之下，也企盼江南强盛。愿国主听听诸葛孔明《出师表》中那几句话。”

后主握住严续的手，轻声说：“孤已知卿要说哪几句话了，可是‘亲贤臣，远小人，此先汉所以兴隆也；亲小人，远贤臣，此后汉所以倾颓也’这几句话？”

“正是，正是，国主可谓善解人意。”严续连连颔首，表示赞同。

后主想了想说：“孔明的话万人传颂，自是千古名训，然而如今强敌环伺，江山危殆，空有圣人之德，而无济世之才，何补于国？”

“国主此言差矣，倘有人心术不正，却才如吴起、韩信，国主敢以十万军队交付他执掌否？”徐铉心直口快，脱口而出。

后主一时语塞，没有回答。徐铉趁机奏道：“如果论才，吏部侍郎、知贡举韩熙载才气纵横，国士无双，奈何见疏于国主？”

后主见徐铉提及韩熙载，便说：“孤亦知他有才，陶榖与秦弱兰一事，他为江南挽回了不少颜面，大宋天子未纳陶榖的谗言，没有派兵攻打江南，我朝才得安然无恙。只是他是北方人，孤不敢委以腹心重任。”

“为何北方人就不能委以重任？”徐铉不解。

“数月前孤曾遣韩熙载至汴京为天子母后杜太后吊丧，他在馆驿墙壁上题过两首诗，卿可知晓？”

严续、徐铉摇摇头，表示不知情。后主说：“孤读过两遍，已经记住了，‘奇文共欣赏，疑义相与析’，孤不妨背出，让卿等品评。”

其一

仆本江北人，今作江南客。

再去江北游，举目无相识。

金风吹我寒，秋月为谁白？

不如归去来，江南有人忆。

其二

未到故乡时，将谓故乡好。

及至亲得归，争如身不到。

目前相识无一人，出入空伤我怀抱。

风雨萧萧旅馆秋，归来窗下和衣倒。

梦中忽到江南路，寻得花中旧居处。

桃脸蛾眉笑出门，争向前头拥将去。

徐铉仔细听完，除了感伤怀旧之外，并无其他弦外之音，便奏道："恕臣谫陋，这两首诗没有抨击我朝之处，国主何以耿耿于怀？"

后主不悦地说："感伤怀旧就是对江南不满，岂能重用？"

徐铉争辩说："那还不是忧讥畏谗所致？国主若听之信之，倚为股肱，他能不感激涕零，拼死为国驰驱？"

原来韩熙载系潍州北海（治今山东潍坊）人，其父曾在后唐为官，因不见容于唐明宗李嗣源被杀，熙载惧祸南逃，投奔于吴。李昇建南唐，熙载历仕先主、中主二朝，均未被重用。后主践祚之后，拜为户部侍郎，不久改为吏部侍郎。宋军屯扬州，后主怀疑大臣中籍贯江北者有人通敌，有的竟被无辜鸩死，熙载怕受株连，因此放浪形骸，寻欢作乐，出使汴京在墙壁上写的那两首诗，也是为了发泄郁闷，并非对江南不满。后主听徐铉之言，也觉得对韩熙载的态度欠妥，便真诚地说："卿也说得有理，孤处理此事，容或有不当之处，你可先去看望一下韩卿，然后再作定夺，如何？"

徐铉自然遵旨，第二天便去拜访韩熙载，经过一番促膝长谈，韩熙载引咎自责，愿意痛改前非。徐铉据实回奏，后主才恢复了对韩熙载的信任。韩熙载为报后主知遇之恩，总想做一件惊天动地的大事，想来想去，便想到了改铸钱币。

原来先主李昪一生勤俭，从不奢靡，身殁之前，国库德昌宫藏有铜钱亿万缗，他对中主说："德昌宫所藏之钱可做征战之用，朕死之后，汝要结友邻邦，不可轻开边衅。朕所忧虑的是北方，一旦开战，兵马未动，粮草先行，未雨绸缪，这些钱也可抵挡一阵了。"及中主即位，刀兵屡起，军费支出浩大，后来赵匡胤代周，中主又多次遣使入贡，每次入贡都带有丰厚礼品，加上中主纵情声色犬马，恣意挥霍，导致帑藏告罄，财政拮据，于是便去铸钱。开始时以铜为料，制作精巧，成色又足，起名为"唐国通宝"，又铸"大唐通宝"，两者通用，极受百姓欢迎。但这种钱只流通了两三年光景，不逞之徒便开始盗铸私钱了，私钱又轻又薄，外观粗糙，即使扔入水中都不会沉没。

盗铸私钱之风既盛，货币贬值，物价大涨，社会秩序动荡。如何化险为夷，成了江南的当务之急，于是韩熙载提出改用铁钱。由铜钱改成铁钱，是关乎国计民生的大事，后主召集群臣计议。几经辩难，大臣们一致同意让韩熙载先铸出“钱样”再说，后主也表示赞同。韩熙载果然不负众望，造出的钱样非常漂亮，大小与“开元通宝”相同，只是上面的字都改成了篆书，出自他和徐铉的手笔。不过，钱样虽好，毕竟是用铁制成的，铁没有铜贵重，老百姓是否认可，还是个未知数。再说铁比铜容易到手，私铸更为方便，一旦盗铸起来，便查不胜查，防不胜防。到底用不用铁钱，后主一时委决不下。

韩熙载见后主没有答复，料是其中有变，便到宫门求见。后主说：“卿不来见孤，孤也要召见卿的。铜钱改铁钱之事，须得慎重，不能鲁莽行事，否则局面便不可收拾。”

韩熙载说：“国主所虑极是，臣已思虑过了，只要有司认真疏导，百姓不难接受新钱。”

后主说：“卿所说都是猜测之辞，不足为凭。大臣中就有人不赞同，孤也委决不下。”

韩熙载有些惊诧地说：“臣试制钱样之时，不是朝野一致赞同吗？怎么又有人反对？是谁反对，国主不妨明示，臣愿与他商讨。”

后主用手指了指堂下，只见中书舍人徐游、徐辽兄弟向韩熙载拱拱手说：“韩大人为制钱样，费尽心机，不胜敬佩。只是此等钱能否在江南流通，问题不少，倘不能堵塞漏卮于未萌之前，就会后患无穷。”

"都有哪些漏危，舍人不妨细说。"

徐辽说："铁没有铜经久耐用，以铁造钱不但不合常规，而且流通久了就会朽烂，老百姓要这些朽烂的铁钱何用？"

韩熙载说："使用铁钱合不合常规，历史上没有定制，只要国主下诏在江南实行，百姓断无拒绝之理。至于铁钱会朽烂之说更是杞人忧天。铁器长期搁置不用，风吹雨蚀，才会朽烂，既已铸成钱币，今日在你手中，明日又转入他手中，如此循环往复，怎会朽烂？即使烂了，收回旧钱，另铸新钱就是。"

韩熙载的回答合情合理，徐辽无话可说。徐游又提问说："铁比铜易得，百姓如果私铸铁钱，社会秩序岂不大乱？"

其实，韩熙载在制造铁钱时就想到了这个问题，后主迟迟举棋不定，也是这个原因，必须得有遏制之法，才能消除朝野疑虑。韩熙载胸有成竹地说："朝廷应该制定有关法律，私铸铁钱者一律严加追究，私铸者看到法网森严，就不敢萌生邪念了。"

徐游提出异议说："增设有关法律条款，固然不失为好办法，但是'君子喻于义，小人喻于利'，利之所在，趋之若鹜，倘有人冒死盗铸，侍郎又该如何应付？"

韩熙载毫不犹豫地说："这个问题不难解决。以国家之财力，可选用上等铁料，召集能工巧匠，开大炉鼓铸，所铸之钱必然晶莹光滑，大小、薄厚均匀，质地精良，偷铸之钱根本无法与之相比，孰优孰劣，不判自明，百姓喜欢用哪种钱，那是不言自明的，盗铸既冒坐牢、杀头之险，又无利可图，谁还干这种赔本买卖呢？"

徐辽又说：“万事起头难。即使铸了新钱，百姓必然看官府是否率先使用，然后才起而效法，怎样才能取信于民呢？”

韩熙载莞尔一笑：“这更好办，请国主下诏户部，臣之薪俸可用新铸铁钱支付，以取信于天下。”

韩熙载关于铁钱的答辩，不但使徐游、徐辽兄弟心悦诚服，朝中文武大臣也甚为满意。后主决定铁钱、铜钱杂用，每发行十钱，以铁钱六、铜钱四搭配流通，既而不用铜钱，但以铁钱贸易。后主几次派人到市廛查看，但见秩序井然，买卖兴旺，也就放心了。

一场棘手的货币风波，在韩熙载手里迎刃而解，后主便对他刮目相看了。处理这种事情，能够游刃有余，证明其才学果有过人之处，于是又命他知贡举，即主持进士考试。比起改铸铁钱来，主持进士考试更具书生本色，韩熙载很爽快地接受了任务，不料却惹出了一场麻烦。

韩熙载主持考试，共取进士九人，第一名是舒雅，第二名是王崇古。参加考试的几百名举子，都是苦苦攻读的人，谁不想金榜题名，脱却蓝衫换紫袍？一见榜上无名，便大发怨言。与韩熙载有隙的一位官员，趁机推波助澜，煽动莘莘士子，指责韩熙载徇情舞弊，科场不公。并说九名新科进士中，有五人与韩熙载相知相熟，特别是独占鳌头的舒雅，与韩熙载的关系更是非同寻常，两人曾一同狎妓，眠花宿柳，自然格外关照。其实，这些都是无根之说。韩熙载刚刚取得后主的信任，不想坏了名声，他所取的九人，都是举子中的佼佼者。舒雅与韩熙载虽是忘年交，但并未受到特别照顾，他是凭那篇字字珠玑、句句锦绣的文章蟾宫折桂的。但是众口铄金，积毁销骨，舒雅与韩熙载反而说不清楚了。

状告到了后主那里，后主不由不信，他命徐铉为复试官，让舒雅等五人重新参加考试。但舒雅等五名新进士拒绝参加复试，认为如果答应复试，就意味着真的与韩熙载有某种勾结，况且新科进士已经揭榜通衢，朝野咸知，一旦被取消资格，弄得斯文扫地，无颜见人。徐铉因此不能出题复试，双方形成了僵局。告状的士子们也不依不饶，认为国主既然下诏复试，就得不折不扣地执行，否则谁都可以抗命不遵，国家律法岂不成了儿戏？

后主也为这件事不安。还是徐铉想出了一个两全之法，由后主亲自出题考试。舒雅等五人不便反对，只得勉强应命。后主此时对舒雅等人的做法甚为反感，这几个人公然抗命，直到自己亲自出马，才肯复试，岂不是越是抗命，越是给予荣耀，提高了他们考试的规格？如果开了这个先例，诸如此类的事情便会越来越多，想到这里，他决心肃正纲纪。考试那天，他精心出了几道诗赋试题，舒雅等不敢怠慢，认认真真，倾其所学作了回答。过了几天，考试结果出来了，这五个人没有一人合格。舒雅等知道后主有意惩罚，一个个垂头丧气，韩熙载也自觉惭愧，无颜立于朝班，请求告老归田，后主却一再挽留，不允所请。

自受到这次打击后，韩熙载再次消沉，他破散家财，蓄妓数十。歌舞取乐，不问政事。每月俸禄到手之后，即为诸姬分去，以致箪瓢屡空，衣食不能自给。熙载便敝衣破履，扮作瞽者，手操独弦琴，随房乞讨，以供膳食。后来索性令家妓私客，狎客中有人赋诗云："最是五更留不住，向人枕畔着衣裳。"一时朝议哗然。后主几次想把他召来申斥一顿，碍于他是朝中大臣，不想直斥其过，便命画师顾闳中潜入韩熙载家，将其取乐之状描绘下来。顾闳中乔装打扮，一连数夜混入韩府潜心观察，将韩熙载与诸妓女樽俎灯烛间，觥筹交错之情景默记于心，归来后再仔细揣摩，然后绘成长卷，果然惟妙惟肖，形神酷似，这就是擅誉千古的《韩熙载夜宴图》。图中的服饰用具都有根据，韩熙载所戴帽子，名为"韩启轻格"，当时颇为有名，杯盘的颜色与形状，均为越窑青瓷。后主命人将此图送给韩熙载，希望他能改过自新，谁知他竟安然受之，了无愧怍之色，后主也无可奈何，只得由他。

熙载广结善缘，出手阔绰，渐渐弄得入不敷出，预借官钱三十万，户部便逐月在他俸禄中扣还。熙载大方惯了，忽然手头拮据，无奈之下，只得上书后主说："臣家无盈日之厨，野乏百金之产，乞国主宽贷。"后主知他言过其实，不会如此寒酸，便在奏折上批道：

> 言伪而辩，古人恶之。熙载俸有常秩，锡赉尚优，而谓厨无盈日，无乃过欤？

尽管如此，后主还是蠲免了他所欠的官钱，又赏赐内库绢百匹、绵千两，作为制衣服的费用，虽说不上皇恩浩荡，也算得是优礼有加。熙载上书相谢说：

水火相济，日月无私，既示其瑕疵，又怜其憔悴。免逋欠，使资于昏旦；赐绵绢，令御其风霜。神造虽洪，粉身未报。

后主如此宽宏大量，是希望他知过而改，但韩熙载虽对后主表示感激，却无悔改之意，依然放荡不羁，帷薄不修，纵姬卖春，致使丑声四闻。后主一怒之下，贬他为太子右庶子，分司南都洪州，命他即日离朝。

熙载接到敕令，一时惊得手足无措。他留恋六朝金粉之地金陵，不愿南迁，欲面见后主求情，又恐遭到申斥，只得又写了一封奏疏呈上：

臣启国主：朽作无生之骨，犹思仰慕于圣贤，生为万物之灵，宁使困穷于终老？魂凝象阙，心滞金门，程限至终，炎蒸渐盛。重念臣向化将逾于四纪，抒诚已历于三朝，无横草之功，可资于国，有滔天之罪，见绝于时。陛下以无为之心，示好生之德，虽一命已宽于时宥，叨感深仁，而再迁欲赴于遐征，转资阴德。今则羸形愈惫，壮志全消，老妻对面而呻吟，稚子环床而号哭。劲风振树，岂得长宁；逝水朝宗，不堪永诀。

熙载故意写得如此哀怨凄楚，是想打动后主，盼他收回成命，留朝不遣，谁知后主看了，竟留中不发。熙载无计可施，只得打点行装，准备束装就道。如今坐吃山空，阮囊羞涩，自然养不活许多歌妓，只得赍发些盘缠，让她们各奔东西。也是事有凑巧，当他送走最后一名歌妓时，后主挽留的诏书也倏然而至。原来后主讨厌他年老蓄妓，有损官箴，决定不准留朝。等到熙载遣散歌妓，徐铉又恳切为他说情，便息事宁人，既往不咎，任命为秘书监，留朝供职。熙载也感激涕零，不计较官职的大小，鞠躬尽瘁，尽心辅政。

两个月之后，后主打算任命熙载为相，并已拟好了诏书，忽然听说被熙载遣散的那些浪迹天涯的歌妓，都一一回到了金陵，不禁叹了一口气，揉碎了尚未用宝的诏书。他可以容忍韩熙载有风流韵事，但不能任命一个贻讥邻邦，不为朝野接受的宰相，几经考虑，只封他为中书侍郎。中书侍郎是中书令的副手，中书令可以称为宰相，中书侍郎则没有多大权力。韩熙载并不计较这些，仍然忠于职守，屡次上书，详论古今治国得失，剖析时政利弊，知无不言，言无不尽，久而久之，奏疏竟裒集成册，后主亲笔题词曰《皇极要览》，并下诏褒美，让群臣效法。怎奈韩熙载耄耋之年，体力不济，早朝晏归，十分疲惫，一日早朝，他拿着奏疏，正欲递上，忽然一阵晕眩，竟站立不住，跌倒在地。等众人七手八脚将他扶起，已是魂归道山了。

后主未得以熙载为相，痛惜不已，就在殿上询问知制诰潘佑：“孤欲追赠韩卿官职，前代有此先例否？”

潘佑答道："此等事历史上甚多，晋代刘穆之死后赠开府仪同三司即是一例。"

后主点点头，又问："据称他善于写碑碣之文，可有此事？"

徐铉奏道："实有此事。臣亲见宋齐丘生前曾自署碑碣，求熙载书写，碑碣中尽是自吹自擂之文，熙载匆匆阅读一遍，便马上以纸塞鼻。家人问他为何如此，他说齐丘之文臭而且秽。"徐铉娓娓道来，后主笑得前仰后合。

"臣还听说某个宰相也曾求韩熙载为其父撰神道碑，送去了不少珍宝，还有一个倾国倾城的歌妓，熙载收下了礼物，但碑文上仅叙述碑主的郡望、官阶、谱系而已，没有谀墓之文。那宰相极不满意，退还了碑文，熙载也将礼物退回，并附上一首诗：

风柳摇摇无定枝，阳台云雨梦中归。
他年蓬岛音尘断，留取樽前旧舞衣。

诗句不算上乘之作，似是讥讽那宰相寻欢作乐，一旦撒手尘寰，就什么都没有了。"

后主仔细琢磨诗句的含义，良久才说："从这件事来看，韩熙载并非见利忘义之徒，实堪嘉尚。"于是追赠他为平章事，谥文靖，安葬在梅颐岗谢安墓侧。谢安是东晋名相，韩熙载之墓得与他相邻，当然是莫大荣耀。后主又命集贤殿学士徐错收集韩熙载的遗文，庋藏于书殿中。韩熙载死后，可算是备极哀荣了。

朝中那些忧国忧民之士见后主勤政爱民，纷纷上疏进谏。

江宁府句容县尉张泌提出十条建议："一曰举简大以行君道，二曰略繁小以责臣职，三曰明赏罚以彰劝善惩恶，四曰慎名器以杜作威擅权，五曰询言行为择忠良，六曰均赋役以安黎庶，七曰纳谏诤以容正直，八曰究毁誉以远谗佞，九曰节用以行克俭，十曰克己以固旧好。"这十条言简意赅，切中时弊，后主读后，大加赞赏。

白衣郭昭庆至金陵，献《经国治民论》十余篇，指陈池州、采石等军事重镇如何防御，以及东海海隅可以开拓之方略，后主大喜，马上授以著作郎之职。

大臣陆昭符入宋不辱使命，江南因屡屡朝贡，帑藏空竭，他建议市于富民石守信之家，得绢十万匹，国用才不致匮乏；徐铉之弟、集贤殿学士徐锴四次主持贡举，守正不阿，为国拔擢了许多英才；还有永新制置使李元清，莅任以来，常常微服进入毗邻江南的湖南境内，侦察敌人动静，治境累年，边陲晏安。后主下令对此三人提出旌表，并对臣下说："为人臣忠于职守，如果人人都如陆昭符、徐锴、李元清，孤还有何忧！"

一日，后主刚刚升朝，便有人报称，捉拿到了一个叛国投敌的人，后主便命押上殿来。举目看时，却是个衣衫褴褛的士子，不禁动了恻隐之心，温和地问："卿姓甚名谁？缘何投敌？"

那人战栗着说："臣名叫江为，大江的江，大有作为的为。"

后主说："名字倒是不俗。既想有为，就该用心攻读，参加科举才是，怎么如此落魄呢？"

江为伏地叩头："臣之际遇，实在是一言难尽。臣自幼习儒，在庐山白鹿洞师事处士陈贶几近二十年，虽说不上诗书满腹，也算是有才学之人，自谓俯拾青紫。谁知文章憎命达，困顿场屋，屡次来金陵应试都榜上无名，因此怏怏不乐。打算束书逃往吴越，被同屋之人告发，乞国主宽恕。"

后主说："有此念头，尚未出走，便东窗事发，算不得叛国投敌，卿勿畏惧。依孤看来，知贡举之人与卿无冤无仇，卿的文章定是火候不到，才被黜落的。不过，考官眼力不同，遗珠之憾，在所难免。卿最近可有诗作？不妨念给孤听。"

江为惶恐不安的心情一下子烟消云散了，感激地说："微臣有诗呈给国主，请国主评骘，如何裁处，都无怨无悔。"

"卿只管背来！"

"臣这首诗的题目是《隋堤柳》：

锦缆龙舟万里来，醉乡繁盛忽尘埃。

空余两岸千株柳，雨叶风花作恨媒。"

后主听出这首诗是叹惜自己运乖时蹇，生不逢时，每次满腔希望来金陵应试，又都是黯然伤怀离去，这种惆怅心情，没有亲自体味，是写不出来的。格调不算很高，但也不失为一首好诗。便对江为说："卿的才学不错，不过尚未到炉火纯青之境，不必到吴越去了，就在江南供职吧。"

江为大喜过望，在丹墀下长跪不起："臣身在江湖，心存魏阙，国主拔擢臣于稠人广众之中，当肝脑涂地，报效明主。"

后主听到明主二字，又问江为："卿可知道孟浩然与唐玄宗的一段轶事？"不待江为回答，他便兀自说下去："孟浩然与王维私交甚笃，一日被王维邀入内署，两人方叙谈间，不期玄宗倏然而至，王维只得把孟浩然藏在床下，才出门接驾。君臣谈话既久，玄宗听见床下屡有响声，询问王维，王维只好据实回答。玄宗说：'朕久闻其人之名，但从未谋面，何必藏匿到床下去呢？可出来与朕相见。'孟浩然这才从床下爬了出来，弄得满身尘土。玄宗也不见怪，只问他近来写了什么诗，浩然再拜，尔后自诵所做之诗，当诵到'不才明主弃'一句时，玄宗不高兴地说：'卿未尝求仕，而朕也未弃卿，为何要诬赖朕呢？卿还是回乡去吧。'就这样，孟浩然不得不恓恓惶惶地离开了长安。"

江为的眼睛湿润了："臣决不效孟浩然埋怨国主。"

后主笑笑说："孤不过是讲述一件文坛掌故而已，卿休要疑心。"

江为千恩万谢，方才下朝而去。后主处理了一些政务，正要退朝，忽报有一名叫刘洞的隐士，专程来金陵献诗。后主对诗词情有独钟，连忙唤刘洞进见。刘洞是个苍髯皓首的老者，也学诗于陈贶，陈贶卒后，独居二十年，渐渐进入了桑榆晚景，听说后主即位，广开言路，求贤若渴，他擅长五言诗，便怀揣诗百篇，从庐山来到金陵。后主饶有兴趣地接过诗篇，只见首篇的题目是《石城怀古》，诗云：

石城古岸头，一望思悠悠。

几许六朝事，不禁江水流。

后主读完，心头倏地一震。这显然是一首讽喻诗，孙吴、东晋、宋、齐、梁、陈皆都于金陵，合称六朝。这六个朝代成败兴亡的历史教训，的确有值得借鉴之处。不过，诗篇写得有些凄凉，不想再读下去，便对刘洞说：“卿远道而来，风尘澒洞，可先去歇息，等孤读完诗篇，再与你从容讨论。”

还有一个叫康仁杰的泉州人，少年时削发为僧，喜欢儒学，云游江淮，至池阳（今安徽池州），以诗谒守令，其中有“红旆渡江霞蘸水，青蛇出箧雪侵衣”之句，守令击节赞赏，勉励他出仕，并举荐给执政。仁杰遂易儒服至金陵，适逢文武百官休沐，在升元阁举行宴会，仁杰即席咏诗，有“云散便凝千里望，日斜长占半城阴”之句，举座莫不叹服。后主得知后，问仁杰是何等人，有司回答说：“是诗中苦吟之人，其人闻知国主好诗，向风慕化而来，不必理他。”国主说：“如此一来，岂不冷了仁人志士之心？”遂授以县令。朝中大臣见后主赏罚分明，莫不心悦诚服。

第十回 娥皇结缡 风流蕴藉

云一緺，玉一梭，淡淡衫儿薄薄罗，轻颦双黛螺。

秋风多，雨相和，帘外芭蕉三两窠，夜长人奈何！

——李煜（937—978）

大凡刚刚即位之君，往往振翮思飞，想有为于天下，然而日子一长，也就懈怠了。后主本非治国平天下的种子，勉强干了一阵，便觉得浑身不自在起来。加上方隅无事，天下太平，后主逐渐走向奢靡之途。他有两大嗜好，一是佞佛，二是弈棋。江南酷好浮屠，要从先主李昪算起。李昪辅吴时，吴国都于广陵，李昪驻守金陵，在那里大兴土木，建造府第。建成之后，采纳僧人之言，作无遮大斋之会，为死去的工匠役夫荐冥福。不久，有胡僧从身毒（印度）来，带有贝叶经、舍利作为贽见之礼，李昪甚为高兴，召来豫章龙兴寺僧人智玄翻译贝叶经文，又命人书写《华严论》四十部，颁发境内，此为江南佞佛之始。但李昪本人仅是对佛有好感而已，尚未迷信到神魂颠倒的程度。过了两个月，胡僧因作奸犯科，被李昪逐出境外，但国人已逐渐信佛了。到了李昪晚年，溧水县大兴寺一棵双人合抱的大桑树上，突然长出一个木人来，身高六寸，如僧人之状，右袒而左跪，僧衣、禅杖皆备。木人颜色如纯漆，光滑可鉴人影，僧人命名为须菩提。方圆左右人家一传十,十传百，纷纷前来观看，一个个莫不啧啧称奇。此事早就惊动了溧水县令，他特地命人造了一个神龛，把那小木人移入其中，等到李昪生日仁寿节时献上。李昪见那小木人竟与僧人十分相像，也颇为惊异，连忙迎入宫中，奉事甚谨。僧徒乘机散布流言，说李昪信佛真诚，感应上天，故有神僧来降，实是江南祥瑞。李昪由此笃信佛教。

中主即位，颇有其父之风，也喜欢与僧人交往。僧元寂博通经藏，曾受业于升元寺，中主召来讲授《法华经》，颇称中主之意，马上授他左街僧录内供奉，赐紫。当时法禁宽弛，僧尼不遵戒律者甚多，元寂屡犯法条，都被中主赦免。还有一个叫王应之的僧人，善写文章，尤以习柳公权书法冠江左，考进士不中，遂转而皈依佛门。中主对他甚为欣赏，赏穿紫衣，凡是有关佛事的章疏，皆出其手。中主喜《楞严经》，命左仆射冯延巳作序，王应之抄录，其文曰：

首《楞严经》者，自为菩萨密因，始破阿难之迷，终证菩提之悟。然则阿难，古佛也，岂有迷哉！迷者，悟之对也，迷苟不立，悟亦何取？是故因迷以设问，凭悟而明解。皇上聪明文思，探赜索隐，云散日朗，尘开镜明。以为大赉四方，未为盛德，普济一世，始曰至仁，或启佛乘，必归法要。

中主既喜欢这篇序文的流畅，更喜欢应之书法的刚劲，对臣下说："孤曾听说柳公权好以书法进谏，把进谏内容写入书法中，穆宗皇帝为之动容。如今王应之也效法柳公权，孤由此想到了柳公权昔日的风采。"于是升迁王应之为右街僧录，应之虽辞而不就，但经中主夸奖，他已经蜚声江南了。

后主佞佛超过了父祖。他即位之后，便召元寂问《华严经》，每次讲完经卷，后主赏赐金帛甚多，元寂从此有恃无恐，横行无忌，日日狂饮，天天大嚼，成了酒肉和尚。元寂每次大醉之后，身后便有数十个小儿跟随围观，元寂也不在意，一边摇摇晃晃地行走，一边唱道：

酒秃酒秃，何荣何辱，但见衣冠成古丘，不见江河变陵谷。

群臣纷纷向后主告发，后主纵而不问。

还有个号称小长老的僧人，日日入宫为后主讲解六根、四谛、天堂、地狱、循环、因果报应之事，后主大喜，称他为一佛出世。小长老出入宫掖，身披红罗绡金衣，后主责备他说："汝乃僧人，本应披袈裟，为何穿如此华丽的衣服？”小长老说：“国主不读《华严经》，怎知佛家富贵？”乘机劝说后主广施梵刹，营造塔像。后主沉溺其中，从此更加信佛，命大臣徐游专管斋祠事宜。

中书舍人张洎本不信佛，每见后主，辄谈佛法，由是获宠，跻身显宦行列。其他大臣唯恐落后，也都蔬食斋戒，以奉佛法。为弘扬佛法，后主下诏在金陵城南牛头山造佛寺千余间，宫禁中捐资巨万，甚至宫苑中也建起了静德僧寺，偌大的宫廷竟也变成了禅寺。短短时间内，金陵城内僧徒多达万人，又募道士为僧，凡道人愿转而为僧者，每人赏银二两。一时金陵城内，大街小巷尽是僧人。这些僧人不耕不织，坐糜钱粮，帑藏告罄，便去朘削百姓，致使民怨沸腾。后主每日退朝，便与皇后头戴僧伽帽，身披袈裟，课诵佛经，拜跪顿颡，致使颊生赘瘤，仍不悔悟。

一日，徐游来宫中上奏说：“发现僧尼有犯奸淫之戒者，乞国主处理。”后主反问：“依卿之见，该如何处置？”

徐游答：“佛门乃清净之地，怎能容得此等污秽之事？应将该男女逐出佛寺，还俗为民。”

后主沉思片刻，摇摇头说：“不妥，不妥，僧尼犯奸淫之戒，正是为了婚嫁，何况他们都在冠笄之年，如果让他们还俗，岂不正好成全了他们？可命他们礼佛百次，以赎罪愆，仍在佛寺为僧尼。”

徐游诺诺连声而去。

后主行刑也标新立异，别出心裁。凡是判死刑之人，行刑之日，如恰逢后主斋戒，便命把犯人带入宫中，在佛像前燃灯，称为命灯。灯中添满油后，犯人跪在一旁祈祷，如灯在天亮前熄灭，便将犯人处死；如灯在天亮后熄灭，则可免死。家庭富有的死罪犯人往往贿赂宦官，于夜半无人时续添灯油，这样，直至次日日高三丈，仍然是灯火煌煌，犯人立刻获得赦免。久而久之，举朝上下都知犯人伙同宦官作弊，单单瞒了后主一人。后主佞佛到如此程度，朝野议论纷纭，但后主仍我行我素，不恤人言，满朝文武也无可奈何。

后主的荒唐行径，惹恼了一位刚直之士，此人就是歙州进士汪焕。他挺身而出，上书极谏说：

> 昔梁武事佛，刺血写佛书，舍身为佛奴，屈膝为僧礼，散发俾僧践，及其终也，饿死于台城。今陛下事佛，未见刺血践发，舍身屈膝，臣恐他日犹不得如梁武也。

梁武帝萧衍当国时，沉溺佛教，在境内大建佛寺，唐人杜牧有诗云：

> 千里莺啼绿映红，水村山郭酒旗风。
> 南朝四百八十寺，多少楼台烟雨中。

梁武帝本人曾三次舍身同泰寺，都是朝臣把他接回朝中，致使政事俱废，举国骚然。不久，侯景起兵攻破台城（今江苏南京市鸡鸣山南干河沿北），繁华的金陵城被洗劫一空，梁武帝在台城被困饿死。后主见汪焕将他与梁武帝相提并论，心里老大不快。不过汪焕虽然措辞尖刻，但并无失实之处，细细想来，自己确有不是，倒也不便发作。他将目光移向堂下，只见汪焕目光灼灼，英气逼人，大有舍身成仁、殒身不恤的架势，便如芒刺在背，浑身都不自在。就此认输，心有不甘，于是便以攻为守，反问汪焕："孤喜佛法，干卿底事？"

"国主佞佛，自然与臣无干，奈天下苍生何！江南社稷悬在国主之手，天下颙颙望治，如大旱之望云霓。而国主不纳忠言，荒怠政事，连年灾荒，饥民流于道路，强敌环伺，吴越、大宋虎视眈眈，此正国主卧薪尝胆之日，非偏安逸豫之时也。国主于佛何厚，于民何薄？"

后主见他口若悬河，滔滔不绝，怕再引出别的麻烦来，连忙打断他说："卿乃敢死之士，国有贤臣，社稷之福也。"当下即擢升他为校书郎，但并不采纳其言，佞佛如故。

弈棋也是后主的一大癖好，有时竟至废寝忘食。一次，他正与嬖幸弈棋，宫人忽报大理卿萧俨求见。后主棋兴正浓，不想罢手，吩咐宫人让他在宫外稍候。萧俨等得口干舌燥，仍不见后主传宣，便怒气冲冲闯入宫掖，只见后主手里举着棋子，口中呢喃不休，正聚精会神地同对手厮杀，以至萧俨走近身边，他尚未发觉。萧俨快步上前，冷不防扯起棋盘向空中掷去，棋子骨碌碌，都滚向远处去了。后主还以为是宫人恶作剧，登时满脸愠怒，正要发作，忽见面前站着的竟是萧俨，自知理亏，知道他是为谏诤而来，便诘问道：“卿莫非是要学魏徵吗？”

萧俨答道：“魏徵乃千古名相，臣怎敢望其项背！臣不及魏徵，国主自然也不是唐太宗！”

后主无话可说，只得罢弈而去。

在众大臣谏诤下，后主逐走了身边佞臣，停止了几项不急之务，早朝晏退，留心政事，颇受朝野好评。可惜好景不长，没多久便又故态复萌了。逐走了嬖幸，便觉食不甘味，寝不安席，每日披览奏章，又觉得味同嚼蜡，无限辛苦，如置身于牢狱中一般，索性不再上朝，恣情玩乐。他本聪慧过人，又兴趣广泛，闲居无聊，便写字作画，消磨时光。当藩王时便醉心书画，如今稍作练习，便曲尽其妙。他画的山水、人物、花鸟，都有独到之处。号称“才绝、画绝、痴绝”的顾恺之所绘《女史箴图》、展子虔的《游春图》、阎立本的《步辇图》、画圣吴道子的《天王送子图》、周昉的《簪花仕女图》、韩滉的《五牛图》，他都熟悉得如数家珍，并从这些画卷中汲取营养，又有所创新，被誉为江南绝笔的“铁钩锁”画法，便是他的独创。比如画竹，从根到梢，细细勾勒，即使是细微之处也用双勾，用此技法画出的墨竹，枝叶斑驳，独具神韵。

后主既喜作画，身边便聚集了一大批画师。钟陵（今江西进贤）人徐熙出身江南望族，以善画知名，后主几次要他去宫廷任职，但他不乐仕进，只得作罢。他画的花木、禽鱼、蝉蝶、蔬果，妙夺造化，意出古今。为体验生活，常徜徉于园圃之间，因此所作之画传神逼真，栩栩如生。后主将他所作之画都庋藏于集英殿中，时时把玩。南唐灭亡，后主降宋，这些画都献给了天子。

钟陵人董源，曾任南唐的北苑副使，职责是管理在建州（今福建建瓯）设置的专供宫廷用的茶场。他擅画人物，曾为后主画夷光（西施）像于八尺琉璃屏上，大臣冯延巳误以为宫娥应门而立，逡巡不敢入。董源尤擅画山水，绘风雨溪谷，峰峦晦明，林霏烟云，使人如置身千岩万壑、重汀绝岸之中。

翰林待诏王齐翰，工画佛道人物；嘉兴人唐希雅妙于画竹，兼工翎毛，曾从后主学金错书，后来变而为画，但画中亦见书法痕迹；京兆（今陕西西安）人卫贤，后主时为内供奉，擅长画楼观殿宇盘车水磨，他画的《盘车水磨图》上，有后主作的《渔父词》两阕：

> 浪花有意千重雪，桃李无言一队春。一壶酒，一竿身，世上如侬有几人？
>
> 一棹春风一叶舟，一纶茧缕一轻钩。花满渚，酒盈瓯，万顷波中得自由。

天台（今属浙江）人钟隐擅画鸷鸟榛棘，曾画鹞于壁间，翩翩欲飞。

他画的《柘条鹭鹊图》《柘条山鹊图》《柘条双禽图》等，被后主藏之秘府，从不示人，并盖上自己的印记。钟隐是个隐士，从未当过官，而且钟隐也非真实姓名，乃钟山隐士之意，钟山即今南京城内的紫金山，实指当时的金陵。有人认为钟隐就是李后主，北宋画家米芾就说：“钟隐者，盖南唐李氏道号，为钟山之隐者耳，固非钟隐也。”《画史》一书也说：“锦峰白莲居士，又称钟峰隐居，又称钟峰隐者，皆李重光（后主字重光）画自题号，意是钟山隐居耳。每自画必题曰：钟隐笔，上著内殿图书之印，及押内合同集贤院黑印。有此印者，是典于文房物也。”如果这些说法属实，将是中国绘画史上的一桩趣闻。

还有一个叫周文矩的句容（今属江苏）人，任翰林待诏，擅画道释人物、山林泉石，后主曾命他画《南庄图》，文矩挥笔而就，后主览之，叹服不已，藏于内府，不时观看，后来降宋时带到了汴京。顾闳中、赵幹更是名满江南的画家，顾闳中的《韩熙载夜宴图》、赵幹的《江行初雪图》均是享誉一时的作品。后主日日与这些画家切磋琢磨，画技大进是很自然的。

后主的字也别具一格。他写小字常作颤笔樛曲之状，笔锋遒劲如寒松霜竹，号为金错刀。写大字也不用笔，卷帛蘸墨书写，挥洒涂抹，皆随人意，后世称为撮襟书。后主所用的笔、墨、纸、砚也极考究，澄心堂纸、李廷珪墨、龙尾石砚，称为天下之冠。蜀中产好纸，名为“玉屑笺”，江南富贵人家多用此纸，但纸质很脆，稍不注意，便会断裂，又容易变色，用起来不甚方便。后来中主于蜀中得一纸工，命他遍行江南境内考察水源，先在黟州（今安徽黟县）造出黟州雪纸，但不尽如人意，最终考察出六合之水与蜀中相同，六合直隶扬州，遂于扬州设造纸务，所产之纸洁白如雪，光滑如冰，柔软似帛，折叠无痕，后主命名为澄心堂纸。澄心堂乃江南大政所出之地，用来作为纸名，足见其贵重。这种纸乃南唐宫廷专用之纸，外人极难得到。北宋灭亡江南数十年后，澄心堂纸才出现在汴京。刘贡父有诗赞之云："当时百金售一幅，澄心堂中千万轴。后人闻名宁复得，就令得之当不识。"欧阳修也说："君不见曼卿子美真奇才，久已零落埋黄埃。……君家虽有澄心纸，有敢下笔知谁哉？"梅圣俞云："寒溪浸楮舂夜月，敲冰举帘匀割脂。焙干坚滑若铺玉，一幅百金曾不疑。"耗费了许多心血，千锤百炼，反复试验才造成此纸的李少徽，为此得到了后主一笔重赏。

后主所用之墨号李廷珪墨，是因墨工李廷珪得名。廷珪是易水（今河北易县）人，原姓奚，父亲奚超便以造墨驰名江南，据说徐铉、徐锴兄弟得奚超墨一锭，两人合用，每日写字五千，用了十年，墨才告罄。因避中原战乱，奚超、廷珪父子卜居江南歙州（今安徽歙县），见此地盛产松树，水又清洌香甜，便重操旧业，在这里制墨。廷珪悉心钻研，除以松烟为基本原料外，又掺入了麝香、冰片、珍珠等辅助材料，所造之墨色泽光亮，清香扑鼻，书写起来光洁流利。相传一士人得廷珪墨一锭，信步行至一荷花池旁，只见荷花盛开，微风送来阵阵幽香，他忽萌奇想，何不把墨香与花香比较一下，看看孰优孰劣？正想之间，不慎失手，那锭墨骨碌碌滚入池中去了。打捞半天，未见踪影，只得怏怏而去。又过几日，又有一件器物掉入水中，打捞之时，竟连那锭墨一并捞出，那墨不仅没有溶化，而且色泽如新。从此廷珪所造之墨身价百倍，被人视为稀世之珍。后主赐廷珪姓李，改称李廷珪，墨也被命名为廷珪墨。

后主所用之砚产于歙州，号称歙砚。后主在歙州设立砚务，遴选工人专门造砚，官阶定为九品，每月给予俸禄，岁岁为官造砚，进于宫廷。砚工曾得一灵璧天然奇石，雕成宝石砚山献给后主。此砚长约一尺，上有三十六座小山峰，这些山峰不加雕饰，浑然天成。砚池称为龙池，每遇天阴欲雨之时便自然湿润，滴水少许于池内，经旬不竭，砚壁有一条微凸石纹，其中嵌入九粒天然金砂，几经琢磨，闪闪放光，砚山更显得如游龙一般。后主给砚山上的几座山峰分别取名为华盖峰、月翠岩、方坛、玉笋等。有人咏此砚云：

研山出层碧，峥嵘实天工。
淋漓上山泉，滴沥助毫端。
挥成惊世文，主意皆逢原。
江南秋色起，风远洞庭宽。
往往入佳趣，挥扫出妙言。

后主沉迷于书法、绘画之中，虽也误了政事，但比起佞佛、弈棋，无疑要好多了。

后主佞佛弈棋，赋诗绘画，本已不理朝政，偏偏身边又多了一个推波助澜之人，这人不是别人，乃是历史上小有名气的周皇后。她小字娥皇，是司徒周宗之女。周宗字君太，广陵人，仕先主李昇，任同平章政事，迁侍中，颇受重用，后徙宣州节度使，其时先主已死，中主当国，他入觐时中主亲为折幞头脚，以表殊礼。任东都留守时，因年老请求告老归政。中主封他为司徒，致仕后居住金陵。因这一层关系，周家与皇室比别人自然要亲密得多，名分上是君臣，实际上如兄弟，两家往来便多。有一年中主寿诞，中主在长秋宫举行宴会，命京师中众大臣携眷赴宴，周宗之妻因病未能前来，他没有儿子，便带着长女娥皇前往。中主的寿辰是八月初十，那一天玉宇澄清，风爽气柔，宫廷内一片喜庆气氛，厅内正中悬挂一金“寿”字，四壁都是寿幛，颂乐高奏，音韵悠扬，钟皇后搀着中主接受了群臣万寿无疆的祝福，然后频频举觞给众大臣劝酒。宴会一直进行到薄暮时分，宫灯点起了蜡烛，悬挂在墙壁上的夜明珠也熠熠生辉，把大厅照耀得如同白昼。中主因山河破碎，心情一向不好，这次祝寿活动见众大臣如此尽兴，一腔愁怀也倏然消失了。

其时后主还是一名藩王，尚未枋政，虽然也来参加了父皇的寿诞宴会，但不是万众瞩目的中心。他知道宴会结束后，还有一场别开生面的歌舞，自己虽然不谙此道，但想领略一下歌女那余音绕梁的歌喉和舞女那翩翩起舞的倩影。果然，宴会一完，接着便是歌舞。先是窅娘跳的“柘枝舞”。古时羽调有柘枝曲，商调有屈柘枝，此舞因这两支曲子而得名。舞时以两个女童藏于莲花形道具中，花瓣开放，两女童出而对舞。在抑扬顿挫、舒缓有序的音乐声中，只见舞台正中硕大无比的莲花瓣徐徐张开，先是窅娘，后是另一位歌女从中跳了出来。她们两人满头珠翠，身披轻纱，纤腰琐骨，跌宕风流，如锦始濯，如花始发。幺弦乍拨，羯鼓初挝，两人随着鼓声，时而旋转如飞，时而玉臂高举，时而轻扭腰肢，时而俯卧地上，真是翩若惊鸿，矫若游龙，翻转腾挪，柔如无骨，满场欢声雷动，后主也赞叹不已。

接着表演的是娥皇的琵琶独奏。娥皇不但生得国色天香，冰肌玉骨，而且兼通书史，善歌舞，尤工琵琶。只见她淡妆轻抹，怀抱琵琶，气度雍容地坐在台中，顾盼生辉，仪态万方。四周鸦雀无声，无数双眼睛一齐注视着她。娥皇不慌不忙，伸出纤纤玉手，轻拢慢捻，转轴拨弦，顷刻间响遏行云，声穿金石，时而如沙起雷行，山奔海立，时而缠绵哀婉，如窃窃私语，时而婉转悠扬，如乳燕呼晴，流莺唱晚，在场的人听得如痴如醉，目眩神迷。一曲终了，掌声四起，满座喝彩。中主大喜，赐以烧槽琵琶。相传这种琵琶乃东汉蔡邕所制，选用上好桐木，用火烧烤，精工制作而成。由于制作不易，因而传世极少。娥皇将此琵琶珍藏身边，视若拱璧。

后主已经陶醉在娥皇的琵琶演奏中了，曲终人散，他还在殿外徘徊，希冀能碰上娥皇，一睹芳容，然而娥皇已不见了踪影。回到府第，辗转不成梦寐，猛听几声鸡啼，已是斗转参横、曙光熹微时分。窗外秋风飒飒，细雨淅沥，打在芭蕉叶上，发出窸窣响声。他已无睡意，抽身而起，搦管擘笺，写成一首《长相思》词：

云一緺，玉一梭，淡淡衫儿薄薄罗，轻颦双黛螺。
秋风多，雨相和，帘外芭蕉三两窠，夜长人奈何！

云当然是指头发，緺指的是饰发用的紫青色丝绦，玉一梭是指扎发用的玉簪之类。昨夜娥皇那一头秀发给他的印象如砧上月影，千拂不去，因而一下笔便从头发写起，依次写到容貌、装束、意态和自己难耐的心情，直抒自己对这个女子的深深怀念。

等到黎明，雨住风停，太阳从云层中钻了出来，空气显得特别清新。后主洗漱完毕，便只身到御花园赏花，以排遣心中的愁绪。那御花园原是先主李昪所建，小阁临流，曲径通幽，流水淙淙，飞珠溅玉，荷花映日，丛菊摇金，远处水光潋滟，山色如黛，端的是景色如画。后主信步而行，踅过一座假山，只见娥皇正站在一簇菊花前，专心致志地欣赏，听到了后主的脚步声，才回过头来嫣然一笑。

"娥皇，你昨晚的琵琶弹得实在好，真是此曲只应天上有，人间哪得几回闻啊！"后主一见面，便夸赞起来。

娥皇并不认识后主，不过从他那一身打扮上，看出是一位皇子，不觉脱口问道："殿下是哪一位？小女子……"

"我们素未谋面，难怪你不认得我，我是六皇子从嘉。"

娥皇飘然下拜说："恕小女子有眼无珠，不认识殿下。小女子昨晚演奏拙劣得很，谬承夸奖。"

"你是谁家千金？"后主明知故问。

娥皇羞涩地说："小女子乃司徒周宗之女，居长，还有一胞妹。"

后主本想问她如今是待字闺中，还是名花有主，转念一想，初次相逢，便如此设问，未免唐突，便接着娥皇的话说：“令尊是栋梁之材，国家重臣，年高德劭，有口皆碑，令人敬佩！”

“家父年迈体弱，已于去年致仕，如今客居京城，闲来无事，读点书，种些花，精神还好，多谢殿下记挂。”

“我们既是通家，以后可常相往来，一切都不必拘礼，我还要向你学弹奏琵琶呢！”

娥皇掩口而笑：“殿下说得轻巧，侯门深似海，且不说小女子是否愿来，即使愿来，还不被拒于宫门之外吗？”

后主拍拍胸膛说：“些许小事，不必过虑，我自会禀告父皇，你只管来就是。”

看见后主风流倜傥，又平易近人，娥皇不觉怦然心动，她何尝不想多来宫中与后主相会！只是孤男寡女，接触多了，会引起闲言碎语，要不来，又觉得心里少点什么，一时怔在那里，竟不知说什么好了。

后主似乎看出了她的心事，鼓励她说：“我在府中事情不多，你若能来，我们弹弹琵琶，赋诗填词，岂不快乐！”

娥皇自然同意后主的安排。两人又闲聊了一会儿，娥皇便分花拂柳，冉冉而去。后主思潮翻涌，不觉脱口吟出一首《南歌子》：

云鬟裁新绿，霞衣曳晓红。待歌凝立翠筵中，一朵彩云何事下巫峰。

一趁拍鸾飞镜，回身燕扬空。莫翻红袖过帘栊，怕被杨花勾引嫁东风。

从此以后，两人的关系进展颇快。周宗是两朝元老，尽管致仕，仍关心朝政，不时被中主召入宫中垂询军国要事，娥皇也得以相随入宫。与后主耳鬓厮磨既多，感情便急遽升温。一日，后主拉着娥皇的手说："我想奏明父皇母后，娶你为妻，不知你意下如何？"

娥皇羞得满面通红，心头怦怦乱跳，其实，她早就盼望这一天了，后主不提，她自然不便先说。埋藏在心底已久的愿望一旦从后主口中说出，她先是惊喜，接着便嘤嘤啜泣起来。

"喜心翻到极，呜咽泪沾巾。"后主拍拍她的肩膀。

娥皇破涕为笑，也握紧了后主的手。

"娥皇，你可曾读过李存勗《忆仙姿》那首词？"

李存勗即后唐庄宗，其祖先是突厥沙陀族人，好俳优，喜度曲，传世作品不多，《忆仙姿》是比较著名的一首，后来他为伶人所杀。李存勗死后十一年，后主降临尘世，基本上是同时代人，因而记得他的词。

娥皇摇摇头说："我只记得两句，可惜不是全璧，请殿下吟来。"

后主清清喉咙，一字一顿吟道：

曾宴桃源深洞，一曲舞鸾歌凤。长记别伊时，和泪出门相送。如梦，如梦，残月落花烟重。

娥皇细心听着，评判说：“这首词写刘晨、阮肇天台遇仙女的故事，自是感人，只是残月落花四字，未免凄楚了一些。妾有一首冯延巳的《长命女》词，比李存勖的词流利明快多了。”说着便背诵道：

春日宴，绿酒一杯歌一遍。再拜陈三愿：一愿郎君千岁，二愿妾身常健，三愿如同梁上燕，岁岁长相见。

后主把娥皇拥入怀中说：“我们岂止是‘岁岁长相见’，还要‘在天愿作比翼鸟，在地愿为连理枝’呢！我这就去禀告父皇，谅无不准之理。”

“妾就等着好消息了。”

中主与钟皇后对周宗本有好感，他的家世虽比不得天潢贵胄，但也是阀阅之家，并不辱没门第。更见娥皇性格贤淑，那天晚上弹奏琵琶给人留下了深刻的印象，于是便同意了这门亲事。这年娥皇十九岁，已过了及笄之年，后主十八岁，虽不到弱冠之年，但皇室婚姻似不应拘泥于年龄，应该及早结缡。中主于是下诏给宗正寺，择定吉日良辰，筹备迎娶事宜。后主忙将这消息告诉正翘首企盼的娥皇，尽管这消息早在预料之中，娥皇还是忍不住好一阵激动，紧紧拥抱着后主说：“妾终于等来了这一天！”

第十一回 倚红偎翠 后主填词

寻春须是先春早，看花莫待花枝老。缥色玉柔擎，醅浮盏面清。

何妨频笑粲，禁苑春归晚。同醉与闲评，诗随羯鼓成。

——李煜（937—978）

燕尔新婚，其乐融融。一日，两人携手至澄心堂观看画页、曲谱，无意中翻出一本《霓裳羽衣曲》残谱，娥皇不禁欣喜若狂。《霓裳羽衣曲》乃大唐乐曲之名，小说家附会说，玄宗与方士遨游月宫，忽听琴韵悠扬，传来仙乐之声，便驻足谛听，一一默记心中，归来后按谱记之，取名为《霓裳羽衣曲》。事实上，玄宗幼年幽居深宫，只与太常乐人为伴，耳濡目染，慢慢精通了音律。即位以后，乐此不疲，造诣遂深。一次，他登三乡驿女儿山，见那里林壑优美，烟雾缭绕，如同置身于虚无缥缈的仙境之中，触发了灵感，写成《霓裳羽衣曲》的散序部分。不久，西凉节度使杨敬述送来印度的《婆罗门曲》，玄宗十分欣赏，即将此曲融入散序中，略为加工，便成为《霓裳羽衣曲》的后半部分。刘禹锡曾有诗云：“开元天子万事足，惟惜当时光景促。三乡驿上望仙山，归作《霓裳羽衣曲》。”玄宗去三乡驿是开元年间的事，而谱成《霓裳羽衣曲》却在天宝十三载（754），琢磨了十几年才谱成新曲，可见玄宗为此付出了巨大心血。杨贵妃善跳霓裳羽衣舞，宫中便以此乐配之。无论是在兴庆宫，还是在华清宫，玄宗与贵妃都纵情歌舞，《长恨歌》云：

骊宫高处入青云，仙乐风飘处处闻。
缓歌慢舞凝丝竹，尽日君王看不足。

有时，玄宗也与臣下共同演奏，一般是杨贵妃弹琵琶，玄宗打羯鼓，李龟年奏觱篥，贺怀智拍板，谢阿蛮跳舞。但这一段欢乐时光并未保持多久，“渔阳鼙鼓动地来，惊破《霓裳羽衣曲》”，安禄山叛乱，玄宗仓皇出逃，杨贵妃缢死于马嵬坡，《霓裳羽衣曲》曲谱毁于兵燹，后来虽然有人捡到，可惜已不是完璧了。

后主见娥皇拿着残破不全的《霓裳羽衣曲》沉吟不语，便问：“爱妃莫非想补缀这支曲子？”

“妾对《霓裳羽衣曲》喜欢已久，早想找来按曲而歌，可惜无从得谱，今日无意得之，却又残缺不全，真是一大憾事！倘能补缀成功，也算了却了一桩心事。”娥皇不胜惋惜。

后主对《霓裳羽衣曲》虽也饶有兴致，但没有娥皇了解得透彻，补缀之事自然无从说起。他对娥皇说："《霓裳羽衣曲》是唐明皇谱写完善的，功不可没。最初是在宫廷演奏，后来竟发展到了坊间，市井小民也知道此曲了，爱妃说是也不是？"

"可有根据？"

"白居易有诗为证：'轻拢慢捻抹复挑，初为《霓裳》后《六幺》。'六幺也是唐代流行的舞曲，又名《绿腰》《录要》《乐世》。爱妃试想，一个以弹奏琵琶为生的商人妇也懂得《霓裳羽衣曲》，这不是传入民间的佐证吗？"

娥皇接着说："殿下的见解不错，这位白乐天也算得是解读此曲的行家里手了，他的《霓裳羽衣歌》说：'散序六奏未动衣，阳台宿云慵不飞。中序擘騞初入拍，秋竹竿裂春冰坼。'后边又自己作了注：'散序六编无拍，故不舞；中序始有拍，亦名拍序。'这就是说，该曲的第一段是器乐独奏、合奏或轮奏的六编散序，没有歌舞；之后是中序十八编，以歌为主，器乐伴奏，舞或不舞均可；最后是十二编'曲破'，以舞蹈为主，器乐伴奏，歌不歌均可。中序十八编是《霓裳羽衣曲》的主旋律，一共是三十六编宫廷清商大法曲，其中的六编散序出自明皇之手。"

后主欣喜地说："爱妃真是博学多才，对《霓裳羽衣曲》知道得如此透彻，如果参加科举，定是巾帼不让须眉，中状元如拾草芥了。"

"殿下休要取笑，妾想补缀此曲，恢复大唐遗音，使之传世，不知殿下肯赞同否？"

“此亦孤之心愿，爱妃何须多说！”

从此以后，夫妇二人便找来有关资料，切磋探讨，根据唐朝宫廷曲谱，反复查证，仔细推敲，勘校音律，精心补缀，有时彻夜不眠，不知东方之既白。苍天不负有心人，经过几个月的钻研，娥皇终于补齐了遗失的曲谱，使《霓裳羽衣曲》重现于世。

曲谱补齐了，有没有大唐遗韵，还须演奏一遍，才知是否尽善尽美。于是先找来善弹琵琶的流珠、工于击磬的黄鹂、吹箫好手李冠、乐师曹生、教坊乐班领舞窅娘共同讨论，集思广益。他们从艺多年，技艺精湛，哪里补缀得恰到好处，哪里白璧微瑕，三言两语，便能切中腠理。娥皇根据他们的意见，修改了数处，方才定稿。然后又让窅娘舞蹈，其他人伴奏，娥皇也弹琵琶助兴，结果是舞蹈与乐曲配合得完美和谐，在场的人都非常满意。后主这才禀明父皇，从太乐署挑选舞伎，添置乐器，按补缀好的《霓裳羽衣曲》练习。

又过了两个月，一场别开生面的歌舞晚会倾倒了所有的王公大臣。清辉殿里珠帘高卷，帷幕低垂，舞台四周摆满了鲜花，舞台上方悬挂着几十颗夜明珠，大厅里显得流光溢彩，赏心悦目。忽听一阵悠扬的洞箫声，从舞台的一角传出，喧闹的大厅马上安静了下来。接着是鼓乐大作，钟、磬轻叩，琵琶慢捻，钹、铙齐鸣，构成了一曲雄浑的大合唱。高昂时如暴风骤雨，万马奔腾；低缓时如雨打芭蕉，清泉淙淙；急迫时如珠落玉盘，银瓶乍破。台下一片喝彩声。一曲未完，又见几十名舞女分作两行，鱼贯入场，一个个婀娜多姿，体态轻盈，踏着歌拍，翩翩起舞。香风拂拂，彩袂飘飘，使人眼花缭乱，目不暇接，仿佛置身于蓬莱仙境之中。每个人又都像吃了人参果，浑身上下无一处不舒坦，不熨帖。

更深夜阑，《霓裳羽衣曲》才演奏完毕，台下又是一片掌声，王公大臣们恋恋不舍地起身离去。常侍徐铉颇知音律，走出大厅时问曹生："殿下夫妇补缀《霓裳羽衣曲》，听说你也参与其间了，可是真的？"

"我是乐工，躬逢盛事，自然得为殿下效劳了，常侍为何有此疑问？"曹生有些不解地望着徐铉。

这时太常博士陈致雍也跟了上来，徐铉顾不上和他打招呼，又问曹生："据我所知，盛唐的《霓裳羽衣曲》结尾处舒缓轻柔，渐渐隐去，给人以韵味无穷的感受，为何今晚的演奏，结尾处却是急管繁弦，突然中止？这恐非吉兆！"

陈致雍点点头附和说："徐常侍说得甚好，可谓一语破的，老夫也有此疑窦。"

曹生说："二位大人的提问很有见地。按照旧谱推论，《霓裳羽衣曲》煞尾时应轻缓舒徐，但唯独这一段曲谱残缺最多，王妃补缀时无从参稽，便改作了急调。内行人听来，固然不协调，但从今天演奏的效果看，朝中文武大臣还是认可的。"

徐铉、陈致雍一时无话可说。三人行至桃叶渡口，陈致雍在此与两人分手，徐铉回到家中，写了一首题为《听霓裳羽衣曲》的七绝给陈致雍：

清商一曲远人行，桃叶津头月正明。

此是开元太平曲，莫教偏作别离声。

这一场《霓裳羽衣曲》的演奏，虽然结尾处补缀得不尽如人意，但是外行人却看不出破绽，因而交口称赞。费了几个月心血，获得了这样好的效果，后主自然高兴不已。回到藩邸，他便很快写出一首《玉楼春》：

晚妆初了明肌雪，春殿嫔娥鱼贯列。笙箫吹断水云间，重按《霓裳》歌遍彻。

临春谁更飘香屑？醉拍阑干情味切。归时休放烛花红，待踏马蹄清夜月。

后主在与娥皇卿卿我我、鱼水和谐中度过了几年平静的藩王生活，终于登上了南唐帝王的宝座，娥皇被立为皇后，宠嬖专房。除了弹琵琶、补缀《霓裳羽衣曲》外，周后对于采戏、弈棋亦无不精通，今之纸牌，即为周后所创，当时称为叶子格。唐朝咸通年间，即有叶子戏，但流传不广，周后潜心研制，制定规矩，后世遂广为传播，成为民间一种娱乐之具。周后寝宫甚为考究，终日香气馥郁，沁人肺腑。原来她用丁香、沉香、檀香、麝香各一两，甲香三两，细细捣碎，加以鹅梨十枚，研磨成汁，然后放在银器皿内清蒸，等到梨汁蒸干，屋内馥郁之气，就可经旬不散了。只要一进入周后寝宫，就立刻会感受到别有洞天，与他处不同。周后又创高髻纤裳及首翘鬓朵之装，此装一出，国人争相仿效。

周后甚喜舞蹈。一日，大雪初霁，周后请后主起舞。后主道："孤本不谙此道，只是看卿每次起舞，俱无新意，倘卿能另辟蹊径，创制新声，孤当不负卿。"周后道："这有何难！"当即命笺缀谱，喉无滞音，笔无停思，顷刻之间，新谱已成。后主大喜，命名为《邀醉破舞》。又有《恨来迟破》，也是周后所制。

后主多日不朝，奏牍堆积几案，厚竟盈尺，朝中大臣不免议论纷纭。没奈何，后主只得耐着性子批览。顺手挑出几份，尽是如何理财，如何强兵之策，他对此不感兴趣，稍一浏览，便掷往案角。看了一阵，不觉烦躁起来，干脆推开奏章，缓步踱向窗前。窗外阳光灿烂，百鸟啁啾，更增添了他的惆怅。要不是身居国主之位，何至于如此费心劳神？他弄不明白历史上为什么会有那么多人为了帝位而骨肉相残，反目成仇。难道这个束缚人心性的帝位，果真有如此摄人心魄的力量？

正在胡思乱想之际，周后忽然一阵风跑进殿来，见后主闷闷不乐，便问道："国主因何事烦恼？"

"还不是为朝中的事！"后主指了指几案，"你看那些奏疏啰里啰唆，文字冗长，又言之无物，让人心烦意乱。"

"国主何苦为这些不急之务劳神？今日处理不完，还有明日，明日处理不完，还有后日，来日方长，尽可从容处理。臣妾新找来一名歌女，容貌姣好，歌喉清亮，国主何不听她度一支曲？"

后主摆手说："孤若只为藩王，自然可以不问朝政，可如今是江南之主，怎能丢开奏疏不管？"

周后辩驳说："国主的话，未免迂阔，奏疏晚两天处理，也不至于亡国。现在春色烂漫，花事正盛，再过几日，春天就过完了。寻春须是先春早，看花莫待花枝老，及时行乐，才是正理。"

后主一拍手说："好个寻春须是先春早，看花莫待花枝老。孤想填一阕词，把这两句嵌入，卿以为如何？"

"那是以后的事，现在先跟我去听歌要紧。"不等后主表态，周后拉起他就走。转朱阁，绕回廊，穿花径，过假山，来到一个幽静去处。周后指着一幢房屋说："臣妾将听曲地方选在此处，是为防止大臣聒噪饶舌，打扰国主雅兴。那歌女已恭候多时了。"

后主走进屋内，只见那歌女风流玉立，明眸皓齿，齄笑生妍，刚才的那一腔愁闷，立刻便涣然冰释了。

歌女见后主到来，甚为拘束，兀立在那里，一言不发。后主招呼她说："皇后说卿善度曲，不必拘束，可为孤唱来。"

歌女奏道："臣妾幼时学了几支曲子，呕哑嘲哳，不成曲调，倘有污圣听，还乞恕不敬之罪。"

后主笑笑说："孤为听歌而来，岂有责罚之理？等卿唱完，孤当不吝缠头之赏。"

歌女又说："臣妾度曲，仓促间不及携带伴奏之人，乞国主代为寻觅。"

后主指着周后说："孤已代卿寻觅到了，皇后是弹琵琶的高手，就由她伴奏。”

周后并不推辞，从歌女手中接过琵琶，转轴拨弦，那歌女手执檀板，轻舒歌喉，咿咿呀呀唱了起来：

睽离已是十秋强，对镜那堪重理妆。
闻雁几回修尺素，见霜先为制衣裳。
开箱叠练先垂泪，拂杵调砧更断肠。
绣作龟形献天子，愿教征客早还乡。

歌声忽而高亢激越，直入云际，忽而低沉婉转，如黄莺啼树，忽而如旷男怨女，絮语呢喃，一阕既竟，余音绕梁。后主听完，击掌赞道："卿这一曲，把闺中少妇思念夫婿之情，形容得可谓淋漓尽致，与李白的'何日平胡虏，良人罢远征'，有异曲同工之妙。听卿度曲，令人凡念顿消，孤此刻思潮澈荡，诗情坌涌，打算赏卿一首词，卿可愿意？"

那歌女欢喜无限，俯首奏道："国主诗词，价值连城，臣妾求之不得，焉有不愿之理！倘蒙赐予，臣妾当藏诸名山，传之千古。"

后主道："一首词罢了，哪有如此珍贵？"说着，又回顾周后道："烦卿吮毫濡墨，记录下来。"

周后道："这个自然，不知国主用什么词牌？"

后主略一沉思，便说："还用《一斛珠》吧。"周后握笔在手，只听后主朗声吟道：

晓妆初过，沈檀轻注些儿个，向人微露丁香颗。一曲清歌，暂引樱桃破。

罗袖裛残殷色可，杯深旋被香醪涴。绣床斜凭娇无那，烂嚼红茸，笑向檀郎唾。

周后双手捧着诗笺，递给后主说："国主此词，真可谓神来之笔，尤其是'绣床斜凭'，'烂嚼红茸'两句，描摹女子撒娇神态，恰到好处，惟妙惟肖。"

后主接过诗笺，浏览了一遍，亲自交给歌女说："信口之作，未及细细推敲，凭卿月旦吧。"歌女千恩万谢，拿着诗笺去了。

后主与周后回到长秋宫，已是中午，犹余兴未尽，吩咐宫人洒扫殿庭，又令庖人设置酒宴，二人逸兴遄飞，酌酒对饮。后主道："孤又想起了卿的'寻春须是先春早，看花莫待花枝老'那两句诗，现在凑成一阕，如何？"

周后说："臣妾愿洗耳恭听。"

后主稍作酝酿，便吟咏出了一首《子夜歌》：

寻春须是先春早，看花莫待花枝老。缥色玉柔擎，醅浮盏面清。

何妨频笑粲，禁苑春归晚。同醉与闲评，诗随羯鼓成。

周后指着词品评说："这首词似是写国主与臣妾的日常生活。寻春、看花两句含义清楚，是劝人及时行乐。'缥色玉柔擎，醅浮盏面清'，是写女子举起洁白柔嫩的手劝酒，'何妨频笑粲'是说斟酒时笑容可掬，不用说这几句是为臣妾写的了。底下的几句是写国主与臣妾欣赏禁苑春色，随意赋诗了。臣妾说得可对？"

后主满意地说："卿不愧是女中翘楚，经卿这一番解释，这首词可说是意境全出了。"

辰光易逝，不觉又是金乌西坠、玉兔东升时分，后主便命人悬珠。原来自后主即位后，南唐宫廷从不燃灯，亦不点蜡烛，恐有烟气熏蒸，每至黑夜，便于宫中悬大宝珠数颗，顿时光照四壁，满屋生辉。南唐灭亡后，后主的宠姬被掳往汴京，每夜见灯，便双目紧闭，说是烟气太重，换上蜡烛，说是烟气更甚，不住地擦拭双目。宋朝的宫人问："在江南时，你们宫中不点蜡烛吗？"后主的宠姬回答："自国主即位，宫中从不燃灯，每逢夜晚，悬上几颗宝珠，便光照一室，如同白昼了。"当然，这是后话。除了悬灯，殿角金炉添薪，室内氍毹铺地，说不尽皇家气派。后主兴犹未尽，命宫婢庆奴唱歌侑酒，流珠弹琵琶，窅娘舞蹈，又宣保仪黄氏也来观看。

庆奴、流珠的父母均是民间艺人，因技艺高超，被选入教坊，庆奴、流珠因有这一层家学渊源，因此唱歌、弹琵琶也就格外出色。保仪黄氏世为江夏（今湖北武汉江夏区）人，父名守忠，唐末天下大乱，全家流徙湖南，在楚王马殷手下当偏裨将领，后来死难。南唐大将边镐灭楚，将黄氏带回金陵，养于宫中，那时她只有数岁。后主即位时，她年已及笄，容态华丽，冠绝当世，后主一见倾心，选为保仪，也就是嫔妃的一种。只是周后有专房之宠，醋意又浓，不许后主染指别的女子，因此黄氏虽有保仪之名，却无缘侍寝，只替后主掌管墨宝图书。黄氏也不计较，小心侍候周后，倒也相安无事。南唐宫中图书甚丰，多至万卷，其中不乏钟繇、王羲之等书法家的墨宝，皆是稀世珍品，也由黄氏掌管。南唐覆亡，黄氏也跟着后主到了汴京，后来悄然死在那里。

最值得一提的是窅娘，她的父亲原是一位西域商人，漂泊天涯，居无定所，窅娘幼小时便跟着父母来到了江南。西域人大多能歌善舞，受父母影响，流风所及，窅娘从很小便精于舞蹈。她的父亲虽也积蓄了一点钱财，但四处奔波，积劳成疾，终于一病不起。母亲无奈，只得别抱琵琶，改嫁他人。窅娘双目深陷，头发曲卷，与江南女子迥然不同，人们便以窅娘呼之，久而久之，约定俗成，窅娘便成了她的名字，她的真实姓名倒无人提及了。过了几年，窅娘的母亲、后父又双双弃世，她孑然一身，孤苦伶仃，为了谋生，只得沦落风尘，街头卖艺，后来被召进宫中。后主见她娇小玲珑，楚腰纤细，便与周后商量，让她跳与众不同的舞。周后道："妾尝读《飞燕外传》，她体态轻盈，能作掌上舞，让窅娘也来个东施效颦，如何？"后主道："有一个赵飞燕作掌上舞，已占尽风流，何必再学她？《南史》羊侃传中记载一个叫张静婉的女子，也能作掌中舞，知道的人已经不多了，孤想另辟蹊径。"周后用手支颐，想了想说："齐东昏侯为潘贵妃凿金为莲花以贴地，令妃行其上，美其名曰步步生莲花，似可仿效。”后主说：“这一点可以参稽，如果能把足裹得更小，跳起舞来不就是另一种风情吗？”周后拍了一下脑门说：“臣妾想起来了，唐代大历年间一个叫夏侯审的人吟咏睡鞋诗说：‘云里蟾钩落凤窝，玉郎沉醉也摩挲。’蟾钩不就指的弓足吗？”后主点头说：“卿说的是，不过蟾钩的含义还有些模糊。杜牧也有‘钿尺裁量减四分，纤纤玉笋裹轻云’的诗，玉笋也可理解为女子的足，但不好说就是弓足。谷神子的《博异志》中有一篇记述沈亚之轶事，其中引了一首《春阳曲》：

长安少女踏春阳，何处春阳不断肠？

舞袖弓弯浑忘却，罗帏空换九秋霜。

这才是缠足使之弯小的明确出处。谷神子真名叫郑还古，元和年间进士及第，官至国子博士，看来缠足之风始于唐宪宗元和前后。卿以为如何？”周后道：“还是国主博学，考证得如此详尽。国主打算怎样让窅娘舞蹈呢？”后主说：“孤已成竹在胸，先作六尺高之金莲，上边饰以宝物、细带缨络，莲瓣要五彩缤纷；然后命窅娘以帛缠脚，使之弯成新月形，在莲中回旋作舞，如凌波之状，不就新意迭出了吗？”周后马上喝彩赞成。

说干就干，只不过数月工夫，窅娘便缠起了足，弯如半月，素袜舞《云中》，回旋有凌云之态。朝中大臣见了，交口称赞，大臣唐镐有诗云：“莲中花更好，云里月长新。”从此，江南女子人人仿效，以纤弓为妙。

后主与周后一边饮酒，一边欣赏舞蹈、音乐。只听殿中箫管嗷嘈，金鼓喧阗，粉白黛绿，男女杂沓。那庆奴粗识文字，歌喉虽称不上抑扬顿挫，倒也婉转可人。窅娘在莲瓣中回旋作舞，也博得了一片掌声。直至夜阑更深，众人才尽兴而去，后主、周后两人不胜酒力，便在长秋宫住宿。

后主一觉醒来，已是晨光透窗，日高三丈了，桌上杯盘狼藉，尚未收拾，宫女已不知何时散去。瞥眼看看周后，只见她吐气如兰，正在黑甜乡中，不忍心叫她，便独自在庭院中徘徊。侧耳细听，别殿隐隐约约传来一阵箫鼓之声，铿锵和鸣，音韵悠扬，不知谁人正在寻欢作乐。触景生情，不觉牵动了思绪，便轻声吟出一首《浣溪沙》来：

红日已高三丈透，金炉次第添香兽，红锦地衣随步皱。

佳人舞点金钗溜，酒恶时拈花蕊嗅，别殿遥闻箫鼓奏。

这最后一句“别殿又闻箫鼓奏”的“又”字，似觉不妥，但改为何字，又颇费斟酌。正沉吟未决，忽听周后在殿内叫道：“国主，妾已聆听你吟咏多时了，‘又’字不妥，改为‘遥’字如何？”

后主抚掌笑道：“此言可谓妙语解颐，此词用一‘遥’字，意境全透，卿可算是孤的一字师了，就依卿吧。”

周后道：“国主的词字字珠玑，句句锦绣，受国主熏陶，臣妾也快学会吟词了。”

后主道：“卿真会打趣，什么时候学会了奉承媚人？孤的词不过是直抒胸臆罢了，哪里算得上字字珠玑，句句锦绣？”

周后正欲回答，只见庆奴从侧殿跑出，向后主、周后行礼道：“臣妾昨晚唱曲，有污国主、皇后清听，还乞恕罪。”

后主道：“你这话是从何说起？听卿的曲，别有一番情趣，比如看惯了名门闺秀，乍一见小家碧玉，便有一种清新之感。卿的歌喉圆润动听，使人百听不厌！”

庆奴道：“谬承国主夸奖，臣妾不胜惶恐。适才听国主与皇后论词，茅塞顿开，就请赐臣妾一首词吧。”

后主爽快地答道：“这有何难，孤写来就是。只是以什么为题？”

周后说：“庆奴本是娴于歌舞的风流情种，就以她为题吧。”

“臣妾不只要词，还要国主墨泽。”庆奴说着，拿出一把黄罗扇递过来，又跑进殿中捧出笔墨，“就请国主将词题在黄罗扇上。”

后主兴致正浓，接过笔来一挥而就，庆奴接过看时，只见笔走龙蛇，墨沈淋漓，上面是一首《柳枝词》：

风情渐老见春羞，到处芳魂感旧游。

多谢长条似相识，强垂烟穗拂人头。

这把扇子南唐灭亡后被掠到了汴京，几经易手，庋藏于戚畹贵族之家。两宋之交的张邦基在其《墨庄漫录》一书中说："江南李后主尝于黄罗扇上书赐宫人庆奴云……想见其风流也，扇至今传在贵人家。"差不多与张邦基同时的邵博，在其《闻见后录》中也说："余尝见南唐李侯撮襟书宫人庆奴扇云……"邵博见过后主的亲笔，也算是一种荣耀了，因此特别记录于书中。

庆奴正欲谢恩，一个内侍在后主耳边嘀咕了两句什么，后主神色不由紧张了起来，赶紧让庆奴、流珠等人躲避，庆奴扮了一个鬼脸，拉起流珠，一溜烟走了。

你道发生了何事？原来是监察御史张宪求见，不用说，也是进谏来了。后主很自然地想起了汪焕和萧俨，那两次唇枪舌剑，至今还留下几多烦恼，几多不快，他不想再一次陷入尴尬之中，便吩咐内侍说："你只说孤身体不适，打发他去吧。"

内侍去了片刻，又趄转来说："张宪定要见驾，臣阻拦不住。"

后主皱着眉头，一言不发。每逢这种场面，他便手足无措，无计可施了。还是周后机灵，提醒后主说，可差人将张宪的奏章取来，让他在宫外等候，等阅读完奏章再做定夺，这样，他便没有理由非要进宫不可了。后主觉得这个主意不错，当即答应。

后主的判断不错，内侍送来的果然是一纸谏疏，上面写道：

国主即位，大展教坊，广开第宅，下条制则教人廉隅，处宫苑则多方奇巧。道路皆言以户部侍郎孟拱辰宅与教坊使袁承进。昔高祖欲拜舞工故安叱奴为散骑侍郎，举朝皆笑。今虽不拜承进为侍郎，而赐以侍郎居宅，事亦相类矣。

后主暗暗思忖，自己是打算赐给教坊使袁承进一处宅第，不过只是和身边的近臣偶谈起，还未成为事实，不知何人已泄漏了消息，传到张宪耳朵里了。作为一国之主，赏赐臣下一区宅第，实在是小事一桩，不值得大惊小怪，张宪为此区区之事上书谏诤，未免使人恼火。但转念一想，张宪身为监察御史，扶正祛邪乃是他的职责，没理由不让他言事。更何况大臣中居住简陋者甚多，自己一概不问，却单单旌赏管理歌舞的教坊使房屋，难怪人心不服。想到这里，他决定取消赐予袁承进宅第的承诺，并传旨宣张宪进殿。

张宪一走进殿中，后主便说："卿的奏章孤已披览过了，一心为国，忠贞可嘉，孤已知过了。卿还有何话，尽言无妨！"

张宪以为后主从谏如流，感激地说："臣奏疏中言辞激烈，冒犯天威，还乞恕罪。"

后主大度地笑笑："些许小事，孤不计较。"传旨赐他绢帛三十匹，以旌其忠直。张宪再三谢恩，方起身去了。

周后问后主："国主难道真的听张宪的话了？"

后主道："不好言相慰，张宪岂肯离去？孤自即位以来，上疏者不止一人，忠贞之心，原无可厚非，孤若一概拒之门外，后世将以孤为何等人主！只是天下无事，何必庸人自扰？虚怀纳谏，乃是权宜之计，游乐之事，自当照旧不误，卿不必担心。"

周后也开心地笑了：“还是国主高人一筹，臣妾几乎被瞒过了。昨日小长老禀报，牛头山又起佛寺千余间……”

刚刚说到这里，内侍突然带进一个和尚来，伏在地上叩头。后主不胜诧异，忙问：“这个和尚是谁？缘何带到这里？”

内侍说：“此人昨夜更深人静时撞钟，搅扰了百姓清梦，故请国主发落。”

后主还未及问僧人，那僧人说：“小僧谦明，是大钟寺的和尚，平时喜欢吟诗，早就想赋一首关于中秋明月的诗，只是小僧才学不济，去年只写了三句。”

后主听他会吟诗，不觉产生了兴趣，便问：“那三句是什么，可否让孤品评一下？”

僧人说：“能让国主指点，不啻是顽石生辉。头两句是：‘徐徐东海出，渐渐上天衢’。”

后主说：“这两句也只平常，那第三句呢？”

“第三句是：‘此夕一轮满’。”

后主点点头说：“这一句不错，诗味颇浓。”

谦明说：“小僧吟完第三句，抓耳挠腮，也未想出第四句，直到一年之后的昨夜，忽然心血来潮，才想出‘清光何处无’这一句来，一时高兴，便去撞钟，被擒拿至此，还乞恕罪。”

后主听完，哈哈大笑，传旨放人。待僧人走了，周后问：“明日还去牛头山佛寺布施吗？”

“一切依卿，明日命驾就是。”后主戏谑地说。

第十二回 香温玉软 李煜偷情

花明月暗笼轻雾，今宵好向郎边去！刬袜步香阶，手提金缕鞋。

画堂南畔见，一向偎人颤。奴为出来难，教郎恣意怜。

——李煜（937—978）

乐极生悲，甘尽苦来。周后游乐无度，春宵苦短，纤弱身躯，不耐劳累，乾德二年（964）八月，忽觉身体不适，精神恍惚，不思饮食。召来御医诊治，说是肝胆郁热，胃气虚弱，当即开了一张药方。后主衣不解带，朝夕相伴，开始几天，周后病情大有起色，后主甚为高兴，可惜未过多久，便出现反复，终至花憔柳悴，卧床不起了。

一日，后主匆匆处理完朝政，便赶往瑶光殿探视周后。周后刚吃过药，入睡不久，身边只有一个宫娥侍候。后主蹑手蹑脚进来，宫娥打算叫醒周后，后主摆摆手，示意不要惊动她，便径自坐在周后的病榻上。只半月工夫，周后便消瘦了许多，身体虚弱不堪，一头秀发虽还乌黑如旧，但不曾梳理，显得杂乱，后主心里不觉一阵酸楚。周后未病时，夫妇俩吟诗作赋，形影相随，何等惬意，如今周后病成这个样子，自己形单影只，空无依傍，不胜惆怅。周后一觉醒来，见后主坐在身边，不觉泪水溢出了眼角，挣扎着想坐起来，但又力不从心，后主忙按住她说："卿只管躺着吧，近两日感觉如何？"说着，为她拭去了泪水。

"臣妾原无大病，只是觉得四肢无力，国主既要处理朝政，还要探视臣妾之病，心中甚觉不安。"

后主说："孤与卿是夫妇，怎说这等话？卿只须好生将养，定会早日痊愈。"

周后叹口气说："臣妾一病至此，几同一具僵尸，国主见了，徒增不快，以后不要来了。"

后主把周后的手放在锦被里，又替她掖好，安慰她说："卿越说越离谱了，孤何曾嫌弃你！等到康复之后，不就又是一个绰约仙子吗？卿记得韦庄《浣溪沙》中的几句吗？"

那是一首周后也很欣赏的词，后半阕是：

> 暗想玉容何所似，一枝春雪冻梅花，满身香雾簇朝霞。

后主说："等卿病愈之后，卿的玉容就是一枝带雪的春梅，玲珑剔透，秀雅无比，满身被香雾簇拥，如同披了朝霞一般，那才叫秀色可餐呢！”

周后不禁苦涩地笑了：“国主将天比地，臣妾哪能比雪中春梅？”

后主又说了一阵宽慰周后的话，方才起身离去。回到寝宫，只觉得孤寂难耐，便又到御花园中消愁解闷。但见枫叶如火，松柏苍翠，百花怒放，竞妍斗艳，不禁又想起了和周后耳鬓厮磨的那些日子，什么时候才能携手并肩，重新欣赏这些良辰美景呢？信步而行，口占一首《后庭花破子》：

玉树后庭前，瑶草妆镜边。去年花不老，今年月又圆。莫教偏，和月和花，天教长少年。

福无双至，祸不单行。正值周后之疾有加无瘳之际，偏偏次子仲宣又不幸短命夭亡。原来周后与后主结缡以来，生有二子，长子仲寓，字叔章，被封为清源郡公；次子仲宣，小字瑞保，被封为宣城郡公。二子生得秀外慧中，聪颖过人，三岁便能诵《孝经》及古文，后主尝置之膝上，授以数万言，皆能背诵。宫中作乐，能知其音节，辄按拍起舞。每见朝中大臣，揖让进退，一如成人，后主对他特别钟爱。四岁这年秋天，仲宣在佛前嬉戏，突然有一黑猫箕蹲于佛前，仲宣上前赶它，那猫跳跃而去，误将佛前的一盏大琉璃灯触碎。那灯坠地时砉然震响，仲宣受了惊吓，从此得疾。御医虽然多方调治，均不奏效，到了十月，便魂归泉台，撒手而去了。

秋风萧瑟，细雨淅沥，落叶敲窗，乱蛩绕砌，后主黯然伤神。他不敢把这一消息告诉周后，怕她疾病因此加重。独坐无聊，愁绪难遣，便掣出南唐特制的澄心堂纸来，歪歪斜斜地写下了悼念仲宣的诗：

永念难消释，孤怀痛自嗟。
雨深秋寂寞，愁引病增加。
咽绝风前思，昏朦眼上花。
空王应念我，穷子正迷家。

空王，佛家语，是佛之尊称。传说世界一切皆空，故称空王。后主吟哦数回，不觉泪下如雨。及至来瑶光殿探视周后，周后尚沉睡未醒，后主兀自坐在那里，眼前老是晃动着仲宣的影子，禁不住又抽泣起来。周后朦胧中忽闻抽泣之声，心里猛地一沉，张目看时，见后主脸上泪痕宛然，便悄声问道："国主，宫中发生了何事？"

后主强颜欢笑，连忙否认说："宫中一切照旧，卿何出此语？"

周后道："怕是未必。国主脸上泪痕犹在，分明是刚才哭过，何必瞒妾？莫非是宋朝大动刀兵，江南社稷岌岌可危了吗？"

"卿想到哪里去了，江南与宋朝并未交恶，宋朝缘何出兵？"后主极力宽慰她。

“莫非是仲宣病势沉重，国主悲戚，方才落泪吗？”周后穷追不舍，探根究底。

这句话正说到后主痛处，他再也按捺不住，泪如涌泉，夺眶而出。

周后忍痛问道：“可曾延医调治？”

后主悲悲切切答道：“宣儿已不在人世了。”

周后不听犹可，骤闻此言，如五雷轰顶，痛彻肝肺，长叹一声，便昏厥了过去。后主唤来庆奴、窅娘等人，七手八脚，又是呼喊，又是灌汤，方才苏醒过来。她脸色蜡黄，气如游丝，哽咽着对后主说：“臣妾多幸，入于君门，日月递嬗，十载于兹。女子之荣，莫过于此，粉身碎骨，难酬大德。如今妾呻吟床褥，宣儿又遽然殒逝，看来妾寿不永，无法侍奉左右，只能抱终天之恨、无涯之戚了。”

后主悲切地说：“宣儿既去，孤怎可再失去卿？”说到这里，又强颜欢笑说，“卿只管安心颐养，等卿小瘳，当与卿联袂围猎青山，孤执戈前驱，如何？”

周后明知这是宽慰的话，病到这步田地，任何杏林高手都无法妙手回春了。欲待答话，顿觉头晕目眩，忙转身面壁，闭目而卧。后主见状，吩咐庆奴等好生侍候，便退了出来。刚行至宫门之外，只见几个宫女簇拥着一个年轻女子缓步而来。那女子见了后主，敛衽行礼道：“臣妾周氏朝见国主。”

后主并不认识她，便驻足上下打量起来。那女子又说：“臣妾乃司徒周宗之次女，皇后胞妹，臣妾是来探视皇后之疾的。”原来是周后之妹，周后贵为皇后，周宗虽是戚畹贵族，但终属臣下，与宫闱往来不多，是以后主不识。她便是历史上著名的小周后。

后主想起来了，娥皇是有个妹妹，比她小十四岁。娥皇入宫那年，她只有五岁，头上梳个朝天髻，在宫掖中跑来跑去，那模样至今还记得。隔了几年，后主之母钟太后过生日，特地把她接来小住，她没有带贺仪，便唱了几支小曲作为贺礼，博得了满座掌声。又是几年过去，如今已经长大成人。听她娇音细细，宛如雏鹦学语，心里先有了好感。再仔细看时，只见她风姿绝世，艳质怜人，蛾眉淡扫，目剪秋水，弱质葳蕤，体态轻盈，恰如玉树临风；顾盼生辉，跌宕风流，一似嫦娥下凡。小周后此时年方及笄，情窦初开，见后主只管注视着自己，不禁有些慌乱，赶忙把眼睛移往别处。

“卿的父母可还好？”后主怕她拘束，便先从家庭问起，以免她紧张。

“承国主下问，臣妾替家严、家慈向国主致谢。家严致仕后原在京师金陵居住，自家姊于归，家严恐惹别人议论，说倚仗皇亲国戚恣行不法，又举家迁往了家乡扬州，如今身体尚好。臣妾是奉家严、家慈之命，特地从扬州赶来探视皇后的。”小周后快人快语，兀自说下去。

后主赞赏说：“司徒鞠躬尽瘁，一心为国，着实难得。只是他也太拘谨了，为了避嫌，竟举家迁徙，孤十分不安。不过有卿来探视皇后，足见手足情笃，孤替皇后道谢了。”

小周后羞涩地说："妾与皇后，一母同胞，只因名分攸关，不得朝夕相聚。国主允妾探视，已是皇恩浩荡，怎说道谢的话？臣妾将何以自容？国主千万不要再说。"

后主道："孤朝中事冗，无暇天天来此探视，有卿陪伴皇后，孤就省心多了，焉有不谢之理？"

两人正说话间，只见庆奴从瑶光殿出来，对后主说："皇后刚刚用过药，已经入睡，现在不宜惊动，请国主定夺。"

后主望着小周后，不无歉疚地说："皇后骤失爱子，悲痛欲绝，辗转病榻，日益尪瘠，一有响动，便终宵不眠，卿过几日再探视皇后，如何？"

小周后道："臣妾初来乍到，一切生疏，如何进退，但凭国主区处。"

后主吩咐庆奴说："可把长秋宫左侧的画堂作为皇姨下榻之处，小心侍候，不得有误。"又转向小周后说："卿只管去吧，一切都不必拘泥，倘宫人有怠慢之处，孤自会处置，如须探视皇后，孤会派人相请。"

小周后见后主安置得如此妥帖，内心无限感激，再三致谢，随着庆奴走了。

周后一连几日都在昏睡之中，有时喃喃呓语，句句都是呼唤仲宣。为防闲人打扰，除了后主、御医、庆奴等人外，其他人都不准去瑶光殿。小周后几次想去探视，因后主没有传旨，不敢造次进宫。闲居无聊，便翻书消遣。皇宫深邃，人迹罕至，离群索居，不胜惆怅。约莫过了五六天光景，一天傍晚，忽见一宫女前来传旨道：“国主有旨相召，在长秋宫等候，请皇姨即刻见驾。”

小周后匆匆赶至长秋宫，只见珠宝高悬，满室生辉。后主面带倦容，起身相迎说：“这几日朝内事杂，未得闲暇，卿受了冷落，孤甚为愧疚，还望勿存芥蒂。”

小周后见后主出语柔和，全无君王威严，心头不觉轻松了许多，便奏道：“臣妾在国主治下，乃一介平民，蒙国主照拂，感激莫名，怎敢萌生怨尤之心？”

后主道：“卿说话可谓温柔得体。孤今日稍有余暇，才能拨冗相见。皇后之病，时有反复，这几日又是昏睡不醒，御医吩咐，不得打扰，请卿再稍候几日，不要急躁。”

小周后离座谢道：“臣妾此来，正为皇后，可惜室迩人遐，未得相见，魂萦梦系，已非一日。只是这几日不能探望，只得再等一段时日了。臣妾此次进宫，蒙国主多方照拂，事事顺遂，臣妾全家不胜感激。”

后主忙打断她说：“孤与卿名分上虽是君臣，其实乃是至亲，何言感激二字！卿在这里，就如同在自己家里一样，可好？”

小周后谢道：“臣妾来宫掖之前，疑惧重重，只怕天威难测，触怒龙颜。今日国主耳提面命，使人如沐春风，疑虑顿消了。”

后主又问道：“卿生于王侯之家，当然知书明理，不知读些什么书？”

小周后答道：“不过是《诗经》《史记》《女史箴》《女孝经》

罢了。”

后主赞扬说：“看来卿是女博士了。想来吹笛调笙之事，也必娴熟吧？”

小周后摇摇头说：“臣妾只是略知一二，说不上娴熟，又好久未练了，生疏得很。”

后主带着央求的口气说：“卿过谦了。孤连日劳累，只觉得心力交瘁，烦卿为孤奏一曲，以去烦闷，不知可肯应允？”

小周后不忍拂他，轻移素手，调弄笙簧，十三管凤笙在她手里随意调弄，顷刻间长秋宫内笙韵悠扬，袅袅绕梁。后主凝神谛听，那声调一忽儿如嫠妇夜泣，一忽儿如恋人细语，一忽儿如大江涨潮，一忽儿如珠落玉盘。后主似乎陶醉在这音韵之中了，偷眼看小周后，只见她也回眸望着自己。四目相遇，小周后微微一笑，便低下头去，真是千种风情，万般旖旎。后主心猿意马，几不自持，索性闭上眼睛。

送走了小周后，已是更深人静时分，后主心潮激荡，全无睡意。遥视殿外，碧天如洗，新月如钩，繁星闪烁，万籁俱寂。回想刚才小周后调笙的情景，轻轻吟出一首《菩萨蛮》：

铜簧韵脆锵寒竹，新声慢奏移纤玉。眼色暗相钩，秋波横欲流。

雨云深绣户，未便谐衷素。宴罢又成空，魂迷春梦中！

其实小周后同样钟情于后主，竟然也是一夜未眠。翌日清晨，后主差宫女送来信函一件，小周后打开看时，竟是那首《菩萨蛮》。这第一句是说寒竹里发出锵然的声音，寒竹当然是指昨夜吹的笙了。第二句是说纤纤手指在笙上来回移动，形容得也恰到好处。“眼色暗相钩，秋波横欲流”，可真是传神之笔，只有身临其境，才可能有这种体味，回想起昨晚四目相对的情景，小周后脸上不禁泛起了红晕。小周后的目光停留在“雨云深绣户，未便谐衷素”这十个字上，不禁怦然心动。这次从扬州来金陵，能与国主相识，看来也算有缘，倘能嫁给他，也算不枉此生了。只是情愫相通，却谐合未便，害得两人都魂牵梦萦。蓦然间，她想起了“妾身愿作巫山云，飞入仙郎梦魂里”这两句诗，拿起笔来，写在那首《菩萨蛮》的后面。小周后越想越多，心绪不禁烦乱，再也理不出头绪来。放下诗笺，匆匆盥洗，胡乱吃了点早饭，便找宫女闲聊去了。

这天后主早早退朝，先去瑶光殿探视周后，从那里出来，绕殿向东，走过一段甬路，折而向北，来到了歧路口上。一侧是自己居住的长秋宫，另一侧是绿树环绕、碧瓦粉墙的宅院，那就是画堂，小周后暂时憩息的地方。自从小周后进宫，后主便魂不守舍，激情难捺。且不回长秋宫，先去看看小周后再说，于是便加快了脚步。画堂前悄无声息，院前的一条小河飞珠溅玉，淙淙向东流去。绕过亭榭，只见几个宫女坐在树荫下刺绣，见了后主，一齐站起来施礼。后主摆摆手，示意她们不必通报，便径直走进画堂。

画堂的门没有关，门上悬挂着竹帘，隔着竹帘望去，小周后的床就在离门口不远的地方，她正酣睡未醒。只见她身上穿着一件淡绿色薄纱短袖睡衣，两只玉臂露在外面，一头秀发像瀑布般垂在枕畔，身上盖的毯子有一半已经掉在床下，两个轮廓清晰的乳峰随着呼吸而均匀地起伏，活脱脱一个仙女下凡！后主不禁看呆了，站在那里，退也不是，进也不是。他蓦然想起了唐明皇和杨贵妃的一则轶事。有一次，明皇召贵妃赴宴，贵妃却迟迟未到，于是明皇亲自去叫，而贵妃宿酒未醒，正在酣睡，明皇说："海棠睡未足耳！"如今小周后不也是一朵海棠吗？作为江南的国主，他可以任意将自己中意的绝色女子纳入宫中，但是他却偏偏看上了小周后，是爱她柔花多姿？还是爱她贤淑端庄，知书达理？他说不清楚，但是，对于小周后刻骨铭心的眷恋，犹如砧上月影，千拂不去！

正在遐想间，后主无意中碰响了门上的珠锁，这珠锁是以环相连的门饰，只要门稍微一动，便会发出响声。后主吓了一跳，正手足无措时，小周后也被惊醒了。她揉揉惺忪的睡眼，见是后主站在那里，忙下意识地整整自己的衣裙。后主满脸歉意地说："打扰了卿的清梦，实在对不起！"

小周后嫣然一笑说："睡了半天，也该起来了，怎说打扰二字！"用手掠掠头发，忽然想起，穿着一身睡衣来见君王，实在不雅，便说："国主请坐，臣妾失陪片刻。"说完，便急急忙忙地跑到了画屏后面。

只听一阵窸窣响后，小周后袅袅婷婷从画屏后走了出来，上身穿一件红色罗衫，下身是一条白色裙子，红白相映，显得分外鲜艳夺目，衣服上还分明发散出一种异香，端的是冰纨雾縠，肌香流溢！

“孤写的词，卿收到了吗？能否指教一二？”后主望着小周后，显得非常诚恳。

小周后用手搓着衣服说：“国主手挥五弦，目送飞鸿，吟诗咏词，一挥而就，臣妾才疏学浅，何敢妄加品评！臣妾只觉得‘铜簧韵脆锵寒竹’中的‘锵’字，‘新声慢奏移纤玉’中的‘移’字，实在是妙极，一个‘锵’字仿佛使人听到了钟鼓相杂之声，一个‘移’字，乐工那飞速晃动的手指如在眼前，有了这两个字，这首《菩萨蛮》便显得委婉空灵，别具一格了。”

其实后主是故意问问小周后，验证一下她到底有多少诗词知识，不料她竟有这样高的造诣，不禁大为折服。又指着后半阕说：“卿用不着奉承，孤写这首词时并未深思，随意涂鸦而已。这且不去说它，卿看后几句写得如何？”

既然能对前半阕作出切中腠理的评骘，解释后半阕自然也不在话下。小周后知道后主的用意何在，转身去取后主送来的诗笺，却又想起了自己在诗笺上添的两句诗，骤然拿出来，还怕后主耻笑她轻狂，就在举棋不定、犹豫逡巡之际，慌乱中碰翻了桌子旁边的衣架，打了一个趔趄，眼看就要倒下去，后主眼疾手快，一个箭步上前，轻轻地揽住了她的纤腰。只隔着一层薄若蝉翼的罗裙，后主只觉得小周后肌肤圆润细腻，柔若无骨。小周后吃了一惊，赶忙站稳，后主也松了手。两个人站得这么近，小周后望着后主的眼睛，突然惊异地说："国主，臣妾发现您有两个瞳孔，这不就是人们所说的重瞳子吗？怪不得您的一只眼中有妾的两个影子呢！"

后主说："这又何须大惊小怪！有重瞳子者，也不能超凡入圣。何况，从古至今，重瞳子者又不止孤一人。"

小周后不同意后主的见解，反驳说："有重瞳子的人绝非普通之人，据太史公在《项羽本纪》中说，只有大舜与楚霸王项羽是重瞳子，因而才说'羽岂其苗裔邪'。如今国主也是重瞳子，与大舜、项羽鼎足而立，不也是千古美谈吗？"

提起大舜与项羽，后主不胜感慨："力拔山兮气盖世的项羽，只落得个乌江自刎的结局，实在让人叹惋！大舜倒不失为英明之君，他践帝位三十九年，巡狩南方，崩于苍梧之野，后世对他怀念不已，孤怎能望其项背！"

小周后提出疑问说："臣妾读太史公的《五帝本纪》，上面只说帝尧把他的两个女儿嫁给舜为妻，这姊妹两人不以帝王之女而自命高贵，恪尽妇道，却不知这姊妹两人叫什么名字。《秦始皇本纪》也只记载他浮江至湘山祠，因逢大风，不得渡江，问博士湘君是什么神，博士回答：'闻之，尧女，舜之妻，而葬此。'也未说舜妻姓名。国主可知其详？"

后主很认真地说："舜的妻子一个叫娥皇，一个叫女英。"

小周后表示不相信："国主又来蒙臣妾了，皇后叫娥皇，舜妻也叫娥皇，哪有那么巧的事？"

后主说："卿读书不广，是以不知其详。《列女传》就明明记载，舜为天子，娥皇为后，女英为妃，舜巡狩南方，死于苍梧，二妃死于江湘之间，所以人称湘君。史有明文，不是朕杜撰。”

小周后饶有兴味地听着，不住点头，表示敬佩后主的博学。后主继续说：“最有意思的是民间关于湘妃竹的传说。据说，现在的斑竹原来并无斑纹，是娥皇、女英的泪水洒在竹子上，才有斑了呢！”

“这一传说又出于何典？”小周后寻根究底。

后主说：“这自然有出处。晋人张华的《博物志》说：‘洞庭之山，帝之二女啼，以涕挥竹，竹尽斑。’南朝人任昉写的《述异记》又作了发挥：‘湘水去岸三十里许，有相思宫、望帝台。昔舜南巡不返，殁葬于苍梧之野。尧之二女娥皇、女英追之不及，相与恸哭，泪下沾竹，竹文上为之斑斑然。’唐朝诗人刘禹锡的《潇湘神》一诗也说：‘斑竹枝，斑竹枝，泪痕点点寄相思。’其他典籍记载还多，卿是否要孤一一道来呢？”

小周后说：“想不到娥皇、女英的故事这么凄楚动人。国主讲多了，臣妾也记不住，来日方长，容臣妾慢慢讨教。”

“天底下就是有这么凑巧的事，卿的姐姐既是娥皇，卿也当然就是女英了，娥皇、女英可是一起嫁给大舜了啊！”后主意味深长地试探小周后。

小周后自然听出了后主此话的弦外之音。尽管她已料到自己和后主他日可能结成连理，但是后主突然于此时提出，仍使她惊慌不已。她娇嗔地瞪了后主一眼，转身向门口走去，后主不失时机地扑上去拉住了她的手，轻轻在她耳畔说：“卿若有为难之处，尽可不必回答，何须逃之夭夭呢？”

小周后的手任后主握着，只觉得有一股暖流在胸中荡漾，也下意识地握紧了后主的手，含情脉脉地回答：“难道国主此时还不知晓臣妾的心吗？”

后主正欲说话，忽听殿外传来一阵杂沓的脚步声，几个刺绣的宫女正向殿中走来，双方都赶紧松了手，正襟危坐，装出一副正在讨论事情的样子。那几个宫女是回来拿丝线的，见后主正同小周后说话，拿了丝线，又悄悄踅向殿外去了。

窗外，白云悠悠，和风阵阵，一股丹桂的清香透过帘栊，整个画堂内都有了一种氤氲之气。小周后央求后主：“国主，可否挥动如椽之笔，为臣妾写一首词呢？”

“这有何难。”后主爽快地回答，“以什么为题？”

“就以臣妾为题，可使得？”

“当然可以。”后主沉思片刻，便笔走龙蛇，在澄心堂纸上写下了第一句：“蓬莱院闭天台女。”然后问小周后：“卿对这一句可满意？”

小周后就站在后主身后，啧啧称赞说：“端的起势不凡，只是妾居住的画堂可不是蓬莱仙山，臣妾也不是天台山的仙女呀！”

后主开玩笑说：“卿若不当天台山的仙女，孤怎么当入天台山采药的刘晨、阮肇呢？”

小周后未置可否，后主又写出了第二句：“画堂昼寝人无语。”

小周后说："不错，妾是在画堂睡觉来着。"接下来是："抛枕翠云光，绣衣闻异香。"小周后评判说："抛枕翠云光应是形容女子头发覆于枕上的色泽，勉强可以。至于绣衣闻异香一句则是失真，臣妾衣服上哪有什么异香呢？"后主一时写得兴会淋漓，只管挥笔写下去："潜来珠锁动，惊觉银屏梦。"小周后又指点着说："是国主碰响了门上的珠锁，把在画屏旁边睡觉的人惊醒了。"她熟悉后主用的是《菩萨蛮》这一词牌，且看这首词如何煞尾。正想间，后主已写完了最后一句："脸慢笑盈盈，相看无限情！"盈盈一笑，无限风情，固然很美，只是脸慢作何解释，却茫然不解，便问后主："脸慢是什么意思，臣妾不懂。"

后主一边拎起诗笺，一边解释说："脸慢就是曼脸，曼者，长也，曼脸蛾眉，不是很美吗？"

小周后接过诗笺说："经国主这一讲解，臣妾算是豁然贯通了。"于是，她从头至尾又仔细读了一遍：

菩萨蛮

蓬莱院闭天台女，画堂昼寝人无语。抛枕翠云光，绣衣闻异香。　潜来珠锁动，惊觉银屏梦。脸慢笑盈盈，相看无限情！

小周后的眼睛定格在"相看无限情"五个字上，这五个字力重千钧，撩人情思，看来痴男怨女，谁也逃不脱情网的束缚啊！

看看四下无人，后主再次握住小周后的手，顾不得国主的尊严，用乞求的口吻说："孤有句话想对卿说，可以吗？"

小周后似乎已觉察到了后主要讲些什么话，感情发展到这种程度，单靠素笺传情，已经索然无味了，她渴望后主有更大胆的举动，只是自己不便提起，现在看后主神秘的样子，心里便明白了几分。她故意装着不在意的样子说："国主是一国之主，有什么话尽管说，谁敢阻拦，岂有不可以之理？"

"孤对卿心仪已久，只是仙容咫尺，云山万重，白天人多嘴杂，不能倾吐积愫，你我今晚找个幽静去处，可好？"

"人同此心，心同此理，妾一直不敢启齿，既然国主高兴，妾自无异议。只是在哪里相会才稳妥呢？"

"就在画堂南面吧，孤熟悉这里路径，卿亦免了奔波之苦。时间就定在月上柳梢之时，孤准时前来赴约，卿亦不可忘了。"

"但请国主放心，此事关乎臣妾一生荣辱，岂会忘记！"小周后说得斩钉截铁。

后主又叮咛数句，方才匆匆离去。

时间易过，又早到了落日熔金、暮云合璧时分。小周后匆匆吃过晚饭，便一个人坐在窗前沉思。想起今天晚上的幽会，心头便有不可名状的兴奋。过去读《诗经》中"有女怀春，吉士诱之"这两句，总觉得不甚了了，今日自己身临其境，才算是有了更深刻的体味，男子钟情，女子怀春，其实都是很正常的事。要会见心上人，总得梳妆一下，女为悦己者容，这是千古不灭的定理。只是该怎样装束呢？浓妆艳抹显得粗俗轻浮，反不如淡妆素裹朴素大方，想到这里，她只把云鬟梳理整齐，取出画笔描了几下眉，便立刻显得盈盈秋水，淡淡春山。又打开箱箧，换上一袭淡绿色罗裙，便算梳妆完毕。

月亮冉冉升起，清辉洒满大地，万物好似都笼罩在一层轻雾之中。万籁俱寂，花明月暗，小周后踏着夜色，悄悄走出画堂，向画堂南侧走去。宫中灯火阑珊，天上星光闪烁，一阵微风吹过，树木花卉便发出窸窣响声，小周后不禁有些慌乱。自己是名门淑女，何曾经历过这种场面，若是被人撞见，岂不丧尽名节？还退回画堂？这种念头只是在脑海里闪现了一下，马上便被自己否定了，如火如荼的激情发展到如今，一颗芳心早已被后主撩拨得失魂落魄，哪里还能再抽身而退？她一边想一边走，不料金缕鞋踢飞了路上的一颗石子，砰的一声，那石子骨碌碌飞向路边的草丛中去了。小周后吓得赶紧蹲在花阴深处，幸好周围阒无一人，只觉得心头小鹿儿般狂跳，半天方才平息。她干脆脱了金缕鞋提在手里，双袜贴地，蹑手蹑脚继续前行。画堂南畔是一座花园，离画堂约有一箭之遥，平时来这里赏花，只需片刻工夫，今天晚上竟然有路远程赊、山水迢递之感。好不容易走到了画堂南畔的花园，这里月色如水，凉风习习，树影婆娑，荷香扑鼻，她提着金缕鞋踏过回廊台阶，然后坐在亭榭的栏杆上憩息。

后主也按时赴约来了，他穿着一袭白色夹衫，在淡淡的月光下显得潇洒飘逸。小周后躲在暗处，定定地看着他，却不作声。后主不见小周后，叹了口气，便在花园的小径上徘徊，口中轻轻吟着《诗经》中那首《静女》诗："静女其姝，俟我于城隅。爱而不见，搔首踟蹰。"

"国主，臣妾就在这里，你还搔首踟蹰什么呢？"小周后一时兴奋，竟忘记了穿上鞋子，仍然在手里提着，闪出花丛，出现在后主面前。

"卿没有爽约，孤很高兴。"后主又要去捉她的手，却见她手里提着一双鞋子，不禁有些诧异了，"卿的鞋子怎么提着？为什么不穿呢？"

"臣妾怕走路时发出响声，便干脆脱掉鞋子，以袜着地了。"

后主爱怜地接过鞋子，月光下只见金缕鞋上苔藓泥痕，斑斑点点，鞋面上的一缕缕金线已经变成泥土色了。丢掉鞋子，后主一把揽住了小周后，小周后不再矜持，顺势倒在了后主怀里。一阵缠绵的长吻过后，小周后整整散乱的云鬓，两人相偎相依着坐在假山的石凳上，后主指着月色说："这里只有孤与卿两人，此时此景，很容易使人想起白居易的诗。"

小周后撒娇地捂住后主的口说："臣妾也记得，可是'七月七日长生殿，夜半无人私语时。在天愿作比翼鸟，在地愿为连理枝'这几句？"

"不错，不错，但愿你我也成为一双比翼鸟！"

"臣妾记得国主的寿诞也是七月七日，如果臣妾明年那时还在金陵，当好好庆祝一番。"

后主有些莫名其妙，问她："明年此时卿不在金陵，又在何处？"

小周后故作惋惜地说："臣妾也不想离开国主，只是家慈捎信说，如果皇后痊愈，要臣妾尽早赶回扬州。何况臣妾也没有理由长期居住在这龙楼凤阁之中呀！"说完，格格笑了起来。

一听说小周后要走，后主未免有些怅惘，及至听见她的笑声，这才清楚小周后是在试探他，便搂紧了她说："卿不负孤，孤决不负卿，娥皇、女英既然能一起嫁给大舜，我李煜就不能娶了卿姊妹两人？"

小周后把头倚在后主肩上，深情地说："国主，臣妾一直担心多少年后人老珠黄，国主移情别恋，使妾如秋扇见捐，长抱无涯之戚，犹如被汉武帝抛弃的陈皇后一样，现在看来是过虑了。"

后主抚摩着小周后的双颊说："卿想到哪里去了，孤岂是二三其德之人！"

小周后完全沉浸在幸福之中了："国主，臣妾想给您背一首词，行吗？"不待后主回答，便吟出了一首《菩萨蛮》：

枕前发尽千般愿：要休且待青山烂；水面上秤锤浮，直待黄河彻底枯。　白日参辰现，北斗回南面。休即未能休，且待三更见日头。

一曲吟完，眼眶里已溢满了泪水。

后主也被这一支敦煌曲子词感动了，这种爱令人回肠荡气，神魂飞越。小周后蜷缩在后主怀里，月过中天，露寒霜重，后主只觉得小周后在微微颤抖，便催她说："我们回去吧，夜色已经深了。"

小周后说："臣妾还未穿鞋呢，怎么行走？"

后主知道她是撒娇，拿着金缕鞋端详了一会儿，然后替她穿上，又悄悄说："卿今晚不用回画堂了，孤已为卿安排好了下榻之处，就在长秋宫附近的一所宫殿里。"

尽管同后主双宿双飞已在小周后意料之中，但平生第一次单独同男人相处，又使她局促不安。后主似乎看出了她的心思，再次表白说："卿无须顾忌，孤会百般呵护于卿的。"小周后挽着后主的手，两人肩并肩踏着月色，穿过花丛，来到了后主金屋藏娇之处。后主当初把小周后安置在长秋宫附近，原存偷香窃玉之心，如今天遂人愿，花好月圆，好不惬意！一宵缱绻，傍玉温香，颠鸾倒凤，鱼水和谐，真个是魂飞楚岫三千里，魄绕巫山十二峰！

第二天清晨，后主从黑甜乡中醒来，小周后已不见踪影，不知什么时候，她已回画堂去了。阳光透进窗棂，室内一片温馨，想起昨夜的情景，后主不禁心旷神怡，浮想联翩，提起笔来又写成一首《菩萨蛮》：

花明月暗笼轻雾，今宵好向郎边去！刬袜步香阶，手提金缕鞋。　　画堂南畔见，一向偎人颤。奴为出来难，教郎恣意怜。

后主与小周后情切切，意绵绵，竟忘了探视周后病情。直到十多日之后，后主才把小周后送到瑶光殿来。周后小憩未醒，小周后不忍心叫她，便默默伫立在帐前等候。周后偶褰幔帐，见是妹妹，不胜惊讶，便问道："妹妹何日进宫来了，为何不告诉我一声？"

小周后答道："妹妹来此已一月有半，只是未得国主恩准，不敢擅自来探望姐姐。"

周后执着妹妹的手，有点哽咽地说："我的病时好时坏，只怕是风烛瓦霜，来日无多了。哀哀父母，生我劬劳，大恩未报，无限惭怍。父母那里就拜托妹妹尽孝吧。"

看着其姊瘦骨嶙峋的样子，小周后心里无限酸楚，安慰她说："天有不测风云，人有旦夕祸福，皇后不过是玉体违和罢了。吉人自有天相，只要尽心调养，自然疾瘳有日，请皇后安心颐养，早日康复！"

周后正欲答话，突然一阵剧烈的咳嗽，全身也抽搐起来，小周后帮助服侍了半晌，周后方才平静下来。停了片刻，周后问小周后："你初来乍到，人地生疏，可有人照拂？"

"蒙国主深仁厚泽，把我安排在长秋宫附近的画堂里居住。"

周后听说妹妹被安排在画堂，心里不由一沉：妹妹为何不在瑶光殿附近下榻，却跑到了长秋宫附近的画堂？莫非这是国主的着意安排？她用疑惑的眼光盯着妹妹，似乎要从那张脸上找出答案来："这么说，你已经见过国主了？"

"见过了。"一提起后主，小周后脸上便洋溢出异样的神色。

周后心头掠过一丝醋意，继续问：“妹妹举目无亲，岂不寂寞？怎样打发这长夜永昼？”

小周后不知其姊是试探她，高兴地说：“开始几天甚觉孤寂，后来听国主讲解诗词，收益颇多，慢慢也就习惯了。”

周后看妹妹上了圈套，便穷追不舍：“听讲者还有何人？可有宫人在内？”

“宫人略识之无，听不懂诗词，听讲者实际只妹妹一人。”小周后本来是据实回答，偶一抬头，碰见了其姊那愠怒的目光，才猛然想起说漏了嘴，惹出了麻烦，连忙改口说，“妹妹亲聆国主謦欬，也不过才一二次，皇后不信，可询问宫人。”说罢，低下头来，羞赧地用手揉搓着衣角。

“宫人我自然要问，何须你多说！妹妹与国主，二人同处一室，专门讲解诗词，谁个肯信，你又骗得了哪个？”周后气得变了脸色。

小周后见其姊一语道破了自己的隐私，不禁两颊绯红，讷讷地辩解说：“皇后休怒，妹妹所言是实，除讲解诗词外，实无他事。”

周后冷笑了一声，转身向壁，任凭小周后啼哭劝说，只是瞑目而卧，再不肯将脸孔转向外边。小周后无奈，只得怅然离去。

隔了一日，后主也来探视皇后，只见她冷若冰霜，一味长吁短叹，与前时判若两人。后主执了她的手，关切地问：“皇后这几日感觉如何，可好些了？”

周后抽回手，悻悻地说：“国主镇日倚红偎翠，焉能记挂臣妾的病情？”

后主一时未能听出这话的弦外之音，茫然望着她说：“卿说哪里话来，孤这几日事冗，未能按时前来，卿莫非生气了？”

周后冷笑说：“臣妾只是自叹命薄罢了，何敢怨恨国主！臣妾羸弱多疾，不能侍奉左右，臣妾之妹既已进宫，想必国主会好生照拂的。”她故意将“照拂”二字说得很重。

后主仔细咀嚼，才悟出了皇后生气的原因，连忙解释说：“卿妹进宫，亦是皇亲国戚，孤不能不略尽地主之谊，卿休要多疑！”

周后当然不相信后主的解释，仍然执拗地说：“国主如喜欢臣妾之妹，尽可光明正大纳入宫中，不必鼠窃狗盗，穿窬钻穴！”

后主见周后句句语涉讥讽，丝毫不肯相让，不由勃然大怒，但看看皇后气若游丝，憔悴不堪，不忍心再用话刺她，便把一腔怒火压了下去，托辞说朝中有事需要处理，起身去了。

周后自遭此打击，病情急转直下，渐渐粒米不进，药不沾唇，御医知道她已病入膏肓，非药石所能医治了。延捱到乾德二年十一月，周后疾病转剧，她自知不起，便抱病沐浴装束，然后口含珠玉，闭目而坐。又过了两天，便香消玉殒，撒手尘寰了。这年她才29岁。

后主与周后毕竟夫妻一场，回想当年两情缱绻之时，花晨月夕，朝夕相依，何等恩爱！如今人去楼空，睹物伤怀，不胜唏嘘。他将周后生前所钟爱的金屑檀槽琵琶纳入棺中，抚棺痛哭。翌年正月，迁灵柩于懿陵，谥号“昭惠”，人称昭惠皇后。后主又挥泪自制诔文，镌刻于园陵石碑上，署名“鳏夫煜”。那篇诔文写得情真意切，哀婉凄绝，比司马相如为陈皇后写的《长门赋》还要入木三分。在这篇长达数千言的诔文里，他不仅写出了失去皇后的悲怆，追述了周后的美德和音容笑貌，而且还表达了对昔日伉俪情笃的无限怀念，“玉泣珠融，殒然破碎”，给了后主以沉重的打击；“会鬠发笑，擢秀腾芳，鬓云留鉴，眼彩飞光，情漾春媚，爱语风香”，周后的美貌在江南是有口皆碑；“昔我新婚，燕尔情好”“执子之手，与子偕老”，这些美好的时光都只能在梦境里寻觅了；“绝艳易凋，连城易脆”，贤淑之人，寿竟不永；“遗情眄眄，哀泪涟涟”，此时此刻，只有以泪水来悼念皇后了。

最后他抒写自己形单影只、孤苦无依的凄凉心情：

> 我思姝子，永念犹初。爱而不见，我心毁如，寒暑斯疚，吾宁御诸？呜呼哀哉！万物无心，风烟若故，惟日惟月，以阴以雨。事则依然，人乎何所？悄悄房栊，孰堪其处？呜呼哀哉！佳名镇在，望月伤娥，双眸永隔，见镜无波，皇皇望绝，心如之何！暮树苍苍，哀摧无际，历历前欢，多多遗致，丝竹声悄，绮罗香杳。想淡乎忉怛，恍越乎悴憔。呜呼哀哉！岁云暮兮，无相见期；情瞀乱兮，谁将因依？维昔之时兮亦如此，维今之心兮不如斯。呜呼哀哉！神之不仁兮，敛怨为德，既取我子兮，又毁我室。镜重轮兮何年？兰袭香兮何日？呜呼哀哉！

自周后殂逝，后主郁郁寡欢，犹如离群孤雁，空无依傍。他多次徘徊在周后生前居住的瑶光殿前，一日，见到梅花盛开，清香袭人，不觉又想起了周后。原来这几株梅花是他与周后共同移植于瑶光殿之西花苑中的。如今花朵怒放，周后却已撒手而去，令人无限哀伤，于是写成《梅花诗》两首，以寄托哀思：

一

殷勤移植地，曲槛小阑边。

共约重芳日，还忧不盛妍。

阻风开步障，乘月溉寒泉。

谁料花前后，蛾眉却不全。

二

失却烟花主，东君自不知。

清香更何用，犹发去年枝。

岁月匆匆，回黄转绿，又是一年春季来临。春雨淅沥，落红狼藉，后主愁绪难排，不禁又想起了周后，再写《感怀诗》两首：

一

又见桐花发旧枝，一楼烟雨暮凄凄。

凭阑惆怅人谁会？不觉潸然泪眼低。

二

层城无复见娇姿，佳节缠哀不自持。

空有当年旧烟月，芙蓉城上哭蛾眉。

写到这里，后主已是涕泪满颐了。拿起手巾拭泪，竟是周后用过的香帕，止不住又是一阵激动，挥泪写道：

浮生共憔悴，壮岁失婵娟。

汗手遗香渍，痕眉染黛烟。

悼念周后，又想起了已死的次子仲宣。周后之逝虽然与小周后有关，但幼子之丧无疑是她疾病加剧的一个重要因素。悲痛难抑，只有宣泄于笔墨之中，于是他又写成两首五律悼念周后母子：

一

珠碎眼前珍，花凋世外春。

未销心里恨，又失掌中身。

玉笥犹残药，香奁已染尘。

前哀将后感，无泪可沾巾。

二

艳质同芳树，浮危道略同。

正悲春落实，又苦雨伤丛。

秾丽今何在？飘零事已空。

沉沉无问处，千载谢东风。

掷笔向隅，泪如雨下，不知哪里又传来一阵笛声，呜呜咽咽，不成曲调，一声声，似乎都敲打在后主的心上，更增添了他的悲哀。于是又写成一首新词：

谢新恩

秦楼不见吹箫女，空余上苑风光。粉英金蕊自低昂。东风恼我，才发一衿香。　琼窗梦醒留残日，当年得恨何长！碧阑干外映垂杨。暂时相见，如梦懒思量。

风景依旧，人事已非，花开花落，已无人关心，因为赏花之人已长眠于一抔黄土之中。往事如烟似梦，懒得去思量，后主的心碎了。

与宋朝极限拉扯

第十三回 太祖拓疆 小周称后

君王城上竖降旗，妾在深宫那得知？

十四万人齐解甲，宁无一个是男儿。

——花蕊夫人（约 10 世纪）

自周后殂逝，后主哀毁过度，日渐羸弱，赖保仪黄氏，嫔御流珠，宫人秋水、窅娘、庆奴等精心服侍，方才康复。他虽与小周后情好弥笃，但因怀念亡人，不肯马上立她为后，小周后为避嫌疑，来长秋宫反而少了。未几，后主之母钟太后亡故，后主服丧期间，不便婚娶，因此中宫久虚。他毕竟年轻，耐不得寂寞，日子一长，免不了寻花问柳，宿娼嫖妓。一日，后主微服出游，至午不归，保仪黄氏带着宫女四处寻找，在一条僻巷的妓院内找到了后主。原来后主信步而行，来到一家妓院门前，只见大门洞开，院子里搭了一个席棚，以遮蔽阳光，席棚下坐着一个四十多岁的僧人，一身黄色袈裟，显得特别醒目，兀自在那里吹笛调笙，虽称不上音韵悠扬，倒也动听悦耳。桌子的一边摆着酒馔，那和尚吹累了便喝两口酒。后主见是个风流和尚，便踱了进去，拍拍他的肩膀说：“一人独饮，不觉得寂寞吗？我陪你几杯，如何？”

那和尚抬头看时，见是一个风流蕴藉、举止文雅的书生，便友善地指着凳子说：“客官请坐，倘能饮酒，不妨小酌几杯。”

后主也不推让，端起一杯酒一饮而尽，然后戏谑地说：“出家人不遵戒律，是要入阿鼻地狱的，师傅知晓吗？”

那和尚并不生气，哈哈一笑说：“小僧本是读书人，只因功名蹭蹬，穷愁潦倒，才披上袈裟的，从不禁酒肉。”说着打量了一下后主，“看来你也是读书人，还不曾领教尊姓大名，可否相告？”

“萍水相逢，尽是他乡之客，你我邂逅，亦是前缘，有酒有肉足矣，何必询问姓名？”

“痛快，痛快，来，浮一大白！”僧人先自斟自饮一杯，然后又递给后主一杯。片刻工夫，两人都已经有了醉意。黄保仪找到后主时，他正乘着醉意在院内石壁上大书“浅斟低唱，倚红偎翠，太师鸳鸯寺主传风流教法”。那个和尚打着饱嗝儿，拥着妓女，到罗帏帐中销魂去了，他并不知道与他一起饮酒的竟是堂堂的江南国主。后主回到宫廷，便昏昏睡去，及至醒来，全不记得在妓院书壁一事。

时光荏苒，转眼到了开宝元年（968）春天，后主为母服丧早已满期，周后薨逝也已四年。众大臣虽知小周后与后主早已双宿双飞，况且那首“奴为出来难，教郎恣意怜”的《菩萨蛮》也已传遍金陵城的大街小巷，但两人并未正名，因此纷纷上书，请求正式册立皇后，后主自然允如所请。鉴于南唐享国日浅，三代帝王皆娶于藩邸，因而婚礼不一，后主命太常博士陈致雍考证婚礼古今沿革，制定条文，又命中书舍人徐铉和知制诰潘佑参与讨论，务必办得隆重热烈。

不料徐铉与潘佑之间因意见相左，爆发了一场激烈争论。

徐铉认为，小周后虽也是皇后，但毕竟是继室，应与立元配皇后有所区别，况且江南国土狭小，财政拮据，礼仪应当从简，不应铺张奢靡。潘佑则认为，继后也是皇后，不管是元配还是续弦，规格应当相同。尽管江南财力不十分充裕，但立后是国家大事，关乎江南体面，绝对不能草率从事。唯其如此，才能重振南唐声威。

两人各不相让，争论得面红耳赤。徐铉说："帝王婚礼，勿须用乐，古书就有'三日不举乐'之说，既有成宪可循，自应遵照办理。"

潘佑马上反驳说："古是古，今是今，如果一味遵循古制，今日一切都应复古，天下岂有此理？今古不相沿袭，岂能因古人束缚今人手脚？婚礼如不用乐，哪里还有喜庆气氛？"

徐铉想了片刻说："无古不成今，古人之言未可全信，亦不可不信。此次婚礼大典，即使用乐，也只合设琴瑟，不必设钟鼓。"

"舍人此言差矣。"潘佑反唇相讥，"尽信书不如无书，该不该照书上所说办理，当酌情而定，不可泥古不化。照舍人说婚礼不该用鼓乐，但《诗经》上说'窈窕淑女，钟鼓乐之'，又该如何解释呢？可见婚礼上是应该有钟鼓的。”

陈致雍见两人唇枪舌剑，怕伤了和气，息事宁人地说：“婚礼上是否用钟鼓之乐，两位大人不必争执，待禀过国主，由他定夺吧。天子结缡，繁文缛节甚多，比如跪拜之礼、车服之制，到底该如何把握，还请各抒己见。”

徐铉马上响应说：“陈博士所虑甚是。皇后与君王交拜之礼，有记载可以参稽。《后魏书》云‘后先拜后起，帝后拜先起’，然后夫妻对拜，此乃人伦之本，合乎古制，君王也不得例外。”

潘佑说：“君王婚礼应与世俗婚礼有别，天子一身系天下安危，不当与皇后对拜。”

徐铉又主张皇后乘坐的凤辇不必太豪华，潘佑则说，皇后乘坐的车必须金碧辉煌，才能显示出皇家气派。陈致雍不便左右袒，就将双方的意见如实上奏后主，后主令文安郡公徐游评断。徐游见潘佑圣眷正隆，便同意了他的意见。这正中后主下怀，马上命有司按潘佑所说筹备婚礼。

隋唐五代时期，婚俗一脉相承，从天子至士庶，皆以六礼成婚。你道是哪六礼？一曰纳采，即男方派媒人去女家提亲。一般是太尉为使者，宗正卿为副使，纳采前一日，先有卫士在未来皇后家大门口侍守，次日，主副二使至女方家，由主人迎入家庙或正寝，宾主皆穿朝服，以示庄重。主人西边坐，使者东面坐，主人先拱手说：“敢请事。”使者亦拱手相答：“某奉制纳采。”主人又说：“臣某之女若如入，既蒙制访，臣某不敢辞。”当然，这些都是千篇一律的套话。对话既毕，由幡节导引，执事人执雁而入，由使者将雁交给主人，主人再拜受雁；执事人又进表，仍由使者交给主人，主人受表后再拜，使者兀立不动，不答拜。行礼如仪之后，使者、副使由傧相导引，降西阶而出。因纳采是男方向女方送雁，故又称委禽。后主行纳采礼时正值冬季，无处觅雁，便以白鹅代雁，由使者专程送往扬州。二曰问名，即男方请媒人询问女方名字及出生年月，问名与纳采往往是在一次仪式中完成。三曰纳吉，即男方根据女方的生辰八字卜得吉兆，备礼通知女方家，婚姻从此敲定。四曰纳征，亦称纳币，即男家送物给女家，女家接受聘礼，表示双方正式定亲。五曰请期，即男家选定婚期，备礼告知女家，女方同意后，便算确定了婚期。六曰亲迎，亦即届期男方到女方家迎娶。后主作为一国之主，自与庶民不同，他不须亲迎，而是派专使到扬州迎娶。

亲迎之日，鼓乐喧天，金陵城内万人空巷，街道两侧，人头攒动，都想一睹小周后风采，爬树者有之，登屋者有之，引颈翘望者有之，把一条十多里长的街道围得水泄不通，甚至有坠瓦毙命者。后主头戴皇冠，身着红色衮龙袍，显得神采奕奕；小周后凤冠霞帔，犹如出水芙蓉。护卫簇拥着后主、小周后的车驾，在长街上缓缓行进，赢来了一片啧啧赞叹与喝彩声。

花开并蒂，鸳鸯比翼，后主好不惬意！小周后温柔贤淑，善解人意，后主大加嬖幸，宠爱无比。他与小周后一居长秋宫，一居柔仪殿。宫中设主香宫女，仅焚香之器就有把子莲、三云凤、折腰狮

宋 佚名 《宋太祖坐像》

明 刘俊 《雪夜访普图》

五代南唐 李昇 《翠岭重云图》

五代南唐 李昇 《货郎图》

五代南唐 李煜 《戏马图》

五代南唐 顾闳中 《韩熙载夜宴图》（局部）

宋 佚名 《南唐文会图》

五代南唐 董源 《江堤晚景图》

五代南唐 董源 《夏山深远图》

五代南唐 顾闳中 《锺馗出猎图》（局部）

五代南唐 卫贤《高士图》（局部）

五代南唐 周文矩 《仙姬文会图》（局部）

五代南唐 周文矩 《文苑图》

明 唐寅 《王蜀宫妓图》

子、容华鼎等二十余种，皆以金玉铸成。每至夜晚，宫中香气氤氲，飘溢街衢。宫中陈设华丽，壁上悬挂销金红罗，窗棂用绿钿水刷就，进得宫来，顿觉五光十色，眼花缭乱。室外种植奇花异草，每至春盛时，梁栋、窗壁、柱拱、阶砌之间，均设插筒，插入各种花卉，后主亲书“锢洞天”三字于上。庐山僧舍有麝囊花一丛，馥郁沁人，号为“紫风流”，后主差人植于移风殿，赐名为“蓬莱紫”。每至百花盛开之时，姹紫嫣红，美不胜收，后主与小周后寻芳探胜，流连忘返。后来后主于花间又建一亭，文采斑斓，雕镂华丽，他与小周后不时酣宴其中。小周后未听过《霓裳羽衣曲》，请求一饱耳福，后主也因母后、周后相继殂逝，未再作过歌舞之会，便慨然应允，命后宫宫女悉心准备，并定于五月十五日夜在长秋宫举行。

到了那天晚上，皓月当空，月华如水，宝珠初悬，光彻掖廷。后主与小周后并肩而坐，只见一队宫娥鱼贯而出。晚妆初竟，明艳欲绝，珠翠缤纷，裙裾袅袅。霎时竹帛相发，笙箫齐奏。乐曲声中，几十个宫女轻舒广袖，翩翩起舞，令人有置身蓬莱仙境之感。直至更深夜阑，方才散场，众宫女始踏月归去。

山中方七日，世上已千年。正当后主宴安逸豫，沉溺于歌舞升平之中时，宋朝天子赵匡胤却宵衣旰食，秣马厉兵，征伐不廷之臣了。未过多久，后主就收到了宋朝天子平定荆、湖、后蜀的消息。

早在乾德元年（963）正月，以慕容延钊为都部署、枢密副使李处耘为都监的宋朝大军讨伐荆南，国主高继冲不战而降，拱手把三州、十七县之地献给宋朝，赵匡胤以王仁赡为荆南都巡检使，高继冲为荆南节度使。接着，宋军马不停蹄，又荡平了湖南，至此十四州、六十六县之地纳入宋朝版图。荆南又称南平，辖地只有荆州一带，是十国中最小的一个，弹丸之地，实际上不成其为“国”。湖南稍大，但国势孱弱，国主周保权归附后被授为右千牛卫上将军，居住京城。南唐边境与荆南、湖南毗邻，后主得知两国覆亡，思想上并未引起多大震动，凭着他与赵匡胤的关系，想来宋朝不会大动干戈。因此，依然故我，没有介意。

其实，赵匡胤早就有意廓清宇内，荡平群雄，只是用兵须有次第，他把兵锋指向了后蜀，南唐、南汉等才得以暂时躲过浩劫。乾德二年（964）十一月，赵匡胤以王全斌为西川行营都部署，刘光义、崔彦进为副，王仁赡、曹彬为都监，率兵六万，分兵伐蜀，一路由凤州（今陕西宝鸡西南）进，一路由归州（今湖北秭归）进。后蜀国主孟昶以王昭远为都统，赵崇韬为都监，率兵拒宋。出师之日，孟昶命左仆射李昊于东郊设宴饯行，酒酣耳热之际，王昭远攘臂大言说：“我此次出师，不止是克敌制胜，澄清中原，易如反掌。”他手执铁如意指挥军事，自比诸葛亮。那王昭远虽气壮如牛，胸中却全无韬略，与宋师稍一接触，便溃不成军，三战皆北，只得退保剑门关。次年正月，王全斌进军益光（今四川广元西南昭化区），从降兵口中得知，益光以东是大江，越过数重大山，有一条小路，名叫来苏。蜀人在大江以西设栅，由此可渡往东岸。从来苏绕剑门南二十里至青强，即与官道汇合，若走此路，剑门之险便不足恃了。全斌于是派一支精锐之师沿着来苏小径，到了大江东岸，架浮桥渡江。蜀兵弃寨而逃，宋军兵不血刃占领了青强。王昭远得知消息，留偏将守剑门，自率大军退屯汉源坡（今四川剑阁县东），打算在这里与宋军决一死战。谁知还未走到汉源坡，剑门关已被宋兵攻破，昭远吓得战栗不已，失了常态。赵崇韬布阵出战，王昭远已不能起床了。宋兵奋勇冲杀，大破蜀兵，斩首万余级，昭远逃往东川（今属四川），慌不择路，藏匿于一仓舍中，泪流满面，双目尽肿。谁知他惊魂甫定，宋兵已经追至，他与赵崇韬双双做了阶下囚。

孟昶闻知昭远兵败，恐慌不已，出金帛募兵，以太子玄喆为统帅，李廷珪、张惠安为副，率兵趋剑门抵御宋兵。玄喆素不习武，廷珪、惠安皆懦弱无能，他们三人携带姬妾、伶人、乐器，自离成都之后，便晨夜嬉戏，不恤军政，行至绵州（今四川绵阳），闻知剑门已失，便焚烧庐舍、仓廪，逃往东川去了。孟昶惊骇得不知所措，问计于左右，老将石斌建议深沟高垒，待宋兵粮尽师老，自然退兵。孟昶大恸说："我父子以丰衣美食养士四十年，今遇敌兵，不能向东发一矢，今日若设垒固守，何人为我效命！"说话之间，宋兵已至魏城（今四川绵阳东南），孟昶无奈，只得命李昊写降表。前蜀之亡，就是李昊修的降表，这次仍由他捉刀，有人夜书其门曰"世修降表李家"以示讽刺。王全斌从奉命出师至入成都受降，仅六十六天，得州四十五，县一百九十八。

那孟昶在蜀也称后主，同李煜一样，博学多才，善于诗歌。他写的一首避暑词：

> 冰肌玉骨清无汗，水殿风来暗香暖。
> 帘开明月独窥人，欹枕钗横云鬓乱。
> 起来琼户启无声，时见疏星渡河汉。
> 屈指西风几时来，只恐流年暗中换。

孟昶有一妃子费氏，青城人，号花蕊夫人。前蜀国主王建之妾徐氏，也叫花蕊夫人。两个花蕊夫人皆为殊色，但以才能而论，费氏却高出徐氏一筹。费氏曾作《宫词》百首，清新艳丽，脍炙人口。后蜀灭亡，她随孟昶及昶母李氏由成都前往汴京，途经葭萌（今四川广元西南），在驿壁上题词云："初离蜀道心将碎，离恨绵绵。春日如年，马上时时闻杜鹃。"下半阕还未及写，便被押解的士兵催促登程。有好事之徒提笔续道："三千宫女皆花貌，妾最婵娟。此去朝天，只恐君王宠爱偏。"后来此词广为流传，连赵匡胤也拍案称绝。到了汴京，赵匡胤在崇元殿接见孟昶一行，赏赉甚厚。花蕊夫人匍匐殿角，愁眉泪睫，宛如雨打梨花，显得分外妖娆。赵匡胤问她，后蜀何以失国，她随口答道：

> 君王城上竖降旗，妾在深宫那得知？
> 十四万人齐解甲，宁无一个是男儿。

赵匡胤既爱花蕊夫人倾国倾城之貌，又喜她才思敏捷，便把她纳入后宫，异常宠幸。晋王赵光义数次谏诤，赵匡胤均置之不理。一日，花蕊夫人随赵匡胤在御花园中猎兔，晋王亦倏然而至，他弯弓搭箭，正准备射兔，忽然转过身来，对准花蕊夫人射去，可怜一代名媛当即毙命！孟昶被拜为检校太师兼中书令，封秦国公，但仅过七天，47 岁的孟昶便被毒死。他的母亲李太后没有啼哭，以酒酹地说："尔不能为社稷而死，贪生怕死，才有今日之祸。吾所以苟活不死者，是因尔还在。今尔既死，吾活着还有何用！"遂绝食而亡。

后蜀离江南悬远，孟昶与李煜也没有什么来往，后蜀的兴亡盛衰，后主没有多少兴趣。只是孟昶的突然暴亡，似乎给他带来了一丝阴影，兔死狐悲，物伤其类，他不免黯然神伤。但是他把后蜀的覆亡归咎于未曾和宋朝搞好关系，自己对赵匡胤恭谨有加，且又奉了宋朝正朔，就如藩臣一样，宋朝没有什么理由大动刀兵。想到这里，他又心安理得了。小周后也只是叹惜花蕊夫人的命运，从未想过自己的结局。

就在这时，赵匡胤已经在寻求下一个猎物了。经过一番征伐，除了太原的北汉，江南还剩南汉、吴越、南唐三国，究竟先拿谁开刀，赵匡胤举棋不定。他喜欢微服出游，以了解社会风俗人情，曾多次到功臣阀阅之家访问，都是突兀而至。他去赵普家次数最多，因此，赵普在退朝之后，回到家里也不敢马上脱掉朝服。一日，天降大雪，夜色苍茫，赵普猜测皇上今晚不会再出宫闱了，刚脱掉朝服，便听见有急切的敲门声，慌忙开门看时，只见太祖赵匡胤已立于门外风雪之中多时了。赵普惶恐迎驾，连连谢罪说："微臣不知圣驾来临，接驾来迟，还乞恕罪。"

赵匡胤摆摆手说："朕与爱卿君臣契合，何必有这么多繁文缛节？朕已约晋王一起来卿家了。"

话刚说完，赵光义已经踏着积雪，如约而至。太祖兄弟一起进入赵普堂中，只见堂上重茵铺地，炭火烧得正旺。赵普之妻亲自下厨烫酒炙肉，招待当今天子。赵匡胤多次来赵普家，与其家人早已稔熟，便称赵普之妻为嫂，赵普之妻也爽快答应。不一会儿，桌子上便摆满了热腾腾的酒菜。

君臣席地而坐，开怀畅饮。赵普端起一杯酒，从容不迫地问道："半夜三更，天气如此寒冷，陛下为何于此时降临寒舍？"

赵匡胤呷了一口酒说："朕每夜睡觉都不能安枕，天下虽大，一榻之外，都属他人所有，因此才来爱卿家求教呀！"

赵普说："赖陛下神威，王师连克荆、湖、后蜀，陛下是不是忧虑天下未能统一？如果要南征北伐，现在正是大好时机，不知陛下打算先攻打哪一家？"

赵匡胤故作思索之状，有顷才说："北汉主刘钧勾结契丹，多次骚扰边境，北方边陲几无宁日，朕想先拿他开刀。"

赵普沉默半晌说："陛下的筹划，微臣不敢苟同，想来晋王亦未必赞许。"

"卿试道其详，朕当深长思之。"

赵普摊开双手，侃侃而谈："这个道理并不深奥，陛下应当明白。太原抵挡着北方的契丹和其他少数民族，是我朝北方边陲的天然屏障，如果灭了北汉，西北方面的边患就只有我们去独挡了。为什么不等到削平诸雄之后，再来收拾太原呢？到那时我们不是可以从容不迫，稳操胜券了吗？太原只是弹丸黑子之地，还怕它逃了不成？"

赵匡胤哈哈大笑："朕意与卿不谋而合，适才不过聊以相戏耳！江南诸国，卿看应先讨伐哪一个？"

赵普说："钱塘（今浙江杭州）的吴越国王钱俶已多次来朝，如同朝内大臣一样，可不烦干戈，传檄而定。兴王府（今广东广州）的南汉刘𬮤桀骜不驯，金陵的南唐李煜柔弱不武。若讨伐李煜，刘𬮤兔死狐悲，必发兵相助；若讨伐刘𬮤，李煜必然按兵不动，权衡利弊得失，还是以攻打南汉为宜。未知陛下以为然否？"

晋王赵光义先拊掌赞成，赵匡胤也同意这一分析。赵普又说："陛下出兵攻伐刘𬮤之日，可命李煜写信给刘𬮤，劝他速速归顺我朝，这样可收一石二鸟之效，使李煜不敢萌生异态。"

赵匡胤点头称善。

在议论以谁为元帅攻打南汉时，赵光义认为，王全斌攻灭后蜀已积有经验，这次不妨仍让他领兵。赵匡胤则愤愤地说："王全斌在蜀纵兵大掠，杀人越货，弄得两川骚然，民怨沸腾，后蜀降将全师雄乘机作乱，费了很大周折，才将叛乱敉平，此等人不可重用。"

赵普建议起用潘美为将，一来他智勇双全，是周世宗时的宿将，二来他正任潭州（今湖南长沙）防御使，其防地毗邻南汉，多次与南汉交手，均大胜而归，熟悉敌情，可以稳操胜券。赵匡胤、赵光义均无异议，此事便定了下来。

岭南距中原甚远，山长水阔，重岭阻隔，进军不便，而且宋军连年征伐，士卒疲惫，需要休整，赵匡胤让后主遣一介之使，劝说刘鋹奉宋正朔，的确不失为一项明智之举。虽然他明明知道，单凭李煜的一封书信，不会使刘鋹就范，但为了考验一下江南对宋是否忠诚，还是派人送去了命令。

后主自即位以来，对于赵匡胤从来都是恭敬有加，这一次自然也不敢怠慢，当即把中书舍人潘佑召来吩咐道："大宋天子要孤晓谕刘鋹奉宋正朔，卿可为孤拟封书信，派懂得粤语的给事中龚慎仪送去。"

潘佑奏道："大宋天子这道诏书，令人疑窦丛生，国主切不可掉以轻心。"

后主仔细看着诏书说："这诏书上分明写着，让孤晓谕刘鋹降宋，难道此中还有别的奥秘不成？"

潘佑加重语气，一字一顿地说："恕臣直言，大宋天子此举，恐是别有用心。"

后主愕然道："卿何出此言？卿也忒多心了，孤之事宋，犹如子之事父，一片悃诚，唯天可表，大宋天子岂能疑孤不忠？"

潘佑慢条斯理地说："国主试想，大宋天子声威远播，由他直接晓谕南汉皈依宋朝，岂不比国主一封书信厉害百倍？为何大宋天子舍近求远，偏偏出此计策？”

后主不假思索地说：“这又何须多问！大宋天子想必是不愿大动干戈，又知江南与南汉毫无龃龉，才让孤劝降的。”

潘佑见后主不肯接受臣下谏诤，心头蓦地掠过一丝不快。但转念一想，自己所说也不过是据理分析而已，目前尚未成为事实，难怪后主不信，便委婉地说：“微臣不过是直抒胸臆罢了，至于如何裁决，还凭国主区处。不过，臣愚以为，江南与南汉实在是休戚与共，荣辱相连，国主帮助大宋灭了南汉，下一回就该轮到江南了。一念及兹，臣便不胜忧虑之至！”

后主搔首不语，半晌才说：“卿过虑了，大宋天子待人以诚，想来不会言而无信，贻讥于邻。即使如卿所言，孤亦不敢得罪大邦，自取愆尤。卿只管以孤的名义写信就是。”

潘佑见后主为难的样子，不敢再谏，便代为捉刀。但如何称呼刘铱，他委决不下，只得请示后主。后主说：“江南与南汉是敌体之国，刘铱与孤俱是藩王，可称他为‘足下’，孤自称名字就是。”

潘佑文不加点，一挥而就，后主逐句推敲，见这封信写得不亢不卑，恰到好处，即日便遣龚慎仪赍书南行。

那刘铱本是荒淫无道之君，斥逐贤臣，重用宦官，以致大臣争相自阉，以求进用。后来索性委国政于宦官龚澄枢、陈延寿及才人卢琼仙，虽设有六部九卿，但不预机密，形同虚设。陈延寿又引女巫樊胡子入宫，樊胡子自称玉皇大帝附体，称刘铱为“太子皇帝”，胡说卢琼仙、龚澄枢、陈延寿等人均是奉玉皇大帝之命辅佐“太子皇帝”的，有罪也不得惩治。刘张乐得不问政事，日与一绰号为波斯女的宫婢淫戏。波斯女貌黑而艳丽，刘张每次临幸，能曲尽淫态，刘张甚为宠幸，赐号“媚猪”。刘张本来荒纵，自得波斯女后淫乐无度，体力不支，往往于方士处讨取春药服用。刘张尤喜观人性交，选恶少年进宫，让他们与宫婢白日淫乱，号为“大体双”，他与波斯女在一旁观看。有时他自与宫女性交，所有宫婢一律观看，不准回避。从此春宵苦短，不再视朝。宫掖之内宦官多达七千余人，仅有三公、三师称号者就达百人之多。他驭下严酷，曾自出心裁制作烧、煮、剥、剔及刀山剑树之刑，小有过失，辄课以重刑。又令罪人徒手斗虎搏象，毙命于虎口象足之下者不计其数。他听说深海产珠，便于合浦县设置媚川郡，强迫小民入五百尺之深海采珠。他所居宫殿，一律缀以珠贝和玳瑁，果然富丽堂皇，气象非凡。又造离宫数十处，刘张不时率群臣游幸，往往月余不归。朝政腐败，纪纲废弛，百姓怨声载道，大有“时日曷丧，予及汝皆亡”的慨叹。

这一日，刘张刚从离宫还朝，臣下禀报南唐遣使来此，心中好生诧异，便把龚慎仪叫来问道：“孤与江南，虽然是兄弟之邦，但素无来往，不知尔国国主有何见教？”

龚慎仪恭敬答道：“敝国国主遣臣致意大王，愿大王百事顺遂，国祚绵长！”

刘张最喜欢人恭维，见龚慎仪说话得体，不由得春风满面，故作谦逊说：“孤只是守成之君罢了，先人遗业不失于孤手，余愿足矣，怎及尔国国主风流儒雅，长于诗赋？”

龚慎仪道：“江南国土狭小，且又与强宋为邻，一举手，一投足，都受制于人，怎及大王天马行空，逍遥自在！”

刘张注视着龚慎仪说：“大夫不远千里而来，当不是为了恭维孤吧？”

龚慎仪说：“实不相瞒，臣受敝国国主之托，送书信至此，请大王裁夺。”说着，将书信呈上。

刘张且不看书信，问道：“贵国国主既差大夫赍书来此，当知书信梗概，可否略述一二？”

龚慎仪说：“为写这封书信，敝国国主与大臣反复琢磨，谨慎下笔，方克成篇。至于书信内容，一言以蔽之，是敦请大王臣事宋朝。”

刘张早就知道南唐与宋使轺往还，关系密切，李煜事宋一向恭谨诚悫，不敢越雷池一步，对此他甚为鄙夷不屑。南唐与宋毗邻，受宋朝挟制，也许有难言之隐，但又何苦多管闲事，劝南汉也臣事宋朝呢？南汉离宋悬远，就算宋朝兵锋铦利，恐怕也鞭长莫及。南汉敢于与宋抗衡的最大资本是地利，它东连七闽，西邻交趾，南滨大海，重峦叠嶂，沟壑纵横，宋军即使插翅也难以到此。西北有五岭（大庾、骑田、越城、萌渚、都庞）之险，与湖南、广西接壤，山路崎岖，不便行走，若在这里设伏，并断敌粮道，敌军将进退维谷，无功而返。即使战败，也可泛巨舟而浮沧海，逃往天涯海角，不至于沦为宋朝阶下之囚。想到这里，刘张便冷冷地对龚慎仪说：

“孤与宋朝一北一南，互不统摄，缘何要向他称臣纳贡？贵国要向宋朝纳款输诚，孤不便置喙，贵国国主却要无事生非，替人游说，是何道理？这封书信不必看了，你回朝复命吧。”说着，离座欲去。

龚慎仪伏地叩头说：“恳请大王暂息雷霆之怒，容外臣少布悃诚。臣受命之日，国主一再嘱托，须有大王手翰，臣才能回朝复命，大王不肯复信，臣焉有回朝之日？”

刘鋹看看龚慎仪，颜色稍霁，打开书信看时，只见上面写道：

> 煜与足下叨累世之睦，继祖考之盟，情若弟兄，义敦交契，忧戚之患，曷尝不同。每思会面而论此怀，抵掌而谈此事，交议其所短，各陈其所长，使中心释然，利害不惑，而相去万里，斯愿莫伸。

刘鋹用手轻轻敲击着几案，喃喃自语：“人言李煜才华盖世，看来并非虚妄之语。”开头这几句，谦让、平和，如同围炉絮语，给人以亲切之感。他接着读下去：

> 今则复遣人使罄申鄙怀，又虑行人失辞，不尽深素，是以再寄翰墨，重布腹心，以代会面之谈与抵掌之议也。足下诚听其言如交友谏争之言，视其心如亲戚急难之心，然后三复其言，三思其心，则忠乎不忠，斯可见矣，从乎不从，斯可决矣。

读到这里，刘张暗思：自己与李煜并无多少交往，如此披肝沥胆，直抒胸臆，也着实使人敬佩。然而接着读下去，刘张对李煜的敬佩便一点点消逝，终致荡然无存了：

昨大朝伐楚，足下疆吏弗靖，遂成衅隙，初为足下危之。今敝邑使臣入贡，皇帝幸以此宣示曰："彼若能幡然改图，华车之使造廷，则百万之师不复出矣，不然，将有不得已者。"仆料大朝之心非贪土地也，怒人不宾而已。且古之用武，不计强弱小大而必战者有四：父母宗庙之仇，一也；彼此乌合，民无定心，二也；敌人进不舍我，退无守路，战亦亡，退亦亡，三也；彼有败亡之势，我乘进取之机，四也。今足下与大朝无是四者，而坐受天下之兵，决一旦之命，安国家利社稷者固如是乎？

刘张心中掠过一丝不快：李煜愿意事宋，与我刘张无干，何必为宋朝张目，恫吓于我？他所说的那四条理由也荒唐可笑，我只是固守南汉的疆域而已，谁说要和宋朝兵戎相见？当然，宋朝如果恃强相逼，南汉也只有挥师迎战一途，别无选择。至于鹿死谁手，尚难逆料，李煜为什么现在就让我臣事宋朝，这岂非咄咄怪事？

再往底下读，刘张只觉得胸中一股火气升腾：

夫强则南面而王，弱则玉帛事大，屈伸在我，何常之有？违天不祥，好争危事，天方相楚，尚未可争，而况今日之事邪？地莫险于剑阁，而蜀亡矣；兵莫强于上党，而李筠失守矣。窃意足下国中必有矜智好谋之臣，献尊主强国之策，以谓五岭之险非可遽前，坚壁清野，绝其饷道，依山阻水，射以强弩，彼虽百万之兵，安能成功？不幸而败，则轻舟浮海，犹足自全，岂能以万乘之主而屈于人哉！此说士之常谈，可言而不可用。异时王师南伐，水陆并举，百道俱进，岂暇俱绝其饷道，尽保其壁垒？或用吴越舟师，自泉州航海，不数日至足下国都矣。人情恟恟，则舟中皆为敌国，忠义敢死之士未易可见，虽有巨海，孰与足下俱行乎？

刘𬬮读完，不禁拍案大怒："后蜀地险亡国，是他用人不当；李筠兵强覆灭，是他谋略不周，与孤何干？难道孤一定要步其后尘？孤谋臣如雨，战将如云，且又山川险阻，宋朝纵有雄兵，亦无用武之地，其能奈我何！"

龚慎仪见刘𬬮有点得意忘形，不无讥讽地说："大王之言，固然不无道理，但自以为兵强将广，地势险阻，便要与宋抗衡，似亦非善计。乾德二年（964）三月，贵国进兵潭州，为宋将潘美所败，九月，宋兵攻破郴州（今属湖南），贵国两万将士悉数化为泥沙，不得已才退保韶州（今广东韶关），想来大王记忆犹新吧？"

刘𬬮被人揭了疮疤，暴跳如雷，当下便把龚慎仪下于狱中，并复信后主，满纸都是詈骂不逊之言。后主不敢耽搁，忙遣人将书信呈交宋朝。赵匡胤知道劝降不成，便下令攻打南汉。

开宝三年（970）九月，刘鋹先发制人，派兵攻打道州（今湖南道县），道州刺史王继勋上书赵匡胤，说刘鋹残暴肆虐，请求南伐。赵匡胤当即以潭州防御使潘美为元帅，朗州（今湖南常德）团练使尹崇珂为副，讨伐南汉。南汉自刘鋹之父刘晟当国以来，沉湎酒色，耽于淫乐，城壁濠隍多已改建为宫馆池沼，楼舰皆毁，兵器均已锈迹斑斑，闻听宋朝出兵，内外震恐，不知所措。刘鋹无奈，只得派龚澄枢驰往贺州（今属广西贺州市），筹划守御之策。谁知龚澄枢胆小如鼠，行至半途，听说宋军来势凶猛，便吓得魂不附体，连夜遁还广州，刘鋹也不加责罚。南汉诸臣请求起用故将潘崇彻，崇彻知刘鋹是昏庸之主，以目疾未愈为辞，刘鋹只得改派大将伍彦柔前往。潘美闻彦柔将至，退兵二十里，挑选了一支精兵埋伏在南乡（今广西贺州市南乡镇）一条江边。彦柔日夜兼程前进，于夜深之时抵达南乡，系舟于岸，正打算小憩片刻，不料宋朝伏兵齐出，彦柔猝不及防，阵脚大乱，宋兵奋勇厮杀，南汉军大败输亏，五万军队战死者十之七八，剩下的狼奔豕突，溃围逃命去了。彦柔负伤被擒，潘美下令枭其首级传示城中，贺州守将见援兵被歼，无法固守，便弃城而逃。潘美唾手得了贺州，督率战舰，声言顺流直趋广州。刘鋹忧愁不已，无计可施，只得起用潘崇彻为都统，率兵三万，屯驻贺江（今广东、广西之间西江支流）。潘美自贺州左右开弓，攻下了昭（今广西平乐县西平乐溪北岸）、连（今广东连州）、桂（今广西桂林）诸州，刘𬬮得知后，自我解嘲说：“昭、桂、连、贺等州，本属湖南马殷之地，今被宋朝夺取，已心满意足，不会再南下了。”

然而潘美却无意收兵，继续挥戈南下，兵锋直指韶州。刘𬬮彷徨徙倚，万般无奈之中，只得又派大将李承渥率师十万，于莲花峰（今广东韶关市南莲花山）下布阵，抗击宋兵。南汉人训练大象作战，每象载士兵十多人，各执兵器，每逢作战，便驱至阵前，以壮军威。宋兵均是北方人，未见过这种阵势，不知如何应对。潘美调集了军中的神箭手，万弩齐发，专射象腿，大象负痛奔跑，乘象的士兵都被颠到地下。大象又掉头向南汉阵地奔去，将南汉阵脚冲得七零八落，士兵立足不住，望风而逃，李承渥仅以身免。潘美轻而易举地得了韶州。那韶州是南汉北边的门户，刘𬬮穷蹙之中，下令大将植廷晓率兵抵御宋师，植廷晓不谙军旅，天天祈求鬼神护佑社稷。潘美绕开植廷晓，从小径进军，连拔英（今广东英德）、雄（今广东南雄）两州，潘崇彻见宋兵势大，抵抗料是无益，便率众投降。潘美迤逦南行，进军泷头（今广东英德南），刘𬬮惶惧不已，遣使请和，并请求宋师缓攻，潘美不允，挥兵径进，来至离广州十里的双女山下驻扎。刘𬬮知广州难以坚守，调集船舶十余艘，装载着后宫妃嫔及金银细软，打算浮海遁逃。还未来得及出发，船只被宦官乐范等人盗走。刘𬬮断了退路，只得派左仆射萧漼奉表诣潘美军门乞降，潘美马上将萧漼送往汴京。植廷晓等不甘束手就擒，与其他几位将领联合进攻宋军。潘美见南汉军编竹木为栅寨，便派兵手持火把，于深夜潜入其屯驻处放火，一时烈焰腾空，烟埃纷起，南汉军鬼哭狼嚎，乱作一团，植廷晓死于乱军之中。宦官龚澄枢、李托商议说，宋军此次南征，意在搜括南汉珍宝，今尽焚之，仅留一座空城，宋军无宝可得，必返旆而归。于是纵火焚烧府库宫殿，可惜许多价值连城的珠宝，顷刻间都化作了烟尘。隔了一日，潘美率军入城，刘鋹衔璧系颈，迎降道左。宦官辈百余人盛装来迎，都被潘美斩首，刘鋹及宗室、官属被押送入汴京。南汉覆亡，六十个州悉入宋朝掌握之中。刘鋹至汴京，赵匡胤追究刘鋹焚烧府库之罪，刘鋹说："臣十六岁登基，澄枢等是先帝旧人，臣不得专朝政。在国时，臣是臣下，澄枢是国主。"赵匡胤释刘鋹之罪，斩龚澄枢、李托等于千秋门外。

第十四回 从善被囚 北上弭兵

别来春半，触目柔肠断。砌下落梅如雪乱，拂了一身还满。

雁来音信无凭，路遥归梦难成。离恨恰如春草，更行更远还生。

——李煜（937—978）

正当宋汉交兵，鼙鼓连天之际，南唐南都（今江西南昌）留守林仁肇，给后主送来了一道奏折，上面写道：

臣南都留守林仁肇冒死上言：宋淮南诸州，戍守单薄，而连年出兵灭蜀、平荆湖，今又取岭表，往返数千里，师旅罢弊，此在兵家为有可乘之势。请假臣兵数万出寿春渡淮据正阳，因思旧之民，以复故境。彼纵来援，吾形势已固，必不得志。兵起之日，请以臣举兵外叛闻，事成国家衅其利，不成族臣家，明陛下不预谋。

后主阅罢，狐疑不决，将奏折交给群臣讨论。枢密使陈乔奏道："臣对林仁肇知之甚稔，他出身寒微，因积军功而至南都留守。虽为将帅，常解衣推食，与士卒同甘苦，是以士卒乐为之用。如今他为江南社稷不惜毁家纾难，竟将全家数口性命作为抵押，对国家可算是一腔忠诚，国主应允其所请。"

后主道："难为林卿一片苦心，为国排忧解难，公而忘家，殊堪嘉尚。只是此事关乎江南安危存亡，不可孟浪。"他把目光转向手握重兵的神卫统军都指挥使皇甫继勋，急切地问："皇甫卿以为如何？"

皇甫继勋年方弱冠，又无战功，只因其父皇甫晖在清流关与后周作战，被周世宗柴荣俘获，死于王事，后主怜他是功臣之后，才不次擢升，成为大将的。他本心胸狭隘，忌妒林仁肇的才能和声望，刚才听陈乔所说，已不耐烦，现在见后主问他，便反驳陈乔道："枢密使之言，只知其一，不知其二。宋兵精锐，天下无敌，灭蜀、灭荆湖，都是摧枯拉朽，马到功成，试问林仁肇以一支孤旅迎敌，岂非以卵击石，自取败亡？如果他轻举妄动，宋朝以此为口实而大兴问罪之师，江南不亡何待？"

陈乔瞥了皇甫继勋一眼，不无讥讽地说："皇甫将军可谓畏敌如虎，尽长他人志气，灭自己威风。你应该明白，宋朝今日攻取岭表，明日便会问鼎江南，决不会因我朝乞和而止兵息戈。如今宋朝重兵均在岭南，后方势力空虚，正可乘此罅漏，挥戈北上。淮北本我朝旧土，兵到之日，父老子弟必箪食壶浆以迎我师。淮北得手，其余地方可传檄而定。林将军兵起之日，国主即上书宋朝，言其举兵叛乱，使彼无所借口，即使林将军败绩，亦可与国主无涉。优柔寡断，祸至无日，伏乞国主深思熟虑，早日裁定，庶几不失良机。”

后主畏惧宋朝势力强大，不想冒风险与宋开衅，因此皇甫继勋之言正合其意。但是陈乔所说，亦不无道理，四平八稳，自然不担风险。他一想起向别人称臣，便觉得浑身不自在。倘若林仁肇马到成功，他便不仅是南唐国主，而且是万邦朝拜、货真价实的天子了。想到这里，便对陈乔说：“听卿之言，议论恢宏，切中腠理，令人神旺！可传孤之旨，令林仁肇秘密出师，待他渡过淮河，孤再奏闻宋朝。军旅之事，一以委卿，孤不遥度。事成之后，定论功行赏，决不负卿。”

陈乔叩头谢恩，正欲下殿，只见镇南节度使朱令赟出班奏道：“江南与宋朝开衅，事关重大，国主怎能据陈乔一人之言而定？”

后主道：“卿有何言，尽管奏来，只要言之有据，有利于江南社稷，孤当洗耳恭听。”

朱令赟也是南唐大将，他矫捷善射，勇冠三军，南征北战，屡立功勋，由士兵累迁至节度使，颇受后主倚重。林仁肇与他交往不多，本无龃龉，只因林仁肇熟读兵书，娴于韬略，是个风流儒将，而朱令赟却目不识丁，是一介赳赳武夫，才能与林仁肇不侔，由是心存醋意，忌恨林仁肇，与皇甫继勋却颇为投机。他见皇甫继勋受了冷落，心中大为不平，便奏道："宋朝乃是大邦，谋臣如雨，战将如云，岂能不防备其起倾国之兵南下？所谓宋朝淮南守备薄弱云云，仅系猜度，未得确报，安知宋朝不是以此为钓饵，诱我上钩？兵法云：兵不厌诈。宋朝故意示我以空虚，正可说明彼在淮南伏有重兵。乞国主三思而后行，不可贸然行事，等到铸成大错，我朝社稷就化为乌有了。"

后主本无定见，听朱令赟一说，不觉目瞪口呆，吓得出了一身冷汗。他转身问陈乔："陈卿，据你推测，林仁肇出兵，可能稳操胜券，打败宋军？"

陈乔见后主首鼠两端，心里好生着急，他想说服后主，但急切间又想不出更妥善的理由，只得据实回奏说："林仁肇是否能旗开得胜，臣不善蓍龟，无法预卜。但臣忝列枢密使之职，军旅之事，也略知一二。揆诸情理，宋兵正倾全力经略岭南，后方必然空虚。林将军率兵渡淮，批亢捣虚，正所谓神兵天降，迅雷不及掩耳，必能唱凯奏捷。如果坐失良机，等到刘鋹束手就擒，宋军从容进攻江南，我朝兵微将寡，到那时人为刀俎，我为鱼肉，岂不悔之晚矣？江南兴衰存亡，在此一举，伏乞国主三思！"

皇甫继勋察言观色，见后主支颐沉思，知道他有变卦之意，再次伏阶奏道："枢密使之言，只是一厢情愿罢了，难道宋兵端坐不动，等着挨打不成？何况我朝与宋，亲如手足，遐迩一家，自宋帝即位以来，即桴鼓不鸣，兵革不兴，化干戈为玉帛，铸刀剑为犁锄，朗月霁风，边境晏然，国主才得以安坐金陵。枢密使一定要寻衅滋事，授人以柄，不知是何用意？”

朱令赟也跟着凑趣：“启奏国主，据臣所知，林仁肇好大喜功，徒托空言，没有运筹帷幄、决胜千里之才，国主决不可委以重任，使士卒遭无妄之灾。”

皇甫继勋与朱令赟一唱一和，搅得后主头晕目眩。看看陈乔，他鹄立在丹墀之下，抓耳挠腮，异常焦灼。权衡利害，他不敢贸然出师，尽管他知道陈乔为此事说得唇焦舌燥，也绝非为一己之私。只要能苟延残喘，他心愿已足，从未想过捋虎须，逆龙鳞，从宋朝手中夺取土地。他息事宁人，温和地对陈乔说：“卿一腔忠荩，孤已深知。但林将军出师一事，孤思之熟矣，应慎重行事，不能以江南社稷做赌注，毋庸再议，可作罢论。”

陈乔怏怏走出澄心殿，迎面碰上了枢密院承旨卢绛。他正是为打听林仁肇出兵一事而来的，见了陈乔，便迫不及待地问道：“林将军出兵一事，国主如何处置，可有定论？”

陈乔满肚子不快，神色沮丧地说：“国主听了皇甫继勋、朱令赟谗言，畏惧宋朝势大，不敢让林仁肇出兵。”

卢绛急得以足顿地说：“天赐良机，千载难逢，枢密使为何不面折廷争？”

陈乔叹口气说：“个中辛酸，真是一言难尽！我何尝不想说服国主出兵？只是我势单力薄，纵然浑身是口，国主也不相信。皇甫继勋、朱令赟二人一唱一和，蒙蔽圣聪，国主偏听偏信，不纳忠言，真令人感慨。”

卢绛说："我官卑职微，不得参与机密，烦枢密使引我朝见国主，指陈利害。"

陈乔摆摆手，心灰意懒地说："我为林仁肇之事，已费尽口舌，承旨即使是舌粲莲花，口若悬河，国主也料难回心转意，何苦再去碰钉子，自讨没趣？"

卢绛执拗地说："我自有道理。倘国主允许我攻打吴越，斩断宋朝臂膀，亦不失为救国之策，请枢密使斟酌。"

陈乔听他一说，不觉喜溢眉宇，连忙说："承旨此议甚为精辟，老夫实见不及此。趁国主尚未回长秋宫，我愿即刻带你见驾，动之以情，晓之以理，也许可以奏效。"

后主正要起身回寝宫，见陈乔肃立殿下，惊讶地说："现在已经退朝，卿还稽留未去，莫非有言未尽？还为林仁肇之事而来吗？"

陈乔奏道："国主之意既决，臣安敢饶舌强谏？今有枢密院承旨卢绛见驾，他另有本章奏上，乞国主裁夺。"

后主打量了卢绛一眼，以手拍额说："孤想起来了，卿莫非就是大败吴越兵于海门（今江苏南通海门区），俘获舟舰数百艘的卢绛吗？"

卢绛伏地叩头说："微臣芥微之功，蒙国主嘉奖，知遇之恩，永铭肺腑。臣肝脑涂地，亦不足报国主大恩于万一。"

后主见他说话得体，甚为高兴，夸奖他说："孤自即位以来，国势暗弱，受制于人。卿击败吴越，大振国威，功厚赏薄，孤至今犹觉歉疚。”

“臣若为赏赐，早投降宋朝多时了。”卢绛说到这里，心潮激荡，动了感情，“臣生于江南宜春，世受国恩，死亦当葬于江南，庶几不负国家。”

“江南虽小，大臣不少，若人人如卿，以捍卫社稷为己任，孤还有何忧？”后主有些感动了。

卢绛眼睛有些湿润了：“江南大臣，忠心耿耿为社稷者甚多，臣草木之人，无足轻重。枢密使陈大人识臣于风尘澒洞之际，拔臣于稠人广众之中，臣才得有今日。愿国主亲之信之，委以心腹，寄以重任，江南振兴，便指日可待了。”

“孤待陈乔不薄，卿何出此言？莫非你也是为进谏而来吗？”后主心头倏地一震。

卢绛道：“臣人微言轻，何敢进谏？臣此次见驾，只是想讲一个故事，为国主解忧去烦。”

后主道：“看不出卿倒有此才学，有何妙语警策，只管讲来，孤当静听。”

卢绛缓缓说道：“臣生于农家，幼时入山砍樵，见一鸟巢搭于树丛之间，两只小麻雀刚刚啁啾学鸣，忽见一只老鹰飞来，要叼食雏雀。老麻雀奋起迎击，奈何力不能敌。双方厮杀正急之时，又一只老鹰飞来，盘旋于树林之间，张喙伸爪，准备向老麻雀袭击。”

后主不觉一惊说：“一只老鹰已经使人心悸，何况两只！可怜雏雀要葬身鹰腹了。”

“正在这时，林莽中突然钻出一个猎手来。”卢绛不慌不忙，仍然慢条斯理地说下去，“只见他弯弓搭箭，向老鹰射去，弓箭响处，一只老鹰应弦而倒，登时毙命。另一只见势不妙，便远走高飞，仓皇逃遁去了，那两只惊魂未定的雏雀才得以安全脱险。”

后主直视着卢绛，似乎要看透他内心的隐秘，良久，才眨着眼睛说：“卿专门来见孤，当不是为了说故事吧。卿要讽喻什么，何妨直说，不必拐弯抹角。”

卢绛望着后主，真诚地说：“微臣讲这个蹩脚的故事，国主睿智贤明，当不难听出弦外之音。吴越乃江南仇敌，他日必与宋朝结成掎角之势，发兵攻我，应先加剿灭，以剪除后患。”

后主吃惊地说：“吴越是宋朝附庸，一向与宋亲密无间，谁敢结怨于宋，自取祸殃？”

“国主只要答应，臣自有弥合之法，既可相机攻打吴越，宋朝也绝不会兴师问罪。”

陈乔也乘机规劝后主：“臣知卢绛富于韬略，比年率领水师与吴越周旋，以少胜多，从未失利。彼国虚实，卢绛洞若观火，可谓知己知彼，乞国主早下决断，付卢绛以全权，他定能马到功成，灭掉吴越，光大我朝版图。”

后主离开座位，不安地在澄心殿上逡巡。吴越仗着宋朝势力，多次寻衅滋扰，江南只能被迫应战。吴越实是江南心腹之患，如能灭掉吴越，消除隐患，自然是多年来梦寐以求的。但是吴越王钱俶亦非等闲之辈，他岂肯束手就擒，坐以待毙？战端一开，宋朝必来干预，以江南之兵对付吴越，尚不能确保必胜，何况再加上宋朝？倘若双方夹击，江南还能逃到哪里去？他不敢往下想，只觉得眼前是一片陷阱，只要稍越雷池一步，就可能粉身碎骨，招来灭顶之灾。事情如此明白，卢绛还说有两全之策，这倒使他大惑不解了。不过，在他思想深处，仍朦朦胧胧升起一线希冀，既不得罪宋朝，又可剪灭吴越，然而这又谈何容易！他把目光又转向卢绛，问道："卿说有弥合之法，究竟如何弥合，孤愿闻其详。"

"臣早已筹划多时了。"卢绛预料到后主会对此提出疑问，便胸有成竹地说，"臣请诈以宣（今安徽宣城）、歙（今安徽歙县）两州反叛，臣举兵之日，国主即布告中外，声罪讨伐，措辞愈是激烈，愈能掩人耳目。国主可于同时向吴越借兵平叛，吴越鲸吞我国，正苦于无隙可乘，必然发兵前来。国主可派精锐部队，于其必经之路埋伏，以逸待劳，乘便邀击，臣再率兵从背后掩杀，前后夹攻，事无不济者。"

这个主意确实允当，既能打败吴越，自己又可不担风险，但是下一步该怎么办，后主又有些踌躇了。他问卢绛："就算卿能稳操胜券，那以后呢？"

"一不做，二不休，索性踏平吴越，与宋朝分庭抗礼，划江而治，岂不甚好？"卢绛以为后主会采纳他的建议，异常兴奋。

"如果宋朝不允，兴师问罪，可有万全之策？"后主不放过任何一个细节，寻根究底地追问。

"以江南之大，积蓄之多，只要士马精强，就可与宋朝周旋。

何况我朝有大江天堑可作屏障，宋军舟楫无多，其士兵多系北方之人，不习水战，无法施其长技，彼兵虽盛，能奈我何？当年周瑜以五万士卒击败曹孟德八十万大军于赤壁，以少胜多，以弱胜强，传为历史佳话。我朝将士只要勠力同心，一定能力挽狂澜，克敌制胜。”卢绛知道后主畏敌如虎的心理，字斟句酌，把一切可能发生的后果都想到了。

后主听说要冒与宋军对垒的风险，沉默不语。同吴越开衅，已冒很大风险，同宋军对垒，他根本没有这种胆量。卢绛所说只是纸上谈兵，极不可靠，倘若兵败，江南就会陷入万劫不复的境地。想到这里，他委婉地对卢绛说：“卿策虽妙，可惜都是画饼，成功与否，未可预卜。孤为社稷计，不敢轻举妄动。林仁肇为孤谋划，与卿颇为相似，难为卿等为孤分忧，赤心辅国，忠贞无贰。只是孤志已决，与宋朝修好是先帝既定之策，孤不能更改，望卿等体谅孤之苦衷。”

陈乔见后主不纳卢绛之言，走上一步，声音颤抖着说：“国主所虑，不无道理。但臣窃以为今日之势，是箭在弦上，不得不发。不扑杀猛虎，必为猛虎吞噬，二者必居其一，没有回旋余地。恳请国主收回成命，纳卢绛之言，江南社稷就可兴旺了。”

卢绛也激动地说：“明日没有岭南，后日岂有江南？与其受宋朝刀兵之苦，何如破釜沉舟，拼个鱼死网破！”

后主以不容置辩的口气说：“一言丧邦，古有先例。孤不负宋，宋岂负孤？人之相知，贵在知心，卿等勿生疑虑，好生去吧。”说着径自下殿，置陈乔、卢绛两人于不顾，走出澄心殿，回长秋宫去了。

陈乔、卢绛面面相觑，气得半天说不出话来。卢绛欲追往长秋宫再谏，陈乔知道已无可挽回，把他拉了回来。

开宝四年（971）二月，南汉覆亡，宋军没有返旆北归，而是屯兵汉阳，休整士卒。后主心里明白，大江以南只剩下了吴越、南唐两国，吴越王钱俶早已接受了宋朝官职，与宋朝不会兵戎相见，这支军队显然是准备用来对付江南了。左思右想，无计可施，只得召集群臣问计。局势如此严重，众大臣你望望我，我看看你，谁也拿不出既保全体面，又不招致进攻的方案来。后主见状，长吁短叹不已。大将皇甫继勋献计，先用重金打通宋朝宰相赵普的关节，让他在赵匡胤面前为江南说项，然后再派大臣前往朝贡，双管齐下，赵匡胤说不定动了恻隐之心，也许不会为难江南了。这个办法并非万全之策，因为赵普是否会接受江南的贿赂，没有一点把握，但事到如今，没有别的办法可想，也只能先试试再说了。后主派出几个使臣，化装成商人模样，带上白银五万两，日夜兼程，秘密赶赴汴京，在一天傍晚敲开了赵普家的门，说明来意，恳求他在天子面前为江南美言几句。赵普是何等精明之人，他不想因此事闹得满城风雨，人人皆知，便收下了这五万两白银。江南使臣千恩万谢，回朝复命去了。

后主得知赵普已收下银两，一颗悬着的心才放了下来。但在遴选使臣的问题上，后主却踌躇不决。他首先想起了冯延鲁，此人老成持重，能言善辩，上次出使宋朝，不辱使命，颇得朝野好评。只是他最近染疾，已经多日不曾上朝，不知是否痊愈，便命人摆驾，直奔冯延鲁府第而来。

冯延鲁瘦骨嶙峋，病体支离，伏在床上叩头说："臣辗转床褥，不能迎接国主，伏乞恕臣不敬之罪。"

后主见他一副病恹恹的样子，不禁有些凄然，忙按住他的手说："数月不见卿面，不意竟一病至此，可曾延医调治？"

冯延鲁答道："臣数月来就靠药石维持生命，百病缠身，奄奄一息，命在须臾，恐怕不能报效国主，为国出力了。"说着两行清泪顺着他那清癯枯瘦的面颊流了下来。

后主也不禁潸然泪下了。他原想让冯延鲁抱病出使宋朝，如今看他病成这个样子，话便不好出口。只是除了冯延鲁，江南还有何人可派？他不禁茫然了。韩熙载倒有些才华，他曾谒见过周世宗柴荣，与赵匡胤也有过一面之交，但他已在开宝三年夏天谢世；徐铉虽善于舌辩，但书生出使，难免不受戏弄；陈乔忠贞可嘉，但柔懦畏怯，不能独当一面。其他文臣武将，自郐以下，俱非出使之才。以江南之大，竟至无人可遣，真叫人徒叹奈何！

冯延鲁似乎看出了后主的为难之处，少气无力地说："国主不必忧虑，臣请抱病为国出使。倘不幸殒命汴京，还乞国主与宋朝天子交涉，将臣骸骨迁回江南。"说着，剧烈地咳嗽起来。

后主拉住他的手摇晃了两下，认真地说："卿病势沉重，孤怎忍让卿再履风霜之苦？明日当询问朝臣，遴荐可胜任使节者北上。"

冯延鲁忽然想起了韩王从善。他是中主第七子，后主之弟。显德年间，他曾出使后周，世宗柴荣留而不遣，居于汴京。及至宋太祖赵匡胤即位，方厚礼遣还，并派翰林学士王著一直送到金陵。既有这一层关系，何妨派他出使？于是便向后主推荐道："韩王从善曾经奉命出使周朝，国主何不命他前往？"

后主见说是从善，连连拍手说："卿不说孤倒忘了，显德年间，韩王曾去过京师，与当今天子交情不薄，韩王每念及此事，辄兴高采烈。孤就派他去吧。"

原来从善在中主时与大臣钟谟相友善，钟谟曾几次建议立韩王为嗣，中主虽未应允，但亦未加责罚。中主崩逝，从善萌生觊觎帝位之心，几次从顾命大臣那里讨取遗诏，都遭到了拒绝。后主即位于金陵，此事被大臣告发，后主手足情笃，并不介意。从善以为其兄必然会置他于死地，每日坐卧不安，寝食俱废，谁知其兄宽宏大量，不记前愆，反而加官进秩，封为韩王，心中无限感激，从此便不再存非分之想，一心一意报效后主了。当他得知后主为遴选使节左右为难，而冯延鲁又有过荐举的话，便主动请缨，要求前往。后主自然喜出望外，一一嘱咐，并亲自送至郊外。从善按辔缓缓而行，于马上频频挥手告别，直到看不见后主的身影，才快马加鞭，向汴京进发。

赵匡胤已经得到了从善朝贡的消息。一天，宰相赵普忽然前来觐见，说是江南秘密给他送来了五万两白银，他不敢自专，请赵匡胤发落。赵匡胤沉吟半晌说："李煜以银相赂，无非是让卿替他缓颊，卿无须推辞，可尽数收下。”

赵普一时没有理解赵匡胤的用意，惶惶不安地说：“臣一向以清廉自守，不敢收受一分不义之财，偌大数目的银两，臣怎敢据为己有？乞陛下别作区处，臣不敢奉命。”

赵匡胤掀髯微笑：“朕自有安排，卿但照收不误。我朝既是大邦，自当存大邦之体，令江南莫测高深，区区五万两白银，算得了什么！”

赵普叩头再拜说：“陛下神威睿智，使臣茅塞顿开。但不知从善抵京后，陛下如何安置？”

赵匡胤道：“朕已思之熟矣，从善到来，自然是好言抚慰，厚加封赏，就将江南贿赂卿之五万两白银转赠于彼，留而不遣，好促使李煜早日归阙。这样，无须大动刀兵，江南便可入我大宋之版图了。”

“陛下神机妙算，实在是前无古人，臣不胜敬佩之至！”

君臣正议论间，内侍禀报江南使臣已到，赵匡胤当即于便殿召见。从善匍匐金阶，连连叩头说：“臣睽违天颜，十有一载，曩昔受陛下教诲，恍如昨日，今见陛下御体康泰，实乃社稷之福。臣恭祝陛下万寿无疆。”

赵匡胤见他如此拘谨，便温和地说：“朕与卿是故旧之交，不必拘泥于君臣之礼。上次与卿见面时，朕刚刚登基，卿是翩翩少年，朕亦正值壮年。如今卿值中年，朕已垂垂老矣。人生如白驹过隙，信哉斯言！朕自即位以来，东征西讨，戎马倥偬，独对江南，亲如手足，不忍以兵戎相见。烦卿转告国主，勿生疑虑。”

从善再次叩头说：“臣兄有表章奏上，伏乞御览。”

赵匡胤接过看时，乃是一份贡品清单：

> 臣李煜冒昧上奏：占城（今越南中南部）国使入贡，道出臣国，遗臣犀角一株、象牙二株白龙脑三十两、苍龙脑十斤、乳香三十斤、沉香三十斤、煎香七十斤、石亭脂五十斤、白檀百斤、紫矿五十斤、豆蔻二万颗、龙脑后三片、槟榔五十斤、藤花簟四领、占城孤班古缦二段、阇婆马礼偃鸾国古缦一段、阇婆沙剜古缦一段、阇婆绣古缦一段、大食绣古缦一段、大食缦锦古缦一段、占城绣水织布五匹、阇婆沙剜锦绣古缦一段。臣不敢用，谨悉数辇入京师，以表臣之悃诚。

赵匡胤略微翻翻，便还给从善说：“朕家邦肇造，百废待举，怎用得上此等奢侈之物？今仍将此物退还江南，尔今后不必贡此不急之物。”从善见赵匡胤不肯收纳礼物，以为他变了卦，不禁惶恐不安，伏地不起。赵匡胤见他觳觫不已，便安慰说：“卿勿多心，朕不收受礼物，是怕从此流入奢靡之途，绝非怀疑江南不诚。”

从善仍然不肯起来，又奏道：“臣出使之日，臣兄请求转告陛下，准许改唐国主为江南国主，唐国印为江南国主印，改诏为教，中书门下省为左右内史府，尚书省为司会府，御史台为司宪府，翰林院为艺文院，枢密院为光政院，大理寺为详刑院，各殿阁中去掉象征帝王气派的鸱吻，凡封王者皆降为公，赐诏呼国主之名，以示江南为大宋附庸，伏乞陛下恩准。”

赵匡胤答道：“此举甚合朕意，当允如所请。”

从善如释重负地嘘了一口气，慢慢从地上爬起来，脸上流露出无限感激之情，又奏道：“臣已完成使命，请问陛下，何日可返旆南归？”

赵匡胤故作惊讶之态说：“卿长途跋涉，鞍马劳顿，朕尚未与卿抵掌而谈，何遽然言归？卿下榻之处，朕已着人洒扫，再赐卿白银五万两作为用度。”说到这里，他谲诡地笑了笑说，“朕待故人，不可谓不厚吧？”

从善叩头谢恩，但额上的汗珠却不断沁了出来。他非常清楚，自己只是江南进奉使，没有必要羁留京师。况且，即使在京师小住，也用不了五万两白银，而这白银又正是江南偷偷送给赵普的数目，莫非赵普已将此事奏闻天子？这是巧合还是宋朝天子的着意安排？看来此行是自投罗网，被扣作人质了。事出意外，他思想上全无准备，只得讷讷地说：“陛下之恩，天高地厚，臣亦不胜犬马依依之情。只是国主等臣回去复命，臣亦无心逗留京师，乞陛下网开一面，准臣返朝。”

赵匡胤当然不肯放他还朝，故意轻描淡写地说：“卿来京师，一非俘虏，二非人质，席丰履厚，衣食无虞，何恐惧之有？至于江南，朕当遣一介之使告知国主，让他放心就是。”

从善看赵匡胤主意已定，料定自己已无返回希望，只得装作高兴的样子谢恩。赵匡胤见从善已入彀中，也非常高兴，拉着他的手，故作亲昵的样子说："故人相见，欢喜无涯。江南燥热，风景与京师迥异，卿如有兴致，可任意游览，保卿赏心悦目。"

从善俯首无语。他哪有心情去浏览山水？只怕以后只能过囚徒般的生活了。蓦然间他想起了温柔贤淑的妻子，临出发时妻子还一再叮咛，完成使命后早日归来，不料今日却劳燕分飞，天各一方了。赵匡胤似乎看出了他的心思，关切地说："朕有一事忘记说了，卿远道而来，羁旅之中，未免寂寞，已为你物色了一名女子，豆蔻年华，天生丽质，琴棋书画，无所不晓，卿意下如何？"

从善是诚悫之人，从不寻花问柳，听了赵匡胤的话，像被蝎子蜇了一下，忙不迭地说："臣已有妻室，也是江南名公巨卿之女。臣与妻子虽说不上举案齐眉，但也算琴瑟和谐，怎忍心相负？恳请陛下收回成命，臣不胜感戴之至！"

赵匡胤笑着说："富贵之家有三妻四妾者不乏其人，卿又何必拘泥！倘卿与那女子有缘，不妨娶作小星；如不愿嫁娶，让那女子照拂卿的生活起居，不是也很好吗？"

从善还欲再辩，赵匡胤已经站起身来："朕完全是一片好心，卿勿生疑虑，明日就着人把那女子送来，卿可要善待她啊！"

第二天，那个女子便被送到从善身边来了。赵匡胤的用意很清楚，一是拴住从善的心，让他心无旁骛，安心居住汴京，并由此而牵制江南；二是侦察从善动静，好及时调整对江南的策略。从善细看那女子，虽然生得俊俏妩媚，但举止稳重，没有轻佻之态，心才稍微平静一些。只是自己从来没和一个不相识的女子单独相处过，一种本能的戒备使他心情紧张，连说话都有些语无伦次了："我……不……你，你是从哪里来的？家乡何处？"

那女子见从善一副窘态，不禁笑了，露出两排整齐雪白的牙齿："相公不须紧张，妾与你一样，也是江南人。妾父原是读书人，因屡试不第，愤而弃儒学商，来汴京贸易，不料经营不善，血本无归，怏怏成疾，终至不起。父亲殁后，只剩我们母女相依为命，靠母亲给权贵之家作女红糊口，度日艰难。屋漏偏遭连夜雨，船迟又逢顶头风，母亲不幸又染了疾病，无钱医治，一命归西，到九泉之下寻找父亲去了。可怜我一个荏弱女子，茕茕孑立，形影相吊，举目无亲，衣食无着，没奈何，沦落风尘，成了青楼女子。"说着，已是泪水盈盈了。

从善不料这一问，竟问到了那女子伤心处，不禁局促不安，连忙赔礼说："不知你身世如此坎坷，适才冒昧，触及了你的伤痛，还请恕罪。"

那女子说："妾自命薄，与相公无干。你是江南王爷，妾是青楼女子，岂有向我赔礼之理？"

从善问："你来汴京多久了？"

"妾九岁时随父母来此，今年一十有九，离开江南已整整十年了。"

"还记得江南景色吗？"

"当然记得。"那女子谈及江南，又眉飞色舞起来，"妾粗识文字，读过白香山居士的《忆江南》。"说着，便背诵了起来：

江南好，风景旧曾谙。日出江花红胜火，春来江水绿如蓝。能不忆江南？

此时此地听到白居易的《忆江南》，不禁勾起了从善的一腔心事，他注视着那女子说："在这里与你相逢，也算有缘。我奉命出使，不得回朝，你是名花落溷，栖身青楼，真乃'同是天涯沦落人，相逢何必曾相识'啊！"

那女子也频频点头："相公说得不错。"

从善又说："你我萍水相逢，还未曾请教芳名，可否告知？"

"妾生于九月十五月圆之时，父亲起名秋月，粗俗之至，相公休要见笑。"

从善吞吞吐吐地说："天子命你来此，我不敢违背君命，拒而不纳。只是我是有妻室之人，这一点还请见谅。"

秋月说："妾奉教坊司之命来侍候相公，并无鸠占鹊巢之意，更何况秋月乃一青楼女子，斗胆也不敢嫁与王孙为妻，请相公放心。"

两人谈天说地，甚为契合，从善沉重的心情缓和了许多。一直到更深夜阑时分，秋月才起身告辞："妾侍候相公，就住在隔壁，倘相公有事叫我，我会随时听候吩咐的。"

秋月走了，从善陷入了沉思之中。天子遴选这样一位女子，显然是为了侦伺江南的动静，尽管秋月只是青楼女子，但既奉天子之命，自然身价十倍。自己虽是江南的王爷，其实是宋朝的囚徒，为什么秋月谦和有礼，举止温存呢？这之中奥妙何在呢？想了许多，也没有理出头绪，便迷迷糊糊睡着了。

翌日清晨，秋月早早便跑过来了，柔声问："相公昨夜睡得好吗？为什么没有唤我侍候？"

从善揉着惺忪睡眼，胡乱答应说："承你关照，睡得很好，一挨着枕头就到黑甜乡去了。"

秋月见他一脸倦意，当然不信，善意地揶揄道："相公是诚笃之人，连撒谎也撒不圆，你分明是有心事，没有睡好，妾早看出来了。"

从善只得如实招认："你揣测得不错。我昨晚一直在想，天子派你来，是监视我呢？还是真的从饮食起居上关怀我？"

秋月咯咯地笑了："这个问题说简单就简单，说复杂就复杂，今天暂且不说。相公只说妾这个人如何？是不是值得信任？"

"当然值得信任。"从善不假思索地说。

秋月附在从善耳边小声说："谨防隔墙有耳，我们先在院子里散步，然后妾为你准备早点，如何？"

恭敬不如从命，从善顺从地跟着秋月，悠闲地在院子里踱步，然后又一起去吃饭。后来从善才知道，秋月是奉命来监视他的，但恐秋月水性杨花，意志不坚，被从善收买，又派人监视秋月，尽管宋朝做得非常隐秘，还是被秋月发现了蛛丝马迹，但她并不放在心上。

一来二去，从善便和秋月熟了，两人推心置腹，几乎无话不说，只是从善恪守礼义之大防，是个坐怀不乱的柳下惠，因此两人发乎情，止于礼，从没有苟且之事。秋月敬重从善的为人，几次想帮助他摆脱厄运，但见时机不成熟，便没有开口。一日，秋月问从善："汴京好否？"

从善老实回答："天子脚下，辇毂所在之地，灯宵月夕，雪际花时，举目则青楼画阁，绣户珠帘，雕车竞驻于天衢，宝马争驰于御路，金翠耀目，罗绮飘香，是天下第一都会，怎能不好？这又何须多问！"

秋月四顾无人，悄悄问："相公是否乐不思蜀，就在这里终老其身，不打算回江南了？"

从善一时猜不透秋月此话的用意，不禁愣住了。回不回江南可是个棘手问题，回答不好便有性命之虞，万万不可太阿倒持，授人以柄，想到这里，便随口说："京师既然是天下最美之地，天子又待我不薄，何苦要回江南？"

秋月悻悻地转过身，恨恨地说："想不到你是乐不思蜀的刘禅，算我看错了人，今日就拾掇东西离开这里，让天子另派别人侍候你吧。"

秋月素来尊重从善，一向都是称他相公，忽然改称为你，使从善感到了问题的严重，忙道歉说："秋月且慢动怒，我有难言之隐，害怕一语不慎，便有飞来之祸，是以言不由衷。我祖宗坟茔皆在江南，岂有不想返回之理？只是天子看管严密，叫我如何脱身？"

秋月脸上显出庄重严肃的神色："相公若无意返回江南，妾不便置喙，倘愿意南归，妾自有办法冲决罗网，管保相公如愿以偿。"

"事关重大，我得想想。"从善也是一脸真诚。

"一着不慎，便有粉身碎骨的厄运，相公不肯鲁莽行事，也是应有之义。不过，优柔寡断，祸至无日。此话出于妾口，入于相公之耳，天知地知，你知我知，当慎之又慎！"秋月不厌其烦地叮咛。

这一夜从善又失眠了。到底逃与不逃，他委决不下。烛光摇曳，一灯如豆，他思潮澎湃，无法入睡，脑海里浮起了妻子倚闾而望的身影与后主那期待的目光。本来仗着与天子有一面之交，想哀求他网开一面，谁知竟成了笼中之鸟，无法再回江南去了。听惯了大江涛声，看惯了秦淮河上的帆樯灯影，如今只身独自，羁留汴京，愁肠百结，无限惆怅。所幸的是，秋月虽是天子派来监视自己的，却是善解人意，呵护周到，给人不少慰藉，倘有一天能回到江南，一定要想办法为她脱籍，然后嫁给士子为妻。他思绪起伏，心潮激荡，蓦地，他想起了秋月上午要他逃脱羁绊的那段话，实话说，他做梦都想回到江南，秋月说能帮助他安然逃脱，心里又升腾起了希望。苦海无边，度日如年，他早就想插翅离开这里了。但是转念又想，事情怕是没有这么简单，秋月既然是派来监视自己的，再担着干系把人放走，岂不是自讨苦吃？如果自己肯娶她做妾，她也许能挺身而出，以死相救，偏偏是在拒绝她之后，她却主动提出了这个建议，令人百思不解。就算她能化险为夷，帮助自己逃出虎口，但是还有人监视着她的一举一动，除非她与监视她的那些人声气相通，否则决逃不出虎口。看起来，秋月对自己的同情和怜悯，都是一种假象，是为了套出自己的肺腑之言，作为口实，上报给朝廷，然后置自己于死地。想到这里，从善不禁吓出了一身冷汗，秋月艳如桃李，却毒若蛇蝎，要不是自己机灵，就将死无葬身之地了，这真是上苍保佑，早日识破了奸计！现在唯一的办法是先发制人，上书告变，如果让秋月先去告发，自己就是浑身是口也解释不清了。当下他便写了一封告发秋月的诉状，说她煽动自己叛逃，第二天一早便送了出去。

可怜秋月还不明白到底发生了什么事，便稀里糊涂地被装入了囚车，当拘捕她的人向她出示从善的告发信时，这才恍然大悟。大理寺的狱官又押解着她去与从善对质，秋月无怨无恨，平静地对从善说："妾虽是一青楼女子，但敢作敢当，决不连累相公，请一定放心。相公是昂藏七尺男儿，应该自立自强，为江南社稷着想。妾自知罪不容诛，倘相公方便，妾死之后，请妥为安葬，妾九泉之下，也会感激相公的。妾不能服侍相公了，就此拜别，还望珍重！"

从善望着囚车缓缓而去，不禁泪如涌泉，夺眶而出。秋月是个侠肝义胆女子，看来是误解她了，一失足成千古恨，一纸告发信，断送了秋月性命，真是抱恨终天！自己好糊涂，为什么不再观察一段时间再说呢？为什么这么轻率地急于告发呢？一个如花似玉的女子，就这样含恨而殁，自己真是罪孽深重啊！他望着囚车远去的方向，跪在地上祷告："秋月，是我负你了，害得你不能善终，倘有来生，我当衔环结草报答你！"

第十五回 自毁长城 良将被鸩

冉冉秋光留不住，满阶红叶暮。又是过重阳，台榭登临处，茱萸香坠。

紫菊气，飘庭户，晚烟笼细雨。嗈嗈新雁咽寒声，愁恨年年长相似。

——李煜（937—978）

从善出使不返的消息，很快便传遍江南，使后主惊惧不已。他与七弟从善、八弟从镒，一向亲密无间，他遣从善入宋，不过是要表白江南充当宋朝附庸的诚意，孰料竟一去不还！而江南秘密馈赠给赵普的五万两白银，赵匡胤又以赏赐为名，还给了从善，这一切意味着什么，那是不言自明的。他隐隐约约觉得，把从善派往宋朝，无异于以羊饲狼，现在是追悔莫及了。他感到歉疚，对不起从善的妃子。

光阴似箭，转眼间又到了重阳节，群臣联袂上书，要陪后主登高望远，君臣同乐。后主想起了羁留在汴京不返的从善，脑海里很自然地浮起了王维的七绝《九月九日忆山东兄弟》：“独在异乡为异客，每逢佳节倍思亲。遥知兄弟登高处，遍插茱萸少一人。”无限怀念远在异国他乡的弟弟从善，悲愤难抑，后主挥笔写成《却登高文》：

玉斝澄醪，金盘绣羔，茱房气烈，菊芝香豪。左右进而言曰：维芳时之令月，可藉野以登高，矧上林之伺幸，而秋光之待褒乎？予告之曰：昔时之壮也，意如马，心如猱，情槃乐恣，欢赏忘劳。悁心志于金石，泥花月于诗骚；轻五陵之得侣，陋三秦之选曹。量珠聘伎，纫彩维艘，被墙宇以耗帛，论邱山而委糟。年年不负登临节，岁岁何曾舍逸遨；小作花枝金剪菊，长裁罗被翠为袍。岂知萑苇乎性，岂知忘长夜之靡靡，宴安其毒，累大德于滔滔。今予之齿老矣，心凄焉而忉忉，怆家艰之如毁，萦离绪之郁陶。陟彼岗矣企予足，望复关兮睇予目。原有鸰兮相从飞，嗟余季兮不来归！空苍苍兮风凄凄，心踯躅兮泪涟洏！无一欢之可作，有万绪以缠悲。於戏噫嘻，尔之告我，曾非所宜。

掩卷掷笔，只觉得一腔心事还未抒发得淋漓尽致，信步登上百尺楼楼顶的平台，极目远眺，但见红日西沉，暮霭满天，近处青松流翠，枫叶如丹，秋风过处，满地枫叶狼藉，不禁又想起了从善。汴京不知有没有枫叶？不知他此时此刻是否也在登高南望？身为一国国主，却无力庇护自己的同胞兄弟，真令人汗颜！愁绪满怀，难以排遣，一首怀念远方手足兄弟的词又脱口而出：

谢新恩

冉冉秋光留不住，满阶红叶暮。又是过重阳，台榭登临处，茱萸香坠。　紫菊气，飘庭户，晚烟笼细雨。嗈嗈新雁咽寒声，愁恨年年长相似。

已是用晚膳时分，后主仍坐在百尺楼的平台上，不肯回去。小周后、黄保仪等费了许多口舌，才把后主劝回屋中。刚要进膳，只见一个内侍步履匆匆上奏说，宫门外有人求见。小周后蹙着眉头说："国主今日心绪不佳，不想处理军国大事，何况也没有晚上谒见国主之理，你去转告他，让他明天再来。"

内侍嗫嚅着说："奴才也是如此对他说，可那人说，他跋山涉水，从江陵赶来，要对国主说一件关乎江南社稷存亡的大事，奴才不敢阻拦，乞国主定夺！"

后主想了片刻说："既然是关乎江南社稷存亡的大事，当是十万火急，刻不容缓，去把那人召来见孤。"又转身对小周后、黄保仪说："卿等暂且回避一下，等处理完了此事，再进膳不迟。"

小周后刚走，内侍便领着那人进殿了。灯光烛影里，后主见来者一身商人打扮，心里十分纳闷，一个商人会有什么大事关乎江南社稷？那商人见后主只管打量自己，并不开口询问，便叩头说："臣是一介商贾，更是国主治下的百姓，江南的荣辱兴衰，都与臣的命运息息相关，因此不远千里，来献强国之策。"

后主不解地问："江南危若累卵，只缘宋朝陈兵边境，莫非卿有御敌之策，可退敌兵吗？"

那商人摇摇头说："臣手无缚鸡之力，胸无文韬武略，如何退得敌兵？但臣有一计，可使宋军不战自溃，从此不敢小觑江南。"

后主听说那商人能化腐朽为神奇，使宋兵不战自溃，不禁有了浓厚兴趣，连连说："卿试道其详，倘能重整山河，孤当不吝封侯之赏。"

商人从容奏道："宋军步骑屯驻汉阳，水军则驻扎江陵（今属湖北），舟楫云屯，帆樯林立，若要进攻金陵，非用水师不可。只要弄毁宋军战舰，大宋天子就奈何我朝不得了。"

"此言甚是，但如何才能弄毁宋朝战舰呢？卿不是痴人说梦吧？"后主提出了怀疑。

"臣不远千里而来，斗胆也不敢欺骗国主。臣为懋迁有无，多次去过江陵，对那里的地理知之甚稔，哪里守备严密，哪里防范松懈，也都了若指掌。如果派人潜入江陵，放火烧掉战舰，宋朝没有舟楫，还能攻打我朝吗？"

后主听说要烧毁宋朝战舰，吃惊得连嘴巴都合不拢了："卿怎么想出这个主意？倘若被宋朝识破，岂不有飞来横祸！"

商人慎重奏道:“只要国主同意，臣保证做得天衣无缝，不露丝毫痕迹，大宋天子也绝不会怀疑到国主身上。”

“说得轻巧，吃根灯草！大江以南就只剩下吴越、南唐两国，吴越国王钱俶已受宋朝官职，自然不会放火烧船，剩下的便是孤了，宋朝天子会放过孤吗？”

这个分析确实切中腠理，商人没有料到这一点，一时沉默无语。后主缓缓地说:“卿忠贞为国，值得褒奖，只是孤不能拿江山社稷做赌注。卿既长于贸易，还是做商贩去吧。”

那商人见后主不采纳放火烧船的建议，只得怅然离去。后主草草用完晚膳，没有心思吟诗填词，便上床睡觉去了。

后主在百无聊赖中度过了开宝四年的严冬，迎来了开宝五年（972）的阳春。春天来了，燕子呢喃，千里莺啼，绿荫冉冉，处处飞花。但想起国势阽危，从善不归，后主只觉得心绪不宁，无限烦恼。他无心披览奏章，步出澄心殿，信步来到庭院的梅树下。只见微风拂过，梅花从枝头上纷纷飘落，后主身上如粉妆玉砌，全身皆白。他用手轻轻拂拭，但身上旋即又落满了花瓣。仰视苍穹，一群排着“人”字形的大雁，在万里晴空中鸣叫着，自南向北飞去。触景生情，他又想起了从善，往年春天，弟兄们在一起赏花，其乐融融，今年花事又到，从善在哪里？难以排遣的离愁别绪，又使他诗情坌涌，吟成一阕《清平乐》:

别来春半，触目柔肠断。砌下落梅如雪乱，拂了一身还满。　　雁来音信无凭，路遥归梦难成。离恨恰如春草，更行更远还生。

从此之后，凡游宴娱乐，后主均罢废不举。

隔了不久，后主又派常州刺史陆昭符入贡，请求宋朝释放从善回国。

赵匡胤留从善不遣，本来是借机招徕南唐归命，自然不理会后主的要求。陆昭符呈上后主给赵匡胤的奏章，那是一封措辞恳切的信件，历述自己对宋朝的忠诚，请求准许从善返回江南，深仁厚泽，当没齿不忘云云。赵匡胤莞尔一笑，将书信掷往案角。他对从善的安置颇费心思：拜他为泰宁军节度使，赐府第于汴阳坊，只在京师领取俸禄，不必莅职。又封从善的掌书记江直本为司门员外郎，同判兖州，其他僚佐亦悉数推恩。宋朝的文武大臣、戚畹贵族也都与从善过从甚密，日日宴饮，夜夜歌舞，甚至晋王赵光义也视从善为上宾。秋月被诛，丝毫也未影响天子对他的信任，居住在汴京的从善，真个是朝朝寒食，夜夜元宵，弄得晕头转向了。赵匡胤此举是为了向天下表示：只要江南官员愿意投奔宋朝，他都虚位以待，优礼有加。

陆昭符同时还带来了后主给从善的信。自从善羁留不返，只要有使节赴汴京奏事，他总是音问不断，每次都是厚厚的一沓，这一次却是例外，从善打开看时，没有书信，只有一首曲调为《阮郎归》的词：

东风吹水日衔山，春来长是闲。落花狼藉酒阑珊，笙歌醉梦间。

佩声悄，晚妆残。凭谁整翠鬟？留连光景惜朱颜，黄昏独倚阑。

以诗代柬，古代早已有之，兄长风流蕴藉，懒得写信，顺手照录一首旧词，也在情理之中，从善没有在意。看词中内容，上半阕是说客邸无聊，镇日闲暇，无所事事。而下半阕却让人捉摸不透，“佩声悄，晚妆残”，指的是谁？“黄昏独倚阑”又是指谁？“留连光景惜朱颜”又是怎说？他马上召来陆昭符的随从询问，那随从告诉他，金陵盛传相公在汴京另觅新欢，迷恋汴京繁华，不肯回归，相公的妻子三天两头找国主哭闹，弄得国主无言答对，后来干脆不肯接见她了。这首词的后半阕就是含蓄委婉地劝相公不要留连光景，当思闺中少妇黄昏倚阑、盼郎回归的景况，早日打点行装，返旆归程。从善苦笑了一下，没有回答，他对江南魂萦梦系，恨不得肋生双翅，回到妻子身边，但是没有大宋天子的诏旨，他哪里敢离开汴京一步！此时此地，他又哪里敢对赵匡胤说半个不字！有泪只能往肚里流，他感到了空前的孤独。

再说那陆昭符本为从善而来，见赵匡胤如此态度，知道再说无益，只好收拾行囊，准备返程。临行之时，赵匡胤对陆昭符说：“烦卿转告江南国主，识时务者为俊杰，天命攸归，不要执迷不悟。韩王在此，一切甚好。朕当于汴京城南建造礼贤宅，以俟江南国主来归。”

陆昭符叩头唯唯，不敢申辩。他是江南大臣，自然不能劝后主拱手降宋，但他也不敢驳回赵匡胤的话，那样，他是否能回江南，也就很难预料了。赵匡胤似乎看出了他的心事，爽快地说：“国主归与不归，与卿无涉，朕决不因此羁卿不返。只是——”说到这里，忽然戛然而止，没有再说下去。

陆昭符正留神谛听，见赵匡胤欲言又止，不禁惶恐不已，忐忑不安地奏道：“陛下有话尽管直说，微臣无不遵旨。”

赵匡胤故作神秘地说：“江南已有人纳款输诚了，朕恐有离间汝邦君臣之嫌，是以秘而不宣。今见卿忠厚耿直，不妨直言相告。”

陆昭符不禁大惊失色，连忙分辩说：“江南大臣虽然阘茸无能，谅还不至于卖国求荣，臣未敢信以为真。”

赵匡胤假戏真做，言之凿凿：“朕为天下之主，岂能无中生有，戏弄于卿？”

“究竟何人纳款？乞陛下明示。”陆昭符急于弄清究竟。

“不是别人，正是江南倚为干城的南都留守林仁肇，卿想不到吧？”

陆昭符见赵匡胤一脸庄重之色，知道不是戏言。他了解林仁肇，一向侠肝义胆，忠心保国，怎么可能通款于宋？是别人诬陷，还是实有其事？是赵匡胤故意布下这扑朔迷离的圈套，还是林仁肇耐不住寂寞，觊觎富贵？左思右想，一时竟想不出个所以然来。不过，赵匡胤只是说说，没有真凭实据，怎能遽然相信？想到这里，便追问说："陛下说林仁肇通款，应该出示证据，如今空口无凭，怎能令人相信？"

赵匡胤笑而不答，只向殿外挥了一下手，早走进两个内侍来，彬彬有礼地说："刺史不必性急，请跟我们前往，便知分晓。"

陆昭符身不由己，跟着内侍，曲曲折折来到一个幽静去处。只见一周矮墙，几湾流水，围绕着一幢精制瓦舍。进得门来，当中墙壁上悬挂着一幅戎装画像，陆昭符仔细看时，竟是林仁肇，不由得惊呆了，半晌说不出话来。

一位内侍指着画像说："林将军早有意皈依我朝，先持此画像作为信物，以明不欺。"又指着一片园林说，"陛下已批准在此另建府邸，空馆以待林将军。只是他现在寸功未立，无颜归宋，因此稽迟时日。待到我朝进攻江南之日，他马上就会举兵内应的。"

陆昭符见他言之凿凿，不由得不信，暗暗思忖道："这真是天赐其便，要不是出使宋朝，怎会知道林仁肇暗中通敌？"他恨不得身插双翅，飞快赶回江南，将这一消息报告给后主。

那位内侍见他愣着，又说道："陆刺史，耳听为虚，眼见为实，这回可看清楚了吧？"

"嗯，嗯！"陆昭符心不在焉地应付。

其实，林仁肇何曾通宋？那幅画像是赵匡胤暗中派画师扮作商人，千里迢迢赶到南都，用重金贿赂林仁肇的左右，趁他巡视南都防御之际，偷偷描画下来的，然后如此这般，精心设计了一个圈套，引诱江南使者上当。陆昭符不察虚实，果然上了钩。他自看画像回来，茶饭无心，几次要求回朝复命，赵匡胤正要他报告给后主，因此痛快答应。陆昭符连夜收拾，匆匆回江南去了。

后主果然中了赵匡胤反间之计，气得七窍生烟，恨不得立刻将林仁肇斩首。陈乔谏道："林将军向来忠义，决非见利忘义、卖主求荣之徒。国主勿轻信谗言，中宋朝反间之计，自毁长城。"

皇甫继勋本忌仁肇威名，平时无法中伤，如今见有隙可乘，便落井下石说："林仁肇前次要求出战，臣已看出他心怀叵测，要颠覆江南社稷，如今又暗中通敌，企图将江南拱手送给宋朝，此等不忠不孝之人，国主留他何用？"

朱令赟也怂恿后主说："江南待林仁肇不薄，他却恩将仇报，密通宋朝，实为天理所不容。国主决不可心慈手软，姑息养奸，应严加惩处，以儆效尤。"

陈乔以头叩地说："林仁肇忠义之名闻于天下，怎会与宋密谋！臣愿以身家性命担保，林仁肇决无反叛之事！"

后主见陈乔为林仁肇辩护，面带愠色地问："林仁肇手握节钺，坐镇一方，他在南都，卿在金陵，怎能保其不反？"

皇甫继勋嘲笑陈乔说："枢密使一味袒护叛臣，莫非也同流合污，怕受到株连吗？"

"枢密使既然担保林仁肇不反，可有证据？"朱令赟也咄咄逼人。

陈乔本讷于言，抵挡不住皇甫继勋、朱令赟二人唇枪舌剑，交相攻击。他鼓足勇气，正欲奋力抗争，不料后主却以斩钉截铁的口气说:“林仁肇通敌之事，铁证如山，毋庸再议，孤决心除此蟊贼，以清隐患，皇甫卿可为孤将叛臣捉拿归案。”

皇甫继勋低声奏道:“林仁肇足智多谋，将士用命，未可轻取。他近日病口，到处寻医觅药，国主何不以赐药为名，令他饮鸩而亡？”

后主想了片刻说:“孤明人不做暗事，惩治叛臣，光明正大，何须鬼鬼祟祟？今日就派御医前去，明白宣孤之旨，令林仁肇饮鸩自尽，无须再回朝见孤。”

那御医奉命星夜驰往南都，并未急于宣读后主诏旨，他想察言观色，看看林仁肇是何等样人，然后再作定夺。虽然他只是一名医生，无权干政，但凭多年的宫廷生涯，从一个人的相貌和言谈举止上，大致可以判断出一个人是奸诈小人，还是诚悫之士。今见林仁肇抱病前来迎接，谦恭平和，憨厚之态可掬，并无半点狡诈诡谲之态，心里先存了好感。林仁肇因病口，说话吃力，但仍伏地叩头说:“老臣迎接钦差来迟，还乞恕罪。”

御医连忙搀起他说:“下官只是一名御医，怎敢接受将军大礼？”

林仁肇道:“你是国主派来的钦差，老臣怎敢不敬？国主差你前来，想必有要事宣谕，就请宣读诏旨。”

御医犹豫了一下，笑笑说:“下官水陆跋涉，颇觉劳累，先不忙宣读诏旨，到将军衙内歇息片刻如何？”

林仁肇当然从命，将御医领至府衙。御医看看左右无人，便悄声问道："林老将军，近来身体如何？"

林仁肇道："承钦差下问，不胜感激。老夫虽然已近迟暮之年，新近又患口疾，但目前江南正值多事之秋，亦是武人效命疆场之时，马革裹尸，以死报国，老夫无怨无悔。"

御医听他这几句话，心中油然升起一股尊敬之情，不无赞叹地说："老将军高风亮节，着实令人钦佩，只是——"说到这里，御医忽然打住，无限惋惜地摇了摇头。

林仁肇不解地望着御医："钦差大人有话尽管直说，不必闪烁其词。"

"老将军可知下官为何来此？"

林仁肇道："愿闻其详。"

"实不相瞒，有人告你暗中勾结宋朝，要颠覆江南社稷，下官奉诏携鸩而来，命老将军饮鸩自尽。"

"钦差大人真会戏谑，老夫忠心报国，国主怎会不分忠奸良莠，置我于死地？老夫却是不信。"林仁肇说罢，纵声大笑。

"老将军，下官与将军素无嫌隙，且系奉旨而来，岂能诳骗于你？"御医说着拿出诏旨来，在林仁肇面前晃了晃，"老将军如不相信，国主有旨在此，可证不是儿戏！"

林仁肇看他严肃的样子，知道不是戏言，不胜惊诧道："国主说老臣谋反通敌，有何证据？"

御医道："老将军可曾将自己的画像送给宋朝天子，作为贽见之礼？"

林仁肇如坠云里雾中，忙不迭地说：“老臣奉命镇守南都，从未离开过防地一步，更未与宋朝有过任何接触，哪里有什么画像送给宋朝天子，这真是咄咄怪事！”

“常州刺史陆昭符大人到汴京入贡，见将军的戎装画像悬挂在一所瓦舍之内，大宋天子又亲口说你以画像作为降宋的贽见之礼，故而国主异常震怒，命下官携鸩而来，要取将军性命。”

林仁肇仰天长啸，泪水滂沱：“原来如此！忠而被谤，信而见疑，夫复何言？”

御医道：“老将军，下官已知你受不白之冤，不忍看你无罪受戮。我愿拼却性命，放将军逃走，任凭将军逃到天涯海角，觅一栖身之处。”

林仁肇惨笑道：“我如逃走，岂不更证实了暗中通敌是真？即使浑身是口，也说不清楚了。”

“老将军可以赴阙讼冤。”

“国主既已相信宋朝反间之计，朝中又有佞臣推波助澜，我怎能说得清楚？”

“依将军之见呢？”

“君王圣明，臣罪当诛。君叫臣死，不敢不死；父叫子亡，不能不亡。老臣何敢惜蝼蚁之躯，以表自身清白！请钦差转告国主，老臣对江南忠心耿耿，唯天可表！臣死之后，要辑睦群臣，训练士卒，永保江南国祚！”

御医也不禁流泪了，似这样一个铮铮铁汉，临死之际还关心江南安危，怎会通敌谋反？杀了林仁肇，还有谁能御敌于国门之外？国主自折股肱，只能使亲痛仇快，于是便劝阻说："老将军千万不可自寻短见，事情终有澄清之日。下官回朝，愿以身家性命，担保将军不反。"

"不必了，不必了，老臣死志已决，何必再连累钦差？请钦差速拿鸩酒来！"

御医兀立不动，不忍心下手。

林仁肇自己打开酒坛，捧起鸩酒狂饮起来，不一会儿便手脚抽搐，七窍流血，死于非命了。可怜他驰骋疆场，戎马一生，没有战死沙场，却死在了宋朝的离间计下，真是未曾出师身先死，长使英雄泪满襟！

赵匡胤得知江南鸩杀了林仁肇，除掉了宋朝的心腹之患，心中好不高兴。他本想立即进军江南，但南汉刚刚平定，士卒疲惫，元气未复，需要休整，便于开宝六年四月派卢多逊为江南生辰国信使，至江南打探消息。卢多逊为人谦恭平和，全无倨傲之气，与后主君臣相处甚得。盘桓多日，多逊方移舟回朝复命。舟行至宣化口，多逊忽然停舟，遣人告诉后主说，朝廷重修天下图经，史馆独缺江南诸州，乞国主赐予一本，以便交付史馆。

后主接札，惨然不乐。这封信虽然口气谦和，其实是下命令。他知道所谓宋朝史馆要修图经云云，不过是借口而已，真正目的在于探听江南虚实。如果照实送付，无异于将本国虚实告人；如果不送，宋朝便会借口兴兵。而他一向畏宋如虎，最怕的就是大动干戈，何去何从，他委决不下。不过，有一点他很清楚，不管自己是否愿意，江南十九州的图经必须准确无误地送到卢多逊手中。虽然那只是一介使臣，没有一兵一卒相随，但是大宋的声威，是他早就领教过的，灭荆南，平湖南，下后蜀，取南汉，都在指顾俄顷之间，江南自然无力和宋朝抗衡。既然如此，就只有照办的份儿了。他赶紧命人缮写，并秘密令中书舍人徐锴日夜校雠，以便尽快送给卢多逊。

事情虽然进行得很机密，但仍然走漏了消息，被内史舍人潘佑得知。他怒气冲冲地责问后主道："江南图经载我朝十九州形势，举凡军队屯戍远近、户口多寡，均载之甚详，国主应当藏之秘府，怎能轻易送给宋朝？"

后主苦笑了一下，摊着双手说："爱卿所言，孤岂不知，奈宋朝势大，孤不敢违命，个中苦衷，实非得已。"

潘佑道："国主审时度势，微臣自然明白，不过宋朝胃口愈来愈大，韩王从善朝贡，留而不遣，如今索要图经，国主又唯唯应命，宋朝如此咄咄逼人，我朝岂能步步退让？假若宋朝要江南社稷，国主也肯如此恭顺吗？"

后主听他出言无状，心里未免有些反感，只是潘佑也是为江南社稷着想，名正言顺，不便发作，便皱着眉头说："卿言过重了，江南对待宋朝，从来都是恭顺从命，未有过失，宋朝钢刀虽快，岂能斩无罪之人？既然孤答应送去图经，彼焉能以刀兵相加？"

潘佑摇摇头说："国主只是一厢情愿罢了。宋朝刚刚灭掉南汉，如今是休整士卒，才与江南相安无事。依臣预料，多则一年，少则半载，宋朝便会出动倾巢之兵进犯江南。这绝非危言耸听，国主应速作打算。”

后主惶惑不安地注视着潘佑，但是过了片刻，便镇定自若了，他朗声大笑起来：“卿听说过杞人忧天的故事吗？杞人无事忧天倾，卿可谓名副其实了。”

潘佑还想再谏，后主不听他饶舌，已经起身下殿去了。

后主虽对宋朝百依百顺，赵匡胤还是对他心存芥蒂，不时寻找由头羞辱江南。就在卢多逊返朝不久，宋朝又派人给后主送来了一纸诏书，命他稳妥护送樊若水的母亲、妻子去汴京，不得有误。后主捏着这一纸诏书，心中像打翻了五味瓶，酸、甜、苦、辣、涩，样样俱全。

樊若水何许人也？他就是后来成为北宋大臣的樊知古。知古字仲师，祖籍京兆长安，其父樊潜在后周广顺年间曾任汉阳、石埭两县县令，致仕后因爱池州林壑优美，遂定居于此。樊若水学富才赡，却功名蹭蹬，困顿场屋，屡试不第，又上富国强兵之策，也为当权者所阻，一怒之下，便渡江投宋。他渔钓于采石江上，曾以小舟载丝绳其中，将绳系于南岸，再返棹疾驶至北岸，以测试长江宽窄。如此反复数十次，江之广狭，何处可以通过大舰，何处只能行驶小船，均已了然于胸，这才诣阙上书，自言有策可取江南。他建议于采石矶跨江修造浮桥，则长江天堑可变通途，消灭江南便指日可待了，并画了图呈给赵匡胤。赵匡胤念他一腔忠诚，令他参加进士科考试，又特地交代考官给予关照，结果樊知古顺利及第。经过吏部铨选，授他为舒州（今安徽潜山）军事推官。那舒州与池州只隔着一条大江，但舒州属宋，池州却属于江南管辖。樊知古自知卖国求荣，于理有亏，不敢渡江到池州省亲，怕被江南逮住，送往金陵治罪。樊知古心里清楚，宋朝派他到这里任职，除了负责驻防大江军队的军需，更重要的是搜集有关江南虚实的情报。凡是有渡江北去的新朋旧友，总是殷勤接待，细细询问，然后将有关江南的情况写成文字，呈报给枢密使，再由枢密使转呈给天子；宋朝派往江南的间谍，也由他妥为掩护，从未出过纰漏，因此之故，樊知古颇得宋朝欢心。但是江南朝野对樊知古的倒行逆施行为却是义愤填膺，纷纷上疏后主，要求杀掉他的老母、妻子，以儆效尤。后主怕得罪宋朝，只将樊知古的老母、妻子严加看管，不敢动她们一根毫毛。樊知古得知消息，上书大宋天子，要求将老母、妻子接往江北团聚。赵匡胤正在用人之际，自然照准，一封诏书便下到了江南。后主与群臣商议，有主张杀掉者，有主张小不忍则乱大谋，应当放还者，一时议论纷纭，意见不一。懦弱成性的后主左思右想，权衡利弊，决定将樊知古的老母、妻子接往金陵，盛情款待一番之后，派人护送至汴京，然后再由宋朝送往舒州团聚。

为了征服江南，赵匡胤一方面加紧操练军队，派人赴荆湖，按照樊若水所献之策，建造大舰及黄、黑龙船千艘，准备浮江济师；另一方面，又因江南一向恭顺，骤加挞伐，师出无名，故想兵不血刃，让后主自动皈依，早日俯首称臣，于是下诏在京师薰风门鸠工庀材，大兴土木，修建富丽堂皇的“礼贤宅”，以便后主入朝时居住。这座具有典型江南建筑风格的“礼贤宅”，亭台楼榭、小桥流水、奇花异草，一应俱全。尽管这里烟柳画桥，风帘翠幕，可以醉听箫鼓，吟赏烟霞，后主仍不肯前来。赵匡胤忽然想起，何不找人宣谕后主入朝，如他拒命不至，便可以此为借口，进兵江南了。他很自然地想起了李从善。从善自羁宋不归，后主哀毁几至成疾，从善之妃也为此忧愤而卒，让从善劝勉其兄，当然要比诏书的力量大许多倍。他把从善召来说：“朕无意羁卿不返，奈江南未入版图，不得不尔，卿勿过虑。朕已准备发兵江南，但干戈四起，生灵涂炭，朕不忍为之，卿可贻书国主，令他入朝，卿兄弟也好朝夕聚首。倘国主答应，朕当亲抵宋、亳之间相迎，封之以大府，所谓彼此遭逢，勿坐失良机！”

从善身在牢笼之中，自然不敢提出异议，忙附和说：“臣兄以葑菲之才嗣守宗庙，陛下准许入朝，此恩此情，浩荡无涯，实千载一遇。臣一定写书，让兄长奉诏。”当下便写好书信，呈交赵匡胤过目。赵匡胤展笺看时，只见上面写道：

> 书奉国主左右：弟赴汴京，光阴荏苒，倏尔经年，云树之思，无日可已。承蒙天子推恩泉壤，泽及幽冥，弟在此轻裘肥马，席丰履厚，一切惬意。天子忧患元元，信及豚鱼，不以刀兵相加，许以归朝见纳，化干戈为玉帛，铸刀剑为犁锄，此诚千载难逢之机。且已筑就礼贤馆，专候

兄长入朝，望兄即速赴阙，勿生疑虑。倘首鼠两端，优柔寡断，则祸至无日矣。

赵匡胤阅后表示满意，当下便差人送往江南。但是后主装聋作哑，既不派使臣说明情况，也没有片纸只字作出解释，只是不理不睬，不作答复。

一计不成，又生一计。赵匡胤又派出閤门使梁迥赶赴江南，对后主说："天子今冬将行柴燎之礼，江南既是大宋藩属，国主理应入京师助祭，以示对天子之虔诚，还望尽快命驾。"

所谓柴燎之礼，乃是古代帝王冬季祭天之礼，多在京城南郊筑一圆形圜丘高台，在台上烧燎，并陈设牺牲玉帛，天子冠冕衮服祭天，祈祷上苍庇佑。至于助祭，则是要后主在赵匡胤祭天之日陪同。赵匡胤打算在后主对其表示忠诚之后，将其强行扣押，羁留汴京。鸟无翅不飞，蛇无头不行，后主既作了阶下囚，江南除了纳款输诚，便没有其他路可走了。后主似乎看透了赵匡胤的用意，将诏书捏在手里，看了又看，只低头不语。

"国主意下如何？还望慎重思之，勿贻后悔。"梁迥在一旁催促。

梁迥的话柔中带刚，表面上是相劝，实际上是命令，后主听了，非常反感，当即答道："孤弟从善入汴，一去不返，孤几次上书天子，恳求网开一面，准其返回江南，都遭到拒绝，从善之妻因此而殒命，于今思之，痛断肝肠。如今天子又要孤入汴，孤惴惴不安，唯恐重蹈覆辙。”

梁迥高深莫测地笑了："国主想到哪里去了？令弟从善入朝，天子待他优礼有加，先是授他为泰宁军节度使，近日又封他为兖、海、沂三州观察使，已是朝廷命官，自应在朝理事。他一非阶下囚，二非人质，国主何苦为他担忧？还是尽快束装入汴为上。”

后主无话可答，只得吞吞吐吐地推辞："钦差这一番话，使孤顿开茅塞。觐见天子是孤的荣耀，不过，国不可一日无主，孤事务丛脞，实在难以成行。请钦差为孤奏明天子，恕孤大不敬之罪！”

梁迥暗地寻思，一朝遭蛇蛟，十年怕井绳，自从从善羁留汴京不归，饶你有通天本事，也休想劝说李煜入朝了。何不略施小计，让他自投罗网？于是起身告辞说："国主既不肯入朝，下官自当回朝复命，就此告退。”按照惯例，凡宋使来江南，后主都要亲至渡口饯行，梁迥想在后主送行时，将他劫持到汴京。不料这天后主忽然心血来潮，只委托太常寺卿前去，自己按兵不动，梁迥无奈，只得怏怏回朝去了。

第十六回 曹彬南征 扫穴犁庭

昨夜风兼雨，帘帏飒飒秋声。烛残漏滴频欹枕，起坐不能平。

世事漫随流水，算来一梦浮生。醉乡路稳宜频到，此外不堪行。

——李煜（937—978）

自从林仁肇无罪被诛，群臣寒心，朝野触望，人人三缄其口，噤若寒蝉。不料却惹恼了一位直臣，此人便是内史舍人潘佑。潘佑文章潇洒飘逸，却容貌丑陋，其妻乃右仆射严续之女，姿容绝世。一日早晨，严氏对镜束妆，潘佑于镜后偷窥，面容映于镜中，严氏竟误认为夜叉突至，惊怖倒地。潘佑怒其恶己，遂弃其妻，另娶他女。后主将江南图经轻易送给宋朝，潘佑上书谏诤，后主不纳，内心甚为愤愤不平。及至林仁肇被杀，潘佑连上六道奏疏，纵论朝政，抨击时弊，要求后主直言纳谏，整饬吏治，振肃纲纪，加强兵备，巩固边防，富国裕民。后主览奏，便将潘佑召来说："卿所上奏疏甚有道理，如何富国裕民，尽管为孤道来。"

"微臣思之久矣。"潘佑侃侃而谈，"富国之策无他，不过是厚农桑，复井田，深抑兼并，仅此十字而已。只要国主允如所请，臣当展平生才学，期年之间，便可使江南富甲天下。"

后主本来好古重农，见潘佑所陈正合己意，便立刻答应说："卿所奏之事，孤一一依从，望卿好自为之，勿负孤意。"

潘佑又奏道："户部侍郎李平忠厚朴实，才堪大用，乞国主任以司农寺之职，与臣共同经营擘画，庶几事情可以早日成功。"他与李平意气相投，是莫逆之交，恐怕别人判司农寺事事掣肘，因此率先荐举李平。后主以为他为国荐贤，有古大臣之风，当下便慨然应诺。

潘佑既掌权柄，便与李平商议，以后主之名下令国中，凡民间旧买之产，不论时间多久，皆须归还原主。此令一行，国中一时因夺田而起讼者，比比皆是。潘佑又按《周礼》之制规定，凡民间旷土，皆须种植桑树，且保证成活，否则予以笞罚。为增加赋税，充实国库，民间舟、车、碓硙、箱箧、镶钏等物，均一一造册登记，按价值计算税款。符命旁午，急如星火，胥吏因缘为奸，乘机敲诈勒索，百姓苦不堪言，国内秩序大乱，山泽之间揭竿而起者，不绝如缕。后主虽屡遣军队镇压，往往是按下葫芦起了瓢，此处尚未平定，彼处兵乱又起。后主于宫中听人议论纷纷，始知任用非人，忙下令国中，废止新法，一切率由旧章。后主念潘佑、李平为国聚财，忠贞可嘉，只是急于求成，措施乖谬，才造成骚乱，仍旧供职，不加责罚。从此之后，国中秩序才慢慢平静了下来。

后主鉴于林仁肇之死引起了朝野不满，因此对潘佑、李平的处理格外慎重，而潘佑却愤慨不已，怀疑宰相汤悦（即殷崇义）、枢密使陈乔等人忌己之功，在后主面前进了谗言，于是上书痛诋汤、陈朋比为奸，旦夕之间必举兵发难，国家将亡，除非任己为相，否则江南社稷将旦夕不保。后主知他狂率狷直，置之不问。潘佑见后主不答，再次抗疏请诛宰相汤悦等大臣数十人。后主不允所请，手书训戒他说："国中大事，全赖众大臣扶持，怎可一日之间无罪而诛杀大臣？卿直言无忌，孤不深责，但亦不愿闻此激愤不切时务之言。"

潘佑见札大怒，遂不复入朝，又上第七疏说：

> 国主既不能强，又不能弱，不如以兵十万助收河东，因率官吏朝觐，此亦保国之良策也。

河东是指盘踞太原的北汉，国主名叫刘继元，当时这块土地尚未入宋朝版图。潘佑讥讽后主柔弱不武，干脆帮助宋朝征服河东，再率官吏朝觐天子，以尽臣子之节好了。后主心甚厌恶，几次想处死潘佑，又恐群臣说他无容人之量，便隐忍不发，只下令免去潘佑他职，令其专修国史。

潘佑本意是刺激后主改弦更张，不料却丢了官职，只给个闲差使，羁留金陵，不得返乡，不禁勃然大怒，递上第八道奏疏：

> 三军可夺帅也，匹夫不可夺志也。臣乃者继上表章，凡数万言，词穷理尽，忠邪洞分。国主力蔽奸邪，曲容谄伪，遂使家国愔愔，如日将暮。古有桀、纣、孙皓者，破国亡家，自己而作，尚为千古所笑。今国主取则奸回，败乱国家，不及桀、纣、孙皓远矣。臣终不能与奸臣杂处，事亡国之主。国主必以臣为罪，则请赐诛戮，以谢中外。

后主捏着奏章，气得七窍生烟，面孔煞白，双手抖动不止。奏疏里的每一句话，都像重锤一样，敲打着他的心扉。他可以原谅潘佑的直率，但不能容忍他信口开河，把自己比喻成桀、纣和孙皓。那三人是千载之下任人笑骂的昏庸帝王，把江南国主的名字与他们三人联系起来，这是莫大的耻辱！他连声让内侍召集群臣，商量如何处分潘佑。徐辽、张洎、徐铉等先后而至，他们都与潘佑不谐，自然不会替潘佑回护。

后主铁青着脸，一言不发，把奏疏掷给徐辽等传阅。徐辽首先发难："臣蒙国主知遇之恩，得以参与朝政，但潘佑无端指责国主'力蔽奸邪，曲容谄伪'，臣当然是奸邪者之一。臣请致仕归隐林泉，免得蒙蔽圣聪。"其实，徐辽根本无意归隐，不过是要激怒后主而已。

后主不耐烦地打断徐辽："卿是否致仕，他日再议，今日说的是如何发落潘佑！”

徐铉指着“臣终不能与奸臣杂处，事亡国之主”那句话说：“潘佑把朝中文武大臣悉数称之为奸臣，有失公允，难道江南只有他潘佑一人是忠臣不成？把国主说成亡国之主，亦是诅咒之语，江南只是宋朝的藩属而已，何尝亡国！潘佑口出狂言，目无君上，臣以为当贬出朝廷，严加看管，以为犯上作乱者戒！”

徐铉给出了具体的处分意见，后主表示赞同，又把目光转向张洎：“张卿之见如何？”

张洎本是巧言令色之徒，以前见后主佞佛，他便大谈佛法，由是得宠，官职才扶摇直上。今见后主对潘佑不满，便故意缓缓奏道：“臣与潘佑同气相求，情同手足，訾朋友之短，是为不义，隐而不报，是为不忠，臣左右支绌，无以自全，实在是惶恐之至！”

张洎油腔滑调，口若悬河，舌粲莲花，哄得后主不住称赞：“卿乃正直之臣，孤知之甚稔。潘佑一人之事虽小，却关乎江南安危，卿岂能因噎废食，因私而废公？”

张洎装作无可奈何的样子说：“臣久欲奏闻潘佑之事，只是碍于情面，未及告发。据臣所知，潘佑曾写有谤词半首。”

“啊，有这等事，卿可记得？”

张洎一本正经地答道：“微臣还依稀记得。开宝年间国主迎娶继后之日，曾大宴群臣，潘佑即席赋有小词半首，其云：‘楼上春寒山四面，桃李不须夸烂漫，已输了春风一半。’国主是文章司命，自不难猜出其中奥妙。”

后主轻轻吟哦着这三句词，竭力想从中寻觅出潘佑反叛的蛛丝马迹，怎奈字斟句酌，竟也无法得出谤词的结论，便问张洎：“卿莫非记错了，这只是普通的咏景，何尝寓有诽谤之意？”

张洎眨着眼睛答道：“含而不露，意在言外，这正是潘佑的狡狯之处。国主新婚，分明是春色烂漫，他竟说是春寒，居心何在，岂不昭然若揭！春寒也就罢了，还说四面皆山，这不是说江南已处于四面楚歌之中了吗？特别是最末一句，‘已输了春风一半’，这明明是讥讽江南已失掉半壁江山，国主还执迷不悟。新婚燕尔，普天同庆，海晏河清，歌舞升平，潘佑却反其道而行之，写出这样的词句来，这不是谤词又是什么！国主应深长思之！”

后主听他如此解释，不觉有些扫兴，淡淡地说：“孤以为卿有什么新颖见解，原来只是如此！这比起他奏章中的话委婉多了，卿岂能如此锻炼周纳？”

张洎狡辩说：“国主应该明白，奏章只给国主御览，其中虽有诽谤之言，国主尽可留中不发，知之者不多，影响就小。歌词则广为流传，人人能唱，普天下之人岂不都要詈骂国主是无道昏君？如果传入宋朝，国主名声岂不一落千丈？孰轻孰重，国主自会掂量！”

张洎鼓动如簧之舌，本意在于煽起后主对潘佑的恶感，好借后主之手除掉他。后主虽然厌恶潘佑言词乖戾，但只想将他贬出朝廷，并无杀人之念，如今受了张洎蛊惑，不觉怒从心上起，恶向胆边生，下令捉拿潘佑。

张洎又奏道：“潘佑凌辱国主，实系李平激成，如今潘佑东窗事发，李平自不应逍遥法外，也该连坐才是。”

李平依照周礼制定出赋税政策，首先是触犯了官府豪右之家的利益，豪门之家对他恨得咬牙切齿，群起攻讦李平。后主即命将潘佑、李平一起下于大理寺狱中。李平本忠心事主，忽然遭此凌辱，便在狱中自缢身亡。后主不免有些后悔，想释放潘佑，张洎又奏道：“纵虎容易缚虎难，设若潘佑出狱后愤而降宋，江南便不得安宁了。”后主点头称是，便不再提此事。潘佑得知李平因受自己的牵累而死，仰天长啸，悲愤难抑，后又得知张洎在后主处进了谗言，自己出狱无望，一气之下，也自刎毙命。后主见两人均不肯认罪，便罪及妻孥，徙潘佑之妻于饶州（今江西鄱阳县），徙李平之妻于虔州（今江西赣州市）。过了两年，后主又可怜二人家属孤苦无依，下诏宽宥，每月供给口粮衣服。

潘佑、李平之死，给一向密切关注江南形势而又无隙可乘的赵匡胤提供了讨伐的借口。尽人皆知，潘、李二人是江南的社稷之臣，李煜先是鸩杀了林仁肇，又逼得潘佑、李平自尽，却又不肯悔过，仅凭这一点就该讨伐。更何况自从潘、李死后，忠良寒心，将士丧气，如果出兵挞伐，忠臣良将将会踟蹰观望而不肯用命，这样，宋朝就会稳操胜券。想到这里，他首先征求宰相赵普的意见。自从清流关两人相识，君臣契合，关系亲密，赵匡胤不管有何疑难，总是先和赵普商议，无一例外。赵普一向主张先南后北的统一全国方略，即暂且不惊动北汉，先敉平南方诸国。杭州的钱俶、泉州的陈洪进早已纳款，且已接受了宋朝官职，剩下的就是南唐了。无论从哪方面说，都应该把它置于宋朝的版图之中，即使李煜恭顺有加也罢。

赵匡胤又与胞弟晋王赵光义商议，光义与赵晋的意见不谋而合，也主张讨伐江南。他说，按照樊若水的建议，荆湖的战舰已陆续建成，水师的操练也已经娴熟，进攻江南正可小试锋芒。如果迁延时日，举棋不定，错过了机会，来日再重整旗鼓就难了。

听了两人的议论，赵匡胤不再犹豫，决定当即出兵。然而遴选谁为主帅，他却一时拿不定主意。他手下的将领才干如何，品德怎样，他都了若指掌，老成持重，能独当一面者不多，蓦地他想起了曹彬。他与曹彬是老相识，同在世宗驾前为臣，曹彬为世宗柴荣掌茶酒，赵匡胤有一次求他给点酒喝，曹彬说，这是官酒，我不敢擅自给人，便自己掏腰包沽酒请赵匡胤饮用。赵匡胤对此记忆犹新，即位后还说，世宗旧臣中，不负其主者，只有曹彬一人。他决定起用曹彬，一纸诏书便把时任宣徽南院使，正在荆湖视察战舰与水师训练的曹彬召回京师。

“曹卿，你可知道朕为什么召你还朝吗？”

曹彬一脸惶惑：“微臣接到诏书，便匆忙返朝，其他情况，一概不知。”

赵匡胤显得兴致勃勃：“李煜无道，诛杀贤臣，朕顺天应人，决定出师讨伐，委任卿为西南路行营都部署，全面负责征讨事宜。”

曹彬伏地叩头说：“臣德薄能鲜，不堪担此大任，实在是惶恐之至，乞陛下另择他人。”

赵匡胤朗声大笑：“知子莫若父，知臣莫若君，朕思之熟矣，主帅非卿莫属，勿再推辞。”

曹彬见赵匡胤态度坚决，便不再争辩，虔诚地说：“陛下知遇之恩，臣感激涕零，没齿不忘，敢不效犬马之劳报答陛下！”

“朕与卿曾同殿为臣，对卿知之甚稔，相信卿一定马到成功。朕是眼望捷旌旗，耳听好消息啊！”

“臣一定不负陛下厚望。陛下还有别的嘱咐吗？”

赵匡胤脸上的笑容一下子消失了，变得严肃起来：“乾德二年王全斌伐蜀之役，大杀降卒，诛戮无辜，弄得民怨沸腾，全蜀震动，朕如今还恨恨不已。那次只有你和刘光义秋毫无犯，甚得人心，口碑极好。令朕不解的是，你既不杀人，缘何又赞成王全斌杀人？”

曹彬小心翼翼地为自己辩护：“臣并不赞成王全斌杀人，他是主帅，臣是都监，约束不住他。王全斌要杀降兵三千人，臣只收其文案，并未署字，一直度藏身边，以备查对。”

赵匡胤仔细审视已经变黄的文案，曹彬果然没有署名，便问他：“卿既未署名，为何对朕说，是你与王全斌共同商量，要杀降兵的？”

曹彬答道：“臣与王全斌同奉委任，若全斌获罪，臣独清白，不为稳便。”

“卿既要认罪，还保留这张文案何用？”

“臣以为陛下必行诛戮，特留此文字令老母呈于陛下，以全活老母性命！”

赵匡胤频频点首：“如今江山尚未一统，争取民心，广宣朝廷恩信，实在是当务之急。卿此次出师，务必训诫部下，要严肃军纪，勿暴掠百姓。”停顿片刻，又说，“金陵城破之日，当行仁政，勿残杀生灵。即使城中做困兽之斗，亦不当戮及无辜，尤其李煜一门，万勿加害。”

“臣凛遵圣旨。”

“依卿之见，谁可任都监和先锋？”

曹彬老实回答说：“臣无定见，一切悉听陛下吩咐。”

赵匡胤沉思片刻说：“开宝三年潘美率师伐南汉，用兵有方，现已升任山南东道节度使，可以做卿的副手，任都监之职。颍州团练使曹翰智勇兼备，且邻近江南，不妨让他做先锋。至于其他人选，卿可与潘美等斟酌。总之，须勠力同心，事情方能成功。”

南唐虽是蕞尔小国，兵力又不足与宋朝抗衡，老成持重的曹彬却没有等闲视之，把潘美、曹翰召集在一起，商讨攻伐方略。争强好胜的曹翰首先攘臂大言说：“李煜之所以敢抗拒天命，不肯束手就降，无非是依恃大江天堑，为今之计，一是多造战舰，舳舻千里，蔽江而下；二是采纳樊知古的建议，在采石矶修建浮桥。水陆合围，瓮中捉鳖，杀南唐个天翻地覆，片甲不留，还怕李煜跑到天上去？”

潘美不同意曹翰的意见：“兵贵神速固然不错，但一切都须从容准备，不可仓促行事，何况陛下还有‘不必急于进兵’的圣谕，我们一定得稳妥行事，不可出一点纰漏。”

曹彬说：“两公所见各有千秋。进兵一定要老成持重，不能贸然行事，都监所说不无道理。平蜀之役用了两个月时间，但遗留问题太多，陛下甚为不安，此次万万不可急于求成。不过，曹先锋的建议也深得兵家三昧，采石矶的浮桥不可不修，就请都监主持，未雨绸缪，应及早动手，不要贻误军机。”

曹彬不愧为主帅，盱衡全局，妥善决策，使潘美、曹翰心悦诚服。他们三人又详细商议了分兵几路、由何人统率、从哪里进军、由谁负责供应粮秣、陆军与水军如何协调等问题，取得了一致意见后，上报给赵匡胤定夺。

其实，对于征伐江南，赵匡胤早就胸有成竹了。开宝七年（974）九月，他派大臣丁德裕赍带诏书、宝剑、鞍辔、金锁甲各一，名马八匹，赐给吴越国王钱俶，任命他为东南面招讨制置使，率兵自杭州向北进发，夺取常州，与正面进攻的曹彬成犄角之势。丁德裕率领精锐禁军一千人，就在钱俶帐前效力，职务是行营兵马都监。显而易见，赵匡胤虽然让钱俶负弩前驱，但对他并不完全信任，把丁德裕安插在他军中，就是为了监视他。钱俶、丁德裕都很清楚赵匡胤的用意，彼此心照不宣。

对于曹彬的出师计划，赵匡胤大体上同意，但又作了小小调整。曹彬原定先锋曹翰首先出师，然后大军分水陆两路，同时并进，赵匡胤则命曹彬率李汉琼、田钦祚等战将先赴荆南发战舰，半月之后潘美率步兵继进，先锋曹翰则随曹彬一起出发。赵匡胤之所以如此布置，是想先声夺人，希望李煜在宋朝大军压境之前，便主动皈依，这样，潘美所率的步兵就可按兵不动，节约一笔开支。

金秋十月，宋军正式出兵江南，讨伐不廷之臣。临行之前，赵匡胤特地将主帅曹彬，都监潘美，先锋曹翰，大将李汉琼、田钦祚等召至便殿告谕说："此次征伐江南，原非得已。自五代以来，中原板荡，靡有宁日，朕忧心如焚。敉平叛乱，一统江山，是朕的夙愿。不平江南，征讨北汉便有后顾之忧；不灭北汉，便谈不上恢复石敬瑭割让给契丹的燕云十六州之地；不收复燕云十六州，大宋的版图便不完整，是以朕日夜萦怀于此。江南百姓，亦是朝廷赤子，兵到之处，万万不可轻开杀戒，屠戮生灵。往年王全斌平蜀杀人的教训，卿等宜时刻谨记，不要重蹈覆辙。"

曹彬代表所有出征将士答道："陛下耳提面命，臣等感戴不尽。此次进军，当严饬部下，兵锋所及之处，定当广布朝廷恩泽，竭力保全百姓，不负陛下之望！"

赵匡胤脸上露出了满意的笑容，勖勉曹彬等人说："有曹将军这几句话，朕自然放心。"他环视了一下所有将佐，倏地收敛了笑容，从御案上拿起一把宝剑，赐给曹彬说："赐卿此剑，如朕亲临，副将以下，有不用命者，可先斩后奏。违朕之命者，将严惩不贷！"

曹彬庄重地跪在地上，双手捧剑，高高举过头顶，朗声回答，声震屋瓦："臣遵旨。"

潘美、曹翰等见此情景，皆震栗失色。

赵匡胤的目光在殿下逡巡，落在了潘美身上："潘卿以为如何？"

潘美颤抖着回答："臣谨遵陛下教诲，不敢违犯元帅法度。"

"那么，曹卿你呢？"赵匡胤又问曹翰。

"臣忝列先锋之职，自当循规蹈矩，凛遵元帅命令。"

赵匡胤又逐一问了李汉琼、田钦祚，都得到了满意回答。作为臣子，他们之中任何人也不敢斗胆表示异议。堂堂正正之师，吊民伐罪，除暴安良，须有良好的纪律，才能安抚人心，赵匡胤深知此中奥妙，因此一再强调这一点。他环视一周，缓缓说道："朕汲取王全斌伐蜀的教训，解民倒悬，拯民水火，王者之师一定要有泱泱大国风度，故不惮其烦，要求卿等务必遵守法纪，免得失去人心。凯旋之日，朕当不吝封侯之赏。"

殿下一片高呼万岁之声，赵匡胤拈着胡须笑了。

赵匡胤部署已定，派知制诰李穆为国信使，专程赴江南诏谕。后主已经多次接待过宋朝使臣，每次都是毕恭毕敬，不敢稍有怠慢。上次卢多逊回朝复命不久，李穆又翩然而至，他猜不透赵匡胤究竟打的什么主意，但凭直觉，这与江南的安危有关。宋朝既已发兵，又紧锣密鼓，频频遣使，显然是想不战而屈人之兵，兵不血刃地降服江南。怎样对付这个局面，他拿不定主意，挥军对垒，凶多吉少，拱手出降，心有不甘，最好的结局是保持目前这种称臣朝贡，而又事事自主的局面。但是，这只是一厢情愿，赵匡胤肯定不答应。

好在李穆并没有摆出咄咄逼人的架势，强逼后主入朝，只是婉转地说，他临出发时，从善给兄长捎来口信，问候国主起居，并希望能在汴京晤面。后主听了，真诚地对李穆说："敝国在先皇时就已向大宋天子称臣，孤赓续先皇遗业，归阙并不屈辱，更何况南汉国主刘铱已在京师，天子待他优礼有加，孤何惮此一行！"

李穆大喜过望，后主这么快就作出了决定，真让人喜出望外。他原以为费尽口舌，后主也未必肯走出金陵，想不到这样一个优柔寡断的国君，今天竟这样痛快！他恐怕后主是一时冲动，便追问说："国主通情达理，可钦可敬，但不知此言是出自肺腑呢，还仅是说说而已？"

后主认真地说："天子已经派兵南下，孤何敢以戏言相加？大夫如不相信，孤这就起草诏书，晓谕江南百姓。"

李穆心想，李煜分明是惧怕宋朝兵锋，才不得不如此表态。他正想夸奖后主很识时务，不愧为俊杰，忽听殿阶下有人奏道："且慢，臣有本章上奏！"不由得又怔住了。

后主循声向殿下望去，只见枢密使陈乔出班奏道："臣与国主俱受先皇遗命，江南寸土不可轻易与人。今日仅凭李大夫一言，国主便束身归宋，倘若留而不遣，江南社稷岂不一笔勾销？微臣异日何颜见先皇于九泉之下？臣虽死不能奉命！"

内史舍人张洎也奏道："国主归宋，乃邦国大事，须三思而后行，不可意气用事。战国时楚怀王西入虎狼之秦，被拘不遣，客死异域，前车之鉴，不可不察。至于刘铱，不能与国主同日而语，他兵败被俘，理应阶下为囚，如今江南十九州之地，皆在我朝掌握之中，国主何苦自投罗网？”

后主本没多少主意，听陈乔、张洎这么一说，又不禁后悔起来。他把目光投向李穆，只见李穆依然气色平和，既没有愠怒，也没有喜悦，只是静静地坐着。后主本想说江南虽小，也不能俯仰由人，任人摆布，但刚才一时激动，说出了归阙的话，现在骑虎难下。想了片刻，才尴尬地对李穆说：“孤蒙大宋天子知遇之恩，理应归阙觐见天子，只是近来身体不适，难以成行，还望大夫奏闻陛下，多多恕罪！”

后主这番举动太拙劣了，引得李穆哈哈大笑起来。陈乔走上一步，对李穆拱拱手说：“江南谨事大国，并无失礼之处，也请宋朝尊重小邦意愿。如果风刀霜剑，日日相逼，江南只能拼个鱼死网破！”

李穆徐徐答道：“人各有志，不能相强，入朝与否，国主可自己斟酌。不过作为使臣，某不妨直言相告，朝廷兵甲精锐，物力雄富，江南即使出动倾国之兵，恐也难挡朝廷兵锋。国主应深思熟虑，勿贻后悔！”

后主不知哪来的勇气，脱口而出道：“如王师见讨，孤当躬擐戎服，亲督士卒，背城一战，以存社稷。倘不能获胜，当聚室自焚，终不做他乡之鬼！”

后主先恭后倨，现在又说得如此斩钉截铁，使李穆觉得好笑，便冷冷地说：“贵国君臣既然决心已定，下官大可不必饶舌。但愿江南国祚长久，兴旺发达。”李穆说罢，拂袖出殿而去。

后主伫立在澄心殿上，望着李穆远去的身影，不禁怅然若失。既得罪了宋朝，剩下的只有刀兵相见一途了，但环顾朝野之中，娴于韬略，善于行兵布阵，能与宋朝大将比肩而立的，竟找不出一人，顿觉前途茫茫，万念俱灰。他似乎走到了一个变幻莫测的歧路口，面临着几种抉择。一是像刘𬬮那样，去宋朝当一名无所事事的降王，那样虽然逍遥自在，但性命却捏在宋朝天子手中，只要触犯了他，随时都可能将你赐死。一想到这里，后主便不寒而栗，无论如何不能走这条路。二是摆脱宋朝控制，独立自主，与宋朝平起平坐，一在江北，一在江南，隔江对峙，平分秋色。但是，江南无论是武力、财力都不足以与宋朝抗衡，独立自主便是一句空话。三是维持现状，向宋称臣，又不让宋朝插手江南的内政，宋朝当然也不会答应。除这三条路外，已无别的办法可想，四海之大，竟无自己的容身之地，后主真是欲哭无泪！

思绪纷纭，心乱如麻，后主忽然想起，自己一向笃信佛教，何不到法眼禅师那里问问休咎？原来，后主于宫苑中建有静德寺，法眼禅师就在此参禅悟道。后主不带侍从，独自跑到静德寺来。

法眼禅师见只后主一人，稽首问道：“国主久不临幸敝寺，想是政务烦冗，不得闲暇吧？”

后主叹口气说：“宋朝大兵压境，孤心烦意乱，哪有心情来此！”

法眼禅师说："修我戈矛，殄彼顽敌，国主怕宋朝何来？"其实，他虽足不出户，消息倒很灵通，他知宋兵势大，抗拒无益，每每想劝后主降宋，只是未得时机，今日见了后主，便先说抵抗的话，看看他反应如何。

后主摇摇头说："汝乃缁流，茹斋事佛，不问世事，怎知局势严重，要打败宋军，谈何容易！孤此来是想问问前程休咎，相烦禅师仔细推算，不要虚应故事。"

法眼禅师见后主愁眉苦脸，心神不定，也认真地说："贫僧昨夜梦见神人授诗一首，嘱我交给国主，及至醒来，记忆犹新，谨录下供国主推敲。"

后主展笺细看，见是一首五律，题目是《观牡丹》：

拥毳对芳丛，由来趣不同。
发从今日白，花是去年红。
艳冶随朝露，馨香逐晚风。
何须待零落，然后始知空。

这首诗是说牡丹虽然国色天香，艳丽无比，但花期短暂，譬如朝露，转瞬即逝，寻芳趁早，莫待凋零，空余惆怅。这分明是讽喻后主趁宋兵大举进攻之前赶紧归命，如果兵临城下，才衔璧出降，那就只能做亡国之虏了。然而后主虽学富五车，才高八斗，却不能从这首五律中品出弦外之音。他把诗颠来倒去，仍不得要领，不解地问："这不过是一首蹩脚的咏牡丹诗而已，莫非这里边也蕴藏着奥妙不成？孤百思不得其解，法师可否阐释一二？"

法眼禅师不想点破，便推辞说："此中奥妙，贫僧才疏学浅，无法得知真谛，国主聪慧过人，自然不难领悟。何况天机不可泄漏，贫僧怎敢妄加品评！"

后主满腹狐疑，拿着这首五律，遍询朝中群臣，无人能解此偈语，心中闷闷不乐。他想自建隆二年（961）即位，十几年中欢娱之日少，忧虑之日多，江南对宋朝处处委曲求全，而赵匡胤仍然步步紧逼，穷追不舍，心里好生不是滋味。愁肠百结，思潮难平，他在愁闷中挥笔写下《乌夜啼》词一首：

昨夜风兼雨，帘帏飒飒秋声。烛残漏滴频欹枕，起坐不能平。

世事漫随流水，算来一梦浮生。醉乡路稳宜频到，此外不堪行。

这是一个令人愁闷的夜晚，风雨交加，天昏地暗，帘帏在风雨的敲打下飒飒作响，灯烛明灭，更漏已残，自己辗转反侧，不成梦寐。浮生若梦，空留惆怅，要排遣郁闷，只有以酒浇愁了。

"江南并非到了山穷水尽的地步，国主何苦如此悲哀？"后主转身看时，却是张洎。他是后主心腹，不须禀报，便可出入宫禁。他知道这几日后主心绪不佳，便跑到长秋宫来了。

后主问他："卿有何计可以安邦定国？"

张洎奏道："臣只是一介书生，不谙军旅之事，无法驰骋疆场，不过依臣看来，只要国主不吝金帛，事情也许尚有转机。"

后主将笔放在桌上，在屋内缓缓踱着步子说："只要能保住社稷，金帛乃身外之物，孤岂能吝惜！"

"可遣邓王从镒多带金帛入朝，散给宋朝权贵大臣，让他们在天子面前替江南说项，或许可以阻止宋军进攻。"

后主冷笑一声说："卿此言可谓痴人说梦，开宝四年孤曾遣韩王从善入朝，羁留至今不归，难道你还嫌不够，要孤再搭上一个吗？"

张洎受了指责，并不生气，仍然慢条斯理地说："此次形势与开宝四年不同。当时宋朝刚刚灭掉南汉，大宋天子想贾其余勇，传檄而定天下，因此扣留韩王不遣。但是我朝富庶强盛，非南汉可比，是以三年来宋朝只是棒喝恫吓，并未发动进攻，个中缘由，值得深思。何况邓王上次在扬州拜见大宋天子，不辱使命而还，大宋天子也敬他几分，有道是心诚则灵，为社稷计，国主何吝遣一介之使！"

原来赵匡胤征讨盘踞在扬州的李重进时，从镒曾奉命诣行在，因应对得体，赵匡胤对他刮目相看。后主也甚为高兴，封为邓王，命他出镇宣州（今安徽宣城）。宣州在金陵之南，约有两日之程。从镒政事之暇，辄往返于宣城、金陵之间。他同其兄一样，也擅长诗词，后主与他手足情笃，常在绮霞阁饮酒赋诗，与会的还有近臣多人。久而久之，集成一帙，后主曾作序说：“秋山滴翠，暮壑澄空，爱公此行，畅乎遐览，其诗有‘咫尺烟江几多地，不须怀抱重凄凄’之句，君臣赓赋，可为盛事。”在一次送从镒至宣州的宴会上当众诵读，博得了一片掌声。大臣徐铉也当场赋诗云：

禁里秋光似水清，林烟池影共离情。
暂移黄阁只三载，却望紫垣都数程。
满座清风天子送，随车甘雨郡人迎。
绮霞阁上诗题在，从此还应有颂声。

此诗在金陵城中人人传颂。

后主在窘急中采纳了张洎的建议，即刻将从镒从宣城召来，命他出使。因冯延鲁已作古，改派水部郎中潘慎修为副使，带着布帛二十万匹、白银二十万两，一起渡过长江，向汴京进发。

尽管从镒带来了丰厚的贡品，但赵匡胤已决定用兵，因此对他态度非常冷淡，将他安置在馆驿中，一连五天都没有召见。寂寞之中，他想起了兄长从善，他们手足之间，虽近在咫尺，却未敢提出相见，怕因私而废公。一直到第六天，内侍才传出话来，天子因圣躬违和，不能接见使臣，可以先去见见从善，叙叙手足之情。从镒三年未见兄长，只觉得兄长憔悴了许多，心中想好了许多问候的话，及至见面，竟连一句也说不出来了，弟兄两人执手相看泪眼，竟无语凝咽了。这天晚上，他俩抵足而眠，联床夜话，一直说到雄鸡啼晓，尚未尽抒胸臆。说到潘佑、李平之死，从善不住唏嘘；说到林仁肇无罪被诛，从善捶胸顿足，后悔中了宋朝反间之计。是他密嘱陆昭符，一定要后主除掉里通外邦的“蟊贼”，结果，林仁肇便被鸩死了。一失足成千古恨，一着不慎，满盘皆输，如今江南要找一个带兵的良将，也戛戛其难了。

“国主自折股肱，连杀贤臣，我推波助澜，害死了林将军，也难辞其咎啊！”从善说到这里，悲从中来，失声痛哭。

从镒好言抚慰说：“人死不能复生，哭又何益！将来若有机会，不妨做一场法事，超度他们的亡灵，林将军九泉之下也可瞑目了。”

从善点点头说：“兄弟所言极是。宋朝已经准备进军，江南危若累卵，再不能做亲者痛仇者快的事情了，兄弟此番回去，应将此言告知国主。”

“这个自然，请兄长放心！”

从善又问：“国主此次派你入宋，是何用意？”

“兄弟这次带来偌大一笔银两、布帛，是想分送宋朝的戚贵权要，请他们在天子面前说项，止戈不攻。”

从善沉默不语，半晌才说：“覆亡江南是大宋天子的既定方略，怎会改弦更张？与其将这些财帛送人，何如修缮城池，抵御进攻！”

从镒苦笑了一下，没有回答。

从善的揣测不错，赵匡胤既已决定用兵，自然不理会从镒的苦苦哀求，但毕竟是故人相见，没有十分难为他，只是淡淡地说：

“朕志已决，不可更改，大军当克日进发。兵凶战危，朕不忍卿罹刀兵之苦，可好生将养，不必回朝。朕已将卿安置在怀信馆驿，待攻下金陵，汝兄归命之日，你等好在汴京相见！”

从镒乍闻此言，如五雷轰顶，想不到此次出使，竟成了阶下囚。他呆若木鸡，恭恭敬敬地跪在丹墀之下，一句话也说不出来了。

第十七回　一桥飞架　宋军渡江

蓼岸风多橘柚香，江边一望楚天长。片帆烟际闪孤光。

目送征鸿飞杳杳，思随流水去茫茫。兰红波碧忆潇湘。

——孙光宪（约 895—968）

在江陵整装待命的曹彬，自接到赵匡胤的进军命令后，水陆两路，沿江东下，直奔金陵。他手下两员大将，一个是田钦祚，一个是李汉琼。隔了数日，曹彬又派人报告天子，大军已从荆南出发。赵匡胤还不放心，下诏命钱俶、丁德裕等会合曹彬之师两面夹攻。

过了黄州（今湖北黄冈），已距江南边界不远，为了稳操胜券，曹彬驻节蕲阳（今湖北蕲春），探听敌情，部署进攻。从舆图得知，自蕲阳、武穴往东，便是江南管辖的江州。大江东流至此，便一分为九，因此江州亦名九江。江州郡始建于西晋元康元年（291），治所在南昌县，东晋时治所徙往寻阳县（今湖北黄梅县西南）。南朝宋升明元年（477）徙治柴桑县（今江西九江柴桑区），梁朝徙治南昌县，迨至陈朝，移治湓口城（今九江市）。隋大业年间改为九江郡。唐代一度改为浔阳郡，后来定名为江州。九江之南是鄱阳湖，港汊纵横交错，密如蛛网，地形复杂，古代在这里用兵都非常谨慎。江州之险不在于九江，而在于湓水入江处的湓口。湓口一名湓浦口，顾名思义，即湓水入江之口，在江州西北。湓水又名湓浦、湓江，后来叫龙开河，源出瑞昌县西南的青山，东流经县南至江州西北，然后流入大江。湓浦港既可作为商船避风的良港，亦可作为戍守之地，江南视这里为重要门户，驻有重兵把守。曹彬思忖：能否攻下湓口，夺取湓浦港，关系至为重大；倘若进攻江南的第一次战役败北，自己能征惯战的威名将扫地以尽；更重要的是，士气如果因此而一蹶不振，就会推迟灭亡江南的进程，天子怪罪下来，轻则丢官，重则身家性命不保。他必须干净利落地拿下湓口，没有丝毫退缩的余地。

但是，要拿下湓口并非易事，一来湓口狭窄，易守难攻，只要在湓口入江之处布置军队，饶你有千军万马，也休想从这里通过；二来江南在湓浦港设有水寨，扼守着大江两岸，宋军即使比江南军队训练有素，也难以有所作为。曹彬带着田钦祚等勘察地形，反复商讨，也未找出攻克湓浦港水寨的万全之策。回到大帐，曹彬闷闷不乐，连饭也无心吃，便派出几个细作去打探消息，同时又传令所有士兵认真操练待命，不得骚扰百姓，违令者军法从事。

细作去了两天，反馈回来一条重要信息：湓浦港水寨虽驻有重兵，但并无良将。这里属池州管辖，池州主将戈彦派牙将王仁震、王宴、钱兴三人在此戍守，以王仁震为主，王宴、钱兴为辅。这三人各有嗜好，王仁震好色，这几天刚弄到一个千娇百媚的年轻女子，整日卿卿我我，守寨之事全不放在心上。王宴贪杯，天天都喝得酩酊大醉，把军务都废弛了。钱兴则爱财，他见钱眼开，只要送上金银，什么事都咄嗟可办。这三人的分工是，王仁震居中调度，指挥一切，王宴负责水寨防务，钱兴率兵把守溢口。表面看来，一切都井井有条。

曹彬召集李汉琼、田钦祚，商讨破敌之策。他们设想的第一个方案是，割断溢浦港水寨与外界的一切联系，把那里变成一座孤城，等水寨粮尽援绝，无计可施之时，自然会束手投降。但这个方案很快就被否定了。围而不打，当然容易，但是旷日持久，宋军便会兵疲师老，人无斗志。于是他们又设想了第二个方案，以泰山压顶之势，水陆并用，实施强攻，但是溢口乃入江咽喉之地，江面狭窄，只需几艘战船便可堵住航道，兵马再多也无用武之地，这一方案也只能作罢。最后还是足智多谋的曹彬提出了只可智取、不能强攻的方案：派十名士兵乔装成溢口城的百姓，先用重金觅一个能讲本地话的向导，再用金银贿赂把守溢口的钱兴，只说是外出经商刚刚归来，因逢战事不能入城，务乞行个方便，好与家人团聚。混过了这一关，再相机入城放火为号，里应外合，夺取水寨。计议已定，由李汉琼、田钦祚率兵等候，只等城上火起，便冲过溢口，杀入寨中。

事情进行得异常顺利，钱兴收了银两，只例行公事地问了几句，便把十名宋兵放了过去，就这样，一夫当关、万夫莫开的溢口，竟成了宋军出入的通道。这一行人蹑手蹑脚，潜入水寨中，竟无人发觉。看看金乌西坠，玉兔东升，只见寨上华灯初上，灯月交辉，如同白昼。王宴端的不愧一个“宴”字，早已安排好了酒馔，与几个同僚开怀畅饮，一时觥筹交错，笑语喧哗，底下的士兵，有的赌钱，有的睡觉，没有人认真守寨。宋兵悄悄放了一把火，顷刻之间，火焰腾空而起，风助火势，火仗风威，把个水寨烧得乌烟瘴气。喝得醉醺醺的王宴，酒都吓醒了，只听得寨中有人大吼：“宋军来了，宋军来了，赶快逃命要紧！”慌得他连鞋子也顾不得穿，踉踉跄跄逃席而走。那主将王仁震正倚红偎翠，拥着美姬酣睡，一听说宋兵杀进了水寨，只恨爷娘少生了两条腿，一溜烟便跳下床来，任凭那如花似玉的女子哭喊，赶紧找个暗处躲藏了起来。鸟无翅不飞，蛇无头不行，主将、副将都无处寻觅，水寨中乱作一团。

李汉琼、田钦祚望见城中火起，知道已经得手，赶忙率军向溢口进发。正遇上江南派来的船只也来探听消息，宋兵早有准备，一时间万箭齐发，江南船只猝不及防，招架不住，只得掉转船头而去。宋朝士兵顿时勇气百倍，水陆并进，抵达溢浦港。江南士兵知道大势已去，便不再做困兽之斗，凡是宋军所到之处，他们都相率投降。第二天清晨，宋军全部占领溢浦港，王仁震、钱兴、王宴三人都成了阶下囚。此次战役，杀守卒八百人，生擒二百七十人。

初战告捷，赵匡胤非常高兴，传旨嘉奖，以曹彬为升州西南面行营马步军战棹都部署。原来升州设于唐朝乾元年间，五代时杨行密改为金陵府，南唐初年改为江宁府，赵匡胤又恢复原名为升州，以示一定要把这块土地置于大宋管辖之下。

刚刚占领溢浦港，池州（今安徽池州市）也传来了胜利的消息。先锋曹翰由樊若水（即樊知古）当向导，从汴梁出发，经过陈州（今河南周口淮阳区），直扑池州。池州濒临大江，地形险要，江南一向都派有重兵戍守。由于此地与宋朝毗邻，宋朝也每年都遣兵戍边，两国各自闭垒而守，从未交恶。江南因国小势弱，经常遣使赍美酒至江北犒师，宋兵也以礼相待。宋兵大举进攻，来势凶猛，池州守将戈彦自知不敌，竟弃城逃跑。曹翰分兵两路，一边派偏将李仁追赶戈彦，一边包围了池州，遣人至城中谕降。

且说戈彦拼命逃跑，李仁紧追不舍，追了数十里，忽然不见了戈彦，只见路边坐着一个绰约少妇，双手掩面，在那里嘤嘤啜泣。李仁觉得诧异，跳下马来问道：“小娘子是何方人氏，为何在这里哭泣？”

那妇人见问，才停住了哭泣，怯生生望着李仁，没有回答。李仁仔细看时，只见她不施粉黛，脸无铅华，两行泪水尚未拭去，犹如雪压红梅，雨打梨花，正合了李白“但见泪痕湿，不知心恨谁”这两句诗。他不觉动了怜香惜玉之念，再次轻声问道：“这位娘子缘何在此哭泣？”

“妾乃戈彦之妻朱氏，因将军穷追不已，他撇下妾，独自逃命去了。”那女子声音清脆，如乳燕呼晴，流莺唱晚。

在荒山野岭之中骤逢一绝色女子，李仁心猿意马，无心追赶戈彦了，盯着那女子问：“你现在意欲何往？”

“妾已无家可归，意欲遁入空门，黄卷青灯，了此一生。”那妇人含情脉脉地望着李仁，从他的脸上已经读懂了问话的含意，便故作惊人之语，试探李仁有何反应。

李仁忙不迭地说：“娘子青春年少，何必去过那晨钟暮鼓的凄凉生活，不如跟我回去做妾，倘若有朝一日妻子逝去，就将你扶正，如何？”

那少妇扑通一声跪在地上，连连磕头说：“谢谢将军不杀之恩，小女子愿侍候将军终生，即使当牛做马也罢。只是——”她用手指指远处说，“望将军体上天好生之德，网开一面，勿再追赶戈彦。”

那李仁也不答话，抱起妇人，放在马上，然后掉转马头，绝尘而去。那些跟随的士兵也只得打道回营。戈彦从容不迫，逃往金陵去了。

戈彦虽然逃走，但池州并没有马上陷落。知州吴仲举是进士出身，懂得食君之禄，当忠君之事的道理，不肯苟且偷生，指挥城中居民防守。曹翰派人劝降，百般晓谕，他装聋作哑，闭目不答。来人愤怒不已，便高声詈骂，他自恃是大国使臣，且又大兵压境，吴仲举不敢奈何他。谁知吴仲举被骂急了，拍案大怒，喝令将来人枭首示众。

就在这个时候，曹彬也马不停蹄地赶到了池州。他得知李仁为了一个女子，竟然纵敌不追，贻误军机，当即将其斩首，戈彦之妻就地释放，允她回金陵与丈夫团聚，以示军纪严明，秋毫无犯。同时又下令攻打池州。守将已经逃遁，吴仲举是文职官员，不懂得行兵布阵，虽然拼命抵抗，还是于事无补，被宋兵攻破了城池，然后一根绳子缚了，解往曹彬大营来。

曹彬盛气以待，吴仲举却是气度悠闲，见了曹彬，立而不跪。执戈的武士大声喝道："你这该死的囚犯，见了元帅，缘何不跪？"

吴仲举高昂着头，反驳道："他是宋朝元帅，我是江南知州，本是敌体之国，并不受他管辖，为何要我下跪？"

执戈的士兵要按吴仲举的头，曹彬挥了挥手，那士兵又回到原地去了。曹彬原以为江南蕞尔之国，文臣武将必然是猥琐不堪，见了宋朝大将，一定是战战兢兢，未曾料到吴仲举竟是个铮铮汉子，并未说求饶的话，心里顿时对他有了好感。但是，因他将劝降的人杀死，不由又生出几分愠怒。

"吴仲举，你可知罪？"曹彬的话很平静，但平静中又带着严厉。

"我守土抗敌，何罪之有？"

"两国交战，不斩来使，这是千古之规，你为何将我朝派去劝降的人杀死？"

"我本无意杀他，但是他污言秽语，百般谩骂，有道是士可杀而不可辱，若是詈骂元帅，连你九泉下的祖先也不放过，元帅可容得他？"

吴仲举真是能言善辩，三下两下便拐到了曹彬身上。曹彬一下子被激怒了，双目圆睁，用手指着吴仲举，连声叫道："给我拉出帐外砍了，免得他妖言惑众。”

吴仲举面不改色，徐徐说道：“良臣死国，自古皆然，吴某死于宋朝之手，正是死得其所，快哉，快哉！”说着，便兀自向帐外走去。

曹彬望着吴仲举的背影，不禁有怅然若失之感。他忽然想起，此次出兵平江南，应该恩威并举，不能一味杀伐，倘能将吴仲举招降，也许江南有识之士便会联翩而至，千万鲁莽不得。于是，他又吩咐将吴仲举推回来。

吴仲举迷惘地望着曹彬：“元帅这又是变的什么戏法？要杀要剐，凭将军一言而决，又何须出尔反尔，失了体统！”

曹彬走下座来，亲自为吴仲举解缚，又当面赔罪说：“老夫乃一介武夫，刚才多有得罪，还望大夫海涵。古语云：良禽择木而栖，贤臣择主而事。江南国主昏聩，社稷危殆，如爝火余烬，不日澌灭；我朝天子奋发淬厉，如日中天。大夫满腹经纶，自能剖析天下大势，何去何从应当仔细斟酌。”

曹彬的分析切中腠理，吴仲举低头不语。

曹彬见他不语，知道他有活动的意思，又继续说：“天子礼贤下士，量才擢用，只要大夫皈依，决不亏待于你。”

吴仲举叹了一口气说：“池州既已失守，我已无家可归，只要元帅收录，当执鞭随镫，竭尽绵薄，效犬马之劳。”

曹彬大喜，当下便将吴仲举留于营中参赞军事。这一招果然奏效，江南守兵不是一触即溃，便是望风迎降。既克池州，依照赵匡胤预先颁布的诏旨，让池州人樊若水当了知州。樊若水寒窗十载，仍然是一领青衫，如今终于天遂人愿，当上了大宋的官员，好不惬意！宋军接着进攻铜陵，获战舰二百余艘，生擒江南士兵八百人。再拔芜湖、当涂，均是兵不血刃。曹彬乘胜前进，迤逦来至采石矶。

采石矶一名牛渚矶，是金陵西侧的门户，位于马鞍山西南约七公里之遥的翠螺山下，三国东吴时始更名为采石矶。这里怪石嶙峋，到处皆是悬崖陡壁，北部突入江中，地势险要，历来是兵家必争之地。采石矶又与天门山隔江对峙，每当春和景明之时，江水波澜不惊，一碧万顷，沙鸥翔集，锦鳞游泳，渔歌互答，其乐无穷。登上采石矶，使人心旷神怡，宠辱皆忘。但若遇到淫雨连绵的天气，便有阴风怒号，浊浪排空，日星隐曜，山岳潜形，商旅不行，樯倾楫摧。平日游人如织，山麓修建有太白捉月亭、谪仙楼、温峤燃犀亭等名胜，供人瞻仰凭吊。江南在这里驻军两万余人，听说曹彬厉害，一个个都成了惊弓之鸟，稍一接触，便败下阵来，抱头鼠窜。宋兵俘获江南马步军副都部署杨牧、兵马都监孙震等一千余人，同时缴获战马三百余匹。江南最重视的是水军，虽有步军，并无战马，赵匡胤即位以来，每年赐予百匹。江南军兵仓促之间，便骑这些马迎战，及至战后检验时，还都有宋朝标记。

曹彬既占领采石矶，无心浏览这里的山光水色，一面休整士卒，一面遣人向赵匡胤告捷。赵匡胤立即命令掌管修造的八作使郝守浚，遴选精工巧匠，从荆南以大舰装载巨竹粗绳以及朗州（今湖南常德）所造黄、黑龙船，星夜兼程，运往采石矶，以便于江上跨水建造浮桥济师。曹彬以江阔水深，自古未有造浮桥以济师者，便在水位稍浅的石牌口试架浮桥，不日而成，然后又将石牌口之浮桥在采石矶如法炮制，也只费时三日便告成功。宋师跨江而过，如履平地，一夜之间，长江天堑便成了通途，宋军浩浩荡荡渡过了采石矶天堑。

后主听说宋军沿江修造浮桥，心中狐疑，便召来张洎问道："宋军在采石矶修造浮桥，卿以为如何？"

"长江天堑，风急浪恶，自古以来从未有造浮桥以济师者。曹彬别出心裁，打算一鸣惊人，只能是白费心机。"张洎不假思索地回答。

后主听张洎这么一说，心中一块石头算是落了地，放心地说："孤也以为曹彬此举近于儿戏，江上架桥，亘古未闻，焉能成功！"

然而天有不测风云，非常人所能预料。按照常规，江水湍急，不能架桥，每岁春夏之际江水暴涨，人称黄花水，直到深秋十月才能减弱。谁知开宝七年却出了意外，这年大江上游干旱，数月不雨，既然没有水源，大江的水位便低得不能再低。凑巧这年又是闰十月，要在往常，已经进入十一月了，这正是大江的枯水季节，江水早已失去了往日的凶猛，水势平缓，狭窄之处，几乎是一苇可航，因此宋军得以毫不费力地架起了浮桥。若干年后，史学家在记载这件事时还说，宋灭江南，乃是天意！

就在曹彬不舍昼夜，加紧建造浮桥之际，张洎给后主献计说：

“国主可于此时从容部署兵将，趁宋兵立足未稳，水陆兼施，双管齐下，主动出击，管教曹彬片甲不留。”

后主依计而行，命大将郑彦华率舟师万人进攻宋军，务必将其全歼，至少使其溃不成军。又遣大将杜贞率步骑万人同时出发，协助郑彦华破敌。临行，后主叮嘱两人说：“卿等此次出师，务须勠力同心，水陆两军相为表里，庶几顽敌可歼。等凯旋之日，孤当亲至江边犒师。”

郑彦华躬身答谢说：“国主尽管放心，臣此次出师，不殄灭贼寇，誓不回朝！”

杜贞也信誓旦旦：“微臣此行，如不能破敌，亦当捐躯沙场，以报答国主知遇之恩。”

“宋师势大，不可轻敌，知彼知己，才能百战不殆，卿等千万谨慎。孤在宫中，专候佳音。”

郑彦华踌躇满志，率领战舰溯江而上，一路上旌旗招展，遮天蔽日，好不威风！他急于建功立业，想通过此举扭转乾坤，全歼敌军，因此不等杜贞配合，便向宋军水师冲去。

身为宋军主帅的曹彬早已料到江南会有所动作，一面指挥工匠修桥，一面未雨绸缪，命田钦祚挑选五千名上等射手，布置在大江沿岸，倘有江南水师从这里经过，便万箭齐发，将其射退。郑彦华一路鼓噪而来，田钦祚得知消息，便将弓箭手埋伏在大江岸上的枯草丛里。看看江南的战舰已经驶近，进入了伏击圈，一支响箭凌空而起，这是田钦祚下令放箭的信号。接着便是万箭齐发，犹如飞蝗一般，向江南的船只射来。郑彦华猝不及防，不免乱了方寸，他一面指挥士兵对射，一面命令船只继续前进。但是宋军的弓箭手埋伏在草丛里，不易发现，而江南放箭的士兵站在船头，目标非常分明，对射了一阵，宋兵未损分毫，江南士兵却伤亡了不少，特别是为首的几艘船，舵手已经阵亡，船只便在江面上打起转来。郑彦华命令舰队顶住箭雨，向前挺进。宋军发现了挂着“郑”字帅旗的那艘战舰，知道郑彦华就在这艘船上。他们懂得射人先射马，擒贼先擒王的道理，所有的箭都朝郑彦华所在的船射来，那面在秋风中猎猎飘扬的带有“郑”字的大纛旗被射得千疮百孔，最后从桅杆上掉了下来。郑彦华伤心地看着江南的舰队樯折帆摧，一片狼藉，而自己乘坐的船只又成了众矢之的，既无法前进，也无处停泊，刚出发时的雄心壮志一下子变成了无奈与沮丧。他下令舰队掉转船头，撤出战斗，准确地说，是落荒而逃了。

杜贞并不知郑彦华已经败北，当他率领步骑赶到江边时，江中空旷寥落，不见一艘船。正心神不定时，忽见斜刺里冲出一支宋军来，为首的大将正是李汉琼，他奉曹彬将令埋伏于此，已经等候多时了。趁着江南之兵还未布阵成列，宋兵便忙不迭地吹响了进攻号角，他们人人奋勇，个个争先，直杀得江南之兵七零八落，魂飞魄散。杜贞原指望与郑彦华水陆并举，包抄宋兵，如今却不见他的踪影，看来是凶多吉少。自己孤掌难鸣，哪里是宋军的对手？与其束手就擒，成为宋军砧板上的鱼肉，何如及早撤军，保全性命！于是他率先拍马逃跑。士兵们见主帅已逃，也就跟着溃退。杜贞一口气跑了六七十里，确信后边没有追兵时才停下马来，检点士兵，一万人的队伍折了大半，只剩下三千余人了。

郑彦华、杜贞失利的消息传到金陵，后主异常震惊，朝中大臣也相顾失色。他们君臣明白，宋军一旦过了大江，便没有任何力量能阻挡住进攻的兵锋了。事态万分严重，后主不得不召集大臣们商量对策。后主要求他们直抒胸臆，有什么建议尽可提出，然后找出最佳方案，并付诸实施，他这一次真正做到了从谏如流，虚怀若谷。

面对宋朝咄咄逼人的进攻，谁也无力回天，化腐朽为神奇。不过对于宋朝不讲信义，以大压小的行径，江南君臣同仇敌忾，恨得咬牙切齿。张洎提出，从今起不再向宋朝称臣，后主当即下令废除开宝年号，因开宝七年是甲戌年，便命令公私记载俱称这年是甲戌岁。关于防守问题，陈乔提出两条建议：一是死守金陵。金陵是江南立国的根本，系命脉所在，只要金陵不丢，就可维系民心。守城之事，可让皇甫继勋担任。他是名将皇甫晖之子，皇甫晖在清流关尽节，名标青史，俎豆千秋，皇甫继勋既是名将之后，想必也娴于韬略。当然还须坚壁清野，宋军受阻于坚城之下，兵疲师老，粮秣断绝，自然退兵。二是征召各地勤王之师，尽速赶往金陵，如果兵力不够，可以招募新兵。外有勤王之师，内有守御之兵，同心协力，可保金陵无虞。

张洎奏道：“陈尚书的建议十分允当，臣极为赞同，但还有一点疏漏，那就是国主应修书一封，交给吴越国王钱俶，让他不再出兵助宋。”

后主以为听错了，马上反问张洎：“卿此话不是信口开河吧？钱俶与宋朝关系密切，孤一封书信便能让他返旆回军，这岂不是白日做梦？”

张洎坚持说：“钱俶出兵助宋是迫于形势，并非出自本心。国主只要晓以利害，讲清兔死狗烹、鸟尽弓藏的道理，钱俶会幡然悔悟的。”

陈乔说：“就是写十封信，怕也未必奏效。”

张洎执拗地说：“死马权当活马医，能否奏效，不过是一封信而已，于国无损，试试何妨？”

陈乔刚想说国家危于累卵，何苦做此无益之举，内侍忽报吴越王钱俶大举侵犯，常州已经失守，眼下正向润州（今江苏镇江润州区）进发。后主焦急地望着陈乔、张洎说：“些许小事，二卿勿再争执，张卿可速替孤拟一封给钱俶的书信，即刻差人投递。”稍稍停顿了一下，又说，“如今兵凶战危，干戈满地，卿写信应简洁明快，要言不烦。”

张洎点头答应，笔走龙蛇，墨沈淋漓，顷刻之间便呈了上来。后主看时，只见上面写着：

今日无我，明日岂有君！明天子一旦易地酬勋，王亦大梁一布衣耳。

后主看过，一个字也未改动，只在开头添上称呼，盖上印章，差人投送去了。

会议没有再继续下去，后主宣布军旅之事交给皇甫继勋，政务交给陈乔、张洎，又以内侍徐元瑀、刁衎为内殿传诏，群臣章奏、国主诏旨，均由二人传递，其他人不得干扰。眼下当务之急是落实陈乔所提死守金陵、募兵勤王两条建议，生死存亡，在此一举，不能马虎！

招募军队一事还算顺利。依照先主李昪时的旧例，凡纳税两缗以上的出一卒，号称义师；其中有分籍别居的再出一卒，叫新拟生军；百姓中有新置物产者也出一卒，叫新拟军；客户中有三丁者抽一丁，叫围军，后来改称拔山军；江南多水乡，各郡县村社每岁端午节时都组织赛舟竞渡活动，官府派人观看，优胜者赏以彩帛、银碗，称之为打标，并将优胜者姓名登记入册，于是尽数拉来充兵，叫作凌波军；民间做佣工的和那些入赘别人之家做女婿的人也被纠集在一起，组织成军队，叫作义勇军；能够自备武器粮秣的富户，允许他们召集流氓无赖，单独成立一军，因为无拘无束，号称自在军；后主认为士兵人数还不多，又下令在国中挨门搜查，除老弱病残、妇女儿童外，凡是能够披坚执锐的男子，一律拉来充军，叫作排门军；还有民间那些积纸为盔甲，以农具当兵器，保卫村寨的百姓，也成立一军，叫作白甲军。名目繁多，林林总总，共分为十三等。但是人数虽多，均是未经过战阵的乌合之众，无法和训练有素的宋军对垒，因而每次出战，总是大败而归。

坚壁清野也遇到了麻烦。兵马未动，粮草先行，要打算坚守金陵，就必须储备粮食。城内人口众多，除了士兵、官员，还有众多百姓，每日所消耗粮食，就不是小数目，但是这些粮食，均须从外地运入。当时金陵已经戒严，每天只在辰、巳两个时辰（相当于上午 7 点至 11 点钟）开启城门，面对宋军的那一面还不能开，因此只有三个城门开放。士兵官员及宫廷所需，自然由政府组织人力搬运，但是百姓所需粮食，就得靠各人自己想方设法了。听说宋军已经过了大江，风声鹤唳，城中一夕数惊，出城购粮的百姓摩肩接踵，只要开启城门，便会蜂拥而出，但到关闭城门时，不少人还未购到粮食，欲回城而不得，便与守城士兵产生矛盾。守城的士兵问不胜问，查不胜查，也未能抓到奸细，还招来无数怨言，一气之下，索性不再盘查，任居民出入。于是，宋朝的奸细便乘虚而入，把金陵城的情况打听得清清楚楚，江南的一举一动，曹彬都了若指掌。

宋军自渡长江，一路长驱直进，如入无人之境。轻取新林港，败江南之兵三千，焚毁战舰数百艘。新林港一名新林浦，在金陵西南，源出牛头山，向西流入长江。又陷白鹭洲（今江苏南京市西南），破敌五千。频频奏捷，曹彬好不得意，便在大营中置酒欢会，论功行赏。一时疏于防范，被江南大将卢绛偷偷摸进营来，虏走小校一名，士兵百余人。等曹彬觉察，派人去追，已经迟了。

江南自与宋朝开衅以来，还不曾占过便宜，如今居然俘获宋朝将士百余人，后主欢喜非常，便亲自审问。那名小校被推至澄心堂下，傲然兀立，只唱个大喏，并不下跪。卫士喝道："尔既被俘，见了官家，缘何不跪？"

小校昂首向天，懒洋洋地回答说："江南偏安一隅，国君充其量不过是一名藩王罢了，怎配称官家？只有大宋天子威震四海，恩泽广被，才是真正官家。江南国主与我同是大宋天子的臣子，我岂能向藩王下跪？"

卫士们闻听此言，不由怒发冲冠，个个拔剑在手，欲杀死那名小校。后主连忙喝住，沉思片刻，才挥挥手说："看不出你倒是条汉子，孤不喜欢杀人，你好生归营去吧。"

那小校也不道谢，转身径去。谁知刚刚走出宫门，背上便着了一刀，原来是司阍手执利刃，从背后下了手。那小校痛苦地挣扎了几下，便倒在血泊里了。

人死不能复生，后主也未处罚司阍，只下令不准再杀其余被俘士兵。这些士兵都负有轻伤，因养疴之际，无法抵御，才被卢绛抓获的。后主命人医治，又赐给饮食，过了十余日，俱各渐次平复。后主一日看望被俘宋兵，其中一人奏道："国主骨肉再造，慈悲恺悌，使人感戴无涯。我等愿逾城打听宋军虚实，以报深恩。"后主看他说得真切，不由不信，便于深夜纵俘兵出城，等到次日黎明，俱各一一返还，带回了不少宋军情报。其实他们提供的都是编造出的假消息。君子可以欺其以方，后主是厚道人，深信不疑，下令赐给他们酒馔。迨到夜晚，再纵之出城，谁知这一去却杳如黄鹤，无一返回了。这正合了两句古语：鲤鱼摆脱金钩钓，摇头摆尾不再来！

曹彬自从攻占白鹭洲后，即按兵不动，未再发动进攻。他清楚地知道，大江天堑未能阻挡住宋军前进的步伐，金陵的陷落也就指日可待。反正江南覆亡已成定局，没有人能够挽狂澜于既倒，因此，大可不必急于进攻。倘若操之过急，李煜困兽犹斗，伤亡必多。再说，天气转冷，作战不便，士兵需要休整，筹集粮秣也需时日。有鉴于此，曹彬决定等开宝八年春天再行动，赵匡胤对此表示同意。这样，后主才安然度过了开宝七年的冬天。

第十八回　卖主求荣　刘澄献城

金锁重门荒苑静，绮窗愁对秋空。翠华一去寂无踪，玉楼歌吹，声断已随风。

烟月不知人事改，夜阑还照深宫。藕花相向野塘中，暗伤亡国，清露泣香红。

——鹿虔扆（生卒年不详）

过了开宝八年（975）新正，曹彬便部署兵力，对江南展开了声势浩大的进攻。他本人率兵自金陵西南的白鹭洲向金陵进发，由田钦祚带领的东路军则攻取秣陵关（今属江苏南京市），再继续东进，与已经占领常州的吴越军队会合，一起进攻润州，然后东西两路合势，包围金陵。潘美、李汉琼则随曹彬一道出发。曹彬挥戈疾进，一路上几乎没有遇到抵抗，而田钦祚在途经溧水（今属江苏）时，却遭遇了一场恶战。

与田钦祚对垒的是江南统军使李雄。此人出生于淮南，当年周世宗柴荣南征时，淮南百姓起兵自保，李雄就是这支军队的首领，为江南立下了汗马功劳，被中主委任为袁州（今江西宜春）、汀州（今福建长汀）刺史。后主继位，念他勤政爱民、守土有功，升任统军使，仍守袁、汀两州。宋军大举进攻，后主命李雄出师勤王，李雄当即率兵与七个儿子途经安徽北上，由当涂折向东北，在溧水境内遇到了宋兵。

宋军浩浩荡荡，漫山遍野而来，李雄所率之兵不过几千人，根本不是宋军对手，而溧水境内又平坦如砥，无险可守，形势异常严峻。李雄当即召集七个儿子商讨对策。他的长子说："宋军势大，我军势小，如果交手，无异以卵击石，自取覆亡。不如暂避其锋，等我们到了金陵城下，再作计较。"

李雄的次子当即反对："兄长之言差矣，我们跋山涉水，就是为了抗击宋兵，如今见了宋兵，却要退避三舍，岂不有违父亲毁家纾难的初衷？断断不可后退！"

第三个儿子同意长兄的意见："明知不是敌手，还要拼个你死我活，鱼死网破，实不可取。只要到了金陵城下，何愁没有为国效力的机会？"

其他几个儿子各抒己见，七嘴八舌，吵嚷不休，最后只得请李雄定夺。

李雄的话斩钉截铁，掷地有声："如今寇深祸急，国难当头，我李家父子世受国恩，眼见山河破碎，社稷危殆，不能不挺身而出，马革裹尸，血洒疆场。孔子云：'志士仁人，无求生以害仁，有杀身以成仁。’今日正是我父子杀身成仁之时，生死应该置之度外，汝等勉之！”

七个儿子异口同声回答：“儿等谨遵父命，拼死杀敌，决不后退！”

李雄一马当先冲入敌阵，七个儿子紧随其后。田钦祚见来者不善，便拍马而走，暗中将人马埋伏在两侧，等李雄父子进入伏击圈中，田钦祚又回马堵截，一下子将江南之兵围在了垓心。这是一场力量对比悬殊的战斗，是一次悲怆的厮杀。江南之兵虽少，却是舍生忘死，奋不顾身，直杀得天昏地暗，日月无光，李雄父子终因寡不敌众，箭尽枪折，先后战死于沙场，应了“瓦罐不离井上破，将军难免阵前亡”那句话。李雄麾下的士兵也都慷慨尽节，无一生还。田钦祚对李雄父子慷慨赴难甚为敬佩，下令以礼安葬，然后领兵径赴润州去了。

那曹彬督率大军，迤逦来至金陵城南的秦淮河旁。此河是金陵的屏障，有水路直通城中，江南驻有重兵防守。曹彬命潘美想方设法渡河，但是面对滔滔河水，宋军的舟楫却未准备齐全，数万宋兵站在岸边，只能徒叹奈何。潘美见状大怒说：“我率骁卒数万人，战必胜，攻必取，岂能被这一衣带水所困，不能渡河！”说着便纵马跳入水中。士兵们见主将率先垂范，也一个个泅水而渡。尽管江南之兵拼命阻挡，但宋军人多势众，仍然冲破了防守，抵达对岸。李汉琼所部渡过秦淮河后，找来一条大船，装满芦苇、火种，直抵城南水寨，顺风纵火。烟焰起处，江南水寨内士兵无心恋战，争先恐后出逃，跑得慢的不是烧死，便是溺死，这些水寨悉数落入宋军之手。江南见宋军正忙着渡秦淮河，料想采石矶必然守备空虚，便派了一支舰队溯江而上，想夺取采石矶浮桥，断宋军后退之路。潘美当即回师将其击退，生擒江南神卫都军头郑宾等七人。经过这一次厮杀，金陵城外已不见江南士兵的踪影了。

曹彬终于来到了六朝古都金陵。从开宝七年十月出师，至开宝八年二月抵达城阙，历时四月。根据赵匡胤的部署，江南已是笼中之鸟，无处遁逃，可围而不攻，专等吴越之兵在润州得手，然后东西夹击，铁壁合围。

当时金陵城内羽檄飞驰，鼓角相闻，告急奏章如雪片般飞来，徐元瑀、刁衎两人受皇甫继勋指使，都抑而不奏，后主并不知曹彬已兵临城下。一日，陈乔领着一人求见后主，询问之下，才知是润州派来求救的使者。润州又称京口，在金陵之东，与金陵遥遥相望，形势险要，应该派良将戍守。后主正抓耳挠腮，无计可施，忽然想起了藩邸旧人刘澄。此人乃宣城人，保大年间，后主掌管禁兵时，刘澄驱使左右，服侍周到，随机应变，颇得后主欢心。中宗南迁洪都，后主被立为太子，临时处理朝政，便署刘澄为军校，引为心腹。及至后主即位，本欲擢用，怎奈他目不识丁，不会审理文牍，只好仍旧留在宫中。吴越进攻润州，后主知道此地乃金陵东边门户，不可疏忽，但急切间又无合适人选，便想起了刘澄，当下便授他为润州节度使，克日领兵出发。

“君王舅子三公位，宰相家人七品官。”刘澄只因服侍过后主，忽然手握节钺，骤成显贵，自然分外高兴。辞行之日，后主勉励说：“孤与卿患难相依，荣辱与共，卿本不应离孤，孤亦难与卿别，但山河破碎，社稷蒙尘，收拾金瓯，在此一举，望卿好自为之，勿负孤意！”

刘澄唯唯应命，回至家中，悉数将金银宝玩辇入军中，准备搬往润州。部下怀疑说，为何在干戈倥偬之时，不去组织部队，却要做这种不急之务，他回答说：“这些金银均是国主先后所赐，如今家国蒙难，要此身外之物何用？汝等如立功勋，本节度使将不吝重赏！”此话传入后主耳中，后主着实感动，认为他是公忠体国之士，特下令嘉奖。其实，刘澄虽然说得娓娓动听，内心早已阴怀贰志，准备降宋了，他打算以这些金银作为贽见之礼，才特意带着钱财赴任。为了掩人耳目，表示与润州共存亡的决心，他特意将妻子留在金陵，只带一妾赴任。他刚刚进入润州，吴越之兵亦抵城下，忙着构筑营垒。部下纷纷建议，应乘吴越之兵立足未稳时出击，定可重创敌军。刘澄却推诿说：“我兵单薄，敌军势大，如若贸然出击，将有覆没之厄，待救兵到时再作商议。”江南士兵眼睁睁看着敌军安营下寨，心里恨恨不已。

隔了两日，忽然卢绛也率援兵赶到。原来自宋师南侵，后主命他为沿江都部署，他据守秦淮水栅，屡屡获胜，宋军不敢撄其锋。可惜他为人耿直，嫉恶如仇，不会拍马逢迎，因而落落寡合。此次抗宋，别人屡败，他却独胜，颇遭宵小忌妒，一致在后主面前进谗，要排挤他出朝。后主也嫌他絮叨，授他为昭武军节度留后，率兵八千人出援润州。卢绛并不推辞，慨然应命，率着士兵风风火火赶往润州。吴越之兵本已围城，正欲进攻，忽听背后杀声四起，烟尘涨天，早杀出一标军马来，斗大的“卢”字帅旗高高飘扬。钱俶、丁德裕知道来者就是卢绛，刚要布置抵御，卢绛的士兵已经闯入阵来，砍瓜切菜一般杀伤了许多宋军。钱俶没奈何，只得下令撤退，眼睁睁地看着卢绛从容叩开了城门。

那刘澄正密谋降宋，如今凭空杀出一个卢绛来，多了一层障碍，心里老大不快，但卢绛奉命来援，又有兵权在手，只得强颜欢笑，虚与委蛇。回到家里，却又绕屋徙倚，长吁短叹。刘澄之妾郑氏不解地问道：“相公愁眉苦脸，莫非有什么心事？可否告知一二？”

“这……”刘澄欲言又止。

郑氏撒娇说：“妾虽非相公正室，却也备位小星，难道不能推心置腹吗？”

刘澄叹了一口气：“你是妇道人家，无法与你商量！”

“妇道人家中也有巾帼英雄，汉代的王昭君千里和番，唐代的武则天登基称帝，哪一点不如须眉？”郑氏不耐烦地打断了刘澄的话。

见郑氏发怒，刘澄便温和地说：“既然如此，我不妨把心事和盘托出，请你斟酌。如今曹彬已包围了金陵，润州城外也驻扎着吴越国王的重兵，眼见社稷不保，我们如在这里顽抗，恐怕城陷之日，阖家受到屠戮，你我死无葬身之地了。”

“依相公之见，该如何行事？”

“我想及早向钱俶、丁德裕投降，献出润州作为晋见之礼，怕只怕卢绛从中作梗。”

听完刘澄的话，她似乎置身于冰窖之中，只觉得寒冷彻骨。求生的本能使她马上和刘澄发生了共鸣：蝼蚁尚且贪生，自己何苦等城破国亡时做他乡之鬼？想到这里，便怂恿刘澄：“你何不去找卢绛谈谈，晓以利害，让他和你一起归宋？”

“我和卢绛并无深交，骤然提起‘投降’两字，终觉难以启齿。何况他性情刚烈，军权在手，万一谈不拢，性命丧在他青锋剑下，岂不冤枉！”刘澄显得顾虑重重。

“相公说得也是。不过依妾看来，即使谈崩，领兵元帅也断无杀节度使之理。如果他翻脸，你便说城池危殆之时，考验他是否真心为国，不就遮掩过去了？”

刘澄依计而行，找卢绛去了。郑氏无心女红，在庭院中徘徊，等候消息。放眼望去，门外的冰雪已经消融，江山已经披上了绿装，春花已经次第开放，真是艳阳当空，天高云淡。往年这个季节，她早已带上侍儿去郊外踏青了，今年却被困在了这座孤城里，前程未卜，生死难料，真叫人柔肠寸断。正当她思绪纷纭之际，刘澄回来了。

“谈得如何？”郑氏关切地问。

刘澄摇了摇头，没有回答。从刘澄那阴沉的脸色中，郑氏已经知道这次游说没有成功。但她并不死心，仍喋喋不休地问：“难道卢绛是铁石心肠，把生死置之度外了？”

刘澄烦躁地推开郑氏：“能够想到的，我都说了，我已经使出了浑身解数。饶是舌粲莲花，口若悬河，他一点也不动心，奈何？”

郑氏嗒然若丧，刘澄呆如木鸡，四目对视，相顾无言。良久，刘澄忽然对郑氏说：“为对付卢绛，我已黔驴技穷，看来要使他就范，非你出马不可了。”

“我？”郑氏大惑不解，“妾手无缚鸡之力，胸无韬略半点，怎能使卢绛就范？”

刘澄一字一顿地说：“又不是让你冲锋陷阵，要韬略何用？我今晚设家宴款待卢绛，只说为他接风洗尘，谅他无不来之理。等到酒过三巡，我借故走开，你可殷勤劝酒，等他醉得不省人事时，将他杀死，岂不一切都妥当了？”

郑氏一怔：“相公怎么想出这种计策？妾一向洁身自爱，焉能做此等事？”

刘澄赔个不是说：“出此下策，实出无奈。好在你是女中豪杰、闺门翘楚，自会应付裕如。倘若城陷被俘，那就求生不得，求死不能了。”

郑氏清楚地知道，刘澄的方案不过是拙劣的美人计而已，但是事到如今，也只能如此了。

这天晚上，又是刘澄亲自登门相邀，只说感谢卢绛远道驰援，义薄云天，今特备薄酒洗尘。卢绛心中好生惶惑，上午刘澄还劝他降宋，被他严词拒绝，只隔了半天，便又请他赴宴，前后判若两人，使人百思不得其解。但是看着刘澄一脸虔诚，又不由不信他是在尽地主之谊。顾不上多想，卢绛只带了几名侍从，便径投刘澄府第而来。

节度使的府第自是与常人不同，高门大第，回廊四合，进入一曲室，只见帘垂珠线，幕卷轻红，灯烛煌煌，香气氤氲，酒馔已经摆上。桌旁坐着一位丽人，见了卢绛，忙起身问候。刘澄指着她说："这是小妾郑氏，久慕将军英名，亲手下厨做了几样家常小菜，为将军洗尘，幸勿哂怪简慢！"

卢绛一边道谢，一边打量郑氏。但见她淡妆素抹，如出水芙蓉，身上穿着一件可体的"天水碧"，显得分外妩媚动人。原来"天水碧"是江南的特产，后主的侍妾曾经染碧色布匹，打算做衣服，因那天事杂，晾在院子里未收，当晚便下了露水，那布匹经露水一染，颜色鲜明异常，后主甚为喜爱，便用这匹布缝制了一件衣服。上有所好，下必甚焉，自此之后，宫中侍女竞相收贮露水用来染布。用这种布做成的衣服，号称"天水碧"，江南女子争相仿效。

酒过三巡，刘澄便借故起身离席，卢绛看看只剩下自己和郑氏两人，多有不便，也要告辞，被刘澄拦住说："我知道将军尚未尽兴，不妨多饮几杯，我去去就来。这是家宴，小妾亦非外人，不必拘泥于常礼。"走到门口，又意味深长地对郑氏说："替我好好款待卢将军，我们阖家的安危都系在他身上了。"

郑氏也连忙应和说："客随主便，将军不必固执，冷了我们夫妇之心。”

卢绛见刘澄夫妇如此热情，便不忍离去。待刘澄走远，郑氏便斟了一杯酒递给卢绛说：“将军劳苦功高，请满饮此杯！”

卢绛接过酒，谦逊地说：“我刚率军入城，哪里有什么功劳？夫人取笑了。”

郑氏自己也斟了一杯，轻轻呷了一口，漫不经心地问：“将军是哪里人？听口音有点熟。”

“我是宜春人。”卢绛看着她，“夫人，您呢？”

“妾乃铜鼓人，在宜春之北，约三百里之遥，看来我们是同乡了。”

“据我所知，刘节度使是宣城人，夫人又如何嫁给他呢？”卢绛饶有兴致地问。

“说来话长。”郑氏一提起身世，脸色便黯淡了下来，“妾家原来也是殷实人家。家父才学满腹，却是功名蹭蹬，屡考不第，只得靠耕耘度日。母亲贤惠善良，生下我姐弟二人，相夫教子，操持家务。有一年遭了旱灾，百日不雨，禾苗枯焦。旱灾过后，又是瘟疫，家母和弟弟不幸染疾，家父变卖了全部家产为母亲、弟弟疗疾，却仍然是有加无瘳，先后病殁。妾父女两人穷愁潦倒，无法度日，只得逃往金陵依靠一位葭莩之亲，不料那位亲戚已于两年前病逝。屋漏偏逢连夜雨，家父长途奔波，又未找到栖身之地，一急之下便病了。为替父亲治病，妾卖身到刘澄家当了婢女，后来便成为他的小妾。”

“你父亲现在如何？”

“也早已撒手尘寰了。”郑氏揩了一下眼泪。

卢绛忙不迭地道歉说：“我不该询问夫人身世，触及夫人伤痛，请夫人原谅。”

郑氏定了定神说：“那都是过去的事了，说说无妨。妾幼年也读过两年书，只因家父遵了‘女子无才便是德’这句古训，后来便辍学了。在这里遇见将军，听到了乡音，使妾想起了王维的一首诗。”

“哪一首？”卢绛也来了兴致。

郑氏轻声吟道：

君自故乡来，应知故乡事。
来日绮窗前，寒梅著花未？

卢绛说：“我已多年没有回乡，对故乡的事不甚了了。但我知道，夫人背诵这首诗，是勉励我应像梅花一样，有坚贞高洁的品格。多谢了。”

郑氏胸中荡起了一阵涟漪。她原猜想卢绛是个粗人，只会打仗，不懂诗文，不料他竟善体人意，谈吐不凡，实在出人意外。再看他仪表堂堂，身材魁梧，比起獐头鼠目的刘澄来，简直不可同日而语，事先设计的把他灌醉杀死的方案，看来得重新斟酌了。为把卢绛的身世弄清楚，她又不动声色地问：“将军既是个读书士子，又缘何投笔从戎呢？”

“那也是十几年前的事了。”卢绛陷入了回忆之中，“我幼年时读过几年书，但放荡不羁，不务正业，常以博弈角抵为事，颇遭乡亲们白眼。我又愧又愤，便离开家乡，到庐山国学读书。过了不久，又旧态复萌，经常与另外两个同学去山下喝酒，因无钱付账，便强行赊欠，到头来便赖账不还，当地人称我们为庐山三害。后来朱弼至庐山执教，多次规劝，我便辍学来到了金陵，诣国主上富国强兵之策。国主转给光政院（即枢密院）使陈乔处理，我与陈乔交谈数日，陈乔见我有带兵之才，署我为光政院承旨经营制置，不久又擢升为沿江诸营兵马监押，一步步升迁，才得有今日。如今江山危殆，社稷不保，正是臣子尽节效命之时，只要我一息尚存，便要与宋兵周旋到底。”

郑氏被他这一番话感动了，真诚地说：“将军丹心为国，可钦可敬，但有人却要妾用酒把你灌醉杀死，真乃狗彘不如。”

“真有此事？”卢绛似乎不信。

“妾与将军萍水相逢，何苦诳你！”

“那人是谁？”

“就是润州节度使刘澄。”

卢绛扔掉酒杯，倏地从座位上站起来：“夫人莫不是戏言吧？我与刘澄并无恩怨，何况我是来帮助他守城的，他为什么要杀我？”

郑氏伸出纤纤玉笋，将卢绛按到座位上：“刘澄想献城降宋，将军却拼命守城，阻了他投降之路，因此才想出这个恶毒的计策来。”

卢绛望着郑氏，仍然有些怀疑地说：“就算夫人说的句句是实，夫人乃刘澄之妾，怎能将这些话告诉我？”

郑氏似乎料到卢绛要问这样的话，便坦露心迹：“妾原本也想逃命，便同意了刘澄的主意。及至与将军交谈，才知将军是条刚烈汉子，便顿时萌生了敬意。妾虽是荏弱女子，也懂得忠奸善恶，怎忍心做伤天害理之事？”

卢绛站起来，在屋里不停地踱步。郑氏的解释合情合理，天衣无缝，他不能不信。接下来，他便为郑氏的安危担心了：“夫人，若不将我灌醉杀死，刘澄焉能放过夫人？”

郑氏沉默不语，良久，才说：“刘澄心肠歹毒，自然不会善罢甘休，妾只能亡命天涯了。”

卢绛说：“你一个柔弱女子，岂能逃出他的手心？”

“妾既已辨明忠奸，生死早已置之度外。”郑氏看着卢绛的脸色，缓缓地说，“将军如果鼎力相救，妾自有转圜之策。”

“夫人请说，卢绛一定应允。”

“刘澄心怀不轨，欲叛国投敌，将军何不将他杀了，然后再布置守城事宜？”

卢绛摊开两手，表现出为难的样子说：“我和刘澄俱是朝廷命官，未得国主允许，焉能擅自诛杀节度使？何况刘澄反叛一事，只有夫人告发，其他官员并不知情，如果杀了刘澄，城里先自乱了阵脚，岂不给了宋军可乘之机？不过，我也有两全之策，夫人可愿意采纳？”

“请道其详，妾洗耳恭听。”

“夫人肯舍命相助，我统军数千，岂不能庇护一个弱女子？夫人尽管藏身军旅之中，看哪个敢来捉拿？”

郑氏沉思有顷说：“凭将军的威名，刘澄必不敢来找麻烦，隐身军旅，倒是安全。只是孤男寡女，多有不便，奈何？”

卢绛不假思索地说：“刘澄不仁，夫人也不必顾念，索性别抱琵琶，另觅夫婿好了。”

这几句话勾起了郑氏的心底波澜。片刻相处，一席谈话，她对卢绛便产生了敬意，一腔怜惜，无限柔情，便洋溢于眉宇之间了。她暗暗思忖，若能嫁给卢绛，这一生便算有了圆满结局。于是，便怯怯地问：“不敢动问，将军可有妻室？”

“多年前在家乡聘定一位女子，正要谈婚论嫁，她忽然染疾而逝。以后戎马倥偬，转战疆场，无暇顾及此事，如今还是孑然一身。”

郑氏顾不得羞惭，鼓足了勇气说：“将军若不嫌弃妾容貌丑陋，妾就嫁给将军，如何？”

这真是酒浓春入梦，窗破月寻人，卢绛还未考虑妥帖，郑氏倒先提出来了，那自然是求之不得。看看四下无人，卢绛便上前捉住了郑氏那双滑若凝脂的手：“夫人既肯降尊纡贵下嫁，我当然没有异议。”

郑氏抽回手，庄重地说："柔情似水，佳期如梦，当是在太平时节，如今兵凶战危，不是卿卿我我之时。将军尽快回营，只当什么事都没有发生。刘澄若要追问，妾只说你不肯饮酒，无法下手，只能徐图良策。然后妾再见机行事，追随将军左右。"

卢绛当即答应，起身径去。刘澄眼巴巴望着卢绛走远，却又不敢相逼。询问郑氏，郑氏说，虽然千方百计劝酒，但卢绛涓滴不肯入唇，只能另设他法。刘澄无计可施，只得作罢。

也是事有凑巧，卢绛手下有一裨将，因作战不力，卢绛意欲将他斩首。刘澄得知消息，乘机挑拨说："元帅怪你不肯拼死作战，意欲将你斩首，说不定明日你就身首异处了。"

那裨将大惊失色，连忙央求刘澄："请节度使大人在元帅面前说项，饶我一条性命。"

刘澄摆摆手说："卢绛性情刚烈，不恤人言，恐怕未必会准我的人情。"

裨将浑身筛糠，顿时软瘫在地上，一句话也说不出来了。刘澄装作关心的样子说："我有一计，你不但免死，而且可得富贵。"

裨将不解地眨着眼睛："什么计策？"

"三十六计，走为上计，投奔宋营，天大祸事，便可一笔勾销。"

裨将说："大人之意，未尝不善，只是末将妻孥眷属都在城中，岂不都要成为刀下之鬼？"

刘澄冷笑一声说："事已至此，难以两全，既保功名富贵，又要妻孥安全，譬如鱼与熊掌，岂可兼得？你入宋后立了战功，何愁没有妻室？”

那裨将唯唯应命，连夜缒城出降，卢绛尚未知晓。次日刘澄前来犒军，与卢绛同案而食，典军者报告说，有一名裨将逾城出降，投宋去了。刘澄作色而起说：“那名裨将违犯军令，我以为元帅已将他正法，怎能让他逃走？”

卢绛异常生气，下令捉拿那裨将家属，刘澄拦住说：“人各有志，不能相强，他不抗宋，自有抗宋之人，何苦难为他的妻室？”

卢绛明白刘澄说得冠冕堂皇，其实和那裨将是一丘之貉，也正在密谋降宋，便讥讽他说：“我一介武夫，气量褊狭，怎及节度使有容人之量？”

“元帅言重了。”刘澄受了抢白，也不计较，诡秘地说，“我昨夜得到消息，曹彬所率宋军已把金陵包围得水泄不通。金陵乃江南都城，安危存亡，关系重大，宋兵肯定会狮子搏兔，全力进攻。万一金陵不守，纵使润州完整无缺，又有何用？”

卢绛想了想说：“说的也是。你是润州节度使，守土有责，不可擅离。率兵赴难，防守金陵，我当然责无旁贷。”

一听说卢绛要开拔，刘澄按捺不住内心的喜悦：“将军什么时候启程？”

“自然是越快越好，也许是明天，至迟后天，但需要与你交割一下防务。”

“刚刚识荆，又要分袂，使人怅怅。今晚我设宴为元帅饯行，幸勿爽约。”

“昨晚已经叨扰，盛情可感，今晚就不必了。我还有许多军务要处理。”

“元帅既不肯移玉，我当备点土特产送上，聊表谢忱！”

卢绛装作无可奈何的样子说：“要是不收节度使的土仪，显得我卢某不识抬举，节度使若亲自出马，别人知晓，又会有许多闲言碎语，奈何？”

刘澄胸有成竹地说：“元帅放心，我仍差小妾送来，将军只在营中等候就是。”

卢绛拐弯抹角，绕山绕水说这番话，就是想让刘澄把郑氏送上门来，刘澄果然中计，进入彀中。当晚，月色朦胧，繁星闪烁，郑氏带着土仪来到了卢绛的大营，卢绛早就翘首以待了。只隔了一日，郑氏便不复再有昨日的矜持，纵体投怀，把臂长吻，玉软花羞，鸾柔凤倦。真个是欢乐嫌夜短，寂寞更漏长，直到钟敲残月、鸡唱寒村时分，卢绛才同郑氏带领人马，打开城门，冲过宋军阵地，直奔金陵。但金陵城下宋军众多，卢绛几次想冲入城中，都未成功，没奈何，只得退往宣州去了。

刘澄见卢绛已走，便差人到宋营纳款请降。钱俶、丁德裕不敢自专，派人向曹彬报告，曹彬自然答应。刘澄召集阖城大小官员说：“我备位节度使，守城御敌，义不容辞。奈天不佑江南，局势如此，即使孙武、韩信复生，恐也无力回天了，诸君以为如何？”

众将皆抚膺痛哭，刘澄也假戏真做，泪流满面说：“我受国主厚恩，父母妻孥又在金陵城中，宁不知忠孝二字？怎奈力薄势孤，与其做徒劳无益之抵抗，何若献出城池，使百姓免受涂炭之苦？”众将闻言，俱各唏嘘无语。当下刘澄便下令打开城门，放宋军入城。钱俶、丁德裕兵不血刃，垂手得了润州。此时，田钦祚也从溧水赶到了润州，两支人马会合一处，浩浩荡荡开赴金陵去了。

刘澄为筹划降宋，手忙脚乱，忘记了其妾郑氏去卢绛军中送土仪一事。及至献了城池，才想起了郑氏，四处寻找，皆无踪影，后来得知她已随卢绛而去，心中恨恨不已，却又鞭长莫及，无可奈何。

刘澄降敌的消息传至金陵，后主忧愤交加，彷徨无计。枢密使陈乔奏道：“刘澄叛国投敌，朝野哗然，他的妻孥尚在城中，不知国主如何处置？”

后主道：“刘澄负孤重托，真是画虎画皮难画骨，知人知面不知心，恨不食其肉，寝其皮。但其妻孥并不知情，可不予追究。”

陈乔愤愤地说：“古人犯罪，株及九族，今只戮刘澄一家，已是法外施恩。如果赏罚不明，今后谁还肯为国效忠？”

徐铉也奏道：“当断不断，反受其乱，愿国主大刀阔斧，振肃纲纪。不斩刘澄妻孥，岂不冷了爱国志士之心？”

后主说：“既然律有常刑，陈卿秉公处置就是。”

陈乔领命而去。有司籍没了刘澄家产，将其眷属绑赴刑场处斩。刘澄有一女，年方及笄，已经字人，尚未于归，陈乔不禁动了恻隐之心，下令免罪开释。谁料那女子艳若桃李，却是生性刚烈，不肯去掉刑具，挥泪言道：“妾乃叛逆之女，理应受戮，今蒙圣恩，免罪开释，此恩此情，天高地厚。奈叛逆之名，人人切齿，个个痛恨，妾纵生还，又有何面目苟活世上？妾愿挺身就戮，毫无怨尤。”行刑官员念她一片爱国之心，忙报告给后主，后主甚为感动，下诏免那女子死罪。谁知诏书未到，她已伏剑殒命，可怜她一缕香魂，随风轻扬，直奔天国去了。

第十九回　金陵陷落　粮尽援绝

樱桃落尽春归去，蝶翻金粉双飞，子规啼月小楼西。玉钩罗幕，惆怅暮烟垂。

别巷寂寥人散后，望残烟草低迷。炉香闲袅凤凰儿，空持罗带，回首恨依依！

——李煜（937—978）

曹彬虽已包围了石头城，但钱俶、丁德裕及田钦祚率领的队伍，还在从润州至金陵的途中，因此没有忙着进攻。后主虽然知道润州已经陷落，但由于皇甫继勋等人封锁了消息，还不知宋军已兵临金陵城下。没有刀光剑影，没有战马嘶鸣，后主便故态复萌，不再为国事忧虑，日日沉溺于拜佛诵经之中了。宫苑之内，绛烛高烧，木鱼频敲，简直成了佛门世界。尤其是清凉寺的住持小长老，每次进宫谒见后主，都吹嘘佛法无边，定能保佑南唐江山永固，国祚绵长；即使宋军来攻，小长老可用佛法御敌，只须登城一呼，敌人便立刻兵马辟易，大败输亏。这本是一派胡言，后主竟信以为真，下令金陵城中所有僧俗军士，一律念救苦菩萨，一时满城都是诵经之声。为表示虔诚，后主还在宫内专辟净室，征召高僧讲解《楞严圆觉经》。鄱阳人周惟简精于《周易》，隐居不仕，后主闻其名，曾召至金陵，授为集贤殿学士，但周惟简过惯了闲云野鹤生活，不想为功名所累，便挂冠而去。后主佞佛，忽然又想起了周惟简，将他召入宫中，专讲《周易》六十四卦，宣扬天道循环，否极泰来，幻想江南的厄运马上就能结束，中兴之日很快就会到来。

时光荏苒，转眼就是开宝八年五月。一日后主正在宫中诵经礼佛，祈祷国泰民安，忽然心血来潮，带了几名内侍巡视城池。来到城上，忽听钲鼓阵阵，人声鼎沸，扶陴望去，只见城下旌旗猎猎，士卒如潮。起初他还当是江南士兵，仔细辨认，才知是宋朝人马，不由得大惊失色。询问内侍，内侍据实奏道："金陵被围已一月有余，皇甫将军不准奏闻，是以国主不知。"后主至此方知为皇甫继勋所卖，愤怒至极，匆匆返回宫禁，便命人宣召皇甫继勋。

皇甫继勋自进谗诛杀林仁肇之后，江南宿将已死亡殆尽，后主便擢他为大将军，统一指挥江南军旅。然而皇甫继勋并无效死之意，镇日忙于聚敛资产，一时名园甲第，冠于金陵。他又好色，蓄妓几十人，一个个打扮得珠围翠绕，奢侈拟于王侯。越是富贵，便越是爱惜性命，宋攻江南，他希冀后主不战而降，自己也能成为宋朝新贵，为此多次派侄儿绍杰密陈归命之计，后主屏而不纳，对此，皇甫继勋心中痛恨不已。一次，天降冰雹，这本是寻常小事，继勋却胡诌说是天象示警，此乃灭亡之兆，应尽早降宋，后主仍不加理睬。继勋知劝说无用，便盼望江南军队多打败仗，以示自己有先见之明。每逢江南败绩，辄拍手称快，偏裨将佐出城击敌者，不是鞭背，便是加以幽禁。为此之故，全军莫不恨之入骨，只因他兵权在手，别人也无可奈何。他自知罪孽深重，天怒人怨，从不上朝议事，后主屡次召见，他均推辞军务繁忙，不肯前来。后主无法，只得诡称江南气数已尽，要与他商讨归降之计，继勋这才欣然应召。

谁知他匆匆赶到澄心殿，后主已盛气以待了。他见后主满面愠色，便打算离去，后主喝住道："皇甫卿，孤召你议事，一言未发，为何遽然离去？"

"臣受命抗敌，如今军情紧急，正是臣披肝沥胆报效国家之时，乞国主见谅。"皇甫继勋一边察言观色，一边拿这话搪塞。他知道后主从不过问军旅之事，只要自己编个弥天大谎，天大的祸事也能逢凶化吉，遇难成祥。

然而这一次皇甫继勋失算了。后主冷笑道："一派胡言！如果你真是披肝沥胆报效国家，敌兵岂能进逼城下！孤一向推心置腹，待人以诚，谁知尔等口蜜腹剑，居心叵测！孤擢刘澄为节度使，他开门延敌；当年纳了你的奏章，杀了南都留守林仁肇，自折股肱；委你以军旅要务，你却想把江南社稷拱手送人，是可忍孰不可忍！"

皇甫继勋从没见后主动过这么大的肝火，连忙狡辩说："国主切莫轻信谗言，误伤忠良。臣指挥军旅容或有误，但忠心为国，天地可鉴！”

后主厉声斥道：“你是谁家忠良，孤心如明镜。当年你父在清流关抗拒周师，负伤被俘，不屈而死，名标青史，俎豆千秋，谁人不知皇甫晖三字！至今滁州人还一日五次鸣钟，为尔父荐冥福。孤只道有其父必有其子，是以不次超擢，让你总江南之兵。谁知虎门竟生犬子，令人齿寒！如今国势阽危，山河沦胥，孤要你这不忠不孝之人何用？左右还不替孤拿下！”

皇甫继勋见势不妙，转身便走，然而已经迟了，殿内早走出一群孔武有力的彪形大汉来，将他掀翻在地，捆了个结实，然后簇拥而去。刚刚拥出宫门，只见军士云集，高声詈骂，皇甫继勋面如土色，俯首无语。不知哪个率先发难，拔刀向皇甫继勋砍去，顷刻间万刀齐发，将他剁成了肉泥，其侄绍杰也在劫难逃，被士兵杀死。后主念士兵出自爱国热忱，不予追究，只是下诏赦免皇甫继勋妻孥，并命有司逐月供给柴米，这也算是旷古恩典了。

后主既杀皇甫继勋，便召集群臣商讨御敌之策。徐铉提议更换将帅，然后深沟高垒，加固工事，待宋军兵疲师老，自然退师。深沟高垒是旧事重提，只须派民夫加固工事即可，但是金陵城中缺乏将才，已遴选不出带兵之人。于是陈乔又提出，遣人突围，至上流洪都搬取救兵，如今只有这一策可行了。然而派谁为使又成了一个难题。显而易见，此次出使，不比平常，倘落入宋军手中，恐怕就有性命之忧了，因此众大臣一个个都耷拉着脑袋，不敢正视后主的目光，尤其那些平日喜欢高谈阔论的大臣更是噤若寒蝉，一言不发。

后主环视殿下，忽然看见了卫尉卿陈大雅，便亲切地称呼他的字说："审己，尔一儒士，平时尚能急人所急，如今国势蜩螗，卿能勉为一行吗？"

大雅稽首拜道："国主十年来精心养士，群臣不能报国主于万一，今仓促之际，臣赴汤蹈火，当万死不辞。然以臣观之，今日之势，譬如覆水难收，即使能搬来救兵，恐也不能挽狂澜于既倒了。"

后主喟然长叹说："孤平生喜欢禅学，淡于世事，先帝崩逝时，诸兄早逝，孤越次而立，雅非本怀。自划江而守，屈膝事宋，每思脱屣，又恐社稷失于孤手，异日无颜见先帝于泉台，谁知今日竟烦天讨！孤思归降，又恐抗拒既久，未必见纳，遣卿搬取救兵，亦是出于无奈。"

大雅问道："请问谁可委以主帅重任？"

后主说："洪州节度使朱令赟志不营私，可以独当一面，脱危解厄，只有借重他了。"

大雅奏道："据臣所知，朱令赟刚愎自用，既无排难解纷之才，又无救焚拯溺之能，恐不足恃，国主须三思而后行。"

后主作色而起说："诸臣平日隽思妙语，议论风生，到了紧要关头，又都推诿不前，殊失孤望！"

大雅不敢再辩，就殿上接了诏书，于当夜三鼓溃围而出，直奔洪州去了。

翌日早朝，张洎奏道：“自宋师围城，昼夜不休，城中米珠薪桂，官宦之家亦数米而炊，百姓死者相望。陈大雅虽突围搬取救兵，但何日能还，难以逆料，还乞国主早日设法，救此一城生灵。”

后主叹息说：“局势既已到如此地步，孤亦无策，唯有固守待援一途而已。”

张洎未及答话，只见徐铉出班奏道：“臣愿凭三寸不烂之舌入宋，求大宋天子网开一面，撤回进攻江南之兵。”

后主虽不相信徐铉有如此本领，但窘急之间，计无所出，只得应允。徐铉又奏道：“臣此次入宋，能否成功，未可预卜，国主可再写蜡丸书一封，差人浮海送至契丹求救，倘彼能发兵相助，或可歼此猖狂之敌。”

写封蜡丸书不过是举手之劳，后主当即命张洎濡墨吮毫，顷刻而就，差人送往契丹去了。

隔了一天，正当徐铉准备启程时，忽报朱令赟已从洪都出发，刻下已至湖口，军容甚盛。后主踌躇良久，召来徐铉说：“卿既入宋，当止朱令赟救援之兵，勿使东下。”

徐铉吃惊地说：“微臣此行，能否解江南之厄，还在未定之数，所恃者唯有援兵，奈何止之？”

“今方求和而又搬取救兵，方枘圆凿，自相矛盾，倘大宋天子怪罪，你性命堪虞，孤亦无辞自解，何苦为宋朝提供口实！”

徐铉答道：“时至今日，国主应以社稷为重，至于臣之安危，可以置之勿论。”

后主感激地望着他，原想说两句勉励的话，忽然悲从中来，两行热泪潸然而下，竟一个字也没有出口。

然而徐铉并没有达到预期目的。当他风餐露宿，日夜兼程赶往汴梁时，赵匡胤便猜透了他的来意。徐铉口角辩给，名闻江南，宋朝君臣也略有所闻，赵匡胤特别安排了一个不懂得诗书的武将作为馆伴，使他没有炫耀口舌的机会。隔了两天，才在便殿召见。徐铉先是赞扬赵匡胤有尧舜之德，有汉武帝、唐太宗之才，因此能够君临天下；次说王者之师横扫六合，吊民伐罪，天下无敌，百姓归服，实乃天意；最后请求赵匡胤慈悲为怀，不要把穷途末路的江南国主置于系颈牵羊，使祖先蒙辱的尴尬境地。

赵匡胤清楚地知道，徐铉所说的前两点，都是吹捧之辞，没有实际意义，便木然听着，没有表态。只有最后几句话，才是他此次赴宋的真正目的。在这个问题上，赵匡胤态度强硬，寸步不让，眼看到手的江山，怎能凭徐铉几句恳求的话，便撤兵而归？徐铉见赵匡胤沉吟不语，便又改变了话题，说后主为人忠厚，御下有恩，又博学多才，诸子百家，三教九流，无所不晓，尤其诗文，冠绝天下，无人能望其项背，即使李白、杜甫复生，也不能与之颉颃。

赵匡胤淡淡一笑说：“据卿所说，江南国主的诗文古今独步，无人能比，可否为朕背诵一联，以饱耳福？”

徐铉知道赵匡胤戎马一生，只会攻城略地，不会吟哦诗句，便脱口背出了后主的两句诗：“月寒秋竹冷，风切夜窗声。”

不等徐铉背完，赵匡胤便掀髯大笑：“文如其人，信哉斯言。江南国主柔弱不武，生于深宫之中，长于妇人之手，因此所做诗文不过是文人寒士之语，绝少金石铿锵之音。卿读过汉高祖刘邦的《大风歌》吗？那才叫风樯阵马，快逸奔放呢！”

徐铉受了一顿抢白，心里并不服气，反问道：“不知陛下有非寒士语之作否？臣愿受赐教。”

赵匡胤说：“朕年轻时浪迹天涯，四海为家。一次从挚友家饮酒归来，途经华山脚下，忽然醉意朦胧，酒力发作，无法行走，只得卧于田垅之中。一觉醒来，已是更深夜阑，只见皓月当空，灿若白昼，朕不觉诗情坌涌，脱口吟出了两句：‘未离海底千山暗，才到中天万国明。’至今记忆犹新，未知卿以为如何？”

徐铉不能不佩服这两句诗大气磅礴，气吞山河，真诚地说：“陛下的诗果然有帝王之相，非凡夫俗子可比，臣无比钦佩。”

赵匡胤望着徐铉说：“谈诗论赋，是江南国主本色，朕不谙此道。卿不远千里而来，当不是为了此事吧？”

其实，赵匡胤已经洞悉徐铉的来意，故意以攻为守，装作不知。徐铉看得出赵匡胤是装糊涂，只得单刀直入：“陛下明镜高悬，洞烛幽微。江南气若游丝，命在须臾，恳求陛下得住手时且住手，得饶人处且饶人。”

赵匡胤故作惊讶：“大夫怎说这种话？”

徐铉声泪俱下地说：“江南的命运就悬在陛下之手，江南无罪，陛下出师无名。”

赵匡胤受到指责，脸上倏地变了颜色："卿说江南无罪，朕出师无名，道理安在？"

徐铉振振有辞："陛下如天如父，天乃能盖地，父乃能庇子。江南国主纳贡赋二十余年，以小事大，如子事父，未有过失。陛下多次征召入朝，实因抱病不能赴阙，并非有意抗拒王命，还望陛下谅察。陛下如爱江南国主，乞下诏收回成命，罢进攻江南之师，则江南国主有生之年，皆出陛下所赐也。"

赵匡胤不能不承认徐铉伶牙俐齿，善于舌辩，这一番话有乞求，有抗争，既委婉，又严厉，非常得体。但是稍稍推敲，便从中找出了破绽，于是反驳说："卿口口声声说江南国主事朕如父，朕应待之如子。既然是父子，就应成一家，为何要南北对峙，分成两家呢？"

徐铉未料到赵匡胤以子之矛，攻子之盾，说出这样的话来，一时语塞，无话可答。赵匡胤则穷追不舍："非是朕寡恩薄情，天下大势，分久必合，自然之理。曹彬之兵已至金陵城下，钱俶、丁德裕、田钦祚之兵尚在途中，何去何从，尔国君臣自会抉择，但为时已经不多，勿谓朕言之不预。好生回朝复命去吧。"

徐铉怔怔地站在殿上，赵匡胤已拂袖而去，他只得悻悻然返回江南去了。

再说朱令赟乃大将朱匡业之侄，幼年投身行伍，生得宽额深目，矫捷善射，军中号称"朱深眼"，积功升为洪州节度使，手下有人马十五万，人称江南第一虎将。这十五万精兵乃是江南最后一支劲旅，后主把击败宋师的全部希望都寄托在他身上了。陈大雅溃围而出，疾驰至洪州，劝说令赟倍道勤王，援救金陵。令赟知道自己并非宋军敌手，便对大雅说："食君之禄，当为国尽忠，我拼着这一颗头颅报效国主，如不能成功，便舍身成仁，决不苟活。军情紧急，刻不容缓，请大夫即速返回金陵，奏知国主，就说我已起兵。"大雅回答说："但愿将军旗开得胜，我在金陵伫候捷音。"

送走了陈大雅，朱令赟便率水军经鄱阳湖驶入长江，浩浩荡荡，顺流而下，来至湖口（今江西九江东）。那湖口乃鄱阳湖入长江之口，形势险要。因宋军精锐都聚集于长江下游，湖口防守薄弱，朱令赟以排山倒海之势压境，宋军不支，败退而去，令赟轻而易举地夺回了湖口。

虽然打了胜仗，令赟仍不敢掉以轻心，他召集诸将商议道："今若前进，宋军必据我后，如此，则上流阻隔，进不能破敌，退则粮秣不继，进退失据，必败无疑。诸公有何良策排危解难？"

诸将纷纷献策献计，有的主张将军队一分为二，一半守御湖口，一半援救金陵；有的主张迅速传檄四方，立即招募军队，有部队接防，再移师东下，开赴金陵；有的主张采取围魏救赵之策，猛攻宋军已经占领的城池，金陵之围自然可解。令赟权衡利弊，思虑再三，决定飞檄南都留守刘克贞，让他速至湖口守御，自己好抽身率军东下，诸将皆欣然赞成。谁知后主见援兵不至，一日几次遣使督促朱令赟进军，使者接踵于道，而刘克贞尚在途中。令赟无奈，不等克贞前来，便鼓棹东下。行前，他与战棹都虞候王晖商议，自浔阳湖编木为大筏，长百余丈，大舰可容千人，直向采石矶驶来，意欲砍断宋军所架浮桥，截宋军为两段，使其首尾不能相顾，以解金陵之围。

守御采石矶浮桥的是宋将王明。他见令赟势大，料是无法抵御，急派人飞奏赵匡胤，请求速造战舰三百艘，以便与令赟决一雌雄。赵匡胤寻思，建造战舰需要时日，等到建好战舰，朱令赟早已解除金陵之围了。于是命令王明砍伐数丈长之巨木，密布于洲渚之间，若帆樯之状，以为疑兵。王明依计而行，令赟望见，果疑宋有伏兵，逗留不敢前进。

其时已值深秋，长江水涸，不利巨舰行驶，令赟部下劝他暂屯湖口，待盛夏大江泛滥时再顺流而下。令赟以业已进军，不可中止为由，率舰队从湖口东下。但是采石矶江岸狭窄，水位甚低，舰只往往搁浅，令赟费了九牛二虎之力，来到距采石矶只有十里之遥的虎蹲洲，再也无法前进，只好下令停泊于此。

夜半时分，睡意正浓的朱令赟被一阵嘈杂声惊醒，连忙披衣而起，奔至舱外，只见江面上不知何时已布满了宋军船只，士兵们手执火把，照得江面通红。其中一艘大船桅杆上悬着写有“王”字的帅旗，原来这是王明所率的水军，遵照曹彬的命令，尾随在朱令赟之后，看见他在虎蹲洲扎营，便上前团团围住。宋军船小，游弋方便，因此朱令赟并未发觉。令赟手扶船舷，不知宋军船只多少，正疑虑间，又听见岸上人声呐喊，一标军马疾驰而来，走得临近，才看见一面帅旗上闪出一个“刘”字，原来是偏将刘遇奉曹彬之命，配合王明水陆两路夹击江南军的。朱令赟知道，一场恶战已经迫在眉睫了。

遇事不慌、沉着冷静是朱令赟的特色，面对这突如其来的变故，他并未惊慌失措。离开湖口时，他已事先制造了几艘巨舟，舱中填满芦苇，以膏油浸润，名之曰火油机。如今见宋师勇猛，稍稍迎战，便下令点燃火油机。那几艘巨舟宛若一条条火龙，直向宋军船只冲去，一时烟焰蔽天，钲鼓不绝。宋军哪里见过这等阵势，慌忙丢下小舟逃命，跑得慢的便溺毙水中，成了水底游魂。朱令赟兴高采烈，正要乘胜进军，可煞作怪，忽然北风大作，火油机狂喷火舌，尽向江南大舰烧来。江南船只帆连樯接，浑然一体，转运不便，一船着火，便殃及别船。又兼火乘风势，风助火威，无法扑灭。江南士兵不战自溃，一个个被烧得焦头烂额，朱令赟再三下令灭火抗敌，竟是无人听从，眼看着苦心孤诣操练了多年的水师，在烈火中化作了灰烬。朱令赟号啕大哭，点检人马，只剩下二百伤残士卒了，而宋军却旌旗蔽空，杀声如雷，一只只小船劈波斩浪，恶狠狠向江南军杀来。都虞候王晖正要逃走，被一名宋将赶上，一拳将他击倒在船上，然后一条绳子缚了，押解宋军大营而去。朱令赟见状，大叫一声："此天亡我，非战之罪也。"说罢，便纵身跳入大江，顷刻之间，便被波涛吞没了。这真是"出师未捷身先死，长使英雄泪满襟"！

后主得知朱令赟全军覆没，外援已经断绝，惶急之中，只得硬着头皮，再次派徐铉至宋廷乞求缓师。徐铉奏道："臣一人出使，急切间有事无人商量，多有不便。周惟简淡泊功名，却极有见地，可以谈笑弭兵锋，堪充副使，乞国主准他与臣同行。”

后主当下便授惟简为给事中，又手书“惟简托志妙门，存心道典，伴臣修养，不预公途”几句话，让惟简呈给赵匡胤，以抬高他的声价，取得赵匡胤的信任。但赵匡胤却不肯假以颜色，见了徐铉，严厉斥责说：“如今金陵旦夕可下，尔等何必奔波万里，徒劳往返！”

徐铉泣奏道：“金陵城中人马疲困，易子而食，士兵皆无斗志，乞陛下念江南二十余载事大国之诚，缓兵不攻，以全一邦人性命！”

赵匡胤道：“朕早已传谕曹彬等不得妄杀无辜，若江南国主早日献城，何致有生灵涂炭之厄，这岂非咎由自取！”

徐铉辩解说：“江南国主年年朝贡，一腔忠荩，陛下何不给他一条生路？”

“朕无心加害李煜，只要他献出疆土，束身归阙，朕自然班师。”

缓师无望，徐铉不禁愤愤然了：“江南国主如此恭顺，陛下还要讨伐，真乃寡恩薄情！”

赵匡胤按剑怒道：“尔不须多言。江南国主亦有何罪，但天下一家，卧榻之旁，岂容他人鼾睡！朕志已决，别无商讨余地！”

徐铉还不曾见赵匡胤如此震怒过，现在见他手扶剑柄，满脸杀气，不敢再说缓颊的话。

赵匡胤又把目光投向周惟简："江南反复无常，既皈依本朝，却又勾结契丹，如今蜡丸书已被截获。尔等不去劝李煜归顺，反来此喋喋不休，是何道理？"

周惟简见天子发怒，吓得魂飞魄散，慌忙将后主写给赵匡胤的信呈上，赵匡胤扫了一眼，便掷往案角。周惟简嗫嚅着说："臣本野人，不乐仕宦，李煜强遣，不敢不来。臣闻终南山多灵药，愿栖隐于此，不预世事，乞陛下恩准。"

赵匡胤的脸色缓和了下来："世事纷纭，人生难料，卿既有志于此，朕当成人之美。可回去搬取家小，前往终南山。"

周惟简就殿上叩了几个头，也不同徐铉道别，便起身径去。徐铉乍听周惟简栖迟不返，心中甚是气愤，不曾料到他是一个软骨头。欲待斥责他几句，怎奈在人家屋檐之下，不敢发作，只得忍气吞声，单人独骑，昼夜兼程赶回金陵。

自徐铉北上，后主日日盼他回归，不啻大旱之望云霓。一见徐铉，便询问此行如何，徐铉不答，只是痛哭不已。后主知赵匡胤不准所请，一时没了主意，竟也扶髀痛哭起来。

正在这时，忽报清凉寺的小长老入宫求见，后主当即召见。清凉寺在金陵城西北石城门内清凉山，南唐初年为文益禅师道场，后主曾留宿于此，写有"未能归去宿龙宫"的诗句，清凉寺左上方为清凉台，俯视大江，是登临胜地。后主既笃信佛法，对小长老尤为倚重，可谓言听计从。见他进宫，后主便要他推算休咎，问他可有策杀退宋兵？小长老拍拍胸膛，满口答应退敌。其实小长老乃是宋军的奸细。原来小长老出家前姓江名正，与池州人樊若水相善，江正年少而猾黠，两人均觊觎富贵，相约若水先赴宋朝，献下江南之策，江正则在江南为内应。当时后主佞佛，江正便削发投法眼禅师为弟子，随他出入宫禁，因能言善辩，颇得后主赏识。法眼圆寂之后，江正便取代他成为金陵清凉寺住持，改法名为小长老。此次宋军围城，江南粮尽援绝，小长老见时机已到，便诡说能念佛法退敌，实则想与宋军取得联系。后主不知是计，慨然应允，传谕有司陪他退敌。

小长老身披朱红袈裟，手捻串珠，出现于城墙之上，双手合十，煞有介事地对着城下呢喃不已。说也奇怪，只见城外的宋兵见了小长老，便偃旗息鼓，悄悄退去。小长老真有化腐朽为神奇的本领，只消念几句佛经，便退了敌兵，真是菩萨保佑，佛力无边！后主异常高兴，给小长老许诺，待宋军退后，便重修庙宇，再塑金身。一时阖城人都沉浸在喜悦之中。

当日夜晚，看看更深人静，小长老便化装缒城而出，潜往曹彬营中，告知他金陵城中内无粮草，外无救兵，一片恐慌，可并力攻城。曹彬让他回城再探消息，小长老于是又匆匆返回，后主竟丝毫不知。

好景不长，只平静了两天，宋军便又挥戈攻城了，四面矢石如雨，杀声震天。后主赶忙派人敦请小长老退敌，那小长老竟称疾不起。后主三次派大臣相邀，都被他峻拒。这时才有人告发小长老是宋朝奸细，已经多次通敌，前天宋军退走，亦是事先商定，以掩人耳目。后主大怒，下令将小长老斩首示众。小长老自知行迹败露，辩也无益，便俯首就刑。

后主杀了小长老，余怒未息，忽报曹彬有书信送来，拆开看时，只寥寥数语："此月二十七日，城必破矣，宜早为之所。"原来曹彬自开宝八年二月围住金陵，直到十一月，居民樵采路绝，家家户户嗒然若丧。曹彬围城之后，一共扎了三所营寨，潘美居北，曹彬居中，李汉琼居南。曹彬将三寨阵图派人呈给赵匡胤。原来宋朝初年天子鉴于五代时大将专权自恣，尾大不掉，每逢出征，便由天子赐给大将阵图，行兵布阵皆须按阵图行事，任何人不得更改，因此曹彬扎营后，便派人奏知赵匡胤。赵匡胤仔细审视，指着北寨对来人说："潘美所驻之寨应该深沟高垒，加固工事，以防江南夜袭劫寨。尔速速回去告知曹彬，立即动手，不然，便为江南所乘。"说完，又召来枢密使楚昭辅起草诏令，调动战舰，以防他变。曹彬得到诏旨后，便亲自率领丁夫，挖掘壕堑。刚刚竣工，江南果于夜间出兵五千，袭击北寨，每人手持一炬，鼓噪而进。曹彬以逸待劳，纵其深入，一鼓歼之，擒江南将佐四十余人。从此之后，金陵城中再也不敢轻举妄动了。曹彬欲后主投降，不忍过分相逼，曾几度缓兵不攻，金陵才没有马上陷落。后主捏着书信，彷徨徙倚，无计可施。

徐铉奏道："金陵形势已无法补救，陷落只在早晚之间，为今之计，可命大臣一人偕太子仲寓至宋军纳降，以明心迹。"后主只好依从，并差人告知曹彬。

张洎却奏道："臣夜观天象，天命未改，金陵固若金汤，北军不易攻取，旦夕之间，敌兵必退。如臣言不验，甘受笞责。"

后主送子出城，本出于无奈，今见张洎如此说，不由得后悔起来。曹彬几次差人催促，他推辞说："汴京冱寒，需准备衣服，仓促之间，未克置办。再者宫中祖筵，也需稽迟时日，至十一月二十七日方可出城。"

曹彬知是托词，又差人送去一信说："优柔寡断，祸至无日。大军缓攻，以待国主归阙。时势如此，所可惜者，一城生灵耳。若能归命，策之上也。宜深思熟虑，勿诒伊戚。"后主看完，索性置之不理。

曹彬见江南没有动静，便下令攻城。眼看金陵将破，曹彬忽然称疾不起。众将还以为是风尘澒洞，心力交瘁所致，不料曹彬却说："不瞒诸位，曹某之疾乃是心病，非药石可医。曾忆去岁辞朝之时，陛下耳提面命，叮嘱再三，金陵城破之日，不得妄加杀戮，尤其李煜一门，务必保全。今金陵垂破，忆及陛下之言，不胜觳觫之至！乾德二年（964）我随王全斌攻蜀，未能阻止他屠城，至今犹愧对蜀中父老！诸位将领如能诚心自誓，克城之日，使居民安堵，市不易肆，则某之疾可不药而愈矣。"

潘美、田钦祚、李汉琼等罗拜帐下，共焚香为誓，决不杀降，曹彬马上宣告病愈。

宋兵倾力攻城，吴越之兵也越战越勇。吴越大将沈承礼与诸将商议道："明日乃是冬至，城中守军终岁疲劳，到时定有宴享，乘其防御松懈时攻城，必然得手。”诸将皆诺诺响应。翌日五鼓，沈承礼即率敢死士千人，以火攻金陵东门，士卒奋勇争先，攀垒而上，宋兵也踊跃进攻金陵南门。城中虽拼死抵御，然而疲惫之卒终究抵不住两支大军夹攻，东门、南门同时陷落，宋军如潮水般涌进城来。

后主得知消息，便把掌管、收藏古籍图书的保仪黄氏叫来说：“今都城垂破，孤不能看着这些墨宝图书落入宋军之手，务必焚烧干净，勿使散佚。”原来，中主、后主皆工于笔札，博收古书，有人来献者，便厚加赏赉，因此宫中图籍多至万卷，其中以钟繇、王羲之父子的墨宝最多，一向皆由保仪黄氏掌管。后主视若拱璧，一般大臣也无缘观看。后主之所以焚毁图书，乃是受了三国时“建安七子”之一的名士王粲及南朝梁元帝萧绎的影响。内库中有一本叫《金楼子》的书，上有后主手题的一段话：

> 梁元帝谓：王仲宣（即王粲）昔在荆州，著书数十篇，荆州坏，尽焚其书。今在者一篇，知名之士咸重之，见虎一毛，不知其斑。后西魏破江陵，帝亦尽焚其书，曰：“文武之道，尽今夜矣！”何荆州坏焚书二语，先后一辙也。诗以慨之：牙签万轴裹红绡，王粲书同付火烧。不于祖龙留面目，遗篇那得到今朝？

保仪黄氏不敢违拗，只得含泪答应。

金陵城中还有一净德尼院，内有女僧八十余人，多宫中人出家者，亦有诸王公卿之女，因种种原因皈依佛门。她们见城池岌岌可危，也积薪于庭院，准备城破时自焚。后主与她们相约：如形势紧急，宫中举火为号，俱死国难。当日保仪黄氏焚书于宫中，净德尼院见宫中火起，也点燃了积薪，八十余人皆赴火而死，无一人逃走。可怜那些价值连城的图书墨宝均被付之一炬，造成千古遗恨，净德尼院的八十余人也白白丢失了性命！

其实，平生爱书如命的后主并不想看着书籍化作灰烬，他只是出于对宋朝的厌恶，不愿看着心爱之物落入敌手。面对空空如也的书库，后主形容枯槁，面如死灰。平日玉轴牙笺，缥缃浮栋，他坐拥百城，点缀翰墨，啸傲烟霞，而今都成了南柯一梦！

陈乔于危急之际跑来见后主，也顾不得行君臣之礼，拉住后主衣袖说："宋兵已经进城，国主何以处置？"

后主道："顷闻城破，孤方寸已乱，计无所出，卿以为当如何？"

陈乔泣道："自古无不亡之国，国主纵降，亦未必能得善终，徒取其辱罢了。臣请背城一战，宁可死于社稷，也不能落入宋军之手！"

后主摇头说："江南气数已尽，何苦做此无益之抵抗！何况金陵久罹兵革，孤亦不肯让士卒横死于锋镝之下，此事不可鲁莽！"

陈乔略一沉思说："国主既不准抵御，请斩臣之头送给曹彬，告以江南拒命尽出臣谋，庶几可减国主之咎。"

“卿说哪里话来？卿为国尽忠，侠肝义胆，鞠躬尽瘁，孤纵昏聩，亦不至杀忠臣作投靠之礼。卿可与孤一起北归，如何？”后主拉着陈乔的手，呜咽着说。

陈乔伏地痛哭道：“主辱臣死，自古皆然，臣忝列朝班，局势如此，还有何颜苟活于世！臣志决矣，请国主善自珍重，恕臣不能陪侍左右了。”说毕，再拜而去。

他刚来至政事堂，张洎也不期而至。陈乔不及寒暄，便问道：“宋兵入城，非死即囚，我当死国，尔欲何之？”

张洎一闻此言，不禁打了个寒噤。实在说，他从未想过“殉国”两字。人生一世，草木一秋，他不甘心就此撒手尘寰。只是陈乔于危难中尽节，他自然不能表示畏葸，便附和说：“江南抵御经年，尽出你我两人之谋，君既死难，某岂忍独生，请你放心！”

陈乔纵声大笑：“你我可谓风尘知己，同谋国事，共赴幽冥，痛快，痛快！”他解下所佩金带，交给左右说：“善藏吾骨，等天下平定时再从容安葬。烦尔转告夫人，说我去矣。”说毕，即投缳自缢身亡。

张洎见陈乔已死，飞快跑到澄心殿对后主说：“臣与陈乔共掌枢务，国破家亡，当俱死王事。今陈乔已殁，臣念国主入朝，天子必然诘问负隅顽抗之罪，臣若俱死，谁人肯为国主洗刷！”他本贪生怕死，如今却鼓动如簧之舌，替自己开脱了。

后主神色沮丧，颓然坐在澄心殿上。偌大的宫殿里，往日大臣云集，议论风生，今日已空无一人，显得格外冷清。他机械地向张洎挥挥手："事已至此，一切都不必说了，卿准备去迎接曹彬吧。"

其时，宋军已逼近宫闱，江南官员多是迎降，独将军咼彦、马承信及承信之弟承俊犹率壮士数百据巷苦战，终因寡不敌众，壮烈殉国，无一生还。勤政殿学士钟蒨，身穿朝服端坐家中，被乱兵砍死。大理寺卿廖澄大呼："我久仕江南，君臣之义，不可废弃，决不忍辱求生。"遂饮药毙命。金陵城内虽有零零星星的抵抗，但已无法阻止宋军，眼看着这座城池已不再属于江南了。

后主已听到了战马嘶鸣之声。他既不能执戈抗敌，也无意殒命殉国，剩下的就只有听天由命一途了。赋诗填词乃是书生本色，后主虽贵为江南国主，其实只是一位词人，到了这时，无所事事，只有填词来消磨时光了。写什么好呢？慌乱之中他无暇从容构思，只觉得脑子里像一团乱麻，再也无法梳理清楚。往日赋词，佳绪泉涌，妙语连珠，而今却是笔下羞涩，写不出来了。祖先创业维艰，想不到只传了三世，基业便断送在自己手里！此一番离开金陵，怕的是没有回归之日了。现在是严冬时节，万木萧瑟，一片荒凉，自己如果成了亡国之俘，肯定要从这座宫阙中搬走，待到来年春天，这里将是春归花落，子规啼月，画帘昼卷，门巷寂寥，不复再有熙熙攘攘的情景了。想到这里，他便搦笔擘笺，把一腔心事形之于笔墨。

谁知一首《临江仙》词，只填了上半阕，下半阕还未填完，宋军已经进了宫阙，为首的是大将田钦祚。后主早知有这一时刻，因此并不显得惊慌失措。他放下笔，缓缓地站起身来，御案上留下了一首尚未写完的词：

临江仙

樱桃落尽春归去，蝶翻金粉双飞，子规啼月小楼西。玉钩罗幕，惆怅暮烟垂。　　别巷寂寥人散后，望残烟草低迷……

下面还剩下三句未及誊抄：“炉香闲袅凤凰儿，空持罗带，回首恨依依！”

金陵陷落了，一个王朝结束了。

故国不堪回首

第二十回　天子受降　国主进京

四十年来家国，三千里地山河，凤阁龙楼连霄汉，玉树琼枝作烟萝。几曾识干戈？

一旦归为臣虏，沈腰潘鬓消磨。最是仓皇辞庙日，教坊犹奏别离歌，垂泪对宫娥！

——李煜（937—978）

后主见宋兵已经入宫，连忙换了白纱衫帽，令人擎着传国玉玺，率领知左右内史殷崇义、徐铉、张洎等四十五位大臣及小周后、保仪黄氏等肉袒出降。宋将田钦祚道："元帅现在江边恭候，请国主到船上叙话。"

后主身不由己，在宋军簇拥下来到江边，只见江上一字儿排列着几只大船。后主先拜见潘美，潘美于船中躬身答拜。然后又拜见曹彬，曹彬只拱拱手说："恕末将甲胄在身，不能行大礼。请国主上船饮茶叙话。"

后主仔细看时，只见那船与岸之间，仅有一块儿狭长木板相连，窄只容足，俯视板下，激流飞湍，惊涛拍岸，不觉心惊胆寒，足趑趄而不敢前。曹彬见状，令两名士兵前后搀扶而上，入于舱中，后主心又怦怦剧跳不已。他本以为曹彬会大加诮责，及至相见，曹彬气度悠闲，并无苛责之意，这才放下心来，惭怍地说："李煜乃亡国之余，生死听凭元帅吩咐。"

曹彬答道："自古无不散的筵席，如今天子宽宏大量，礼贤下士，决不责防风之后至，国主不必杞忧。"

后主谢道："倘荷天子垂怜，李煜愿栖隐林泉，做一太平百姓，余愿足矣。"

曹彬安慰说："天子仁慈，国主何至于如此！南汉国主刘𬬮，自归降以来，心宽体胖，衣食无虞，国主决不会在他之下。不过曹某不能不竭诚相告：国主入朝，俸禄有限，费用日广，倘不加撙节，必将入不敷出。国主可于此时入宫，多多携带金银细软，以备他日不时之需。一入有司之籍，一丝一毫皆要归于朝廷，国主就一物也不可多得了。"

"元帅不以降虏目之，待人以诚，某当铭记于心，永志不忘。"后主受宠若惊，连声道谢。

"请国主入宫准备，明日当相聚于此，共赴汴京。"

"李煜定于明日归来，决不爽约！"

后主刚走，潘美便谏道："李煜既降，就该羁留不遣，倘他回宫自尽，天子追究起来，谁人能任其咎？"

大将梁迥也埋怨说：“李煜既已入于罗网，元帅不该如此心慈手软，放他回宫。”

“尔等所言，俱是皮相之见。”曹彬呷了一口茶，不慌不忙地说，“李煜素来懦弱，如肯以身殉国，还会身穿缟素，肉袒迎降吗？适才上船时，只因风浪稍大，还战战兢兢，怎会自寻短见，白白送掉性命？”诸将这才无话可说。

曹彬的猜测不错，后主的确没有死国之意。开宝七年李穆奉赵匡胤之命劝后主归降时，后主曾慷慨激昂地表示，他日王师如果征讨，自己将戎服执戈，率领士卒，背城一战，以存社稷；倘若战败，便聚室自焚，终不做他国之鬼。李穆将这话奏知赵匡胤，赵匡胤不屑地对左右说：“李煜不过是吹牛壮胆而已，徒有其言，必无其志。他如能以身殉国，孙皓、陈叔宝便不会成为降虏了。”赵匡胤所言非虚，如今城破兵败，在生死存亡之际，后主将当初的那些铮铮誓言，皆抛诸脑后，他没有慷慨赴难，而是选择了苟且偷生。

刚刚回到宫中，便有宫人来报：江南十名乐人被杀。原来田钦祚率领的宋军进入金陵后，驻扎在乐官山，设宴庆祝胜利，征召江南乐人在宴会中奏乐。这些乐人痛失社稷，心中悲戚，演奏时呜呜咽咽，不成曲调，没有喜庆之音，好似送葬之声。田钦祚大怒，把乐人全部杀死，埋在乐官山下。乐人骈首就戮，无一人求饶。当时就有人写诗称赞说：

城破辕门宴赏频，伶伦执乐泪横巾。

骈头就戮缘家国，愧杀南归结绶人。

后主堂堂一国之君，反不及乐人铁骨铮铮，未免自惭形秽，叹口气对宫人说："乐人为国尽忠，令人肃然起敬，但孤此时已自顾不暇，不能封赠了。尔等各自逃生去吧，孤管不了许多了。"

待宫人走后，后主与小周后便开始打点行装。曹彬允后主返宫收拾，原是格外开恩，要他多带点金银细软，但他慨叹国家已亡，无意蓄财，只留身边少许，其余的都赐给了群臣。大臣之中本多寡廉鲜耻之辈，平白得了许多金帛，也顾不得亡国之痛，一个个眉开眼笑起来。独有内史舍人张佖，拿着后主赏赐的二百两黄金，径来报告曹彬说："江南亡国，宫中一草一木，皆应属天子所有，李煜擅自分帑藏于群臣，其罪非轻，某特来禀告元帅。"

曹彬一眼看出，张佖于此时告发，无非是想沽名钓誉，讨好巴结，以为日后猎取进身之阶，便厌恶地说："李煜收拾宫中金银，是奉本帅之命，尔意欲何为？"

张佖见曹彬发怒，吓得慌忙退出大帐，一溜烟跑走了。

翌日上午，后主与小周后、长子仲寓、保仪黄氏、几名宫娥及大臣殷崇义、徐铉、张洎等如约来至江边。细雨蒙蒙，寒气袭人，后主的心情无比沉重。此时曹彬已分拨二十四条大船，将虏获品一一按册装入船中，后主等分乘五条大船，启碇北上。原来宋军自进入金陵之后，曹彬即下了严禁劫掠之令，江南士子赖曹彬得以保全，不曾伤亡一人。其亲属为兵士所掠者，也即时放还，并下令大搜军中，勿得匿人妻女。仓廪府库，均由转运使按籍登记，曹彬并不过问。班师之日，曹彬宦囊萧然，仅图书、衣服而已。城中秩序井然，秋毫无犯。

烟雨霏霏，风声呜咽，秦淮河与大江交汇处的江面上怒涛翻卷，岸上站满了执戟荷戈的宋朝士兵，曹彬、潘美等也戎装披挂，亲临现场，监护江南君臣登船。后主与小周后乘坐的那条船已经升帆待发，他们夫妇互相搀扶着，进入船舱坐定。后主已脱掉了龙袍冕旒，换上了寻常的江南士子服装。如今他已不再是江南国主，即将开始另一种生活，没有资格再穿那种服装了。

船只已经起锚，缓缓地离开了六朝古都。约行一箭之遥，只见大江两岸站满了成群结队的百姓，他们扶老携幼，冒着寒风细雨，来给后主送行。有的人竟在岸上焚起了香，祈祷神灵庇佑后主一路平安。后主虽不是治国明君，但在他嗣位期间，蠲赋息役，爱惜民力，风调雨顺，境内粗安，百姓对他颇有好感。只因他不肯屈膝事宋，才有了今日牵羊系颈、社稷覆亡的悲惨命运，又引起了江南百姓的极大同情，因此不约而同地来给他送行了。

船只渐渐远去，那巍峨壮丽的金陵城阙慢慢变得模糊，终至于消失在地平线上了。后主眼看着离开了那生于斯长于斯的石头城，心中空荡荡的，有一种说不出来的滋味。“江南佳丽地，金陵帝王州”，回忆十几年的帝王生活，犹如一场春梦。蓦地，他想起了刘禹锡的《西塞山怀古》：

王濬楼船下益州，金陵王气黯然收。
千寻铁索沉江底，一片降幡出石头。
人世几回伤往事，山形依旧枕寒流。
今逢四海为家日，故垒萧萧芦荻秋。

以前读这首诗，只觉得压抑低沉，使人郁郁不欢，今日读来，细细体味，竟有切肤之痛！当年司马氏集团灭蜀后，便在蜀地大造战舰，训练水师，准备从长江上游攻吴。吴帝孙皓还以为长江天险，足以屏蔽朝廷，因此只顾大兴土木，修建宫殿，灯红酒绿，沉湎淫乐，不作防御准备。甘露元年（265），孙皓迫于晋军威胁，准备迁都武昌，但是过惯了安逸生活的吴国大臣，不愿远离根本，播迁别处，提出了“宁饮建业（即金陵）水，不食武昌鱼，宁还建业死，不止武昌居”的口号，孙皓不得不还都建业，上游防御更加空虚。天纪三年（279），晋军五路大举攻吴，益州刺史、龙骧将军王濬率领水师自巴蜀顺流而下，吴军望风迎降。翌年三月，王濬的水师到达建业，尽管东吴事先在大江险要之处布下了大量铁索，但未能阻挡住王濬的战舰，山穷水尽的孙皓，只得无可奈何地递上了降表。时光流逝了七百年，历史上的这一幕，竟然如此相似，今日自己也和孙皓一样，成了别人俎上的鱼肉！

橹声欸乃，江水滔滔。后主忽然想起，临别匆匆，竟未能从容辞别太庙，告知祖先。从呱呱坠地到拱手出降，他在金陵度过了整整三十九个春秋，对这里的一草一木都无限眷恋，一旦归为臣虏，怕的是采樵深山、垂钓江滨也不可得了。气结胸膛，悲愤难抑。在极度痛苦中，他在船上挥笔写成了令人肝肠寸断的《破阵子》词：

破阵子

四十年来家国，三千里地山河，凤阁龙楼连霄汉，玉树琼枝作烟萝。几曾识干戈？

一旦归为臣虏，沈腰潘鬓销磨。最是仓皇辞庙日，教坊犹奏别离歌，垂泪对宫娥！

南唐自丁酉年（后晋天福二年，937）烈祖李昪改元升元元年，至开宝八年（975）国亡，共历三主，凡三十九年，共有三十五州之地，因此后主说“四十年来家国，三千里地山河”。后主自即位以来，宋朝虽恐吓威胁，只因后主赔尽小心，使宋朝无隙可乘，两国关系虽说不上风霁月朗，但也没有兵戎相见，他自然不识干戈。此一番离去，那些连接霄汉的凤阁龙楼必将是人去楼空，宫苑中珍贵的玉树琼枝无人修剪，怕也是萝缠藤绕了。一旦从国主之尊沦为阶下囚，必然是腰肢瘦削、鬓发斑白，哪还有舒心的日子！

在宋军的押送下，后主一行乘坐的船只，顺流而下，至扬州入古运河，折而北行，到楚州（今江苏淮安）驶入淮水，再经洪泽湖西北行，最后驶入汴水。经过扬州时，后主突然萌生了登岸眺望的念头。扬州乃战国时楚国之地，为楚怀王所建。西汉时于此地置江都国，东汉时改名广陵郡，三国时魏国先后将郡治移往淮阴（今属江苏）、射阳（今江苏宝应东北射阳），东晋复移治广陵县。南朝宋改为南兖州，唐天宝年间改为广陵郡，乾元年间复为扬州。对这座名城的历史，后主熟悉得如数家珍，如今社稷蒙尘，扬州也和金陵一样，沦入了宋朝之手，昔日车水马龙、人烟辐辏的繁华都市，恐怕经过这一次兵燹，已经残破不堪，荒凉冷落了。思虑再三，他没有向宋军提出上岸的要求，他知道此时此地以阶下囚的身份提出这个问题，无疑是自讨没趣。再望望远方的石头城，他的心碎了，流着泪水吟出了离开江南的最后一首诗：

渡中江望石城泣下

江南江北旧家乡，三十年来梦一场，
吴苑宫闱今冷落，广陵台殿已荒凉。
云笼远岫愁千片，雨打归舟泪万行。
兄弟四人三百口，不堪闲坐细思量！

因逢枯水季节，后主一行乘坐的船只走得较慢，赵匡胤急于让后主早日到达汴京，下诏沿河两岸的州县官员，督率夫役，尽快修闸蓄水，或借水灌河，千方百计提高水位，以利船只行驶。州县官吏不敢怠慢，冒着隆冬严寒，指挥民工施工，稍有迟缓，便受到责罚。而沿河州县官，因指挥不力受到降黜、杖责者，竟有十几人之多。有的地方因结冰过厚，船只无法通过，只好派人凿开冰窟，驱走浮冰，因此而冻死民工的事屡有发生。经过长途跋涉，后主一行于开宝九年（976）正月抵达汴口。

“新年纳余庆，嘉节号长春。”后主抵达汴口之时，正是春节，家家团圆，户户合欢，真个是：“爆竹声中一岁除，春风送暖入屠苏。千门万户曈曈日，总把新桃换旧符。”别的人家都在过年，而自己一家却成了囚徒，后主心里无限酸楚。看看小周后，她正用袖子揩拭眼泪，欲待安慰她，却是千言万语，不知从何说起，只得装着漫不经心的样子，把目光投向岸上。岸上不远处就有一座佛寺，后主定睛看时，门口的“普光寺”三个大字清晰地映入眼帘。此刻，木鱼声声，香烟缭绕，善男信女们趁着新春佳节，来这里烧香祷告、祝福平安，熙熙攘攘，人山人海。原来汴口乃是引黄入汴处之河口，汴京的东南门户，通往江南漕运的商埠，舳舻相接，异常繁荣。赵匡胤即位伊始，对宗教并不感兴趣，后来在大臣的劝说下，知道宗教可以帮助他巩固统治，便“崇道教，兴佛法”，“营佛事，创梵宫”，全国名僧、名师云集京师，汴京京畿以及郊县，寺院道观拔地而起，多达九百余处，僧尼、道士女冠数万人。普光寺就是众多佛寺中的一座。宋代寺院、道观多由天子赐额，后主所见的“普光寺”三字，即出自赵匡胤之手。

后主在船上寻思：此番到达汴京，命途多舛，生死难料，不如趁此时上岸到普光寺拜佛，求菩萨保佑，度过劫难。想到这里，便向曹彬提出了这一要求。同行的殷崇义劝阻说：“此地已是京师，不是金陵，国主怎么还有这等闲情逸致？让人说三道四。”

后主大怒说：“孤在朝时受汝等挟制，行动不得自由，如今社稷不保，山河沉沦，孤仅是上岸拜佛祈福而已，有何不可？”

殷崇义低头不语。

曹彬知道后主既不可能遁逃，也不会寻死，便法外施恩，准他前往。后主一脸虔诚，在佛龛前焚了几炷香，又对佛像跪拜叩首，乞求佛祖保佑，赐福禳灾，临行时又散施了数以千计的缗钱衣物，才洒泪而出。

旌旗猎猎蔽日月，凯歌声声振旅还。正月三日，曹彬率领的威武之师回到汴京，从南薰门经御街北行，来到朱雀门大街，再经州桥，到达宣德门，沿途大街小巷到处锣鼓喧天，彩旗翩翩，红灯高悬，万人空巷，争睹曹彬、潘美等人的风采。只见曹彬、潘美等骑着高头大马，气宇轩昂地从人群中走过，队伍的最后才是被俘的后主君臣。后主见人们对他指指戳戳，然后又交头接耳、窃窃私语，知道是嘲笑他昏庸无能，顿时羞惭得无地自容，恨不能找个地缝钻进去。他们一行被安置在警卫森严的馆驿，等待天子发落。

曹彬见过赵匡胤，呈上《平江南露布》：

曹彬等于十一月二十八日齐驱战士，直取孤城，奸臣无漏于网中，李煜生擒于麾下。千里之氛霾顿息，万家之生聚寻安。其在城官吏、僧道、军人、百姓等，久在偏方，困于虐政，喜逢荡定，皆遂舒苏，望天朝而无不涕涟，乐皇化而惟皆鼓舞。有以见穹旻助顺，海岳如归，当圣明临御之期，是文轨混同之日。卷甲而兵锋永戢，垂衣而帝祚无穷。臣等俱乏将材，谬司戎律，遥禀一人之睿略，幸成九伐之微劳。其江南国主李煜并伪署臣僚已下若干人，既就生擒，合将献捷。

赵匡胤的目光停留在“当圣明临御之期，是文轨混同之日”“遥禀一人之睿略，幸成九伐之微劳”两句话上，这恰到好处的吹捧，使他心里格外高兴。望着曹彬略显疲惫的脸色，赞扬说：“卿此次总戎南征，旌旗指处，所向克捷，甚惬朕怀，可谓劳苦功高。”

曹彬匍匐金阶答道：“行兵布阵，皆出宸断，臣不过效犬马之劳而已，何功之有？”

赵匡胤说：“卿不必过谦，朕当论功行赏，以慰三军将士。”然后用手指着露布说，“李煜曾奉我朝正朔，与刘鋹不同，朕甚悯之，可勿宣露布，以存他体面。”

曹彬又请行献俘之礼，赵匡胤也未应允，只令李煜白衣纱帽至明德楼（后改名为宣德门，是皇宫的南门）下待命。

曹彬起身欲去，赵匡胤又问道：“江南既平，所得州县有几？”

曹彬道：“不是陛下询问，微臣已经忘却了。此次敉平江南，共得州十九、军三、县一百有八、户六十五万五千六十有五。”

“江南州县之中，可有冥顽不化、负隅顽抗的吗？”

曹彬回答道：“江南州县大半已传檄而定，只有江州（今江西九江）不降，臣在一月之前，已派先锋曹翰进攻去了，估计近日当有捷音。”

原来自金陵陷落后，曹彬强迫后主下令给江南所有郡县，停止抵抗，一律投降。命令到了江州，刺史谢彦宾召集阖城官吏商议，说是国主已降，群龙无首，江州弹丸之地，无法抵御宋朝兵锋，不如投降。众官员皆诺诺而应，独有江州指挥使胡则愤形于色，一言不发。回到军营，胡则召集部下将佐说："我与君等世受李氏之恩，怎能相负！金陵城受围已久，此书信从何而出？是非真假，难以分辨。刺史不忠于国，故意仿照国主笔迹，造此假信行骗，使我江州蒙耻受辱，是可忍孰不可忍！诸君能从我死于忠义吗？"部下被他的一片爱国热忱所感动，纷纷表示愿与江州共存亡。胡则知人心可用，便率士兵鼓噪而出，攻打谢彦宾府第。谢彦宾是个文官，吓得头上丢了三魂，脚下失去七魄，慌忙躲入一间堆放杂物的暗室中，被士兵搜出杀死。众人推胡则为刺史，号令肃然，莫敢不听。

胡则曾经跟随刘仁瞻为寿州裨将，尽得其守城方略，于是日夜检阅丁壮，部署队伍，以为坚守之计。曹彬命曹翰攻城，但江州濒临长江，背靠庐山，楼橹高险，固若金汤，曹翰攻了一个多月，竟然不能得手。曹彬屡屡遣人谕降，胡则焚书斩使，抵抗愈烈，宋军死伤累累。

也是合当有事，胡则一日从城上归来，又累又饿，急呼庖人备饭。庖人在鲙鱼时慌忙中忘记了放调料，那鱼吃起来淡而无味，胡则大怒，便用绳子把庖人捆了，准备杀头。胡则之妻连忙制止说："士卒抛妻别雏，跟随将军守城，艰苦备尝，奈何以一鱼而杀人？"胡则见妻子说得有理，便放了庖人。谁知那庖人心怀怨恨，在半夜时分缒城降宋，把城中虚实一一告诉了曹翰。江州城西南依托山势，地形险要，这里从不设防，庖人领着宋兵，扪葛攀藤，爬上城墙，攻入了城中。胡则从梦中惊醒，得知宋兵已经入城，仓促之间，无法集合队伍，只得率领亲兵与宋军巷战。宋军如潮水般涌来，胡则抵挡不住，身中数创，力尽被擒。宋军把他绑了，送给曹翰处置。曹翰历数其违命之罪，胡则抗声答道："桀犬吠尧，各为其主，我何罪之有。"曹翰大怒，杀死胡则，又将江州城墙夷为平地，让后人无法防守。

曹翰出兵之日，右补阙张霁奉命知江州，与曹翰偕行。江州既破，曹翰手下的士兵四出劫掠，百姓哭诉于张霁，张霁依法诛杀抢劫之人，曹翰怒而屠城，死者数万人，井坎坑壕中皆填满了死尸。曹翰还恶人先告状，奏张霁擅杀无辜，赵匡胤不明真相，徙张霁知饶州。江州民间资财巨万，尽落入曹翰之手，曹翰发大舰十余艘，全部装载劫掠来的金帛，又将庐山的铁罗汉置于船上，号称押纲罗汉。曹彬得知江州垂破，派人晓谕曹翰，尽赦拒命之人。谁知使者到了独树浦，忽然狂风大作，小小渡船无法行驶，待到风平浪静，使者到了江州，那里已被曹翰洗劫得一片瓦砾，可怜一城生灵，统统都变成了冤魂！

捷报传入汴京之日，正是后主待罪之时。赵匡胤气度雍容，端坐在明德楼上，只见后主白衣纱帽，战战兢兢跪于丹墀之下，在他身后一字儿排开，跪着江南的文武大臣。赵匡胤不无得意地说："朕与卿虽音尘阻隔，缘悭一面，但自平岭表以来，即存云树之思。

奈朕数次催促，卿均推诿不至，若早听劝告，岂有今日之厄！”

后主答道：“臣自父兄弃世，猥以菲葑之才，骤承大统，德薄能鲜，致失社稷。陛下几次促臣归阙，皆为臣下所阻，自知罪孽深重，但凭陛下处置！”

赵匡胤见他诚笃，不想过分相责，便温和地说：“朕与卿之间，是是非非，恩恩怨怨，今日可存而不论。江南人都说卿才思敏捷，出口成章，可否为朕吟咏两句？”

后主惶恐地说：“臣亡国之俘，无心涂鸦，还乞陛下见谅。”

赵匡胤执拗地说：“没有新作，就吟旧作也可。卿勿推辞！”

后主沉吟良久，诵其《咏扇》诗云：“揖让月在手，动摇风满怀。”

吟到这里，赵匡胤微哂道：“满怀之风，究有几何？”

后主茫然无语，不知所措。

赵匡胤道：“此诗不过是纤弱而已，并非一无是处。卿若做翰林学士，恐怕无人能及，如把写诗的功夫用在治国上，怎会成为阶下之囚？”

后主低头不语。

“朕为天下之主，好生恶杀，待人以诚。今日决定赦卿之罪，授以官职。”赵匡胤矜持地向立在殿角的内侍招招手。内侍捧出早已拟好的诏书念道：

江南伪主李煜，承奕世之遗基，据偏方而窃号。惟乃先父早荷朝恩，当尔袭位之初，未尝禀命。朕方示以宽大，每为含容。虽陈内附之言，罔效骏奔之礼，聚兵峻垒，包蓄日彰。朕欲全彼始终，去其疑间，虽颁召节，亦冀来朝，庶成玉帛之仪，岂愿干戈之役。蹇然弗顾，潜蓄阴谋。劳锐旅以徂征，傅孤城而问罪。洎闻危迫，累示招携，何迷复之不悛，果覆亡之自掇。

昔者唐尧光宅，非无丹浦之师；夏禹泣辜，不赦防风之罪。稽诸古典，谅有明刑。朕以道在包荒，恩推恶杀。在昔骡车出蜀，青盖辞吴，彼皆闰位之降君，不预中朝之正朔，及颁爵命，方列公侯。尔实为外臣，戾我恩德，比禅与皓，又非其伦。特升拱极之班，赐以列侯之号，式优待遇，尽舍尤违。可光禄大夫、检校太傅、右千牛卫上将军，仍封违命侯。

后主留神谛听，不觉汗水涔涔，发背沾衣，这后半世如何度过，尽在这道诏书里了。他知道赵匡胤口头上说要宽恕他，事实上却未必如此，诏书中就有许多意含讥讽的话，使他百思不得其解。宋朝不远千里袭人之国，自己不过是在万般无奈时才部署抵抗，这能叫“潜蓄阴谋”？刘禅与孙皓只因打了败仗，才被迫降晋，但他们都是继承了父兄的基业，为什么叫作“闰位（指非正统的帝位）之降君”？你赵匡胤从孤儿寡妇手中攘夺帝位，倒成了正统？成者王侯败者贼，自古皆然。夺得了天下，就可以对别人颐指气使，为所欲为，成了阶下囚，就得任人宰割，事实就是如此残酷无情！及至听到“仍封违命侯”一句时，一种不祥的预感，像阴影一样笼罩了他。既然说“式优待遇，尽舍尤违”，要封侯爵，何必加上“违命”二字？自古及今降王封爵者甚多，何曾有此侮辱人的做法？他胸膛里升腾起一股怒火，真想掉头而去，但是当他看到殿角那些手执武器的卫士时，一腔愤怒早已不存，只剩下发抖的份儿了。

赵匡胤并未注意后主的脸色。他是威震八纮、权倾四海的天子，这些降俘的生死荣辱，都在他的一念之间。当时天下初定，太原的北汉未奉宋朝正朔，北方的辽朝正虎视眈眈，石敬瑭割让的燕云十六州尚未收复，赵匡胤为招徕人心，决定不杀李煜，让他闲居汴京。但对他负隅顽抗又甚为愠怒，故封他为违命侯，以示惩罚。对于李煜的亲属，也做了顺水人情：封小周后为郑国夫人，后主之子神武右厢都指挥使仲寓为左千牛卫大将军；后主之弟从镒为左领军卫大将军，从谦为右领军卫大将军，从度为左监门卫大将军，从信为右监门卫大将军；后主之侄仲远为右骁卫将军，仲兴为右武卫将军，仲伟为右屯卫将军，仲康为右领卫将军。同时宣布后主及其弟侄在利仁坊各赐宅第一区。

后主、小周后及其兄弟谢过赵匡胤之恩，跟随内侍到新赐的宅第去了，剩下的江南大臣未获准离开，还在明德楼下跪着。赵匡胤一眼便看见了徐铉，不由想起了他几次至汴京乞求缓师的事，便厉声责问：“徐弦，你可知罪？”

徐铉面不改色，从容答道：“臣为江南大臣，社稷覆亡，罪该万死，陛下要杀要剐，悉听尊便，不当更问其他。”

赵匡胤未料到徐铉会如此回答，一时语塞。又转脸问张洎：“你可是张洎？”

“臣正是张洎。”

“你既是张洎，朕来问你，李煜以小事大，本应赴阙朝觐，皆是你从中作梗，致有今日之厄。王师征讨，应天顺人，金陵垂破之日，你又替李煜写蜡丸书，向契丹求援，如今蜡丸书已落入朕手，你有何话说？”赵匡胤说着，晃了晃手中的蜡丸书。

张洎神色自若，徐徐说道：“社稷危急之时，只要能迁延岁月，何计不为？臣作蜡丸书甚多，陛下所持只是其中一份而已，未被截获者尚多。臣戴头来矣，任凭陛下处置。”

和徐铉一样，张洎也不卑不亢，赵匡胤甚为钦佩，连声称赞：“两卿不愧是江南社稷之臣，朕恕尔等之罪，自今而后，事朕当如事李氏，朕一定重用。”

徐铉与张洎四目相望，惊喜之情溢上了眉梢。徐铉是老实人，从不二三其德，他打算以死抗争，不料却绝处逢生，受到了赵匡胤的夸奖。张洎是巧言令色之徒，善于察言观色，随机应变，他见徐铉据理驳斥，赵匡胤不但没有疾言厉色，反而缄默不语，便断定事有转机，于是来个东施效颦，表白自己是江南忠臣，果然天大祸事，顷刻间便烟消云散，心里好不高兴！

赵匡胤没有食言，当下便授徐铉为太子率更令，张洎为太子中允。

曾任过江南宰相的殷崇义，因其姓与赵匡胤之父赵弘殷同有一殷字，请求将自己的姓名改为汤悦，以避弘殷之讳。赵匡胤对此甚为赏识，当下便准其所请，封他为太子少詹事。徐游、王克贞、潘慎修、张佖等也都授了官职，其中只冷落了一个叫刘承勋的江南官员。

看看获了封赠的江南官员都已离去，只有刘承勋长跪不起。赵匡胤问道："众人都已离去，卿缘何还在这里？"

"臣尚未获封赠，乞陛下慈悲为怀，怜臣孤穷，赐给一官半职，以颐养天年。"

赵匡胤诧异地问："卿叫什么名字？"

"微臣刘承勋。"

"你就是刘承勋？"赵匡胤想起来了，心头泛起一阵厌恶。原来乾德元年（963）宋朝灭亡荆湖后，曾下诏给后主，让他准备船只，漕运荆湖之米入汴京，当时担任管理帑藏的德昌宫使刘承勋自告奋勇，愿意承担此事。他利用管理帑藏之便，上下其手，因缘为奸，贪污资财无算。尝蓄妓数百人，每买一妓便费用数十万，教之学艺，又费数十万，打扮得珠围翠绕，再费几十万。承勋挥金如土，出手阔绰，连号称富豪的皇甫继勋，和他比起来，也只能是小巫见大巫。承勋预料赵匡胤要一统天下，因此在运送漕米时格外卖力，以为他日进身之阶。他亲自督率船队，自长沙驶抵迎銮镇，士卒稍有懈怠，便笞责不已，弄得怨声四起。赵匡胤得知此事，甚为鄙薄承勋的为人，因此在封赠江南官员时，故意遗漏了他。

“臣官卑职微，陛下自然不认识微臣。当年王师平定荆湖后，臣曾漕运粮米，为陛下尽过绵薄之力。”承勋旧事重提，希冀赢得天子好感。

赵匡胤鄙夷不屑地说：“那是江南国主勤王之功，你奉命行事，怎能记在你的名下？”

刘承勋惶恐不安，汗出如雨。赵匡胤大声说：“朕官职虽多，不授无才无德之人，卿无才学，不可授官，自谋生路去吧。”

刘承勋跌跌撞撞地走了。过惯了轻裘肥马的生活，突然间来到举目无亲、衣食无着的汴京，刘承勋无奈，只得靠乞讨度日，后来冻馁而死。

既然灭了江南，少不得论功行赏。南征将士舍生忘死，冒寒犯暑，自然是为了荣华富贵，封妻荫子。但是赵匡胤却吝惜爵位，不肯轻易授人。当年，曹彬离开汴京赴江南的前一天，赵匡胤突然又单独召见了他。一番勖勉之后，赵匡胤对曹彬说：“俟平定江南，当以卿为使相。”曹彬谢恩而退。回到大营，潘美问道：“陛下单独召见元帅，莫非又是面授机宜？”曹彬答道：“并非为此。”潘美诧异地又问：“既不面授机宜，又缘何单独召见？”曹彬只得如实回答：“陛下许诺说，如平定江南，便封我为使相。”潘美羡慕地说：“敢预为元帅贺。”曹彬摇头说：“此次攻伐江南，你我仰仗天威，遵从庙谟，方能成事，我何功之有！何况使相乃极品官员，陛下岂肯轻易除授？”潘美不解地说：“既是官职，天子就得授人，元帅既然立了大功，为何就不能得使相之职？”曹彬说：“太原的北汉尚未平定，如果平江南，就能得到使相之职，等将来平了太原，天子还封我什么呢？”潘美这才恍然大悟。按宋代制度，亲王、宰相、节度使带开府仪同三司者，以及元丰年间改革官制前带中书门下平章政事衔者均称相公，谓之使相。使相乃大臣中的最高官衔，而当时的曹彬虽是宣徽南院使、义成节度使，但不享受开府仪同三司的待遇，因此不可能越次逾等，晋升为使相。果然到了封官之日，赵匡胤对曹彬说：“朕本欲授卿使相，但使相为官之极品，卿得了此官职，还会为朕出力死战吗？如今太原未下，且待灭了北汉，再作商议。”潘美听见此语，不禁想起了讨伐江南前与曹彬的一段对话，望着曹彬只是微笑。

赵匡胤责备潘美说：“朕尚未封曹彬官职，卿为何发笑？”

潘美如实答道：“去岁出师之日，陛下曾允诺封曹彬为使相，臣预为之贺，曹彬说即使攻破江南，尚有太原未下，陛下岂会轻易授使相一职？不料今日竟应验了曹彬的话，臣因此发笑。”

赵匡胤也笑道：“卿等猜度不错。朕改授曹彬为枢密使，卿为宣徽北院使，你两人皆兼节度使。朕之封赠不薄吧？”

曹彬、潘美皆山呼谢恩。田钦祚、李汉琼、刘遇、梁逈也都封了官职。曹彬有些怏怏不乐地回到家中，只见满屋都放满了银钱，家人告诉他，天子赐钱五十万缗，并叮嘱不可传给外人。曹彬这才眉开眼笑地说：“好官不过多得钱罢了，人生苦短，何必一定追求使相之职呢？”

第二十一回 张洎告变 落井下石

帘外雨潺潺，春意阑珊，罗衾不耐五更寒。梦里不知身是客，一晌贪欢。

独自莫凭栏，无限江山，别时容易见时难。流水落花春去也，天上人间！

——李煜（937—978）

春天悄然而至。冰雪消融，陌头柳青，燕子呢喃，百花盛开。不过，比起江南的春天，北方的春天是姗姗来迟了。四十岁的后主生平第一次在汴京度过春天，骀荡的春风能使万物复苏，但无法温暖他那悲凉的心扉。自从搬入利仁坊后，他便过起了与世隔绝的俘虏生活，真正成了孤家寡人，虽然他也有官职，其实与囚徒毫无二致。昔日那些大臣大部分不和他来往了，因为一个落魄沉沦的废黜国王，对于那些孜孜以求仕进的江南旧臣，已经毫无用处，他们已经有了新主子，无须再来找他了。当然，并非所有江南旧臣都是没有心肝之人，他们当中也有少数例外，比如徐铉、潘慎修等就没有忘记后主，只因亡国之余，心有余悸，不敢频频前来。人情冷暖，世态炎凉，只有在这个时候才体味得清楚。孤独、冷漠、绝望、忧愁包围着他，刚刚进入不惑之年，便两鬓添霜了。

他的生活自然也一落千丈，贫穷像幽灵一样缠绕着他，无法摆脱。他生于帝王之家，长于绮罗丛中，过惯了仆从如云、钟鸣鼎食的奢侈生活，如今靠微薄的俸禄度日，未免左支右绌，倍感拮据，虽然还不至于数米而炊，但要吃上一顿丰盛的肴馔，已是很不容易了。小周后不得不荆钗布裙，亲自下厨执炊，然而她毕竟是名门闺秀，帝王后妃，没有烹调技艺，做不出可口的饭菜，后主只得皱着眉头下咽。

开宝九年的春天似乎格外漫长，有生以来第一次在汴京度过春天，后主触景生情，想起了在江南时的岁月。每当花晨月夕，他和大臣们互相唱酬，或擘笺觅句，或飞斝联吟，何等自在，何等惬意！到了夜晚，宫殿内金鼓喧阗，管弦并作，宫女们翩翩起舞，一个个丰神楚楚，玉骨珊珊。而今随着江南的覆亡，这一切都一去不复返了。往事依稀浑如梦，都随风雨到心头。他不敢再想下去，一个人凭栏独立，久久不语。

回到住处，后主思潮起伏，挥笔写出了一阕回肠荡气的词：

虞美人

风回小院庭芜绿，柳眼春相续。凭栏半日独无言，依旧竹声新月似当年。

笙歌未散尊前在，池面冰初解。烛明香暗画楼深，满鬓清霜残雪思难任！

搁笔沉思，犹觉余意未尽。与汴京相比，江南春色又别是一番情趣。虽然自己还未领略过汴京的秋色，但北方的萧瑟肯定不能和南方的风景媲美，今后是无缘再欣赏江南的秋色了。想到这里，又挥笔填成两阕《望江梅》：

望江梅

闲梦远，南国正芳春：船上管弦江面绿，满城飞絮辊轻尘。忙杀看花人！

闲梦远，南国正清秋：千里江山寒色远，芦花深处泊孤舟。笛在月明楼。

暮春时节，汴京淅淅沥沥下起了绵绵细雨，滴滴答答，搅得人心神不宁。透过帘栊望去，只见院内的花卉已被风雨摧残得凋谢殆尽，地上落红狼藉，一片泥泞。后主心头涌起了一阵悲怆：江南不也像被狂风骤雨摧残掉的花朵吗？一个好端端的社稷，在几个月中便土崩瓦解了，自己也成了宋朝的阶下囚，这种日子何时才是尽头！

淫雨连绵，一直下了十余日。后主无心读书，独自一人坐在窗下发呆，一到夜晚，便展衾入睡，想在睡眠中把烦恼忘却，但是又控制不住那剪不断、理还乱的思绪，一闭上眼睛，前尘往事便一一浮上心头。往事如烟，不堪回首。他似乎又回到了那稔熟亲切的金陵宫阙，想起了刚即位时一次狩猎的情景：他腰悬宝剑，臂挂弓矢，去上苑狩猎，在他身后，车水马龙，结驷连骑，卷起漫天尘土。上苑中古木参天，浓荫匝地，翠岚掩映，曲径通幽，真叫人如行山阴道上，眼花缭乱，目迷五色。他调弓引矢，瞄准一头野鹿射去，那鹿应弦而倒，于是引起侍从的一片喝彩之声。及至醒来，却是南柯一梦。望望窗外，天色已亮，淅淅沥沥的春雨仍然下个不停。他披衣起床，怅惘地倚着楼阁栏杆，下意识地向南方瞭望。昨夜的美梦勾起了他对故国的强烈思念，然而山重水复，相隔千里，他能看到什么呢？千里江山系魂魄，别时容易见时难，他要把这一腔心事都倾吐出来，于是，浸润着泪水的词，便在他笔端泻出：

其一　浪淘沙令

帘外雨潺潺，春意阑珊，罗衾不耐五更寒。梦里不知身是客，一晌贪欢。

独自莫凭栏，无限江山，别时容易见时难。流水落花春去也，天上人间！

其二　望江南

多少恨，昨夜梦魂中：还似旧时游上苑，车如流水马如龙，花月正春风！

多少泪，断脸复横颐。心事莫将和泪说，凤笙休向泪时吹，肠断更无疑！

淫雨终于停了。万木扶疏，苍翠欲滴，碧天如洗，白云叆叇，一轮丽日从东方冉冉升起，后主悒郁的心情也随着天气的变化稍有缓解。这天清晨，后主正专心致志地阅读佛经，忽然内侍送来了一纸诏书，说是因淫雨初霁，天子在迎春苑宴请大臣，命他即刻前往。亡国之俘能有此待遇，后主着实感动，在小周后服侍下特地换了一套簇新衣服，便到迎春苑来。

因为时间尚早，文武大臣尚未到来，只有一人兀自坐在那里，后主并不认识，便拣了一个偏僻座位坐下。刚刚坐定，那人便过来搭讪说："不敢动问，足下可是违命侯李煜？"

后主连忙回答说："在下正是李煜，足下是何人？怎知在下姓名？"

刘铱哈哈大笑说："我们虽缘悭一面，但是并不生疏，我就是你曾派龚慎仪劝我降宋的南汉国主刘铱，今封恩赦侯的便是。"

后主一听是刘铱，抱拳当胸说："惭愧，惭愧，当年我也是奉天子之命写信相劝，得罪之处，还望海涵。"

刘铱爽快地说："自古无不亡之国，国都亡了，还有什么得罪不得罪？我与君侯都是亡国之君，在汴京相遇，想也是天意。"

两人正说话间，赵匡胤已经乘肩舆来到，后主与刘铱忙起身迎接。赵匡胤见两人说得投机，便问："你们两个可是旧时相识？"

后主小心翼翼地回答："臣与刘鋹初次邂逅，并不相识，只因同在这里迎候圣驾，才交谈了几句。"

赵匡胤见后主一副拘谨的样子，便温和地说："朕今日闲暇无事，宴请文武众卿，君臣同乐，卿无须紧张。汴京风土人情与江南迥异，卿过得惯吗？有何需求，只管提出，朕当派人料理。"

后主乍听此言，心头涌起一股暖流，自从当了降虏，便穷困潦倒，入不敷出，倘荷天子垂怜，能增加些俸禄，便不至于手头拮据了。但是话到口边，他又咽了回去，一来是碍于刘鋹在座，他不好启齿，二来不知天子是随口说说，虚与委蛇，还是真想济困扶危，如果碰了钉子，脸面就丢尽了。想到这里，嗫嚅着回答说："臣亡国残骸，蒙陛下不杀之恩，封赠爵位，赏赐府第，有生之年，皆陛下所赐，臣没齿不忘！"

赵匡胤微笑着指着两人说："南汉与江南本无罪过，只是朕要一统天下，不得不出兵征讨，卿等只须在汴京安心颐养，悠游岁月，以尽天年可也。"

两人点头称是。

说话间，内侍已摆上酒馔，赵匡胤随手指着一杯酒对刘鋹说："卿第一个赴宴，可先饮此酒，如何？"

刘鋹看着杯内的酒，顿时紧张起来，浑身哆嗦不已，扑通一声跪在赵匡胤脚下说："臣承祖父基业，抗拒朝廷，致使王师征讨，罪该万死，蒙陛下赦免死罪，今日得见太平，感戴无涯。臣别无他求，只愿为大梁布衣足矣，恭请陛下延臣旦夕之命，以全陛下天高地厚之恩，臣不敢饮此鸩酒。”

赵匡胤听他云遮雾绕，说了半天，原来是怀疑赐他的是毒酒，不觉大笑说：“朕推心置腹，安有此事！”说着端起酒杯，一饮而尽，然后对刘铱说，“卿该相信朕言不虚吧？”

刘铱惭怍地顿首谢罪，讨好赵匡胤：“朝廷威名远震，四方僭窃之主都在这里，可惜孟昶已驾鹤西去。他日平了太原，刘继元也要来此，降王便要增至三位了。臣于开宝四年率先来朝，李煜是今年才至，刘继元也许明年归命，异日如要加官晋爵，请陛下封臣为降王长。”

后主听说刘铱要当降王长，不觉笑出声来，赵匡胤也笑得前仰后合。入宋以来，后主忘却忧愁，纵情大笑，这还是第一次。

少顷，文武大臣们陆续来到，筵席上觥筹交错，丝竹毕陈。后主一时高兴，多饮了几杯酒，怕失了态，天子怪罪，请求提前退席。赵匡胤并不强留，派了一位内侍送他回府。途中路过汴阳坊，他忽然想起了七弟从善住在这里，便向内侍请求，要探望弟弟，内侍不敢做主，要后主等着，待奏明天子后再做定夺。等了片刻，内侍转回说，天子法外施恩，准许后主叙叙手足之情，但须得内侍陪同。后主苦笑了一下，知道所谓陪同，其实就是监视，但是人在矮檐下，不敢不低头，只得从命。

从善比后主小两岁，还不到不惑之年，他于开宝四年来京师朝贡，羁留不返，已经五个春秋了。他先是被封为泰宁军节度使，兖、海、沂等州观察使，江南覆亡后，改封为右神武大将军，其实都是虚衔。五年中他未离开过汴阳坊一步。他清楚自己的处境，谨小慎微，足不履市廛，日日闭门读书。由于心情不佳，他不修边幅，显得未老先衰，后主几乎认不出来了。从善知道江南已经覆亡，哥哥作为亡国之俘也已来到了京师，可他不敢贸然前往探望，咫尺天涯，魂萦魄系，如今骤然见了后主，又怀疑是在梦中了。从善只叫了声六哥，便哽咽了。后主望着憔悴不堪的从善，叫了声七弟，泪水也溢出了眼角。两双手紧紧握着，相顾无言，此时真是无声胜有声，千言万语尽在不言中了。

过了许久，后主才揩干眼泪，强颜欢笑说："皇恩浩荡，准许我们弟兄相会，应该高兴才是。七弟，这几年你身体好吗？"

"我来汴京已经五年，早就适应了这里的水土，六哥来此不久，还未必习惯，其实，只要时间长了就好了。这里气候稍凉，比不得江南，还望兄长珍重！"从善也安慰后主。

两人又闲谈了片刻，碍于内侍在旁，恐怕一言不慎，铸成大祸，只谈了些家常琐事。末了，从善问："兄长此次来京，我的妃子理应随同前来，为何至今不见踪影？是她贪恋江南水土不肯来，抑或是别抱琵琶了？"

原来当年后主恐怕引起从善伤心，下令任何人都不得对从善吐漏消息，从善尚不知其妻已经亡故，今见从善追问，只得如实说："自七弟栖迟京师不返，你的妃子哀毁过度，已撒手而去。兄长无能，对不起你，今日听凭兄弟责罚！"

从善长叹一声说："这几年鳞绝雁渺，音问茫茫，我就揣度有些不妙，今日才知她果然已不在人世，令人叹惋！妃子之死其实与兄长无关，如今社稷都覆亡了，兄长还何必说对不起我的话！”说着又流下泪来。

内侍见两人唠唠叨叨，没完没了，便不耐烦地说：“天色不早，违命侯该回府第了，我还要到陛下处复命呢！”

后主不敢停留，只得恋恋不舍地说声：“七弟保重，后会有期。”便退了出来。

刚刚踏进家门，只见客厅里坐着一人，仔细看时，原来是已经降宋的旧臣张洎。他在江南时对后主毕恭毕敬，如今同是一殿之臣，自然不需那些繁文缛节，见了后主，只长长一揖。后主见是故人，也不计较，便命小周后沏茶。

张洎稍作谦逊之后，便说：“某此行一是看望君侯，二是有一事相求，还求君侯援手。”

后主惊诧地说：“我如今似笼中之鸟，俯仰由人，能帮你什么忙？”

张洎两只眼睛骨碌碌地盯着后主，装作为难的样子说：“说来不好启齿，我自迁家汴京，瓜瓞绵绵，人口众多，开支浩大，入不敷出，几乎到了托钵告贷的地步，君侯可否解囊暂借少许，容日后加倍偿还？”

后主这才明白，张洎是为敲竹杠而来。他明明知道自己穷愁潦倒，度日维艰，却跑到这里来借银两，真是岂有此理！后主并不看重钱财，从金陵出发时，把金银都赏赐给了臣下，张洎也是知道的。如今坐吃山空，一切都需要花钱，他自顾不暇，哪有多余的银两？

张洎见他沉吟不语，便涎皮赖脸说："我知君侯也有为难之处，不过，瘦死的骆驼比马大，你毕竟比我强得多，何必如此悭吝？何况是借，并非白要，君侯还犹豫什么！"

后主气得面皮通红，说不出话来。小周后忍不住插话说："你在江南时，国主待你不薄，今日他沦落到这种地步，你还忍心相逼吗？清夜扪心，你良心何在？"

张洎耍赖说："你们夫妻一唱一和，真是夫唱妇随！对别人哭穷还可骗人，可骗不了我。老实说，这银钱借也得借，不借也得借，借不到银钱，我就不走了。"说着，便顺手搬来一条凳子，在屋角坐了下来。

后主无法，只得返回屋中，拿出一个银制洗脸盆来，递给张洎说："这只银制脸盆，是先人旧物，不忍舍弃，一直珍藏至今。我如今已是囊空如洗，身无长物了，聊以此相赠吧。"

张洎跑上前去，将脸盆接在手里，反复审视说："左右一个洗脸盆罢了，哪有如此珍贵？真是为富不仁！"正欲离去，忽然瞥见书案上有几首诗词，清一色的行书体，落笔瘦硬，而风神兼备，便顺手掖在怀里，连声又说："叨扰，叨扰！一客不烦二主，既送了我银制脸盆，这几首诗词也赠给我，留个纪念。"说完，扮了一个鬼脸，一溜烟跑了。

后主木然站在那里，愤懑不已。回想在江南时，对张洎言听计从，百般倚重，如今自己身陷窘境，他不但没有怜悯之心，反而趁火打劫，人心险恶，莫此为甚。望着深邃的苍穹，他不禁感慨万千！脸盆是身外之物，拿走也就罢了，可那几首词是自己的呕心沥血之作，不能轻易丢失，于是回到书案前，又把那几首词补录了出来。

再说那张洎兴冲冲跑回家中，将银洗脸盆交给妻子，又兴味盎然地读后主那几首词。他在江南时，以文章清赡著称，喜欢收集后主的诗词，只要后主有新作问世，他便千方百计抄写珍藏，如今得了后主的真迹，自然是珍若拱璧。但是仔细读后主近日写的《虞美人》《望江梅》《浪淘沙令》《望江南》数首词，发现这几首词都是借景抒情，感叹身世，怀念故国之作。蓦然，一个恶毒的念头在他脑海中产生，何不拿着这几首词告变，说后主心怀不满，诽谤圣朝？一来可得些赏银，二来表示自己效忠宋朝，与故主恩断义绝，将来仕途上就可一帆风顺了。于是，他拿着后主的词，告到了宰相赵普手里。

赵普知道张洎是险诐小人，善于见风转舵、随波逐流，并不相信他的话。看看后主的词，除了可用哀婉凄凉四个字形容外，看不出有什么弦外之音。不过，事关重大，他不敢擅自做主，便转奏到了赵匡胤那里。赵匡胤当即决定让后主、张洎对质，又指名要赵普、翰林学士窦俨主持其事。

真是闭门家中坐，祸从天上来！后主得知张洎告他心怀不轨，写词谋反时，不禁吓得神魂飞越，颤抖不已。自从入宋以来，他从不与外人交接，整日战战兢兢，如临深渊，如履薄冰，何曾有过谋反的念头？想不到因为写了几首词，竟惹出对簿公堂的麻烦来，真叫人欲哭无泪！倒是小周后沉着冷静，劝后主不必将此事挂在心上，是非曲直，自有公断。天子既然委派赵普、窦俨问案，他两人都是正直官员，自会寻根究底，查明原委，不会轻易相信张泊的诬告。经过小周后的一番劝说，后主才忐忑不安地往政事堂走来。

那政事堂乃宰相办公之地，后主到来时，赵普、窦俨、张泊已在那里了。赵普指着张泊问后主："君侯可认得此人？"

后主答道："当然认得。张泊降宋前乃是江南旧臣，我待他甚厚，倚之如左右手。"

赵普又问："张泊告你写词谋反，你有何话说？"

到了此时，后主已不知畏惧，大声辩解说："丞相明鉴，李煜不曾写词谋反。自入宋以来，我心如枯井，与世无争，只是读点佛经，写点诗词自娱，何来谋反之说？再说我做江南国主时，雄兵数十万，猛将如云，谋臣如雨，尚且一败涂地，如今无一兵一卒，岂敢再蹈覆辙，自寻死路？"

窦俨颔首说："君侯说得也是，雄兵数十万尚且化作泥沙，如今孤身一人，手无寸铁，却想起谋反了，殊不近情理。"

张泊见窦俨向着后主，不禁有些着急，忙鼓动如簧之舌说："我原是江南旧臣，降宋前李煜待我不薄，没有宿怨，不会挟嫌诬告。今日我已是宋朝臣子，食君之禄，当忠君之事，告他写词谋反，并非凿空虚构，我有他写的词作为证，丞相和翰林公可以过目。”

窦俨说：“既有原稿，便可判断是非，张大人可曾带在身边？”

张洎从身上掏出词作，捏在手里扬了扬：“这便是铁证。”说着，要递给赵普。赵普望着窦俨说：“这几首词我略有所闻，翰林公是通家，自然要请你先作评判。”

窦俨也不推辞，接过词作仔细审视，首先映入眼帘的是后主的墨迹，但见那行书体笔走龙蛇，如天马行空，不由暗暗叹服，李煜不愧是个才子，只怕当今无人能比。再看看词作，一首首回肠荡气，音韵凄楚，倘李煜不是废黜国王，恐怕写不出这样的词来。要说谋反，那纯粹是捕风捉影，栽赃陷害，他不禁鄙夷起张洎的为人来。李煜到了这般地步，还要落井下石，真乃是斗筲小人。读完数首词，他不动声色地问张洎：“张大人，你如今也是朝廷命官，凡事都须稳重，你说李煜写词谋反，究竟哪首是谋反的词，请你剖析明白。”

张洎指着《浪淘沙令》和《望江南》说：“写词讲究含而不露，若直白说出，便索然无味了，窦大人是行家里手，当不难明白此中真谛。你看：‘独自莫凭栏，无限关山，别时容易见时难。流水落花春去也，天上人间。’李煜既然身为大宋臣子，就该为天子尽忠，为什么还要怀念故国，说什么‘别时容易见时难’？他要回故国作甚？还不是想重整旗鼓，与大宋抗衡？再看看《望江南》的第一首：‘多少恨，昨夜梦魂中：还似旧时游上苑，车如流水马如龙，花月正春风！’既入汴京，遭遇明主，应该兴高采烈才是，他恨什么？无非是恨圣朝倾覆了他的社稷，堂堂国主成了降臣，荣华富贵成了泡影，因而对金陵的上苑魂萦梦系，念念不忘车如流水马如龙的生活，这不是谋反又是什么？白纸黑字，铁证如山，须不是我信口开河，故意杜撰。”

后主见张洎如此锻炼周纳，不禁汗流浃背，吓得说话都结巴了：“李煜只……只是……信手写……写来，无意……诽谤……圣朝，更……不曾谋反，恭……请……丞相、翰……翰林公……明察！”

张洎洋洋自得地望着后主说：“天作孽，犹可恕，自作孽，不可活，君侯这是咎由自取，休要怪我不仁不义！”

后主愤怒地瞪着张洎，双目炯炯，似利剑一样。张洎虽然张牙舞爪，其实理屈，不敢正视后主的目光，忙把眼睛转向别处。

赵普看不惯张洎那骄横跋扈的样子，看看后主觳觫不已，陡然生出了一片怜悯之心。江山沦入他人之手，已经够可怜了，再遭此不白之冤，岂不使他求告无门！他那几首词实在算不得反词，充其量不过是怀旧而已。一个堂堂国主落难到这步田地，只要不是刘禅、陈叔宝，稍有心肝的人自然都会这样想，都会诉诸笔墨，这有什么罪过！何况赵匡胤在登基之初就宣布过优待柴荣子孙、不杀士大夫的两条敕令！他平静地问：“张大人，你说李煜的词含而不露，藏有杀机，仅仅是推测而已，怎能凭推测之辞定罪？李煜说‘无限关山，别时容易见时难’，那是写实，并非诽谤朝政，对天子亦无不敬之处；至于‘多少恨，昨夜梦魂中：还似旧时游上苑，车如流水马如龙，花月正春风’，分明是在说梦，李煜梦见旧时游上苑的情景，醒来后悔恨不能旧地重游，这算什么罪过？难道别人做梦也要定罪不成？张大人，这就是你状告李煜谋反的理由？真是荒唐、滑稽之至！”

赵普是当朝一人之下、万人之上的宰相，连赵匡胤都敬重他三分，他为人又刚正无私，在朝野中颇有威望。张洎本想借此攀附权贵，以出卖旧主作为晋身之阶，不料却遭到了赵普一番训斥，登时吓得面如土色，强打精神辩解说：“我只是就事论事，为大宋朝的江山社稷着想。如今四海升平，春风骀荡，李煜却怀念故国，写出不逊之言，我才挺身而出，并非故意罗织罪状。自古诗无达诂，丞相要如此解读，我亦无可奈何，但我忠君报国，耿耿此心，天日可鉴！”

明明是构陷无辜，用别人的生命为自己铺设飞黄腾达之路，却说成是忠君报国，卑鄙无耻，莫此为甚。窦俨厌恶地瞟了张洎一眼，不无揶揄地说：“张大人，如果李煜写梦中景色也算谋反的话，你在江南时奉命入贡，返回金陵后写诗诋毁京师，有汴京‘风物一堆灰’之句，又该当何罪？难道天子所居的京畿是一堆灰吗？”

张洎见揭了他的疮疤，不禁惊慌失措起来：“这都是几年前的旧事了，一时失于检点，还望丞相和翰林公恕罪。”

窦俨说：“姑念你写此诗在入朝之前，这且不说。你是饱读诗书之士，可知道李白的‘抽刀断水水更流，举杯消愁愁更愁’两句诗吗？”

“这是李白写的《宣州谢脁楼饯别校书叔云》中的两句，妇孺皆知。”张洎眨着眼睛回答。

“唐朝天子可曾因此而定李白心怀怨愤之罪？”

张洎瞠目结舌，不知所云。

窦俨又连珠炮似的再次质问张洎：“杜工部有诗云‘生女犹得嫁比邻，生男埋没随百草’，又云‘朱门酒肉臭，路有冻死骨’，张大人可知道这几句诗的出处？”

张洎知道窦俨是在奚落他，但又不能不据实回答：“前两句出自《兵车行》，后两句出自《自京赴奉先县咏怀五百字》。”

“到底是博学之士，以腹为书笥，令人敬佩。”窦俨不紧不慢地说，极尽嘲讽之能事，“某才疏学浅，对史籍不熟，像杜工部这样讽刺时政，不知唐天子可曾放过他？”

张洎面红耳赤，恨不得找个地缝钻进去。

赵普也不失时机地插话：“当今天子稽古右文，礼贤下士，曾下诏不得杀戮士大夫，亦不准深文周纳，陷人以罪。张大人望文生义，不择手段，必欲置故主于死地而后快，是何居心？”

张洎惶惑地望着赵普和窦俨，弄不清楚他们二人为什么替后主辩护，自己挖空心思设计的这场官司竟然是自讨没趣，以失败告终！他知道再在这里待下去，除了遭受羞辱以外，将一无所获，便装作豁然省悟的样子说：“经两位大人指点迷津，我才恍然大悟。其实，我状告李煜，也是不忍看着他触犯律条，自取祸殃。如今既已分辨清楚，李煜只是怀旧，并非谋反，我也替故主庆幸。”这种前言不搭后语的表白，引得赵普、窦俨哈哈大笑起来。

赵普指着张洎挖苦说：“张大人，人命关天，不可儿戏，今后慎勿信口雌黄，无事生非，搅得神鬼不安。”

张洎诺诺连声，狼狈地退出了政事堂。后主感激地对赵普、窦俨说：“若非丞相与翰林公秉公而断，我李煜就死无葬身之地了。此恩天高地厚，当永志不忘，容日后衔环结草相报！”

窦俨笑着说：“君侯才气纵横，今日才得识荆，可谓三生有幸。仆与丞相只是就事论事，还你清白而已，并非徇私枉法，何言相报二字！天子也知君侯并无谋反之心，是以只在政事堂澄清事实，没有在大理寺审讯。”

赵普也温和地说：“天子派老夫与窦学士审理此事，而今已有了结果，还须奏与陛下知晓。君侯受惊了，回府第去吧。”

弥天大祸顷刻间云散冰消，令后主高兴不已。当他回到利仁坊府第时，小周后已惴惴不安地等候多时了。她清楚这场笔墨官司的分量，弄不好是要杀头的，后主走后，她便坐立不安，频频到门口探望，及至见后主安然无恙地回来，心中一块石头才落了地，问他：“结局如何？”

后主说：“只须看看我的脸色，就可判断出结局，快些取酒来！”

小周后听后主叙述了经过，高兴万分，忙入厨备了几样小菜，夫妻对酌，庆幸躲过了这番劫难。

第二十二回 恃势凌逼 太宗施暴

林花谢了春红，太匆匆！无奈朝来寒雨晚来风。

胭脂泪，留人醉，几时重？自是人生长恨水长东。

——李煜（937—978）

后主自经历了张洎告变之后，更加小心谨慎，不与外人交接，每日只读点佛经，写点诗词打发岁月。转眼到了开宝九年十月，朝廷上发生了一件大事，那就是年方五十岁的赵匡胤，突然暴崩于万岁殿。按照历代惯例，均是父死子继，罕有例外，然而此次接替天子之位的并非赵匡胤的儿子赵德芳，而是他的嫡亲兄弟赵光义，就不能不令人感到蹊跷了。

这年的十月格外寒冷，十九日这天早晨便彤云密布，朔风怒号，待到傍晚，便纷纷扬扬，飞珠堕玉，下起漫天大雪来。赵匡胤忽然想起北汉尚未归命，便派人召晋王赵光义来商议军国大事。赵光义不敢怠慢，踏着乱琼碎玉，径到万岁殿来。进了殿门，只见赵匡胤兀自一人在御案前徘徊，便轻声问："官家是召臣一人前来，还是有其他大臣参与？"

赵匡胤回答说："攻打北汉之事，人言各殊，令朕难下决断，今日只朕与你单独商议，待大体有个眉目时，再令群臣参与不迟。"

赵光义只觉得寒冷难当，便要求说："官家可否弄些酒馔来，一来御寒，二来君臣边喝边议，说不定能想出什么锦囊妙计来。"

赵匡胤说："这有何难！"当即吩咐宫中准备酒馔，自是咄嗟立办。待酒馔摆好后，赵匡胤便命人关了殿门，屋里只剩下了兄弟二人。宫人隔着窗户，遥见赵光义不时离席，似有逊避之状，继而见赵匡胤以柱斧戳地，大声对赵光义说："你好自为之，好自为之！"以后只听到屋子里有窸窸窣窣的声音，继而声音越来越小，终至于一点也听不到了。过了子时，已是十月二十日了，当夜四鼓，赵匡胤在万岁殿暴崩，而晋王赵光义不知什么时候已溜出了宫殿，回到自己府邸去了。

赵匡胤平日并无疾病，猝然撒手而去，宫掖中马上乱作一团，宋皇后闻讯也急忙赶来。赵匡胤共有三位皇后，贺皇后、王皇后早已薨逝，只剩下宋皇后一人。她是洛阳人，左卫上将军宋偓的长女，开宝元年（968）被纳为后时，年方十七岁。她不仅生得花容月貌，而且柔顺知礼，颇得赵匡胤欢心。开宝九年她才二十六岁，赵匡胤便离她而去，使她悲痛欲绝。她不知道该如何处理这件事，只是不停地嘤嘤哭泣。站在她身旁的宦官王继恩提醒她："大行皇帝已去，国不可一日无主，皇后应当节哀，从速处理此事，一刻也不能延误。”

宋皇后拭着眼泪说：“你去召赵普丞相来。”

王继恩兀立不动：“立储与继位完全是帝王家私事，历来用不着大臣商议。臣以为还是先通知储君，然后再召集大臣不迟。”

宋皇后略一沉思：“那你去叫秦王德芳，宣他火速进宫，不得迟误。”

刚刚五十岁的赵匡胤一向身体健康，并无疾病，因此并未预先写就传位遗诏。秦王德芳是赵匡胤的第四子，他的两个兄长夭折，一个不受父皇宠爱，宋皇后马上就想到了德芳，自是顺理成章之事。王继恩见宋皇后让他去宣召秦王德芳，嘴唇翕动了几下，想要说些什么，但最终也未开口，转身出了宫掖。

王继恩与赵光义私交甚笃，既然赵匡胤并无明确的传位遗诏，他很自然地想到了赵光义。但宋皇后要他去宣召德芳，他又不便违拗，因此嘴唇张了几张，话到口边又咽了回去。他是个工于心计的人物，侍候赵匡胤许多年，练就了欺下瞒上、偷天换日的本领。他知道宋皇后年纪轻，阅历浅，不会玩弄权术，如果把赵光义领来，造成既成事实，她也无可奈何。想到这里，他便不去宣召德芳，径投赵光义府第来。

赵光义用毒酒鸩杀兄长后，便派左押衙程德玄在府门口等候消息，自己表面上又不露声色，以遮人耳目。当王继恩与程德玄一起出现在自己面前时，他不禁一阵狂喜，苍天不负有心人，果然等到了这梦寐以求的时刻！王继恩气喘吁吁，来不及寒暄，便开门见山地说："天子已经晏驾，大王快随我入宫继位！"

赵光义装作吃惊的样子说："我刚从陛下那里回来不久，离开宫掖之时陛下还好端端的，怎么会崩逝呢？"

王继恩知道他是装腔作势，心里暗暗好笑，但又不便揭发，便催促说："大行皇帝乘鹤西去，千真万确，谁个吃了虎心豹胆，敢诅咒当今天子？"

赵光义犹惺惺作态："皇兄四个儿子中现存两人，即德昭、德芳，应该在他们之中遴选一位继位，我若继位，恐惹后人物议，奈何？"

"大王如果真的不想继位，自有合适人选。实言相告，宋皇后命我宣召秦王德芳，我是冒着杀头之险来告诉大王的。大王不恋天子之位，足见高风亮节，我当去宣召德芳。"王继恩说着，转身欲走。

赵光义马上拉住王继恩，似乎江山社稷要从自己身边飞走："你何须性急？待我与家人商议后再作区处。"

王继恩显得急不可耐："当断不断，反受其乱，迁延时日，社稷便将为他人所有了。"

一句话如醍醐灌顶，赵光义顾不得更换衣服，便冒着弥天风雪，与王继恩一起来到了万岁殿的寝殿门前。王继恩对赵光义说："大王且在此稍候，等我奏知皇后，再来迎接。"

赵光义袒露心扉："夜长梦多，不须禀报，我要在大行皇帝灵柩前即位。"

王继恩稍作思忖说:“大王说得也是，纵然宋皇后不允，一个女流之辈，又能如何？”

宋皇后正焦灼万分地在万岁殿的寝殿中徘徊，忽听一阵杂沓的脚步声，看见王继恩已经进入殿门，身上披着一层雪花。便问:“秦王可来了？”

王继恩尚未回答，赵光义已排闼直入，向宋皇后施了一礼。宋皇后见来的不是德芳，而是赵光义，不禁愕然失色。她愠怒地瞟了王继恩一眼，王继恩却把眼睛转向别处，不予理会。既已为王继恩所卖，她一个荏弱女子，没有回天之力，只得承认既成事实，让赵光义继位。无奈、愤恨、忧惧包围着她，她只觉得五内俱焚，头晕目眩。过了片刻，她只得改口称赵光义为“官家”，近乎哀求地说:“我母子性命，皆托于官家之手了。”

“官家”是五代以来百姓对天子的通称，宋皇后既称赵光义为官家，就意味着她已承认了他九五之尊的地位，赵光义欣喜若狂。但是天子新丧，他不能不表示悲痛，否则便露出了破绽，于是也假装泪流满面地说:“皇嫂勿忧，我保你享受荣华富贵！”二十一日，赵光义即位，是为太宗，群臣谒见新天子于万岁殿东楹。赵光义继位之事在历史上叫“烛影斧声”。史学家们多认为，赵匡胤在死前的半年中政治活动频繁，并无疾病，不可能猝死，他的死是赵光义酒中下毒所致。此事人言沸腾，成为千古疑案。

赵光义自知弑君篡位，名声不佳，因而即位伊始，便雍容大度，笼络人心。他下诏废除李煜违命侯的爵位，改封为陇西郡公。

违命侯是个侮辱性的称号，后主对此耿耿于怀，但又不敢提出异议，此时易号，且由侯升公，他欢忭不已。

撤销违命侯一事，给后主带来了朦胧的希冀。他与小周后商量，如今度日维艰，生活拮据，能不能上一道奏疏，请求天子法外施恩，增加点俸禄。小周后一时也拿不定主意，因为去掉违命侯之号，是新天子沽名钓誉、笼络人心的一种手段，落得个深仁厚泽的美名，却未付出一文钱来。要求增加俸禄，那是又一回事，由此而引出麻烦来也未可知，须要谨慎从事。被穷困折磨得愁眉不展的后主坚持上疏，他认为即使天子发怒，也不过是下诏申斥一顿，断无杀头之理；倘皇恩浩荡，天子准许增加俸钱，便可改善目前困窘的生活。小周后拗不过他，只得依从。奏疏递了上去，只隔了几天，太宗赵光义便批回来了，只见上面用朱笔写着：

允如所请，着即为李煜每月增薪三百万钱。

这真是空谷足音，雪中送炭！后主夫妇把诏书看了又看，才望阙谢恩。三百万钱并非很大数目，后主在江南时挥金如土，三百万钱尚不够他一日耗费，而今时移势异，便不能不撙节用度。三百万钱不只是聊助无米之炊，而且使得后主不再为囊中羞涩、无钱沽酒而发愁了。小周后也一扫脸上愁云，显得非常高兴。作为亡国之俘，能够增加俸钱，后主夫妇很是满足，后主揽着小周后的衣裾，轻轻吟出了两句杜甫的诗：“却看妻子愁何在，漫卷诗书喜欲狂。”

小周后则报以妩媚的一笑。

一日，后主正潜心攻读佛经，太宗忽然传诏，让他至崇文院见驾。太宗见了后主，兴致颇高，指着满壁图书问："闻卿在江南颇好读书，此间书籍多是卿之旧物，迩来还读书否？"

后主伏地答道："臣在江南之日，虽雅好诗书，但政冗事繁，无暇分身。如今块然独处，无所事事，乞陛下允臣于此读书。"

太宗慷慨地说："这有何难，卿只须拟个书目，朕命内侍送去就是。"稍停，又戏谑地说，"金陵垂破之日，卿命保仪黄氏焚书，一时烟焰涨天，许多珍本秘籍都被付之一炬，令人叹惋不已，运来京师的多是断简残编，不成全璧，此举殊使人不解。书籍何罪，遭此厄运？"

后主见太宗旧事重提，也悔恨不已，如实答道："臣当时万念俱灰，忧惧不知所为，慌忙中铸成大错，如今后悔已迟，臣愿受陛下责罚！"

太宗笑笑说："如要追究焚书之事，何须等到今日！何况朕要卿来此，并非要责罚于卿。朕日理万机，今日拨冗来此，正欲与卿一叙，已命光禄寺安置筵席了，你我君臣须一醉方休！"

这一次见驾，后主对太宗产生了许多好感。在他脑海里，升起了一种美好憧憬，只要天子允许他如此生活下去，即使终老其间，也没有什么遗憾了。来汴京的路上，他曾想到过死，也曾想到过与烟波钓徒为伍，现在看来，那种疑虑是多余了。天子圣明，想必不会在一个亡国之俘身上做文章，更何况自己手里没有一兵一卒，不会对宋朝江山构成任何威胁！

不过，后主清楚自己的身份与处境，天子喜怒无常，今日优宠有加，明日便会系诸囹圄，倘稍一疏忽，章奏之间出现舛误，招来杀身之祸，那便悔之晚矣。思虑再三，他决定上疏天子，请求配备两名才思敏捷、精通章奏的人为书记，呈上了《不敢再乞潘慎修掌记室手表》：

> 昨因先皇临御，问臣颇有旧人相伴否？臣即乞徐元楀。元楀方在幼年，于笺表素不谙习。后来因出外，问得刘铱曾乞得广南旧人洪侃。今来，已蒙遣到徐元楀，其潘慎修更不敢陈乞。所有表章，臣且勉励躬亲。臣亡国残骸，死亡无日，岂敢别生侥觊，干挠天聪！只虑章奏之闲，有失恭慎，伏望睿慈，察臣素心。

原来刘铱归宋后，所有章奏都是南汉旧臣洪侃捉刀代笔，后主受此启发，便请求让徐元楀为自己代写笺表。不料奏疏递上不久，赵匡胤便遽然溘逝，太宗即位，才批准了后主的请求。但是徐元楀少不更事，对章奏一窍不通，后主只得自己动手。无奈之际，只得再次上疏，请求潘慎修为自己掌记室。潘慎修字德诚，博闻强记，谙熟经史，曾任江南的秘书省正字，归宋后为太子右赞善大夫。至于题目上冠以“不敢再乞”四字，那是作为降臣对天子虔诚的表示，是万万不能省却的。所幸的是，太宗并不为难，很快便答应了他的请求。

后主夫妇已经习惯了这种虽然贫穷但比较平静的生活，但是这种生活并未持续多久，厄运便再次降临到了他们头上。原来小周后在江南时就以美貌著称，人称小花蕊夫人。后主一行入朝之时，赵光义一眼便看出了她是倾国倾城的天生尤物，想弄到自己手中，只是当时他是一名藩王，虽对小周后垂涎三尺，却无由一亲芳泽，只能望洋兴叹。小周后入朝后被封为郑国夫人，按照惯例，凡有夫人称号者，都要与其他命妇一起入宫朝见后妃。随着赵光义即位为太宗皇帝，便有了窃玉偷香的机会。

赵光义曾自诩“视妻妾似脱屣”，似乎一尘不染，不近女色，事实上却是一个好色之徒。他任大内都点检时，一青州人携带十岁的女儿入京师办事，偶于路途上碰见了赵光义，光义见那女孩生得面目清秀，长成后必然成为美女名媛，一时动了邪念，命仆人安习将那女孩买回，女孩之父自然不允，安习便恃势将那女孩抢回光义府中。女孩之父无奈告了御状，赵匡胤甚为恼火，下诏捉拿安习，光义迅速将安习夫妇藏于府中，直至即位后方才放出。为酬谢安习之功，后来累升他官至节度留后。那女孩长大成人，果然出落得绰约多姿，她便是太宗的贤妃邵氏。

又据《烬余录》一书记载，后蜀国主孟昶降宋后，妃子花蕊夫人费氏也到了汴京。仅仅过了七天，孟昶即暴卒，花蕊夫人便留侍掖庭，甚得赵匡胤宠爱。赵匡胤有疾，赵光义前去探望，正值其兄在黑甜乡中未醒，只有花蕊夫人在旁服侍。光义色胆包天，竟然上前调戏费氏，被费氏拒绝，赵匡胤发觉后大为恼怒。光义惶窘中逃离宫掖，后来用弓箭射死花蕊夫人以泄私愤。太宗好色，几乎是朝野皆知，只是慑于他的权势，没人敢议论而已。

深秋的一天，小周后照例随着其他命妇入宫朝见皇后。迨至朝见完毕，小周后轻移莲步，准备返回时，却被内侍拦住了："陇西郡公夫人休走，官家有事相商。"

小周后有些不信："陛下可是要召见我？"

内侍答道："正是，请随我来。"

小周氏满腹狐疑，跟着内侍转过几座殿阁，来到了一个幽僻去处，太宗皇帝已等候在那里了。内侍阖上门，便退了出去，屋内只剩下太宗与小周后两人。第一次单独朝见天子，小周后有些惶惧不安，太宗安慰她说："随遇而安，卿不必拘泥。"

小周后见天子如此说，才放下心来，打量这座宫殿。殿后是一座假山，上面栽满了竹子，虽届深秋，仍然是翠荫纷披；假山下有一荷花池，此时荷叶已枯，在微风中飒飒作响，不由使人想起李义山"留得枯荷听雨声"那句诗。宫殿雕阑曲槛，雾阁云窗，仿佛阆苑仙馆。屋内玉轴牙签，汉鼎秦彝，藏书甚多。原来赵光义听政之暇，因爱这里僻静，常在此读书，有时也住在这里。光义见小周后不语，又问道："朕记得卿家是广陵人，卿父名叫周宗，卿之胞姊名叫娥皇，乃李煜之妻，已经下世多年。朕说得对吗？"

小周后想不到堂堂天子竟能知道她的籍贯与身世，连忙回答："官家日理万机，还记得这些民间琐事，臣妾十分感激。"

“京师不比江南，风土人情与金陵大异其趣，卿过得惯吗？”

“承官家系念，臣妾夫君去掉了违命侯爵号，改封陇西郡公，又增加了俸钱，安排潘慎修为掌书记，天高地厚之恩，当永志不忘！至于京师生活习俗，虽与江南不同，臣妾夫妇倒也习惯，无非是面食多些，米食少些，臣妾自会调剂。臣妾夫妇能有今日，皆出官家所赐，虽肝脑涂地，不足报官家于万一。”

两人说着闲话，不觉已是薄暮时分，小周后挂念后主，打算告辞回去。光义说：“卿何必匆遽而去，朕已传旨安排晚膳，卿用过晚膳再走不迟。陇西郡公那里，朕再派人知会。”

小周后忐忑不安：“臣妾草芥，怎敢与官家同案而食？若朝野闻知，飞短流长，教臣妾如何做人？”

赵光义仍然心平气和：“卿忒过虑了，此处宫殿远离尘嚣，‘结庐在人境，而无车马喧’，知之者不多。再说，朕为一国之主，与臣子一起进膳亦属常事，又有哪个敢出去饶舌？卿只管坐下就是。”

小周后执拗地说：“陇西郡公不会烹调，妾不下厨，他便有枵腹之虞了，乞官家开恩！”

赵光义微露不悦之色：“既然如此，朕命人送去一份御膳，陇西郡公可免去举火之劳了。卿还有何话说？”

既然天子安排得如此周到，小周后的确无话可说。但是她不明白，天子何以对她如此垂青。心里想着，吃饭时就有些心不在焉。赵光义在酒筵上已没了帝王的威严，频频地给小周后添菜，小周后木然地咀嚼着，却没有品出菜的味道。光义风卷残云般喝了几杯酒后，斟了一盅递给小周后：“今晚朕甚为高兴，卿勿负朕意，可饮此一杯。”

“乞官家恕罪，臣妾不会饮酒。”小周后离席向太宗赔情，猛一抬头，只见他火辣辣的眼睛注视着自己，便佯装夹菜，羞涩地低下了头。好在赵光义并没有难为她，关切地说：“卿既不饮，朕亦不便相强，待朕替卿饮了就是。”说着一饮而尽。

赵光义又自斟自饮了两杯，问小周后：“卿既是周宗之女，系出自簪缨之家，可读过诗书？”

“臣妾读过书，不过是略识之无而已，所知甚少，比不得家姊。”小周后故作谦逊。

“卿可知道‘一顾倾人城，再顾倾人国’这两句诗吗？”赵光义故意试探她。

小周后当然知道这两句艳诗的出处，此时此地，堂堂天子竟然背诵出这样的诗，真令她大惑不解，便说：“臣妾记得这两句诗，但知之不详。”

赵光义笑吟吟地说：“西汉的李延年精通音律，妙解歌舞，颇得汉武帝刘彻赏识。一次李延年侍奉刘彻时，脱口而出唱了一支歌：

北方有佳人，绝世而独立。

一顾倾人城，再顾倾人国。

宁不知倾城与倾国，佳人难再得！

“刘彻颇为欣赏这支歌，只是觉得世上没有此等倾国倾城、摄人魂魄的女子。刘彻之姊平阳公主举荐李延年之妹侍奉武帝，那女子果然生得千娇百媚、顾盼生姿，倾国倾城四字到底有了着落。”

小周后心头掠过一丝惊慌。天子背诵这首诗，显然不是卖弄才学，而是包藏祸心，想在自己身上做文章。这时她才醒悟过来，把自己哄骗到这里来，又摆下酒筵，原来是赵光义精心设计的圈套！她暗暗告诫自己，一向冰清玉洁，决不能失足，一失足成千古恨，要伺机逃脱。于是佯装不懂说：“臣妾不明白官家为何要背诵这支歌，与臣妾有关吗？”

“卿是明知故问，还是真的不懂？朕自睹卿芳容，魂萦梦系，寤寐难忘。卿就是那倾国倾城的李延年之妹，朕便是那汉武帝刘彻。”

小周后大惊失色：“臣妾是残花败柳，怎及得李延年之妹李夫人，官家未免比拟不伦。”

赵光义步步紧逼，毫不放松，刚才那一副宽厚仁慈的面孔已荡然无存：“依朕看来，卿胜过李夫人十倍！今晚不必回府，侍寝陪朕吧。”

小周后伏地哀求：“官家后宫佳丽三千，粉黛如云，何必在乎一个亡国女子，乞放臣妾出宫！”

赵光义有些愠怒了：“后宫佳丽虽多，朕皆视之如粪土。朕贵为人主，富有四海，要觅一女子荐枕，哪个敢拂朕意？”

赵光义的话近乎市井无赖，使小周后感到悲凉，她决定以死抗争。于是杏眼圆睁，柳眉倒竖，大声说："官家如果逼人太甚，臣妾便死在这里。官家须知臣妾是良家女子，非青楼卖身荡妇。"

"卿要寻死觅活，悉听尊便。"赵光义连连冷笑，"朕既能封李煜为郡公，增加他的俸禄，当然也能将他贬谪远恶州郡，受无穷之苦。生杀予夺，都在朕一念之间，卿应明白。"

这分明是威胁，但又说得斩钉截铁，赵光义既能说得出口，当然也能做得出。连嫡亲兄长都敢毒死的人，还有什么事不敢干？小周后丢不下相濡以沫的夫婿，自己一死，便可一了百了，但是李煜却要遭受灭顶之灾，想到这里，她便失去了抗争的勇气。

赵光义见小周后沉默不语，知道刚才的恫吓已经起了作用，又变得温和起来："解铃还须系铃人，卿只要侍寝伴朕，朕决不负卿夫妇。"

小周后无话可说，双手掩面而泣。赵光义不失时机地上前捉住了小周后的双手，见她没有反抗，便轻轻将她抱起，放在了龙床上，如饿虎扑羊般压在了小周后身上。

窗外风疏雨骤，殿内灯烛煌煌，小周后已记不清怎样度过了这耻辱的一夜，第二天早晨才踉踉跄跄地回到了家里。

若要人不知，除非己莫为。太宗强逼小周后伴寝一事，在宋朝就已沸沸扬扬，举国皆知，当时有好事者画有《熙陵幸小周后图》，流传颇广。熙陵指宋太宗，宋太宗死后葬永熙陵，明人沈德符、清人王士桢均见过此图。沈德符在其所著《万历野获编》中写道：

偶于友人处，见宋人画《熙陵幸小周后图》：太宗头戴幞头，面黔色而体肥，器具甚伟；周后肢体纤弱，数宫人抱持之，周作蹙额不能胜之状。盖后为周宗幼女，即野史所云："每从诸夫人入禁中，辄留数日不出，其出时必詈辱后主，后主宛转避之。"即其事也。此图后题跋颇多，但记有元人冯海粟学士题云："江南剩得李花开，也被君王强折来。怪底金风冲地起，御园红紫满龙堆。"

再说小周后回到府第，后主已倚闾而望多时了，他问妻子："昨夜我数尽更筹，不见你回归，令人一夜不眠！"

小周后扑在后主怀里，只说了句："天子对妾非礼。"便哽咽着说不下去了。

后主乍闻此言，如五雷轰顶，只觉得天旋地转起来，这可真应了"贫贱夫妻百事哀"这句古诗。在江南时，谁人敢打皇后的主意？时至今日，一切都无从说起了，谁叫自己是亡国之君！赵光义是威风凛凛的天子，即使要人性命，也在指顾俄顷之间，要一个亡国女俘荐枕，就更不在话下了。小周后见后主怔在那里，用手捶他的胸膛说："不能庇护一荏弱妻子，你枉为须眉！"

后主知道小周后受了委屈，想找个发泄的地方，便任她捶打，讷讷地说："李煜无能，未能庇护妻子，但你也应该明白，我有何力量与天子抗衡？"

小周后恍然大悟，后主并无过错，不该责怪他，哭泣着说：

“妾清白之身被天子玷污，异日有何面目见列祖列宗于九泉之下？”

后主安慰她说：“事已至此，我不怪你白圭之玷就是。”两人相拥无言，一任泪水流淌。

但是事情并未到此结束，太宗只要心血来潮，便宣召小周后入宫，恣其淫乐。后主无奈，只得婉转回避。小周后每次从宫中出来，都是以泪洗面，羞愧难当。她多次想到过死，但又怕天子为难后主，只能忍辱负重，苟且偷生。

后主心里也异常沉重，每逢小周后被召入宫，他都目不交睫，彻夜难眠，盼望她能安然归来。痛苦、悲愤、无奈、惶恐一齐涌上心头。于是，一阕感慨万端的词便脱口而出：

相见欢

林花谢了春红，太匆匆！无奈朝来寒雨晚来风。

胭脂泪，留人醉，几时重？自是人生长恨水长东！

词中的林花乃是指园林之花，正当葳蕤盛开之时，忽逢朝来寒雨，晚来朔风，花朵被摧残得七零八落，无人能抵御寒雨朔风，因此显得分外无奈。其实，这朵林花不是别人，后主指的是小周后。胭脂泪自然是指小周后受辱后的泪，留人醉是说小周后入宫后，自己只能以酒浇愁，往往喝得酩酊大醉，好暂时忘却痛苦。这真是人长有恨，水长向东！

身为囚虏，妻子被辱，后主精神几乎崩溃了。无奈之中，他便借酒浇愁，只有在酒醉时他才能忘却痛苦，“万事不如杯在手，人生几见月当头”，他整日喝得烂醉如泥。小周后知他心情不好，也不去拦阻，任凭他醉了醒，醒了又醉，天天靠酒来打发这无聊岁月。白天还好度过，每逢夜阑更深，酒醒之后，四壁沉沉，孤灯明灭，前尘往事便一一涌上心头。如果自己不是降生在帝王之家，如果斩断情缘，早早遁入空门，焉有今日这许多烦恼？如今这一切都晚了。

窗外下起了淅淅沥沥的秋雨，一滴滴似乎都敲打在他心扉上。他已毫无睡意，披衣下床，伏案疾书，写成一阕词：

乌夜啼

昨夜风兼雨，帘帏飒飒秋声。烛残漏断频欹枕，起坐不能平。

世事漫随流水，算来一梦浮生。醉乡路稳宜频到，此外不堪行！

掷笔长叹，唏嘘不已。反复吟诵，总觉得言不尽意，于是又写成一首七律：

九月十日偶书

晚雨秋阴酒乍醒，感时心绪杳难平。

黄花冷落不成艳，红叶飕飗竞鼓声。

背世返能厌俗志，偶缘犹未忘多情。

自从双鬓斑斑白，不学安仁却自惊。

小周后一觉醒来，见后主挑灯写诗，怕他着凉，便拿起一件衣服，轻轻给他披上，嗔怪地说："如今只有你我相依为命，白日闲暇尽多，何苦挑灯夜书，要是你因此累坏了身体，贱妾还能依靠何人？"

后主握住小周后的手说："骨鲠在喉，不吐不快，我要用这管笔，抒发心中的不平，让后世知道你我夫妻在汴京的遭遇。"

小周后掩住后主的嘴说："你真是胆大包天，我们夫妻在此说话，须防隔墙有耳。自古及今，以诗文贾祸者甚多，你何苦重蹈覆辙，自讨罪过！这些诗词，还是焚烧了吧。"

后主生怕诗稿被小周后抢走，下意识地用手捂住，动情地说："这些文字都是我入宋后椎心泣血之作，焉能一焚了之？况且张洎告发我写诗谋反，我不是安然归来了吗？你休要多疑！"

小周后叹口气说："害人之心不可有，防人之心不可无，你能确保没有第二个张洎告发？何况当今天子连妾身都要占有，焉知不会以诗文定罪！"

后主说："你说的是，我尽量小心谨慎，免得授人以柄，又遭飞来横祸。"

夫妻喁喁絮语，不觉更筹已尽，这才感到困倦不堪，遂展衾相拥而睡。

第二十三回 风雨如晦 后主归天

春花秋月何时了？往事知多少。小楼昨夜又东风，故国不堪回首月明中！

雕阑玉砌应犹在，只是朱颜改。问君能有几多愁，恰似一江春水向东流。

——李煜（937—978）

岁月不居，时光如流，转眼已是太平兴国三年（978）暮春，后主在汴京已居住两年多了。身处逆境，妻子受辱，在他心灵上留下了深深创伤。为了在沉醉中得到解脱，他已经是嗜酒如命了。事大如天醉亦休，他几乎是无日不饮，无日不醉。一日，他在府第的花苑中徘徊，看见残花败蕊一朵朵从枝头上落下，想起了自己的身世，不禁感慨万分，脱口咏出了“莺狂应有限，蝶舞已无多”两句诗。回到屋中，又饮了几杯酒，不觉醉意朦胧，乘着醉意在屋门上写了两句诗：“万古到头归一死，醉乡葬地有高原。”还有两句未写，忽然不胜酒力，颓然倒地睡去。小周后费了很大气力，才把他搀扶到床上。

后主心情既恶，又日日饮酒，不久便身染疾病，辗转床褥，显得憔悴不堪。这一下忙坏了小周后，又是做饭，又是煎药，几乎是衣不解带，彻夜不眠。后主病体支离，瘦骨嶙峋，感激地对小周后说："因我之故，害得你奔走劳累，实在是于心不安。"

小周后替他掖好被褥，安慰他说："你我夫妇，患难相依，煎药熬汤，乃是应有之义，还客套什么？"

后主勉强笑了笑算是道歉，然后侧身睡去。

功夫不负有心人，经过小周后精心照料，侍奉汤药，后主的病渐渐有了起色。他毕竟只有四十二岁，正在壮年，只因饮酒过度，伤了脾胃，再加上心情郁闷，才恹恹成疾。小周后找来医书，细细钻研，然后对症下药，又注意饮食调剂，后主的身体日见好转。

隔了几天，后主自觉身体稍好，便对小周后说："半月多不读诗书，一切都觉得荒疏了，烦夫人替我拿书来。"

小周后说："有病之人，应当安心颐养，等到康复，再读书不迟。"

后主恳求说："我自幼养成了读书之癖，一日辍读，便寝食不安。书可医愚，亦可疗疾，一卷在手，其乐融融，宁可不食，也不可废了诗书。"

"妾早就知道你是读书的种子，不是治国的明君。"小周后有意调侃，好使他心情愉快，"怪不得祖宗基业都断送在你手里！"

后主叹口气说："你说的何尝不是！江山是无须再说了，至于读书，今日仍然乐此不疲，知我者，妻子也。"

小周后仍端坐不动，关切地说："大病初瘳，不可过分劳累，今日就不必读书了。你可以即兴吟诗作词，妾擘笺调墨，记录下来，如何？"

后主忙说："使得，使得！"清了清喉咙，想了一下，便拟一首五绝，题目是《病中感怀》：

风威侵病骨，雨气咽愁肠。

夜鼎唯煎药，朝髭半染霜。

小周后书写完毕，评判说："前两句开头用了风雨两字，是说风刀霜剑，镇日相逼，因此而染疾，这是虚写。第三句是写我煎药，第四句是说经过一场大病，你的胡须都有一半花白了，这是实写。恕妾直言，这首诗过于直白，算不得上乘之作。"

后主见她分析评判得异常认真，赞许地说："夫人不愧是周宗之女，剖析允当，切中腠理。我又想好了一首七律，烦夫人记下，题目尚未酌定，就叫《无题》吧：

病身坚固道情深，宴坐清香思自任。

月照静居惟捣药，门扃幽院只来禽。

庸医懒听词何取，小婢将行力未禁。

赖问空门知气味，不然烦恼万涂侵。”

小周后放下笔，仔细看着诗句说：“这首诗也平平，除了颔联‘月照静居惟捣药，门扃幽院只来禽’两句稍有气势外，首联、颈联、尾联均不可取。妾劝你今后只填词，不必作诗了。”

后主连连点头：“从此不写诗，亦藏拙之一法。有你指点迷津，令人额手称庆，快去取酒来，让我浮一大白！”

小周后不高兴地说：“大病之人，怎能饮酒？万一出事，谁任其咎？莫非你要效法‘三百六十日，日日醉如泥’的李白？待痊愈后随你饮多少，今日不可。”

后主受了一顿抢白，虽然知道她是一片好意，心中却有些不快。两人正说话间，守门人忽然领进一个渔人来。只见他身披蓑衣，头戴斗笠，手提鱼篓，一身渔家打扮。他四顾无人，低声说道：“国主、皇后，还识得臣否？”

后主有些迷惘地说：“我自幽禁此间，亲朋故旧都已疏远，实在想不起曾在哪里觌面了。”转脸问小周后：“你可认得他？”

小周后搬来一条凳子，让那人坐下，对后主说：“你好糊涂，你在江南时日日临朝，尚不认得他，妾居深宫，不预朝政，怎会认识？”

渔人道：“臣名郑文宝，乃郑彦华之子。开宝九年与国主一道降宋，现在居住京师。”

后主惊讶不已，指着他这身打扮说：“你怎么成了渔翁，难道也落魄江湖了？”

郑文宝道：“臣父与宋对垒，拥兵不战，导致败绩，有负国家，臣不胜羞愧。江南覆亡，天子下诏江南旧臣皆许录用，臣无意入仕，因此栖迟京城，不预仕列。几次想谒见国主，又怕外人生疑，朝廷难为国主，因此特扮作渔人。”

后主感动地说：“难得你一片至诚，还记挂着我。我如今身为囚虏，际遇还不如一介平民，不必叫我国主，直呼我的名讳好了。”

“那怎么使得？不管国主际遇如何，在臣心目中仍是国主。”

后主苦涩地笑了笑，又问他说：“如今京师米珠薪桂，居大不易，你何以为生？”

“臣离江南之日，已将家中积蓄扫数携来，虽然清贫，还差可度日。近日臣贩鬻于京师江南之间，得知江南士庶颇怀念国主，心中甚为高兴，才冒险前来告知的。”

“真是如此？”后主眼睛蓦地一亮，“江南社稷失于我手，百姓应该恨我骂我，怎会怀念我？”

“时至今日，臣何必说谎？”郑文宝一脸虔诚，“江南士庶都说，国主虽不善治国，但并无苛虐之政，蚩蚩小民在国主治下皆获苏息，于今记忆犹新。加上国主无罪被系，百姓皆怜叹不已，听说有些地方还为国主立了生祠呢，这真是人心不泯啊！”

“惭愧，惭愧！李煜愧对上苍，愧对江南百姓！”后主以手加额，喃喃自语。

郑文宝怕多坐惹人生疑，便起身告辞。临走时又关照后主说：

"臣斗胆奉劝国主，请多多保重身体，不必因贫贱而戚戚不安，也不必因失国而耿耿于怀，芥千金而不眄，屣万乘其如脱，唯有如此，才能无忧无虑，忘却烦恼。国主熟读经卷，自然明白个中真谛。臣去了，国主千万珍重！"

后主夫妇目送郑文宝出了大门，只片刻工夫，郑文宝又踅了回来，对后主说："臣见了故主，只顾说话，却忘了正事。"说着，从身上掏出两锭银子来，放在桌子上，"臣知道国主来汴，用度拮据，此两锭银子是臣贩鬻所得，聊助无米之炊，不成敬意，勿嫌菲薄！"

后主想起张洎敲竹杠并告发他谋反的事，心中便泛起一阵厌恶。如今郑文宝靠贩鬻为生，还系念故主，送来银两，两相对比，贤愚真是相差霄壤！郑文宝往来奔波，只赚些蝇头微利，谋生也不容易，不能随便接受他的馈赠。便说："你的情我们夫妇领了，这两锭银子却不能要。你家生活也未必宽裕，不必惦记我们！"

小周后拿起银子，要往郑文宝口袋里塞。郑文宝连忙用手推挡说："国主若是不收，臣就长跪不起了。"

后主见推拒不掉，便对小周后说："你权且收下，以后再说。"郑文宝这才高高兴兴地又说了声："国主、皇后千万珍重！"转身走了。

后主已经很久没有听到这种暖人肺腑的话了，很想留郑文宝多坐一会儿，问问江南情况，但是一想到门口站着的那些赳赳武夫，话便没有出口，只怅然地望着郑文宝提着一只空荡荡的鱼篓，恋恋不舍地走出了利仁坊。

后主已经彻底痊愈了，又恢复了往日读书饮酒的平静生活。一天，他读杜牧的《张好好诗》，不禁引起了共鸣：

朋游今在否，落拓更能无。
门馆恸哭后，水云秋景初。
斜日挂衰柳，凉风生座隅。
洒尽满襟泪，短歌聊一书。

掩卷遐思，他想起了保仪黄氏，御嫔流珠，宫人乔氏、秋水、窅娘等人。保仪黄氏与宫人乔氏，跟随后主一起到了京师，现在不知居住何处；至于窅娘、流珠、秋水诸人，不知流落何方，更难以寻觅了。就是保仪黄氏和宫人乔氏，虽然与后主同居京城，也是咫尺天涯，无缘相见。回想当年江南兴旺之时，朝夕相处，无限欢乐，每逢秋高气爽时节，便与她们登楼远眺，欣赏江南秀丽景色，有时流连忘返，直到晚霞似火、流光溢彩的薄暮时分，才返回宫掖。如今天各一方，相见无期，此情此景，依稀如梦，令人难堪。他想把自己的遭遇告诉她们，但提起笔来，只写了“此中日夕只以眼泪洗面”一句，便再也写不下去了。这里禁卫森严，不必说书信无法递出，就算能够递出，四海茫茫，又知道此刻她们在哪里？他把信笺揉作一团，掷向屋角。此刻只觉得思潮激荡，百感交集，他在屋内踱着步子，一时诗情坌涌，一连写了几首词：

其一　子夜歌

人生愁恨何能免？销魂独我情何限！故国梦重归，觉来双泪垂！

高楼谁与上？长记秋晴望。往事已成空，还如一梦中。

其二　相见欢

无言独上西楼，月如钩。寂寞梧桐深院锁清秋。

剪不断，理还乱，是离愁。别是一般滋味在心头！

其三　浪淘沙令

往事只堪哀，对景难排！秋风庭院藓侵阶。一任珠帘闲不卷，终日谁来？

金锁已沉埋，壮气蒿莱！晚凉天净月华开。想得玉楼瑶殿影，空照秦淮。

后主一气写完，自己读了一遍，便伏案痛哭。

尽管后主深居简出，不预世事，但仍有一双眼睛盯着他。这双眼睛不是别人，就是手握生杀大权但又心地褊狭的宋太宗赵光义。

赵光义早就知道后主是个文不能治国、武不能安邦的角色，因此并未把他放在心上，可是不久就发现，这个估计是大错特错了。江南不断有官员回来上奏，说那里的百姓怀念他，千方百计打听他的安危，甚至有些地方竟为他立了生祠。太宗弄不明白，一个废黜国王，为什么会有这般摄人魂魄的力量？是凭他的文治武功？还是他气节可风？真让人百思不得其解！不但在江南，就是在京师，也处处感觉到李煜的存在。太宗同其兄一样，也好微服出游，体察民情，奇怪的是，不论是在通衢大道，还是僻街陋巷，到处都有人吟诵、传抄后主的诗词。太宗隐隐觉得，这是一种不祥之兆。大宋立国不久，繁荣昌盛，如日中天，京城里却有那么多人读一个亡国之君的作品，这是对新王朝的嘲讽，抑或是对覆亡政权唱的挽歌？看来，李煜的存在，对大宋来说，是个不稳定的因素，要消除这一影响，就必须从根本上除掉他。但是，事情又十分棘手：李煜一向循规蹈矩，并无过错，骤加诛杀，恐怕天下人不服。太宗只得隐忍不发，等待时机。

机会终于来了。

这年的七月七日，是后主四十二岁初度，也是天上牛郎织女相会、人间穿针乞巧的日子。相传七夕之日，天街之上，夜凉如水，银河清浅，凡诸乌鹊，皆比翼成桥，以便牛郎、织女渡天河相会。杜牧有《秋夕》诗云：

银烛秋光冷画屏，轻罗小扇扑流萤。
天阶夜色凉如水，卧看牵牛织女星。

归宋之前，后主照例都要在此日大事庆祝，灯红酒绿，尽兴方休。归宋后百无聊赖，心绪不佳，已经没有心思理会此事了。小周后提出，后主大病初愈，应该举行一次小型祝寿活动，乞求上天赐福，保佑后主福泽绵长，后主拗不过她，只得依从。只是娴于品竹弹丝的江南宫人，俱已萍踪浪迹，不知去向，如今只剩下几个略会唱曲的侍女，比起在江南时的祝寿活动，是大大不侔了。虽然席间也有琴韵悠扬，笙簧谐鸣；也有彩裾翩翩，长袖曳地；也有鬓影留香，歌声戛玉；尽管人人强颜欢笑，举觞劝酒，后主仍然心不在焉。他的思绪又飞回了江南，飞到了生他养他的父母之邦，飞回了金陵宫阙。羁留汴京已经两个半年头了，在这九百多个日日夜夜里，他哪一天不系念着金陵！那一片巍峨壮丽的宫阙，那些稔熟的雕阑玉砌，应是安然无恙，只是风雨残蚀，恐怕已失去了旧日的容貌！而今身为囚虏，长夜漫漫，不知何日才是尽头！他端着酒杯，泪水却潸然顺颊而下，滴入了酒杯。小周后连忙给他揩干泪水，悄声在他耳边说："今天是你寿诞之日，应该高兴才是，何苦去想那千古兴亡之事？何况古往今来失掉江山的，又不止你一人！"

后主强抑悲愤，挥笔写成歌词一阕，交给宫女们演唱，他要把胸中的愤懑都宣泄出来。那阕回肠荡气的词，可称千古绝唱：

虞美人

春花秋月何时了？往事知多少。小楼昨夜又东风，故国不堪回首月明中！

雕阑玉砌应犹在，只是朱颜改。问君能有几多愁，恰似一江春水向东流。

侍女们哭着唱着，那歌声高亢激越，悲壮苍凉，在天际回响，满座之人无不掩袖而泣，后主、小周后也不禁呜咽了。

后主在府第祝寿的消息，早有人上奏给了太宗。他命人把后主归宋后所写的诗词搜集到一起，仔细寻找其中的破绽。他的目光落在《望江南》词上："还似旧时游上苑，车如流水马如龙。"旧情令人萦念，这也无可厚非，人非草木，孰能无情？但是接下来便是"多少泪，断脸复横颐"，因怀旧而垂泪，显然是对今日的处境不满了。再往底下读去，太宗的目光又停留在《子夜歌》的"故国梦重归，觉来双泪垂"两句上，他不禁皱起了眉头。看来李煜是个多愁善感之人，几乎每一篇都离不了愁、泪二字，男儿有泪不轻弹，就算丢掉江山，又何至于如此！南汉国主刘𬬮于开宝四年被俘至京师，比李煜还早了五年，他对自己的处境何曾有半点牢骚？偏偏李煜有一支笔，就耐不得寂寞了，写了那么多词，竟没有一句提及君王圣明，这分明是对社稷覆亡耿耿于怀了。而更使太宗愤怒的，还是那一阕《虞美人》，他一眼就盯在前半阕"小楼昨夜又东风，故国不堪回首月明中"上，这分明是抗争，是怨恨，是控诉；而"雕阑玉砌应犹在，只是朱颜改"一句，又是对大宋天子的直接攻击了，不正是大宋军队灭掉江南，才使江南的雕阑玉砌改变了颜色吗？兴衰存亡，皆系天意，如此怨谤，岂能容忍！他想了想，便把江南旧臣徐铉召来说："卿近日曾见李煜否？"

徐铉据实回奏说："臣自归朝以来，就已不与李煜往来了。没有陛下旨意，臣怎敢私自谒见故主，自取罪戾！"

太宗道："卿只管前去，只说奉朕命相见，便无人敢拦阻了。"

徐铉甚觉诧异，不知天子为何此时派他去探望故主，又不敢询问，便动身前往后主住处来。行至门口，果然被守门人挡了驾："天子有旨，任何大臣均不得与李煜私下来往，大夫请回。"

徐铉不慌不忙地说："我乃奉旨而来，愿见陇西郡公，并非私下来往。"

守门人让徐铉在门前等候，自己前去通报。停了片刻，只见后主纱帽道服而出。徐铉细细打量他，两载半不见，后主已是鬓染秋霜，皤然老翁了，心里好生不是滋味。他正要下拜，后主匆匆下阶，挽了他的手拾级而上，小周后早搬出两把椅子并排放着。徐铉欲以旧臣之礼参拜，后主不允说："时至今日，岂能再行此礼！"徐铉推辞不过，只得把椅子拉得稍偏，方敢就座。后主见了故人，不觉触动旧情，先是拉住徐铉大笑，稍停，又痛哭不已。徐铉欲待劝慰几句，恐怕触动后主隐痛，越发大哭不止，欲待陪着痛哭，又怕天子知道怪罪，一时心神不定，莫知所从。

有顷，后主方才问道："我自入此处，只见过张洎、郑文宝两人，你何以能来？"

徐铉道："我也是奉旨而来，看看郡公安否？"

后主叹口气说："庾信有云：'世途旦复旦，人情玄又玄。'信哉斯言。我已贫穷至此，张洎还来打秋风，又告我以诗谋反；郑文宝却赠我银两。人在贫贱之中，才见真情。"

徐铉附和说："张洎心术不正，郡公莫再提他，倒是郑文宝古道热肠。”

后主又说：“入宋以来，度日如年，鸟入樊笼，甚少乐趣。今日求为一布衣亦不可得，每念及兹，便痛彻肝肠！”

徐铉恐怕守门人听见，小声安慰说：“时势如此，想是天意，还请郡公珍重！”

后主喟然长叹说：“我只悔当日错杀了林仁肇、潘佑、李平，不然，岂有今日之厄！”

这真是石破天惊，后主在禁锢之中竟然说出这样大逆不道的话来，吓得徐铉出了一身冷汗。他不敢随声附和，只得含糊其词，略略寒暄几句，便告辞而出。

徐铉刚走出利仁坊，太宗便又召见他了，询问后主有何言语，徐铉不敢隐瞒，只得据实回奏。太宗大怒，命御医准备了一坛毒酒，又差内侍去召廷美。那赵廷美爵封秦王，当时正任开封府尹之职，是赵匡胤、赵光义的嫡亲兄弟。那夜月明星稀，已是子时，廷美睡得正熟，被内侍召到了殿中。他揉着惺忪睡眼，满脸倦容地问：“陛下夤夜召见，莫非是辽朝出兵相攻？”

赵光义莫测高深地笑了笑：“非关辽朝进攻之事。李煜今日寿辰，朕已备下薄酒，卿可前往祝贺，免得他说朕刻薄寡恩。”

廷美这才放下心来，不解地说：“陛下既要为他祝寿，何不白天送酒，非等晚上不可？”

“朕日理万机，政务丛脞，忘了此事，迨到夜晚，方才想起。你是朕的嫡亲兄弟，派你前往，如朕亲行，以示隆重。”

廷美仍然犹豫："此时想必早已曲终人散，李煜夫妇已经安寝，还是明日再送吧。"

"朕已差人打探，寿筵未散，你可速速前往。"

廷美无话可说，只得携酒前往。后主本欲作长夜之饮，果然尚未撤筵，见是秦王到来，不禁受宠若惊，忙不迭道谢说："李煜乃亡国之俘，怎敢劳动秦王大驾。"

廷美虽是天子之弟，却一向谦恭随和，不以皇亲自诩，与后主相处甚得，真诚地说："郡公何须如此谦让！孤奉旨为郡公祝寿，谨祝郡公福泽绵长，韶光永驻！"

后主说："陛下记挂此等琐事，令人永铭肺腑！"

廷美指着带来的御酒说："这一坛上等佳酿，乃是宫掖所藏，天子所用之酒，今日就饮此酒如何？"说着命人打开酒坛，廷美亲自斟满一樽，递给后主说，"孤代天子敬郡公一杯！"

后主接过酒杯，正欲一饮而尽，小周后忽然拦住说："郡公素来孱弱，今日饮酒已是过量，不可再饮，臣妾请代饮此杯。"

廷美不觉一愣："此杯本是孤代天子敬酒，郡公不饮，岂不拂了天子之意！"

后主把酒放在鼻子上嗅着，只觉得芳香凛冽，使人馋涎欲滴，便推开小周后，庄重地说："圣上赐酒，乃李煜无上荣耀，岂能让妇人代饮？那样岂不亵渎了圣上？"说着，一饮而尽。

廷美满心欢喜，又连斟几杯，后主坦然不疑，如风卷残云，喝得点滴不剩。正要谢恩，忽觉腹疼如绞，额上冷汗淋漓，双脚像没根浮萍似的站立不稳，摇晃了几下，便重重地倒在地上，手中的酒杯摔了个粉碎，手足也顿时抽搐起来。

廷美吃惊地说："郡公想是中酒，快快奏与陛下，派御医前来诊治。"从人只道后主真的中酒，如飞般报告天子去了。

其实，后主饮的是牵机药酒，此酒剧毒无比，只要沾唇便痉挛抽搐，只消片刻，便头足相就而死，状如牵机，故名牵机酒。太宗心狠手辣，做事又十分诡秘，连廷美也被他瞒过了。（南汉国主刘鋹、吴越国王钱俶，均被他毒死，不得善终。）可怜后主痛苦地挣扎着，然而这一切都是徒劳了，任凭小周后呼天抢地般痛哭，后主还是含着一腔悲愤离开了人世！

草木殒涕，山河含悲，愁云漫漫，阴霾满天。凶讯传至江南，父老子弟皆巷祭而哭。

太宗得知后主已死，内心异常高兴，表面上却不露声色，说是要治御医之罪，同时假惺惺地赠以太师头衔，追封吴王，命宗正寺以厚礼葬于洛阳北邙山，又辍朝三日，表示哀悼。尽管如此，他仍恐朝野不服，下诏命侍臣为李煜撰写碑文。大臣们不约而同地将目光投向了徐铉，因为无论是他与后主的关系，还是论才学，他都是最合适的人选，太宗便下诏让他撰写碑文。

徐铉泣奏道："臣旧事李煜，陛下容臣存故主之义，乃敢奉诏。"

赵光义点了点头："这个何须多说，朕照准就是。"

徐铉懂得，写李煜的碑文不是一件轻松的事，一是要体现出大宋天子对他圣眷优渥，二是不能替李煜歌功颂德，更不能透露半句他被害的真相，否则自己便有杀头之虞了。斟酌再三，徐铉只能用“历数有尽，天命有归”八个字概括李煜的一生，并据此敷衍铺陈，写出一篇让赵光义满意的碑文来。真不愧是斫轮老手，只用了两天工夫，徐铉便炮制出了一篇洋洋洒洒的《大宋右千牛卫上将军追封吴王陇西公墓志铭并序》：

> 盛德百世，善继者所以主其祀；圣人无外，善守者不能固其存。盖运历之所推，亦古今之一贯。其有享蕃锡之宠，保克终之美，殊恩饰壤，懿范流光，传之金石，斯不诬矣。
>
> 王讳煜，字重光，陇西人也。昔庭坚赞九德，伯阳恢至道，皇天眷佑，锡祚于唐。祖文宗武，世有显德。载祀三百，龟玉沦胥。宗子维城，蕃衍万国。江淮之地，独奉长安。故我显祖，用膺推戴。淳耀之烈，载光旧吴。二世承基，克广其业。皇宋将启，玄贶冥符。有周开先，太祖历试，威德所及，寰宇将同。故我旧邦，祗畏天命，贬大号以禀朔，献池图而请吏。故得义动元后，风行域中，恩礼有加，绥怀不世。鲁用天王之礼，自越常钧；鄫存纪侯之国，曾何足贵。王以世嫡嗣服，以古道驭民，钦若彝伦，率循先志。奉蒸尝，恭色养，必以孝；宾大臣，事耇老，必以礼。居处服御必以节，言动施舍必以时。至于荷

全济之恩，谨蕃国之度，勤修九贡，府无虚月；祇奉百役，知无不为。十五年间，天眷弥渥。然而果于自信，怠于周防，西邻起衅，南箕构祸。投杼致慈亲之惑，乞火无里妇之辞。始劳因垒之师，终后涂山之会。太祖至仁之举，大赉为怀，录勤王之前效，恢焚谤之广度。位以上将，爵为通侯，待遇如初，宠锡斯厚。今上宣猷大麓，敷惠万方，每侍论思，常存开释。及飞天在运，丽泽推恩，擢进上公之封，仍加掌武之秩。侍从亲礼，勉谕优容。方将度越等彝，登崇名数，呜呼！阅川无舍，景命不融，太平兴国三年秋七月八日，遘疾薨于京师里之第，享年四十有二。皇上抚几兴悼，投瓜轸悲。痛生之不逮，俾殁而加饰，特诏辍朝三日，赠太师，追封吴王，命中使莅葬。凡丧祭所须，皆从官给。即其年冬十月日，葬于河南府某县某乡某里，礼也。

夫人郑国夫人周氏，勋旧之族，是生邦媛，肃雍之美，流咏国风，才实女师，言成阃则。子左千牛卫大将军某，襟神俊茂，识度淹通。孝悌自表于天资，才略靡由于师训，日出之学，未易可量。

惟王天骨秀异，神气清粹，言动有则，容止可观。精究六经，旁综百氏。常以为周、孔之道，不可暂离，经国化民，发号施令，造次于是，始终不渝。酷好文辞，多所述作。一游一豫，必以颂宣。载笑载言，不忘经义。洞晓音律，精别《雅》《郑》，穷先王制作之意，审风俗淳薄之原，为文论之，以续《乐记》。所著文集三十卷、杂说百篇，味其文，知其道矣。至于弧矢之善，笔札之工，天纵多能，必造精绝。本以恻隐之性，仍好竺乾之教，草木不杀，禽鱼咸遂。赏人之善，常若不及；掩人之过，惟恐其闻，以至法不胜奸，威不克爱。以厌兵之俗，当用武之世。孔明罕应变之略，不成近功；偃王躬仁义之行，终于亡国。道有所在，复何愧欤？呜呼哀哉！

二室南峙，三川东注，瞻上阳之宫阙，望北邙之灵树，旁寂寂兮迥野，下冥冥兮长暮。寄不朽于金石，庶有传于竹素。

写完碑文，徐铉意犹未尽，又写了《吴王挽词》两首：

其一

倏忽千龄尽，冥茫万事空。

青松洛阳陌，芳草建康宫。

道德遗文在，兴衰自古同。

受恩无补报，反袂泣途穷。

其二

士德承余烈，江南广旧恩。

一朝人事变，千古信书存。

哀挽周原道，铭旌郑国门。

此生虽未死，寂寞已消魂。

太宗赵光义仔细阅读墓志铭，见文中对赵匡胤和他有许多推崇之辞，对于后主，只说他才学纵横，识度淹通，而不及其他，甚为高兴，下诏旌赏徐铉。

时隔两个月，赵光义又想起了小周后，脑海里便浮起了她的身影。以前宣召她入宫，她虽不敢抗拒，却往往是泪流满面，泣不成声，每当这个时候，他便想起了白居易《长恨歌》中“梨花一枝春带雨”那句诗，心旌摇荡，难以自持。看看后主安葬已毕，料想小周后已不再悲痛，便差内侍宣召她进宫，好鸳梦重温。

小周后冷冷地对内侍说：“陇西郡公尸骨未寒，妾不能入宫，烦公公转告陛下。”

内侍兀立不动，声色俱厉：“天子宣召，谁敢逆命？”

小周后并不畏惧，大声嚷道：“郡公在日，妾忍气吞声，怕郡公因此而受辱，如今郡公已死，未亡人何惜九泉相随！”说着，返身拿起一把剪刀就要自戕，吓得内侍连忙赔情：“郡公夫人既不愿入宫，我奏明天子就是，何须如此！”

赵光义知道小周后性情刚烈，义不受辱，也就偃旗息鼓，不敢再去威逼。小周后从此茹斋奉佛，不问尘俗之事。从善、从谦、仲寓等人也来探望过她，但是都有内侍陪同，他们除了说声“珍重”外，不敢多说一句话，以防惹来杀身之祸。小周后的心灵已经麻木，不管醒来梦里，她都喃喃不停地念叨着后主的名字。她对赵光义恨之入骨，是他夺去了后主的性命，使她成了无依无靠的嫠妇，她恨不能食其肉，寝其皮，但又无可奈何！她只觉得怨气塞胸，无处发泄。早年读蔡琰的《胡笳十八拍》，读到“苦我怨气兮浩于长空，六合虽广兮受之应不容”两句时，还讥笑哪里有连广阔的宇宙也容纳不了的怨气，今日身临其境，细细体味，竟是分毫不爽！她想到了死，如今茕茕孑立，只身独自，活着已毫无生趣，但她又不能死。后主死得冤枉，死得无辜，恐怕在九泉之下也不能瞑目，她虽然没有多余的钱为后主做水陆道场，但要多念经卷，为后主祈冥福，祝他早升天界！

转眼到了深秋，十月十七日是后主百日忌辰，小周后手持佛经，带了纸钱，到相国寺为后主焚香祈福。进入相国寺塔院，看见一位中年妇女跪在弥勒佛尊前双手合十，口中呢喃不绝，小周后心中不禁一怔，这身影好像在哪里见过，走近看时，原来是宫人乔氏。江南覆亡时，她也跟随后主到了京师，先是在宫掖当了洒扫婢女，后来便嫁了一名小贩，住在金线巷。她在江南时就笃信佛教，后主曾手书金字《心经》赐之，她珍若拱璧，随身携带，离开江南时，只带了这卷金字《心经》。得知后主死亡的消息，她悲痛欲绝，又不敢前去探望。十月十七日这天，她把经书施舍给了相国寺，以此为后主祈福，并在经卷后写道：“故李国主宫嫔乔氏，伏遇国主百日，谨舍昔时赐妾所书《般若心经》在相国寺塔院。伏愿弥勒尊前持一花而见佛。”字体工整，书写流利。小周后知她是为后主祈福，心中甚是感动，也忙点上一炷香，烧化了纸钱，为后主祈祷。

乔氏祷告完毕，转身欲走时，才发现小周后就跪在她旁边，正用眼睛打量她。这真是久旱逢甘霖，他乡遇故知！只是小周后瘦骨嶙峋，面容憔悴，乔氏几乎认不出来她了。两人相顾无言，拥抱在了一起。半晌，乔氏才怜惜地说："皇后瘦了，应当保重！"

小周后泪如涌泉："夫死身辱，苟活人世，殊少意趣，之所以不死，是因未为国主诵完经卷。今日心愿已了，与泉下人相会，当为期不远！"

乔氏执着小周后手大恸："国主已遭不幸，皇后断不可轻生，度过劫难，总有否极泰来之日！"小周后苦笑着没有回答。

乔氏邀小周后到自己家里一叙契阔，小周后不允，乔氏好说歹说，把她拽到了自家门口。还未进屋，小周后忽又变卦，挣脱乔氏，回到了自己府第。从此僵卧床第，不饮不食，到了第七天，便奄然物化，一缕怨魂直奔泉台，寻找后主去了。

图书在版编目(CIP)数据

李后主:最错生在帝王家/任崇岳著. --长沙:岳麓书社,2025.7.
ISBN 978-7-5538-2149-8

Ⅰ. I25

中国国家版本馆 CIP 数据核字第 20242UP342 号

LI HOUZHU:ZUI CUO SHENG ZAI DIWANG JIA

李后主:最错生在帝王家

作　　者:任崇岳

出 版 人:崔　灿

责任编辑:奉懿梓　周家琛

责任校对:舒　舍

封面设计:仙境设计

岳麓书社出版发行

地址:湖南省长沙市爱民路 47 号

直销电话:0731-88804152　0731-88885616

邮编:410006

版次:2025 年 7 月第 1 版

印次:2025 年 7 月第 1 次印刷

开本:890mm×1240mm　1/32

印张:14

字数:286 千字

ISBN 978-7-5538-2149-8

定价:78.00 元

承印:湖南省众鑫印务有限公司

如有印装质量问题,请与本社印务部联系

电话:0731-88884129